BLUT
FETISCH

Weltbild Taschenbuch

Die Autorin

Vicki Stiefel wuchs in Connecticut auf, wo ihr Vater ein Theater betrieb. Sie arbeitete als Fotografin, Englischlehrerin, Hamburgerköchin und Betreiberin eines Tauchgeschäfts. Heute lebt die Autorin mit ihrer Familie in New Hampshire. *Blutfetisch* ist der vierte Roman um die Polizei-Psychologin Tally Whyte und wurde für den Daphne du Maurier Award nominiert.
Mehr über die Autorin erfahren Sie unter www.vickistiefel.com.

Vicki Stiefel

Thriller

Aus dem Amerikanischen
von Bernhard Liesen

Weltbild

Die amerikanische Originalausgabe erschien 2007 unter dem Titel
The Bone Man bei Dorchester Publishing Co., Inc., New York.

Besuchen Sie uns im Internet:
www.weltbild.de

Dieses Werk wurde vermittelt durch die
Literarische Agentur Thomas Schlück GmbH, 30827 Garbsen.
Übersetzung: Bernhard Liesen
Projektleitung: usb bücherbüro, Friedberg/Bay
Umschlaggestaltung: zeichenpool, München
Umschlagmotiv: www.shutterstock.com
(© MustafaNC; © Nejron Photo)
Satz: Catherine Avak, München
Druck und Bindung: GGP Media GmbH, Pößneck
Printed in the EU
ISBN 978-3-86365-255-5

2015 2014 2013 2012
Die letzte Jahreszahl gibt die aktuelle Ausgabe an.

1

Seit Vedas Tod waren mehr als 365 Tage vergangen. Über ein Jahr war verflossen, seit meine Pflegemutter, die einzige Mutter, die ich jemals gekannt hatte, von diesem Erdball verschwunden war. Noch immer war mir ihr Tod unbegreiflich. Völlig unbegreiflich.

Wohin war sie entschwunden? Wie konnte eine so überaus vitale Frau plötzlich nicht mehr da sein?

Ein Freund sagte, Energie löse sich nie auf, sie nehme nur eine andere Form an. Der Gedanke gefiel mir. Zumindest an guten Tagen glaubte ich daran.

Im letzten Jahr hatte ich meinen Job beim Massachusetts Grief Assistance Program aufgegeben, das ich selbst gegründet hatte. Ich ignorierte das Angebot, in New Mexico ein Projekt zu starten, bei dem es ebenfalls um die Betreuung der Angehörigen von Mordopfern gehen sollte. Eine ähnliche Position im Bundesstaat Maine lehnte ich auch ab.

Stattdessen nahm ich eine Auszeit.

Verstehe, werden Sie jetzt sagen, die Trauer war so groß, dass die Depression Sie gelähmt hat.

Irrtum.

Veda hatte mir Grundstücke und eine beträchtliche Summe Geld vermacht. Ich reiste nach Griechenland und Neuseeland, wo ich mir ein Auto mietete und herumfuhr. Bei mir war Penny, mein treuer ehemaliger Polizeihund.

Tauchen. Fallschirmspringen. Parasailing. Segeln. Tanzen. Angeln. Skeetschießen.

Mit diesen Vergnügungen war es jetzt vorbei. Ich suchte nach einem anständigen Haus in Boston, mein Erbe machte es möglich. Fürs Erste lebte ich noch in meiner Mietwohnung im

Erdgeschoss eines Reihenhauses im South End. Die Wohnung war hübsch, sogar sehr hübsch. Aber zum Teufel, warum nicht? Gönn dir das Vergnügen, hau den schnöden Mammon auf den Kopf. Genieße das Leben.

Keine Morde mehr. Keine weinenden Angehörigen. Keine rachsüchtigen Ehemänner. Keine Journalisten auf der Jagd nach blutrünstigen Storys. Niemand, der die Leiche eines Verwandten identifizieren musste. Keine Cops, keine Killer, keine Anwälte, keine Vergewaltiger, keine außer Rand und Band geratenen Verrückten. Ein Leben ohne diesen stets nervenden Fogarty, den kommissarischen Chef der Rechtsmedizin. Nichts mehr von alldem.

Wie hätte ich mein neues Leben nicht lieben können? Leider liebte ich es nicht. Nachdem ich zwölf Jahre lang Angehörige von Mordopfern betreut hatte, empfand ich nun eine große Leere und langweilte mich. Es ist schwer, damit klarzukommen. Gewöhnliche Menschen kennen diese Probleme nicht. Und ich? Es kam mir absurd vor, ein Leben führen zu sollen, das andere als »normal« bezeichnet hätten.

Ich hätte mein neues Leben lieben sollen. Das Problem war nur, dass mir mein altes Leben fehlte. In jeder Hinsicht.

Auch wenn es chaotisch gewesen war.

Ich musste mich der Realität stellen, einer zutiefst verstörenden Realität. Ich war *kein* sorgloser Mensch.

Ich konnte mich nicht zwischen Maine und New Mexico entscheiden. Penny konnte mir nicht helfen, und ich hatte keine besondere Lust, andere zu fragen.

Im Moment war ich in Harrisville in New Hampshire, in der Nähe des Tatorts meines letzten Falles, in der Gesellschaft von Charley Paradise und seiner Frau Laura. Ein Geiger fiedelte, die Gäste tanzten.

Wie ich. Ich tanzte, bis mir der Schweiß den Körper hinunterlief. Wenn ich schwitzte, musste ich nicht viel nachdenken. Ende September konnte der Altweibersommer selbst in New Hampshire noch mal richtig heiß werden.

Mir gegenüber tanzte Charley. Er hatte einen dichten schwarzen Bart und trug ein Flanellhemd und rote Hosenträger. Er grinste mich an, als die Schritte des hier üblichen Tanzes sich immer mehr beschleunigten. Er wollte, dass ich mithielt, und ich tat es. Die Musik wurde lauter, das Tempo immer schneller, und ich geriet aus der Puste. Charley fuchtelte mit den Armen. Ich blickte zu Laura hinüber. Sie trug eine Baumwollbluse und einen Faltenrock und zwinkerte mir zu.

Ich warf den Kopf in den Nacken und lachte. Teufel, ich hatte meinen Spaß.

Und dann, als Charley meine Hände packte und mich immer wieder herumwirbelte, hatte ich plötzlich das Gefühl, dass etwas geschehen würde, etwas Bedeutsames. Ich war mir sicher, dass mein stressfreies Leben bald zu Ende gehen würde.

Der Grund war mir unklar, aber es jagte mir eine Riesenangst ein.

Es war eine Wohltätigkeitsveranstaltung, und wir tranken Punschbowle zu fünfzig Cent pro Becher. Außerdem gab es frisch gepressten Zitronensaft. Göttlich.

»Penny braucht einen Freund«, sagte Charley.

»Nein«, antwortete ich. »Braucht sie nicht. Ich bin ihr Freund.«

»Du solltest dir diese Welpen ansehen«, sagte Laura.

»Du musst sie sehen«, fügte Charley hinzu.

Ich war nicht dumm. Sie wollten mir einen dieser Welpen aufschwatzen, aber ich würde mich nicht darauf einlassen. »Ich werde sie mir nicht ansehen und will nichts mehr davon hören. Für mich existieren diese Welpen nicht.«

»Was für ein Früchtchen.« Charley füllte unsere Becher nach und bot dann an, einen Schuss Wodka aus seinem Flachmann hinzuzugeben.

»Für mich nicht«, sagte ich. »Trotzdem danke.« Ich leerte meinen Becher. »Basset-Welpen sind die süßesten Geschöpfe überhaupt. Wenn ich einen sehe, ist es um mich geschehen.«

Das Lachen der beiden folgte mir, als ich den Weg zur Toilette einschlug.

Ich warf einen Blick in den Spiegel und war überrascht, wie lang meine blonden Locken waren. Die reinste Medusenmähne. Ich wusch mir das Gesicht, und als ich mir die Hände abtrocknete, piepte mein Handy.

Ich klappte es auf. »Gert?«

»Hi, Tal! Wie geht's?«

Gerts Brooklyn-Akzent war so stark, dass sie manchmal kaum zu verstehen war.

»Du solltest mal etwas deutlicher sprechen. Also, was gibt's?«

»Du hörst dich nicht besonders glücklich an. Alles in Ordnung?«

»Ich fühle mich großartig. Ich habe gerade getanzt.« Die Geige war selbst hier auf der Toilette noch zu hören, und ich schlug mit einem Fuß den Takt. »Ich hab nicht viel Zeit.«

»Hast du einen Kerl dabei?«, fragte sie hoffnungsvoll.

»Nein, Gert. Komm zur Sache. Hier braucht man beim Tanzen nicht mal einen Partner.«

Sie schnaubte. »Und das gefällt dir.«

»Worauf willst du hinaus?«

»Vergiss es. Hier gibt's sensationelle Neuigkeiten. Sie haben gerade bekannt gegeben, wer der neue Boss ist.«

Mein Herzschlag beschleunigte sich. Ich wusste, was folgen würde, und wollte es nicht hören. »Besten Dank für deinen Anruf, Honey. Mir war klar, dass Fogarty das Rennen machen würde. Was soll ich sagen? Es stinkt mir. Ich muss Schluss machen.«

»Moment. Es ist nicht dieser Dreckskerl von Fogarty.«

Zwischen mir und Tom Fogarty hatte es jahrelang nur Streit und heftige Wortgefechte gegeben. Ich war mir sicher gewesen, dass er vom kommissarischen Leiter zum Chef der Gerichtsmedizin aufsteigen würde. Zugegeben, gegen seine fachliche Kompetenz war nichts einzuwenden. »Jetzt habe ich fast schon Schuldgefühle, dass Fogarty es nicht geschafft hat.«

»Nicht nötig«, sagte Gert. »Er bleibt uns erhalten und kann dich weiter nerven. Unsere neue Chefin sagt, sie kennt dich.«

Ich lehnte mich an die Wand. »Eine Frau?«

»Sie heißt Adeline Morgridge. Sie kannte Veda, stimmt's?«

Addy Morgridge. Eine alte Freundin von Veda und eine außerordentlich kompetente Rechtsmedizinerin. Veda. Ich war immer noch nicht darüber hinweg. Sie fehlte mir jeden Tag.

»Addy Morgridge ist eine großartige Frau. Einfach großartig.« Warum machte mich die Nachricht trotzdem nicht richtig froh?

»Ja, Addy war eine alte Freundin von Veda«, fügte ich zögernd hinzu.

»Sie will dich unverzüglich sehen«, sagte Gert. »Morgen früh. Sie hat ein Problem und braucht dich. *Dich,* Tal.«

Na großartig. Meine Vorahnung hatte mich nicht getrogen. Ich war nicht scharf darauf zu erfahren, was sich dahinter verbarg.

Am nächsten Morgen saß ich auf der kleinen Terrasse hinter meiner Wohnung, von der man auf einen kleinen Hof und einen noch kleineren Garten blickte. Der Garten mochte winzig sein, doch ich liebte dieses Grün mitten in einer Großstadt wie Boston. Neben mir hockte auf den Hinterbeinen meine große Deutsche Schäferhündin, und Penny hatte die Ohren aufgestellt, als wüsste sie, dass etwas passieren würde.

Ich trank Kaffee und genoss den warmen Wind, mit dem sich der Sommer verabschiedete. Nur zu bald würde ein feuchter und kühler Herbst beginnen.

Ich war unentschlossen, wusste nicht, ob ich in mein früheres Leben zurückkehren sollte. Addy wollte mich sehen. Gut möglich, dass sie nun die Chefin der Rechtsmedizin für ganz Massachusetts war, doch das hieß nicht, dass ich ihr verpflichtet war. Ich war nichts und niemandem verpflichtet.

Mein Gott, das klang sinnlos.

Seit so langer Zeit, scheinbar seit einer Ewigkeit, war ich die

Leiterin des Massachusetts Grief Assistance Program gewesen, das ich auch selbst gegründet hatte. Zwar hatte das MGAP Räume beim OCME gemietet, dem Office of the Chief Medical Examiner, aber wir waren eine unabhängige Nonprofitorganisation. Unsere Aufgabe war es, den Angehörigen von Mordopfern beizustehen. Wir versuchten, ihnen über den schrecklichen Verlust hinwegzuhelfen, und betreuten sie, oft während vieler, vieler Jahre, und wir berieten sie auch, wenn sie Probleme mit juristischen Fragen, den Gerichten, der Polizei oder der Presse hatten.

Wir leisteten gute Arbeit, und das war eine Entschädigung für die Trauer, mit der wir Tag für Tag konfrontiert waren.

In den gesamten Vereinigten Staaten gab es keine sechzig professionellen Berater für die Angehörigen von Mordopfern. Mich hatte es immer mit Stolz erfüllt, zu ihnen zu gehören. Zumindest in meinem früheren Leben.

Nachdem mein Vater durch einen Mord ums Leben gekommen war, hatte mich meine Pflegemutter Dr. Veda Barrow angeregt, diesen Beruf zu ergreifen. Sie war schon seit Langem die Chefin des Instituts für Rechtsmedizin im Bundesstaat Massachusetts. Ihr Tod hatte mein Leben aus den Fugen geraten lassen.

Wenn ich heute zurückkehrte in den »Kummerladen« – so wurde das MGAP unter Kollegen genannt –, würde ich Kranak, Fogarty, Didi und all den anderen begegnen, mit denen ich so viele Jahre zusammengearbeitet hatte. Ich würde mit alten Gefühlen konfrontiert sein, positiven wie negativen, doch darum ging es nicht, überhaupt nicht. Ich würde mich mit Vedas Abwesenheit auseinandersetzen müssen, mit der Leere. Dass sie nicht mehr da war, das war am schlimmsten.

Veda hatte Adeline Morgridge »Addy M.« genannt. Sie hatte sie sehr gemocht. Wenn ich darüber nachdachte, kam ich zu dem Schluss, dass Addy und Veda sich sehr ähnlich waren. Auch wenn Addy noch tougher war, noch pragmatischer.

Ich würde es nicht ertragen können.

Ich klappte mein Handy auf, um Gert zu sagen, dass ich

nicht kommen würde, doch in diesem Moment klingelte es immer wieder an der Haustür. Selbst auf drei Beinen wäre Penny schneller da gewesen als ich.

Als ich durch den Spion blickte, sah ich … *Verdammt.* »Ich bin nicht da«, schrie ich.

»Doch, bist du«, antwortete Gert. »Komm schon, der Taxameter läuft weiter. Beeil dich.« Sie verschränkte die Arme vor der Brust und ließ eine Kaugummiblase platzen. Sie lächelte nicht.

Ich öffnete die Tür. »Verdammt, Gert!«

Sie winkte mit einem Finger, dessen künstlicher Nagel in Erinnerung an den 11. September mit den Stars and Stripes geschmückt war. »Du kommst mit, ich weiß es.«

»Dies ist keine Kapitulation, sondern nur eine kleine Konzession«, rief ich, während ich nach meiner Handtasche suchte. Ich zog meine Sandalen an und legte Penny an die Leine. »Auf geht's.«

Gert ließ eine weitere Kaugummiblase platzen. Jetzt lächelte sie.

Ich saß vor Addy Morgridges Schreibtisch, in jenem Büro, in dem ich einst unzählige Male Veda getroffen hatte. Außer den Bildern an den Wänden hatte Addy fast nichts verändert. Der Teppich, der Schreibtisch, die Vorhänge, alles wie früher. Ich hatte gegen die kleinen Veränderungen nichts einzuwenden. Veda war tot, sie war hier so wenig anwesend wie in ihrem Haus in Lincoln.

Und doch war sie bei mir, jeden Tag, jede Minute.

Addy reichte mir eine Tasse Kaffee.

»Duftet göttlich«, sagte ich.

Sie lächelte, und ihre sanften braunen Augen schauten mich freundlich an. Sie hatte Ähnlichkeit mit der wundervollen Schauspielerin Alfre Woodard, wirkte weise und lebensklug.

»Der Kaffee ist göttlich«, sagte sie. »Schließlich habe ich ihn selbst aufgebrüht. Ich würde dir nichts von Starbucks anbieten.«

Ich lächelte. »So kennt man dich, Addy. Wie fühlt man sich nach der Beförderung?«

Sie beugte sich vor. »Gut. Verdammt gut. Es war ein langer Weg, Tally.«

»Ich weiß, Addy.«

»Dass ich jetzt die Chefin bin, bedeutet mir eine Menge.«

Ich nickte. »Auch das weiß ich. Fogarty ist deine rechte Hand?«

»Ja, wie bei Veda.« Sie ordnete ein paar Papiere auf ihrem Schreibtisch und tippte auf einen Aktenordner. »Und deshalb brauche ich dich hier.«

»Was?« Ich schüttelte den Kopf. »Ich kann und will nicht.«

Sie kniff die Lippen zusammen. »Wir brauchen hier eine ausgewogene Atmosphäre, Tally. Wir benötigen deine sichere Hand, deine Intuition.«

Ich lachte und schüttelte den Kopf. »Meine liebe …«

Das Klingeln des Telefons unterbrach uns. Addy hob den Hörer ab. »Ich habe doch gesagt, dass ich im Moment nicht erreichbar bin.« Sie lauschte, nickte und hob dann einen Finger. »Okay, stellen Sie den Anruf durch.« Mir flüsterte sie zu: »Sekunde.«

Ihre Miene verdüsterte sich. »Es tut mir sehr leid, Governor Bowannie, aber es ist nicht unsere Schuld, wenn der *Boston Globe* den Schädel als den eines Anasazi bezeichnet. Mir ist bewusst, dass Ihnen das nicht gefällt. Ich verstehe es, und es tut mir leid, aber wir haben keinen Einfluss darauf, was sie drucken. Wirklich nicht. Dr. Cravitz wird noch ein paar Tage brauchen.«

Addy nickte. Dann: »Okay, wir hören voneinander.«

Sie legte den Hörer behutsam auf die Gabel, aber ich wusste, dass sie wütend war.

»Dieser verdammte Schädel«, sagte sie.

Das weckte mein Interesse. Ich konnte es nicht abwarten zu sehen, was noch übrig war von dem uralten Topf aus den Chaco Canyon. »Ich habe davon gelesen. Du meinst den Schädel in dem zerbrochenen Topf der Anasazi, stimmt's? Die Geschichte des Südwestens ist eine meiner Leidenschaften, aber ich habe nie etwas von einem Schädel in einem alten Gefäß gehört. Das ist hochgradig ungewöhnlich.«

»Verdammt, ich hab's gewusst.« Sie zog eine Schublade auf und nahm Zigaretten, ein Feuerzeug und einen Kunststoffaschenbecher heraus. »Auch eine?«

Ich schüttelte den Kopf. »Ich würde gern, aber ich hab's drangegeben.«

Sie zündete sich die Zigarette an, inhalierte tief und blies den Rauch durch die Nase aus. »Wegen dieser Geschichte haben wir Probleme, die wir absolut nicht gebrauchen können. Zuerst verstößt es gegen die Political Correctness, sie Anasazi zu nennen, weil ihnen dieser Name seinerzeit von ihren Feinden gegeben wurde, den Navajo. Zumindest sagt man das. Wer weiß? Der Gouverneur ist ein Zuni, und ich habe ihm nicht erzählt, dass ich zur Hälfte eine Navajo bin. Das würde ihm gar nicht gefallen.«

»Wenn der Gouverneur ein Zuni ist, kommt er schon damit klar, Addy«, sagte ich. »Habe ich das richtig verstanden, dass Didi an der Rekonstruktion arbeitet? Ist sie schon fertig? Ich würde den Schädel und den Topf wirklich gern sehen.«

»Ich werde Didi fragen.« Sie schüttelte den Kopf und schnippt die Asche ab. »Alle drehen durch wegen dieses Schädels. Wem gehört er? Den Typen von der Smithsonian Institution läuft schon das Wasser im Mund zusammen. Wie den Direktoren anderer Museen, ganz zu schweigen von den Zuni. Auch die Hopi haben sich zu Wort gemeldet. Und die Jungs von *National Geographic.* Wegen des ganzen Theaters kommt Didi mit der Arbeit nicht zügig voran.«

Ich lächelte. »Schon klar, dass du genervt bist. Hör zu, ich muss verduften.«

Sie zog an ihrer Zigarette. »Ich will eine Zusage von dir, und zwar noch heute.«

Sie wirkte wie eine ungehaltene afroindianische Prinzessin. »Tut mir leid, Addy, es geht nicht.«

»Ohne dich ist das Grief Assistance Program tot.«

»Das sehe ich anders. Gert ist die perfekte Besetzung.«

»Ja, aber sie ist nicht mehr mit dem Herzen bei der Sache. Bei den anderen ist es genauso. Du fehlst ihnen so sehr.«

Das klang mir ein bisschen zu sentimental, und ich versuchte, es zu verdrängen. »Ich hatte Angebote aus Maine und New Mexico. Jede Menge Geld. Absolute Unabhängigkeit, der ganze Schnickschnack. Auch da habe ich Nein gesagt.« Ich stand auf und umrundete den Schreibtisch, um sie zu umarmen.

»Ich rufe an und frage, ob Didi Zeit für dich hat.«

»Großartig.«

Sie drückte ihre Zigarette aus. »Es gibt Neuigkeiten über deinen Freund. Er ist doch dein Lover, oder?

Ich blieb wie angewurzelt stehen. »Du redest von Hank?«

Sie zwinkerte. »Schreib den Kummerladen noch nicht ab. Mehr verlange ich nicht.«

»Was ist mit Hank? Komm schon, Addy.«

»Wie lautet deine Antwort?«

»Okay, ich schlage die Tür nicht endgültig zu.«

Sie stand auf und umarmte mich. »Das ist gut.«

»Du stinkst nach Zigarettenrauch.«

»Parfüm wirkt Wunder.«

»Du bist eine schreckliche Erpresserin«, sagte ich. »Was ist mit Hank?«

Sie lächelte, und wieder erinnerte sie mich an Alfre Woodard. Auch ich musste lächeln.

»Vielleicht ist es nur ein Gerücht, aber man hört, dass er einen Job als Mordermittler bei der Bundespolizei angenommen hat.«

»Verdammter Mist.«

Ich wollte verschwinden, und zwar sofort. Die Gegensprechanlage piepte. Perfektes Timing. Ich winkte und drehte mich zur Tür.

»Halt!«, rief Addy. »Moment noch, Tally.«

Ich seufzte. »Wie du meinst.«

Während Addy sprach, versuchte ich zu ergründen, was zum Teufel Hank Cunningham vorhatte. Er war Sheriff des Hancock County in Maine. Für mich ergab es keinen Sinn, dass er jetzt angeblich einen Job als Mordermittler bei der Bundespolizei annehmen wollte.

Hank und ich telefonierten fast jeden Tag. Was Addy sagte, klang einfach nur verrückt.

»Ich hab's wirklich eilig«, sagte ich, als sie ihr Gespräch beendet hatte. So gern ich den alten Topf und den Schädel gesehen hätte, zuerst wollte ich herausfinden, was hinter der Sache mit Hank steckte.

»Ich weiß, aber das gerade war Didi. Sie würde sich freuen, wenn du vorbeikommen und dir ihre Rekonstruktion ansehen würdest.«

Ich schüttelte den Kopf. »Ich würde ja gern, sollte aber besser nach Hause fahren.«

Sie begleitete mich zur Tür. »Didi hat verdammt hart geschuftet. Sie ist sehr stolz auf ihre Arbeit und kann es gar nicht abwarten, dir das Ergebnis zu zeigen. Komm schon, Tally. Was immer dein Süßer vorhat, ein paar Minuten mehr oder weniger spielen jetzt keine Rolle.«

Damit hatte sie natürlich recht.

2

Ich lief eilig die Treppen hinunter. Mein Ziel war die »Backstage« des OCME, wo die Leichenbeschauer und Pathologen arbeiten. Das OCME ist eine Einrichtung des Bundesstaats Massachusetts. Die Arbeit dort ist ziemlich nervenaufreibend. Dass ich auch in angespannten Situationen nicht die Nerven verlor, war vermutlich der Grund dafür, dass ich dort am richtigen Platz gewesen war.

Das OCME war in einem unspektakulären, zweistöckigen Backsteingebäude an der Albany Street untergebracht, direkt an der Grenze zwischen dem Bostoner South End und dem Stadtteil Roxbury. Daneben erhoben sich die sehr viel höheren Gebäude des Boston City Hospital, der Universitätsklinik und der medizinischen Institute der Boston University.

Neben Büros für die Verwaltung beherbergte das Gebäude hochmoderne Arbeitsräume für forensische Pathologen und Spezialisten der Spurensicherung. Es gab zwei Kühlräume, Seziersäle für Obduktionen und die Identifizierung der sterblichen Überreste von Mordopfern, deren Angehörige ebenfalls hier beraten wurden.

Außerdem arbeitete hier eine landesweit hoch angesehene forensische Anthropologin – Dr. Dorothy Cravitz, genannt Didi. Addy hatte recht, natürlich musste ich mir das Resultat ihrer mühevollen Arbeit ansehen. Didi war alt und launisch, ich bewunderte sie. Sie hatte keine Kinder – ihre Kinder waren die Objekte, die sie rekonstruierte. Am glücklichsten war sie, wenn ein Totenschädel wieder menschlich zu wirken begann.

Und jetzt arbeitete sie an einem, der aus dem beginnenden zwölften Jahrhundert stammte. Natürlich war sie stolz, und ich konnte es nicht abwarten, ihre Rekonstruktion des uralten

Schädels eines Puebloindianers zu sehen. Einige meiner Zuni-Fetische waren Kopien von Objekten aus dieser Zeit, die ursprünglich vermutlich von den Vorfahren der Zuni hergestellt worden waren.

Und die Schönheit ihrer Tonwaren und Keramik waren mit dem Wort *spektakulär* nur unzulänglich zu charakterisieren. Ich wünschte, ich hätte erst nach dem Besuch bei Didi von dem Gerücht hinsichtlich Hanks beruflicher Veränderung gehört. Das musste ich jetzt erst einmal verdauen.

Ich eilte die Flure des OCME hinunter. Hätte ich es nicht besser gewusst, hätte ich Addy Morgridge bestimmt für eine Reinkarnation von Veda gehalten. Sicher, Veda war alt gewesen, Addy war erst Mitte fünfzig. Und im Gegensatz zu Addy war Veda Jüdin gewesen. Bisher war mir nie wirklich bewusst geworden, wie viel Ähnlichkeit sie hatten. Es war eine verblüffende Entdeckung. Genauso verblüffend wie das, was Addy mir über Hank erzählt hatte.

Ich seufzte. Ich hatte gehofft, Hank und ich hätten die Krise überwunden, die ich verursacht hatte, als ich mich auf eine unglückselige romantische Affäre mit Rob Kranak einließ, einem Sergeant von den Crime Scene Services, der Spurensicherungsabteilung des OCME. Ich hatte es Hank zu erklären versucht. Kranak war ein guter Freund, und als meine Welt zerbrach und es nur noch dieses Unglück gab, hatte er mir ein Gefühl der Sicherheit und Geborgenheit gegeben. Hank war in Maine, Rob in Boston. Aufrichtige Gefühle, aber das Ganze war zum Scheitern verurteilt.

Ich hatte gehofft, Hank würde es verstehen. Um Himmels willen, er war Sheriff eines County im ländlichen Maine. Okay, er war auch einmal Detective der Mordkommission beim New York Police Department gewesen, doch das war …

»Hey, Miss Whyte!«

Ich blieb stehen. Ein junger Mann schaute mich an. Er war Mitte zwanzig, und seine blauen Augen hatten einen stechenden Blick. Ich hatte keine Ahnung, wer er war. »Guten Tag.«

Sein Lächeln wirkte zurückhaltend. Warum kam es mir aufgesetzt vor?

»Ich bin Adrian, wir sind uns mal auf einer Party begegnet«, sagte er. »Ich habe mein Studium an der Harvard abgeschlossen und arbeite jetzt beim MGAP. Hat mit dem Thema meiner Promotion zu tun.«

»Ach ja, natürlich.« Wir gaben uns die Hand. »Freut mich, Sie zu sehen. Wie läuft's hier so?«

Er runzelte die Stirn. »Man vermisst Sie.«

Ich lächelte. Aus irgendeinem Grund ging mir dieser Jüngling auf die Nerven. »So wie ich Gert kenne, arbeitet sie doppelt so viel wie ich früher.«

Er steckte die Hände in die Taschen. »Ja, vielleicht, aber …«

»Tut mir leid, aber ich habe jetzt keine Zeit.«

Er tätschelte Penny hinter den Ohren und folgte mir zum Empfang in der Eingangshalle.

»Guten Tag, Sergeant«, sagte ich. »Würden Sie mich bitte reinlassen?« Früher hatte ich den Code gekannt. Jetzt nicht mehr.

»Kann ich mitkommen?«

Ich drehte mich um. Adrian war immer noch da.

»Geht nicht, Adrian. Tut mir leid.«

Der Summer ertönte, und ich zog die schwere Tür auf, durch die man in die Abteilung für die Obduktionen gelangte.

Ich wandte mich noch einmal um. Adrian stand da, die Hände in die Hüften gestemmt und mit einem mürrischen Blick.

Wahrscheinlich hatte Gert mit diesem Typ alle Hände voll zu tun.

Zuerst fiel mir auf, wie makellos sauber und ordentlich alles war. Vor einem Jahr, als Veda krank wurde, hatte hier Chaos geherrscht. Der Linoleumboden glänzte, und ich sah in dem Flur keine einzige Leiche auf einer Bahre, die auf die Autopsie wartete. Ich blickte durch das Fenster in den großen Kühlraum. Die Bahren mit den Toten waren ordentlich an den

Wänden aneinandergereiht, ganz so, wie Veda es immer gewollt hatte.

Irgendwie irritierte mich die übertriebene Ordnung. Ich seufzte. Vermutlich war ich nicht in der richtigen Stimmung, um die Veränderungen zu erforschen und darüber nachzudenken.

Emotional ging es mir endlich wieder besser. Nach langer Zeit hatte ich erneut einen guten Lebensrhythmus gefunden. Es war sinnlos, sich mit Erinnerungen an ermordete Kinder und Erwachsene zu belasten.

Ich bog nach links ab, wo sich Didi Cravitz' Zimmer befand, eine Kombination von Büro und Labor. Meiner Erinnerung nach war der Raum ziemlich klein. Beim OCME beschäftigte man sich noch nicht lange mit forensischer Anthropologie. Direkt vor ihrem Büro stand ein Tischchen mit einer ihrer ersten Rekonstruktionen – das Skelett eines jungen Mannes, zu dem fast ein Jahrzehnt lang niemandem beim OCME etwas eingefallen war. Bis Didi ihren Job antrat.

Ich klopfte und betrat den dunklen Raum. Es gab kein Fenster, und die Unordnung in dem Büro war nur durch das aus dem Flur hereinfallende Licht schemenhaft zu erkennen.

»Didi?«

»Ich bin hier hinten.«

»Kann ich Licht machen?«

»Nein!«

Ich trat ein paar Schritte näher. Von Didi war nichts zu sehen. »Wo zum Teufel steckst du?«

»Hinter dem Wandschirm«, ertönte die geisterhafte Stimme. »Hab noch einen Augenblick Geduld.«

»Okay.« Ich ging zu ihrem Arbeitstisch, auf dem Tonscherben lagen, wunderschöne rotbraune Tonscherben mit schwarzen Strich-, Kreuzschraffierungs- und Spiralmustern. Daneben lag eine Zeichnung. Didi hatte skizziert, wie das Tongefäß ausgesehen haben musste, bevor es zu Bruch gegangen war. Laut ihren Notizen musste der Topf einen Durchmesser von knapp dreißig Zentimetern am Fuß gehabt haben, von fünfundfünfzig Zentimetern an der breitesten Stelle der Wölbung und von knapp zwanzig Zentimetern am Hals. Irgendwie erinnerte das Ganze ein bisschen an einen aufgeblasenen Wasserball.

Das Gefäß musste vor langer Zeit um den Totenschädel herumgetöpfert worden sein. Ich fragte mich nach dem Grund. Obwohl ich eine Menge über die Anasazi gelesen hatte, war mir so etwas neu.

Ich streifte dünne Gummihandschuhe über und berührte die Tonscherben. Den Chaco Canyon, ehemals eine heilige Stätte, hatte ich nie besucht. Auch hatte ich noch nie Chaco-Tonscherben in den Hände gehalten. Es war eine faszinierende Erfahrung.

»Ich wundere mich, wie gut sich die Ornamente auf den Tonscherben erhalten haben«, sagte ich.

»Durch die trockene Luft in New Mexico ist eine unglaubliche Anzahl an Gefäßen, Felszeichnungen und Bilderschriftzeichen erhalten geblieben«, antwortete Didi. »Aber dieser Schädel fasziniert mich unglaublich, meine Gute. Warte, bis du den Kopf der Frau siehst.«

»Ich kann's nicht abwarten. Beeil dich.«

»Es dauert nur noch ein paar Minuten. Ich muss die Nase noch ein bisschen korrigieren.«

Ich hob die größte Scherbe hoch, die etwa die Ausmaße eines Satzes Spielkarten hatte. Als ich auf die anderen Scherben blickte, erkannte ich, wie Didis Zeichnung entstanden war. »Es ist eine Schande, dass der Topf zerbrochen ist.«

»Wenn es nicht so wäre, hätten wir den Schädel nie entdeckt.«

»Stimmt auch wieder.« Die Anasazi hatten den Chaco Canyon, ihre heiligste Stätte, um das Jahr 1200 A.D. verlassen. Nach dem Grund hatte ich mich oft gefragt. Wie eine Unzahl anderer Leute, doch bis jetzt war das Rätsel nicht gelöst. Heute ging man davon aus, dass Stämme wie die Hopi und Zuni ihre Nachfahren waren.

Ich hatte die fantastischen Cliff Dwellings im Mesa-Verde-Nationalpark gesehen, desgleichen andere Felsbehausungen in der Nähe von Sedona in Arizona, doch mir war klar, dass ich eines Tages auch den Chaco Canyon mit seinen Sandsteinfelsen und dem berühmten Pueblo Bonito besuchen würde. Ich wünschte, Hank hätte sich mehr dafür interessiert.

Ich hob eine andere Tonscherbe hoch, unter der ein rostfarbener Stein haftete, dessen Form mich an einen primitiven Fetisch erinnerte. Vielleicht an einen Wolf, vielleicht an einen Berglöwen. Der Stein lag warm in meiner Hand, wie einer aus der Wüste. Ich drehte ihn. Er war etwa neun Zentimeter lang und drei Zentimeter hoch. Ich glaubte absolut nicht, dass er aus der Gegend um den Chaco Canyon stammte.

»Woher kommt dieser Stein, Didi?«

»Welcher Stein?«

»Der hier unter dieser Scherbe.« Für Sandstein lag er zu schwer in der Hand. Ich fragte Didi nach ihrer Meinung.

Sie blickte um den Wandschirm herum. Ihre Frisur war in Unordnung, das Gesicht mit Ton verschmiert. »Was ist denn mit dir los heute Morgen? Sonst noch irgendwelche Fragen?«

»Entschuldige, aber ich sammle seit langer Zeit Zuni-Fetische. Im letzten Jahr habe ich mich wirklich intensiv mit der Materie auseinandergesetzt. Dieser Stein sieht für mich wie ein Fetisch aus. Wahrscheinlich handelte es sich ursprünglich um eine Konkretion.«

»Was soll das sein?«

»Ein gefundener Stein, dessen Form an ein Tier erinnert, was dann durch die Bearbeitung eines Menschen noch stärker hervorgehoben wird. Ich frage mich nur, woher er stammt.« Ich hielt den Stein hoch.

»Keine Ahnung.« Sie verschwand hinter dem Wandschirm. »Er landete mit den Scherben und dem Schädel auf meinem Tisch. Komm zu mir.«

Mein Herzschlag beschleunigte sich. Jetzt wurde es spannend.

Der graue Wandschirm passte farblich perfekt zu den nackten Betonwänden des Büros. Ich trat hinter den Schirm. Didi trug einen Laborkittel und wandte mir den Rücken zu. Sie bewegte ihre Arme in einem flüssigen Rhythmus, wie der Dirigent einer Symphonie, und ihr graues Haar stand in alle Richtungen ab, als folgte es den Bewegungen der Musik. Ein dünner Lichtstrahl beleuchtete ihre Rekonstruktion des Schädels aus dem Anasazi-Gefäß.

»Ich bin froh, dass du gekommen bist«, sagte Didi.

»Das ist also der berühmte amerikanische Indianerschädel, den du rekonstruiert hast.«

Sie nickte. »Ich wollte, er wäre weniger berühmt.«

Ich trat näher heran und versuchte, um ihren Körper herum mehr zu sehen. Der abgetrennte Raum war sehr eng. »Warum der Wandschirm?«

»Es war die Hölle«, sagte sie, ohne sich umzudrehen. »Eine echte Hölle. Medienvertreter, die Indianer und die Typen von der Smithsonian Institution, alle wollten diese Frau sehen. Sie findet einfach keinen Frieden.«

»Also ist es eine Frau. Ich würde sie gern sehen.«

»Nur noch eine Sekunde.« Ihre Hände modellierten das Gesicht mit Ton und Harz und der Kraft ihrer Intuition, und sie bewegte sie sehr geschickt, um noch hier und da eine kleine Korrektur vorzunehmen.

»Mein Gott, bin ich müde.« Sie strich sich mit einer Hand durchs Haar und verschmierte es mit Ton. Die Farben passten perfekt zueinander. »Ich bin zu alt für diesen Job.«

»Vergiss es. Aber was ist mit diesen 3D-Computersimulationen? Ich habe gehört, sie seien bei solchen Rekonstruktionen sehr hilfreich.«

»Ich gebrauche lieber meine Finger«, sagte sie. »Ich muss das fühlen, Tally, muss spüren, wie das tote Individuum unter meinen Händen zu neuem Leben erwacht, muss das Gesicht finden. Dabei kann mir ein Computer nicht helfen. Überhaupt nicht.«

»Ich verstehe dich, Didi. Wirklich.«

Sie ließ die Schultern hängen. »Ich bin fast fertig. So sehr ich es auch versuche, ich kann aus diesem Schädel keine Indianerin machen. Sieh ihn dir an.«

Sie trat zurück, und der Lichtstrahl fiel auf ein wunderschönes Gesicht.

Ich umklammerte den Stein, bis meine Hand zu schmerzen begann. Plötzlich wurde mir schwindelig. Ich kannte dieses Gesicht. »Oh, mein Gott.«

Ich trat noch näher an Didis Tonrekonstruktion heran und hob eine Hand, ohne sie zu berühren. Vorne ein Pony, das Haar straff zurückgebunden. Hohe Wangenknochen, das ganze Gesicht markant, bis hinunter zu dem hervorspringenden Kinn. Ihre Lippen waren dünn, wie zu einem Kuss bereit, die Winkel ihrer großen Augen ein bisschen hochgezogen. Es war ein in jeder Hinsicht außergewöhnliches Gesicht, und ich kannte es.

Das grelle Licht blendete. Addy Morgridge und Didi Cravitz saßen mir gegenüber. Ich saß auf einem hohen Laborhocker und schlürfte Bourbon, um meinen Herzschlag zu beruhigen. Es funktionierte nicht.

»Ich kenne sie, Addy«, sagte ich. »Und zwar gut.«

Sie seufzte. »Du kannst keine Frau kennen, die vor fast tausend Jahren gestorben ist.«

Ich rollte die Augen. »Das ist mir auch klar. Deshalb klingen meine Worte ja so unsinnig. Aber glaub's mir, diese Frau – meine Freundin – ist eine Zeitgenossin. Der Schädel stammt ganz offensichtlich nicht aus dem Jahr 1100 nach Christi Geburt.«

Didi wandte sich Addy zu. »Ich habe Ihnen gesagt, dass sie für mich nicht wie eine Indianerin aussieht.«

Addy schnaubte. »Sie entspricht nicht *Ihrem Bild* einer Indianerin. Selbstverständlich haben wir es hier mit einer amerikanischen Indianerin zu tun, und sie ist seit fast tausend Jahren tot.«

»Sicher sein können wir da nicht«, sagte Didi. »Es hat energischen Protest gegeben, als wir mittels der Radiokarbonmethode das Alter des Schädels bestimmen wollten. Der Gouverneur fand das respektlos. Also mussten wir das Vorhaben fallen lassen.«

Addy fuhr sich mit einer Hand durch ihr kurz geschnittenes Haar. »Ich brauche auch einen Bourbon.« Sie seufzte. »Wir sollten die C-14-Analyse machen lassen, was immer der Gouverneur davon halten mag. Dass diese Frau …«

»Wir dürfen diesen Test nicht machen«, warf Didi ein. »Die Regierung hat es strikt untersagt.«

Ich schenkte Addy einen großzügigen Schluck Wild Turkey ein, gab etwas Wasser hinzu und reichte ihr das Glas.

»Wir sollten nicht vergessen, dass das Tongefäß während einer Führung im Peabody Museum zu Bruch gegangen ist, das über eine der besten Sammlungen indianischer Kunst verfügt. Dieser Topf ist alt, daran kann kein Zweifel bestehen.«

»Hört ihr überhaupt zu?«, fragte ich. »Der Schädel dieser bedauernswerten Frau wurde irgendwie in dieses alte Gefäß gestopft. Ich weiß weder, wie das möglich war, noch, aus welchem Grund es geschehen ist. Um Himmels willen, ich erkenne sie. Ich glaube kaum, dass sie ihren Schädel aus freiem Willen da reingezwängt hat.«

Addy kippte ihren Bourbon hinunter. »Wer immer sie sein mag, mit deinem letzten Satz hast du natürlich recht, Tally.«

Didi drapierte feuchte Gaze um den Kopf und wusch sich dann die Hände. »Ich *wusste* es. Es war zu schön, um wahr zu sein. Von Anfang an. Ich hatte immer ein ungutes Gefühl.«

»Jetzt fangen Sie nicht auch noch an«, sagte Addy. »Sie glauben doch wohl nicht an Tallys Hirngespinst. Ich sage Ihnen, wie sich das erklären lässt. Sie hat einfach Ähnlichkeit mit jemandem, den Tally kennt.«

Das klang durchaus plausibel. »Möglich ist es«, sagte ich. »Ich erinnere mich an diesen uralten Schädel, der im Bundesstaat Washington gefunden wurde.«

»Du meinst den Typ, der aussah wie dieser Schauspieler aus Star Trek?«, fragte Addy. »Wie heißt er noch mal?«

»Patrick Stewart«, sagte ich. »Die Rekonstruktion hatte wirklich große Ähnlichkeit mit ihm.«

Addy packte meinen Arm. »Die Museumsleute haben diesen Schädel *in* dem verdammten Topf gefunden.«

Didi zeigte mit einer knochigen Hand auf den verhüllten Schädel. »Da ist etwas dran. Ausnahmsweise, Morgridge.«

Addy schnaubte.

»Ich sehe, was du meinst«, sagte ich. »Aber es bleibt verstörend, dass ich diese Frau kenne. Sie ist eine Freundin.«

»Sie sehen sich einfach ähnlich, das ist alles«, sagte Addy. »Du musst dich irren. Dieses Gefäß ist fast tausend Jahre alt.«

Ich stand auf und stellte mein Glas ab. »Du hast recht. Natürlich, du musst recht haben. Es war so unheimlich, sie zu erkennen. Ich rufe sie an. Sie führt eine Galerie auf der Insel Martha's Vineyard. Ich werde mir ihre sprechen, und dann geht es mir schon sehr viel besser.«

Im Flur ertönten laute Stimmen. »Was zum Teufel ...«

Gert öffnete die Tür. »Die Typen von *National Geographic* sind da. Und sie machen ein Riesentheater.«

»Mist!«, sagte Addy. »Ich hatte ganz vergessen, dass sie sich für heute angekündigt hatten, um den Schädel zu sehen. Sie wollten ihn filmen.«

»Der Gouverneur hält das nicht für eine gute Idee«, sagte Didi.

»Sein Problem.« Addy zeigte auf die mit Gaze verhüllte Rekonstruktion. »Jetzt ist es sowieso nicht möglich. Sie dürfen den Schädel auf keinen Fall sehen, solange wir uns nicht sicher sind, dass es der einer Indianerin ist, die vor fast tausend Jahren gelebt hat. Ich bin mir sicher, dass es so ist, werde mich aber auch erst besser fühlen, wenn Tally mit ihrer Freundin telefoniert hat. In *National Geographic* soll ein Artikel über den Schädel erscheinen. Über das Peabody Museum in Salem, über Didi und mich, über die alten Indianer.«

»Ich werde nicht mit diesen Leuten reden«, sagte Didi gereizt.

»Ich rufe sofort bei meiner Freundin an.«

»Ja, gib Gas«, sagte Addy.

Ich eilte in mein altes Büro. Gert folgte mir auf den Fersen und schloss die Tür. Ich begann zu zittern.

Gert legte mir eine Hand auf die Schulter. »Tal.«

»Schon gut. Es wird mir erst jetzt richtig bewusst. Auf Addys Tisch steht der *Kopf* einer Freundin. Mein Gott, er wirkt wie der ihrer Zwillingsschwester. Ich schwöre es.« Die Galerie auf Martha's Vineyard hieß The Native Arts. Ich wählte die Nummer. Nach dem dritten Klingeln meldete sich eine Frauenstimme, und ich fragte nach Delphine.

Die Stimme klang jung, aber sehr selbstsicher. »Tut mir leid, Delphine ist nicht hier.«

»Mein Name ist Tally Whyte. Sind Sie vielleicht Amélie, Delphines Tochter?«

»Nein, aber ich kann Ihnen bestimmt helfen.«

Ich blickte Gert an und schüttelte den Kopf. »Ich bin Kunde der Galerie und eine große Bewunderin von Delphine. Sie weiß genau, was ich liebe. Nichts gegen Sie, aber ich muss mit ihr reden.«

»Sie ist auf Einkaufstour im Westen, schon seit August, vor der Messe Indian Market. Sie kommt erst Anfang November zurück.«

»Können Sie mir ihre Handynummer geben?«

»Tut mir leid, dazu bin ich nicht befugt.«

November, bis dahin waren es noch anderthalb Monate. Ich erinnerte mich, dass Delphine im Herbst immer auf Einkaufstour ging. Am liebsten hätte ich geschrien. »Tut mir leid, aber bis November kann ich nicht warten. Wie wäre es, wenn Sie mit ihr telefonieren, ihr von meinem Anruf erzählen und sie bitten, mich anzurufen?«

Schweigen am anderen Ende. Dann: »Sicher, das lässt sich machen.«

Ich diktierte ihr die Nummer meines Handys, die meines Festnetzanschlusses und die von Gerts Büro. »Es ist wirklich dringend«, sagte ich.

»Ich werde mein Bestes tun.«
»Da bin ich mir sicher. Sie heißen …?«
»Mein Name ist Zoe.«
»Besten Dank, Zoe. Wann kann ich mit dem Anruf rechnen?«
»Gegen Abend, spätestens morgen früh.«
»Schneller geht's nicht?«
»Tut mir leid. Wie gesagt, ich werde mein Bestes tun. Aber es gibt dort Funklöcher, und manchmal ist Mrs LeClerc erst mitten in der Nacht zu erreichen. Sie wissen schon, der Zeitunterschied.«
Ich wusste es. Das Warten würde mich wahnsinnig machen.

Zeit. Zeit. Zeit. Sie ist ein von Norden nach Süden fließender Fluss, und sie verfließt mit unterschiedlicher Geschwindigkeit. Wir alle trieben in diesem Fluss.
Mein Gott, war das Delphines Schädel, oder war ich verrückt? Schließlich war es nur Didis Rekonstruktion. Ein paar kleine Korrekturen, und die Frau sah ganz anders aus.
»Tal? *Tally!*«
Gert blickte mich stirnrunzelnd an.
»Tut mir leid«, sagte ich.
Sie reichte mir eine Dose Cola Light. »Vielleicht hilft das.«
»Mir hilft nur Delphines Anruf.« Von draußen drangen laute Stimmen durch die Tür meines früheren Büros. »Was zum Teufel ist da los?«
Wir eilten den Flur hinunter in die Eingangshalle, wo ein Mann in einem blauen Kapuzenpulli Addy anschrie. Sein Haar war zerzaust, sein Schnurrbart unvorteilhaft. Addy hatte die Arme vor der Brust verschränkt und schwieg, während Mr Schnurrbart hektisch mit den Armen herumfuchtelte.
»Entschuldigen Sie, wenn wir stören«, sagte ich.
Der Kopf des Mannes wirbelte herum, und ich biss mir auf die Unterlippe, um nicht laut loszulachen.
»Dies ist ein Haus der Toten, Mister«, sagte ich. »Erweisen Sie ihnen etwas Respekt.«

Ein Mann mit sandfarbenem Haar und in einem gebügelten Jeanshemd trat einen Schritt vor. Er wirkte wie ein Model für Outdoor-Klamotten. Oder wie der Moderator einer Nachrichtensendung. Oder wie Thor, der Gott des Donners. Dazu passten die in seinen Kragen eingestickten Blitze. »Ma'am?«

Mir schwante Böses. »Ja?«

»Wir haben eine Verabredung mit Frau Dr. Cravitz. Unsere Zeit ist wertvoll.« Er klemmte die Daumen hinter seinen Gürtel. »Schließlich arbeiten wir für *National Geographic.*«

Ich lächelte unterwürfig. »Und ich spreche für all die Toten hier, kapiert?« Ich machte mich auf eine ruppige Antwort gefasst, als Sergeant Rob Kranak mit wutentbranntem Gesicht aus der Abteilung für Spurensicherung in die Eingangshalle stürmte.

»Noch ein Wort, du Arschloch«, sagte er, »und ich loche dich ein.«

Der lange Lulatsch mit dem zerzausten Haar rollte die Augen. »Wissen Sie eigentlich, wer ich bin?«

Kranak rief Verstärkung herbei, zog seine Handschellen hervor und schloss sie um Mr Schnurrbarts Gelenke.

Jetzt brach die Hölle los, und als Dr. Addy Morgridge ihnen die Meinung gesagt hatte, waren die Jungs von *National Geographic* nur zu glücklich, ihren Beitrag über den Schädel in dem Tongefäß der Anasazi um eine Woche zu verschieben.

3

Stunden später warf ich in der Küche meine Wasserflasche ins Spülbecken und bespritzte mir das Gesicht mit Leitungswasser. Keuchend lehnte ich mich an die Spüle. Ich blickte Penny an und hatte ein schlechtes Gewissen. Sie war nicht mal aus der Puste. Ich füllte ihren Wassernapf, und sie trank gierig.

Im Wohnzimmer ließ ich den Blick über meine Sammlung von Zuni-Fetischen gleiten. Die meisten dieser Steinschnitzereien stammten aus den letzten zehn Jahren. Wölfe, Berglöwen, Maulwürfe, Adler, Dachse. Ein paar Stücke meiner Kollektion waren älter, aus den Sechziger- oder Siebzigerjahren. Ich griff nach der Arbeit von Edna Leki, die ich so liebte. Der Kojote stammte aus den Siebzigern, war aus Marmor und zehn Zentimeter lang. Er hatte ein rundes, klar modelliertes Gesicht und einen markanten Schwanz. Obwohl schlicht, war er natürlich mehr ausgearbeitet als der rostrote Stein, den ich an diesem Morgen in der Hand gehalten hatte.

Und doch ließen mich beide erzittern.

Vielleicht war mir auch einfach nur etwas kalt. Ich lachte, stellte den Kojoten wieder an seinen Platz und zog ein Handtuch aus dem Regal. Dann griff ich nach einem Buch über die Keramik des Südwestens, schnappte mir das Telefon und trat auf die Terrasse. Ich setzte mich in meinen alten Ohrensessel, schlang mir das Handtuch um den Hals und legte seufzend die Füße auf das Geländer.

Das Joggen hatte mir gutgetan, aber ich war immer noch durcheinander. Ich kratzte Penny hinter den Ohren. Meine dreibeinige Hündin war immer noch schneller als ich und lief nur aus Gutmütigkeit neben mir.

»Gutes Mädchen.« Ich schlug das Buch auf, weil ich hoffte,

dort ähnliche Bemalungen von Tongefäßen zu finden wie jene, die ich am Nachmittag gesehen hatte.

Und da waren sie auch schon. Kein Anruf von Zoe. In New Mexiko war es noch Nachmittag, und wenn Delphine in entlegenen Gegenden unterwegs war, steckte sie wahrscheinlich wieder in einem Funkloch und war telefonisch nicht zu erreichen.

Leider konnte ich sie mir nur noch als Tote vorstellen.

Lächerlich. Schließlich war es einfach unmöglich, dass der Schädel einer Zeitgenossin in einem fast tausend Jahre alten Topf gefunden wurde. Und doch ging mir das Bild der toten Delphine nicht aus dem Kopf.

Ich zuckte erschrocken zusammen, als das Telefon piepte.

»Hallo?«

»Du scheinst heute Abend etwas außer Atem zu sein.«

»Hank! Ich erwarte einen wichtigen Anruf.« Ich fröstelte. Es war schon fast dunkel, und mein verschwitztes Hemd bescherte mir eine Gänsehaut. Ich ging ins Haus und schloss die Terrassentür, während Hank mir von seinem jüngsten Fall erzählte, an dem er in Winsworth gearbeitet hatte.

»Siehst du?«, sagte er. »Es war eben doch dieser verdammte Percy.«

»Was mich nicht überrascht. Ein trauriger Fall, dieses Muttersöhnchen.«

Hank schnaubte.

Ich wollte ihn nach dem Job bei der Bundespolizei von Massachusetts fragen, zögerte aber. Es war seine Sache, es mir zu erzählen. Also entschied ich mich für ein anderes Thema. »Heute ist etwas Seltsames passiert.«

Er kicherte. »Bei dir erwarte ich nichts anderes.«

»Sehr witzig. Hör zu.« Ich erzählte ihm von dem zerbrochenen Tongefäß und dem Schädel, welchen ich für den Kopf der Galeriebesitzerin Delphine hielt. »Zuerst war ich mir sicher, jetzt zweifle ich schon ein bisschen.«

Schweigen am anderen Ende der Leitung. Ich hörte ihn atmen. »In der Regel rate ich dir, dich auf deine Intuition zu verlassen, Tal.«

»Ich weiß. Aber diese Geschichte ist eigentlich völlig absurd.«

»Ist sie. Für mich klingt sie äußerst unwahrscheinlich. Warum besuchen wir am Wochenende nicht mal das Peabody Museum? Dort werden wir sehen, woher diese Tongefäße stammen. Du hattest mich doch eingeladen, mal wieder eine Nacht mir dir zu verbringen.«

»Die Einladung steht.« Allein die Vorstellung, dass er neben mir im Bett lag, erregte mich. »Aber das mit dem Museum ist überflüssig. Spätestens morgen telefoniere ich mit Delphine.«

»Ich rechne mit einer Exkursion, Honey.«

»Aber Hank, ich ...«

»Ich kenne dich und bezweifle, dass es dir genügen wird, mit dieser Frau zu telefonieren.«

Mir drehte sich der Magen um, und ich kaute auf einem Fingernagel. »Ich hoffe, du irrst dich.«

»Ich muss auflegen. Wir sehen uns am Freitag, meine Süße.«

»Hank?«

»Bin noch dran.«

Ich setzte mich aufs Sofa und legte mir eine Decke über die Beine. »Mir ist heute ein ziemlich interessantes Gerücht zu Ohren gekommen.«

»Was du nicht sagst.«

»Bist du nicht neugierig?«

»Nein. Du weißt, was ich von Gerüchten halte.«

»Mein Gott, du bist wirklich ein ärgerlicher Typ.«

Er kicherte. »Wenn du meinst.«

»Es ging um dich.«

»Wie gesagt, ich muss auflegen, Tal.«

»Untersteh dich ...«

Klick.

Der Dreckskerl hatte tatsächlich aufgelegt.

* * *

An diesem Abend lief bei der BBC *Im Auftrag der Toten.* Ich saß in die Decke gehüllt auf dem Sofa und streichelte Penny. Der Film war äußerst spannend, und doch konnte er mich nicht ablenken.

Hin und wieder blickte ich beschwörend auf das Telefon, als könnte ich so den Anruf erzwingen. Ich konnte es nicht abwarten, endlich mit Delphine zu reden.

Aber die Nervenprobe ging weiter.

Bevor ich zu Bett ging, vergewisserte ich mich, dass sich der Akku des Telefons auflud. Für den nächsten Morgen suchte ich mir eine Lesebrille und eine Perücke heraus. Nachdem ich noch einen letzten Blick auf den Nachthimmel geworfen hatte, legte ich mich schlafen.

Ich träumte von Delphine, sah das Gesicht von ihrem Schädel abschmelzen, wachte schweißgebadet auf. Es war erst halb sechs, doch ich zog es vor, wach zu bleiben. Auf solche Albträume konnte ich gut verzichten.

»Komm schon, Didi, lass es uns versuchen.« Ich stand in ihrem Büro neben der enthüllten Büste der rätselhaften Frau. In einer knappen halben Stunde sollte Ben Bowannie eintreffen, ein ehemaliger Gouverneur des Zuni-Stammes, um den echten Schädel und Didis Rekonstruktion einer Reinigungszeremonie zu unterziehen. Bis dahin musste ich hier fertig sein.

Didi fuhr sich mit den Händen durch ihr graues Haar und brachte es noch mehr in Unordnung als gewöhnlich. »Ich kann nicht diese schäbige alte Perücke auf diesen Kopf setzen. Ausgeschlossen. Es geht nicht. Und das mit der lächerlichen Brille kannst du dir auch abschminken.«

Ich hielt die Brille vor das Gesicht der Rekonstruktion. »Komm schon. Delphine trägt manchmal so eine Lesebrille.«

»Ist mir völlig egal«, sagte Didi. »Ich habe dem Gouverneur versprochen, den Indianerkopf nicht durch Gegenstände von Angloamerikanern zu entweihen, und beabsichtige, ihm seinen Wunsch zu erfüllen. Kapiert?«

»Das respektiere ich ja. Wirklich. Aber sie sieht meiner Bekannten so ähnlich. Die Perücke wird helfen, sie trägt manchmal das Haar so. Und die Brille …«

»Nein und noch mal nein«, sagte Didi gereizt, als sie sich an ihren Schreibtisch setzte. »Tut mir leid, Tally. Vielleicht, wenn der Gouverneur wieder verschwunden ist. Ja, das könnte klappen. Glaub's mir, dem Mann entgeht nichts, er würde es mitkriegen. Ob es tatsächlich der Schädel einer Indianerin ist oder nicht, ich finde es angemessen, seinen Wünschen zu entsprechen. Ich bin dazu verpflichtet. Es heißt, er sei ein äußerst einflussreicher Mann bei den Bogenpriestern, dem verschwiegensten und geheiligsten Zuni-Clan, oder wie immer sie so was nennen. Ich glaube es. Er ist ein mächtiger Mann und sich dessen bewusst. Also setz mich nicht unter Druck.«

Mir war klar, dass ich Didis Meinung respektieren musste, und doch hatte ich keine Lust dazu. Da meine Sammlung auch Zuni-Fetische enthielt, war mir auch die Bow-Priesterschaft der Zuni ein Begriff. Und die war sehr einflussreich, da hatte Didi recht. Ich zog mein Handy aus der Tasche und begann Fotos zu machen.

Sie nahm mir das Handy weg. »Das ist auch verboten!«

»Mein Gott, Didi!« Ich riss ihr das Telefon aus der Hand. »Was ist denn los mit dir? Sonst bist du doch immer willens, mir zu …«

»Heute nicht. Ich werde mich nicht beschuldigen lassen, die sterblichen Überreste einer heiligen Indianerin profaniert zu haben.«

»Meinetwegen.« Ich klappte das Handy zu.

»Lösch die Fotos.« Ihre Augen wirkten müde, weil sie zu viel gearbeitet hatte, doch jetzt funkelten sie. Sie meinte es ernst.

Ich kannte Didi seit Jahren. Sie war immer etwas brummig, doch jetzt war nicht mit ihr zu spaßen. Seltsam.

»Hast du mich nicht verstanden? Du sollst sie löschen.«

»Wie du willst.« Ich drückte ein paar Tasten.

Es klopfte an der Tür. »Was löschen, Ladys?«

Fogarty.

»Was ist das für eine Art, einfach so hereinzuplatzen?«, sagte ich. »Bevor Didi dich hereinbittet?«

Sein Blick verdüsterte sich. »Du schon wieder. Ich hatte wirklich geglaubt, wir wären dich los.«

»Was für eine freundschaftliche Begrüßung«, sagte ich. »Dabei bin ich doch nur hier, um dir zur Beförderung zu gratulieren. Du bist ja jetzt die rechte Hand der Chefin. Willst du dich nun auch noch in diese Geschichte hier einmischen?«

Er verschränkte die Arme vor der Brust und zerknitterte so seinen gestärkten weißen Kittel. »Ich mische mich nie ein in Dinge, die mich nichts angehen.«

Ich zwinkerte. »Natürlich nicht. Es sei denn, die Medien stehen vor der Tür.«

Er plusterte sich auf. »Was soll das heißen, du …«

Ich war abgelenkt durch einen undeutlichen Schatten in der Tür. Ich sah genauer hin, konnte aber nichts erkennen. Dieser Schuppen ist verdammt schlecht beleuchtet.

»Hallo«, sagte der Schatten, und jetzt sah ich den Mann. Wie hatte er es geschafft, dass wir ihn nicht bemerkt hatten? Er hatte uns beobachtet, ich war mir sicher. Sein Gesicht war sonnengebräunt, und er lächelte spöttisch. Er war klein und untersetzt und hatte eine markante Nase. Seine Ausstrahlung war merkwürdig – jovial und doch Ehrfurcht gebietend. Seine braunen Augen wirkten belustigt. Und doch war ich mir sicher, dass mehr dahintersteckte. Er hatte alles mitgehört und es amüsant gefunden. Er trug ein türkisfarbenes Hemd mit einer Schnürsenkelkrawatte, und seine schwarzen Jeans waren extrem scharf gebügelt. Die Cowboystiefel waren alt, aber sehr gut geputzt, und er hatte eine kleine Felltasche dabei.

Ich starrte ihn an, und obwohl mir bewusst war, dass das auffällig wirkte, konnte ich nichts dagegen tun. Seine Präsenz war irgendwie hypnotisierend. Andererseits traute ich diesem Gefühl nicht. Ein vermeintliches Charisma löste sich oft sehr schnell in nichts auf.

Didi drückte mir die Perücke in die Hand und umarmte den Mann, den ich für den ehemaligen Gouverneur der Zuni hielt.

»Darf ich vorstellen?«, sagte sie. »Gouverneur Ben Bowannie.«

Ich lächelte. »Guten Tag, Mr Bowannie. Freut mich sehr, Sie kennenzulernen.«

»Kriech ihm nur schön in den Arsch«, zischte Fogarty. »Hallo, Mr Governor.« Er gab Bowannie die Hand, doch der schien sich unbehaglich zu fühlen angesichts von Fogartys falscher Freundlichkeit.

»Kommen Sie, Mr Bowannie«, sagte Didi, bevor sie sich an Fogarty und mich wandte. »Entschuldigt uns, aber dies ist eine private Zeremonie.«

»Ich bestehe darauf zu bleiben«, sagte Fogarty.

Didi machte eine wegwerfende Handbewegung. »Vergiss es, Tom. Ihr könnt später wiederkommen.«

»Ich lasse mich nicht …«

»Soll ich Frau Dr. Morgridge anrufen?« Ihre Verärgerung war unübersehbar. »Sie hat mir versichert, dass der Gouverneur und ich ungestört sein würden.«

Fogarty errötete und schob seine Brille hoch. »Wie Sie wünschen.« Er verließ mit wehenden Kittelschößen den Raum.

Der Gouverneur beugte sich hinunter, um Penny zu streicheln, und es war völlig klar, dass sie nicht das Geringste dagegen einzuwenden hatte.

»Fogarty liebt diese theatralischen Auftritte«, murmelte Didi.

»Ich kenne sie.« Fogarty hatte ich keine Sekunde vermisst. Ich wandte mich Bowannie zu, der den Inhalt seiner Tasche auf Didis Schreibtisch entlud. Ich erkannte eine Art Zauberstab, aber die anderen Gegenstände sagten mir nichts.

Sein Lächeln war freundlich, der Blick plötzlich traurig. »Wir reden später.«

Ich wusste nicht, was ich sagen sollte. »Ich …«

Bowannie wandte sich Didis Rekonstruktion zu, dem Kopf aus Ton, und Didi öffnete mir die Tür.

»Didi, können wir Mr Bowannie nicht bitten …«

Sie schüttelte den Kopf. »Bitte, später.« Sie wies mich hinaus, und ich hörte, wie die Tür ins Schloss fiel.

Nach kurzem Zögern ging ich zu meinem ehemaligen Büro, das jetzt rosa, gelb und grün gestrichen war – für Gert waren das die Farben des Frühlings, die aber gegen die harten Winter von Massachusetts nichts ausrichten konnten.

»Herein«, sagte sie, nachdem ich angeklopft hatte. Auf ihrem Schreibtisch stapelte sich der Papierkram.

»Schrecklich, was?« Ich folgte Penny zum Sofa. »Diese elende Bürokratie.«

Sie ließ eine rosafarbene Kaugummiblase platzen. »Ich finde das gar nicht so schlimm.«

»Wie bitte?«

»Man arbeitet einen Stapel ab und hat das Gefühl, etwas geschafft zu haben. Man sieht es.«

Ich wusste, was sie meinte, aber … »Immer im Dienst der Sache, Gert.«

Sie nickte. »Ja, aber ich werde allmählich traurig.«

Mir war klar, was sie meinte. »Was dagegen, wenn ich mal telefoniere?«

Sie zeigte auf das Telefon. »Kein Problem.«

Ich wählte die Nummer von Delphines Galerie auf Martha's Vineyard. Niemand meldete sich, es sprang nicht einmal ein Anrufbeantworter an. Das war beunruhigend. Delphine war eine sehr professionelle Galeristin. Während der Geschäftszeiten war eigentlich immer jemand da.

»Bin gleich zurück.« Ich überquerte den Flur und betrat das Hauptbüro des MGAP. Nachdem ich Donna begrüßt hatte, eine langjährige Mitarbeiterin, setzte ich mich an einen Computer. Als ich online war, fand ich sofort die Webseite von Delphines Galerie mit den Öffnungszeiten.

Auf der stilvollen Webseite stand, ich könne sofort anrufen und mich kompetent beraten lassen. Verdammt, warum war es unmöglich? Wo war Zoe? Ich rief wieder und wieder an, aber niemand nahm ab.

Ich betastete den Anhänger meiner silbernen Halskette, den ich bei meinem letzten Besuch in Delphines Galerie gekauft hatte. Der von einem bekannten Zuni-Steinschnitzer namens Ricky Laahty gearbeitete steinerne Frosch hatte eine Silberfassung. Der Stein fühlte sich glatt und warm an.

Es kümmerte mich nicht, ob es verrückt oder unlogisch klang. Delphine war tot. Das hier war ihr Schädel. Ich spürte es instinktiv.

Ich fühlte mich verpflichtet, das Ende der Reinigungszeremonie abzuwarten, und deshalb rief ich Addy an, um sie zu fragen, ob wir zusammen zu Mittag essen könnten. Aber sie hatte keine Zeit, und ich schlenderte den Flur hinunter und betrat die Abteilung für Spurensicherung, um Kranak zu besuchen. Es war typisch, wie er sich die Jungs von *National Geographic* vorgeknöpft hatte. Ich musste lächeln.

Ich spähte um die Ecke. »Rob?«

Er hörte mich nicht, weil er mit dem neuen Labortechniker – wie hieß er noch mal? – zu Mittag aß. Wahrscheinlich kamen die Sandwiches aus seinem Lieblingsladen im North End. Mit jedem Bissen schien es dem Techniker besser zu schmecken. Sie lachten, und ich fragte mich worüber.

Ich kehrte um und stolperte über den Diensthabenden vom Empfang.

»Ma'am?«

Ich lächelte, war aber zugleich unendlich traurig. Der Mann kannte mich nicht. Und ich ihn auch nicht.

Es hatte eine Zeit gegeben, als ich hier alle kannte.

»Ma'am?«, wiederholte er.

»Entschuldigung«, sagte ich. »Der Mann, nach dem ich gesucht habe, ist nicht hier.«

Ich hatte keine Lust zu warten.

An diesem Abend aß ich mit meiner alten Freundin Shaye im North End, im Antico Forno an der Salem Street. Sie war weit entfernt von der bei Touristen beliebten Hanover Street. Es war eine schmale Gasse, die fast europäisch wirkte, und deshalb mochte ich sie so sehr. Auch das Essen war köstlich.

Shaye kümmerte sich um obdachlose Frauen, ich achtete sie sehr. Aber wir stritten uns wie üblich.

»Der Stamm sollte diesen Schädel zurückbekommen«, sagte sie.

Der Kellner stellte einen dampfenden Teller mit Meeresfrüchten vor mich hin, und ich spießte mit meiner Gabel ein Stück Tintenfisch auf. »So kann man das nicht sagen.«

»Natürlich kann ich das sagen.« Sie tunkte ein Stück Brot in die Kräutersoße und probierte.

»Wir wissen nicht mal, ob es der Schädel eines der Vorfahren unserer heutigen Indianer ist.«

Shaye lächelte. »Klar, es ist der eines verfickten Weißen aus Spanien oder sonst woher.«

»Halt die Klappe, Shaye. Hier essen Familien mit Kindern.«

Sie probierte von der vegetarischen Lasagne, wischte sich mit der Serviette den Mund und zischte: »Fotze.«

»Mein Gott, hör auf mit dieser Vulgärsprache.«

Ein befriedigtes Lächeln huschte über ihr Gesicht. »Sie macht einen großen Teil meines Charmes aus.«

»Im Ernst, Shaye, es geht darum, alles über diesen Schädel in Erfahrung zu bringen. Ich kann gut verstehen, warum die Leute vom Smithsonian ihn genau unter die Lupe nehmen wollen.«

»Scheiße.«

»Ich bitte dich, Shaye …«

Sie schüttelte den Kopf. »War ernst gemeint. Die Tür. Dreh dich nicht um.«

Es lief mir kalt den Rücken herunter. Als ich den Kopf zur Seite wandte, sah ich Harry Pissaro in das Restaurant marschieren.

»Folgt dieser widerliche Typ dir überall hin?«, fragte Shaye.

Ich kehrte dem Eingang den Rücken zu und beließ es dabei. Ich aß Hummer und Muscheln und Salat, auch der Cabernet war köstlich. Aber ich schmeckte nichts.

Pissaro und seine beiden Handlanger waren meinetwegen hier. Ich wusste es, und es kotzte mich an. Irgendwie schaffte ich es nicht, diese Klette von einem Gangster aus meinem Leben zu vertreiben.

Ich legte ein paar Geldscheine auf den Tisch, warf meine Serviette hin und steuerte auf den Ausgang zu.

»Aber warum denn, meine liebe Tally ...«, begann Pissaro.

Ich eilte an ihm vorbei, ohne in anzuschauen, und sein Gelächter folgte mir, als ich das Lokal verließ.

Als ich wieder zu Hause war, ging ich zuerst duschen, wie immer, wenn mir dieser schmierige Gangster Pissaro über den Weg gelaufen war. Nach dem Mord an seiner Tochter hatte ich ihn betreut und auch danach noch bei mehreren Fällen mit ihm zusammengearbeitet, die zum Teil auf sein Konto gingen. Jetzt glaubte er, ich müsste immer für ihn da sein, eine Sichtweise, die ich absolut nicht teilte. Mein Abschied vom MGAP brachte immerhin den Vorteil mit sich, dass ich Pissaro nicht mehr so häufig sah. Das war ein echter Segen.

Noch ein Tag, dann war Hank hier. Ich konnte es kaum erwarten. Ich wickelte ein Handtuch um mein Haar, ließ Penny herein und sah das Licht meines Anrufbeantworters blinken.

Nachdem ich es mir auf dem Sofa bequem gemacht und die Decke über meine Beine gebreitet hatte, zappte ich bei ausgeschaltetem Ton durch die TV-Kanäle. Dabei hörte ich den Anrufbeantworter ab. Mein Finanzberater machte mir Vorschläge, die mir sämtlich töricht vorkamen. Die Cornell University, meine Alma Mater, bat mich um eine Geldspende. Gert lud mich und Hank am Wochenende zum Essen ein, um uns ihren neuen Freund vorzuführen, einen Typ namens Incredulous, kurz Cred. Einen Rapper. Mit Dreadlocks. Gert liebte Dreadlocks.

»Guter Gott, Gertie«, murmelte ich.

Penny stellte die Ohren auf.

Die Stimme der letzten Nachricht erkannte ich nicht. »Zoe hier«, sagte sie. »Ich rufe aus Delphines Galerie an. Ich hatte ja versprochen, mich zu melden, Miss Whyte. Ich habe mit Delphine telefoniert. Es geht ihr gut. Sie ist sehr beschäftigt und hat wenig Zeit zum Telefonieren. Sie wohnt bei Freunden und hat mich gebeten, Ihnen ihre Handynummer zu geben. Ich hoffe, damit ist Ihnen gedient.«

Erleichtert notierte ich die Nummer.

»Wenn Sie noch Fragen haben, rufen Sie mich einfach an«, fügte Zoe hinzu. »Bis dann.«

Ich atmete tief durch. Trotzdem würde ich mich erst richtig gut fühlen, wenn ich selbst mit Delphine gesprochen hatte. Ich wählte ihre Handynummer, doch es meldete sich nur die Mailbox. Ich hinterließ eine Nachricht.

Ich stellte den Ton des Fernsehers laut und sah mir die Wiederholung einer Folge von *Life on Mars – Gefangen in den 70ern* an, meiner bevorzugten britischen Polizeiserie. Dann griff ich nach einem Schal, den ich zu stricken begonnen hatte, und machte mich an die Arbeit. Die seidenweiche Alpakawolle fühlte sich wundervoll an, und ich entspannte mich.

Addy und Gert hatten gute Gründe, mich wieder beim MGAP arbeiten sehen zu wollen. Ich vermisste die beiden und die anderen. Mir fehlte das Gefühl, irgendwo *dazuzugehören*.

Mir fielen die Augen zu, und ich träumte von Indianern und Schädeln und …

Ein Geräusch aus dem Lautsprecher des Fernsehers riss mich aus dem Schlaf. Es war spät und an der Zeit, ins Bett zu gehen. Delphine beunruhigte mich immer noch. Das Gesicht des rekonstruierten Kopfes hatte so viel Ähnlichkeit mit ihrem, bis hin zu der markanten Nase. Zumindest sah ich es so.

Verdammt, ich würde noch mal mit Didi reden und die Rekonstruktion fotografieren. Und wenn sie noch so dagegen war, es kümmerte mich nicht mehr. Ich konnte einfach nicht glauben, dass die Ähnlichkeit mit Delphine ein bloßer Zufall war. Nicht für einen Augenblick.

4

Ich schlief länger als beabsichtigt. Als ich aufgestanden war, rief ich Didi an, um mich nach ihrer Tagesplanung zu erkundigen. Da sie den ganzen Tag in ihrem Büro sein würde, joggte ich erst mit Penny im Schlepptau die Appleton Avenue zum Peters Park hinunter. Ich blickte auf die Uhr. Ich musste sicherstellen, dass Addy mich nicht sah, denn sonst hätte sie mich wieder gelöchert, ich solle zum MGAP zurückkehren. Ich war noch nicht so weit, ernsthaft darüber nachzudenken, mich zu entscheiden.

Jetzt, wo sie die Prozedur mit dem Gouverneur hinter sich gebracht hatte, konnte ich sie vielleicht doch noch einmal fragen, ob es nicht möglich war, den Schädel mittels der Radiokarbonmethode zu analysieren.

Im Park trafen Penny und ich Freunde – Hunde und Menschen. Wir jagten hinter Bällen und Frisbeescheiben her und amüsierten uns prächtig. Deshalb hatte ich auch kein schlechtes Gewissen, Penny allein zu Hause zu lassen. Ich hatte nicht vor, mich lange bei Didi aufzuhalten.

Glücklicherweise war auf den Straßen nicht viel los, und kurz darauf zog ich die Seitentür des OCME auf. Ich hätte schwören können, dass sie von Jahr zu Jahr schwerer wurde. Die Eingangshalle war verwaist. Wahrscheinlich legte der Sergeant mal wieder eine seiner zahlreichen Pausen ein. Seltsam aber war, dass ihn niemand von der Spurensicherung vertrat, bis er zurück war.

Als ich die Halle durchquerte, fiel mir auf, dass hinter den Scheiben der Spurensicherung die Jalousien heruntergelassen waren. Entweder fand ein Meeting statt, oder sie praktizierten einige ihrer forensischen Kunststückchen, die für Außenstehende so einfach aussehen, tatsächlich aber extrem kompliziert sind.

Ich drückte die Tasten des Keypad und hoffte, dass sich die Kombination seit dem Vortag nicht geändert hatte. Der Summer erschien mir lauter denn jemals zuvor.

»Verdammt.«

Ich blickte mich um. Immer noch niemand zu sehen. Ich atmete erleichtert auf. Ich zog die Tür leise zu, ging den Flur hinunter und bog nach links ab. Ich winkte einem mir bekannten Techniker zu, der auf dem Weg zu der Abteilung für die Obduktionen war. Da waren die anderen wahrscheinlich auch, immer auf der Suche nach der Wahrheit.

Ich bog um die Ecke. Auf der Bank lag eine rote Baseballkappe. Irgendjemand musste bei Didi im Büro sein. Ich schob die Kappe zur Seite und setzte mich. Ich öffnete meine Handtasche, die durch meine Digitalkamera ziemlich schwer war. Meine Schulter schmerzte, und ich machte ein paar Entspannungsübungen.

Dann schlug ich ein Buch über die alten indianischen Kulturen auf, das ich vorsorglich mitgenommen hatte, und las. Interessant, besonders die Passagen über die fantastischen Steinschnitzereien.

Etliche Seiten später blickte ich auf die Uhr. Ich saß schon zwanzig Minuten hier. Jetzt hatte ich genug. Wer immer bei Didi war, er fand kein Ende.

Ich klopfte, trat ein und schrie auf.

Meine Stimme hallte von den Wänden des kleinen Labors wider, dann war es still. Didi lag in einer Blutlache, mit blutverschmiertem Gesicht und Haar.

Jemand hatte ihr die Kehle durchgeschnitten. Und noch mal zugestochen.

Ich presste mich mit dem Rücken an die Tür. »Didi!«, schrie ich. »Didi!« Ich schnappte nach Luft und bemühte mich verzweifelt, mich nicht zu übergeben.

Ihre Augen standen offen, der leere Blick war ins Nichts gerichtet. Die Lage des Kopfes war so merkwürdig, als wäre er fast abgetrennt von dem Hals, der …

Was war das auf dem Boden? Ich blickte mich um, sah niemanden. Er konnte doch nicht noch hier sein, oder?

Ich trat einen Schritt nach links. Didis rechter Arm lag quer über ihrem Oberkörper, und ihr knochiger, an der Spitze rotbrauner Zeigefinger schien auf etwas zu zeigen, wie in einem Gruselfilm aus den Dreißigern. Auf dem Linoleumboden stand ein Wort. *Blutfet.*

Ich drehte mich um und übergab mich. Danach wischte ich mir mit dem Ärmel meines Sakkos den Mund.

Warum hatte ich so heftig reagiert auf das Wort, das sie auf den Boden geschrieben hatte? Ich wusste es nicht, wusste nicht einmal, was *Blutfet* heißen sollte. Oh, Didi, ich verstehe es nicht.

Wo waren all die anderen?

Irgendwie war ich unfähig, mich zu bewegen. Ich konnte mich nur immer noch fester an die Tür drücken. Mit einer Hand durchwühlte ich meine Tasche und zog das Handy heraus. Ich klappte es auf, drückte eine Taste und murmelte »Gert«.

Keine Reaktion.

Ich schloss die Augen, und als ich sie wieder öffnete, sah ich erneut Didis Leiche. Meine Augen brannten, doch die Tränen kamen nicht. Didi hatte das nicht verdient. Wahrhaftig nicht.

Ich wollte neben ihr niederknien, sie halten, ihr Gesicht streicheln. Ich wagte es nicht. Das konnte der Spurensicherung die Arbeit erschweren. »Oh, Didi, ich bin so traurig.« Wieder hob ich das Telefon ans Ohr. »Gert!«

Das Handy wählte die Nummer automatisch und piepte währenddessen. Ich zitterte und konnte nichts dagegen ausrichten. Jetzt weinte ich, und meine Tränen fielen in die Blutlache auf dem Boden.

Was, wenn der Killer sich hinter dem Schreibtisch versteckt hatte, als ich den Raum betrat?

»MGAP«, meldete sich eine Stimme. »Wie kann ich Ihnen helfen?«

»Gert.« Mehr brachte ich nicht heraus.

»Sie ist nicht da. Kann ich Ihnen weiterhelfen?«

Ich schnappte zwei-, dreimal nach Luft.

»Hallo?«

»Hier spricht Tally Whyte. Benachrichtigen Sie die Spurensicherung und sagen Sie, einige Ermittler sollen in Dr. Cravitz' Büro kommen.

»Tal, ich bin's, Donna. Wir haben einen Haufen Arbeit.«

»Benachrichtige sie. Sofort.« Ich klappte das Handy zu und glitt an der Tür herunter zu Boden. Mein Fuß lag in der Blutlache, und ich musste immer heftiger weinen.

»Tal?«, sagte Kranak.

Ich blinzelte. Mittlerweile waren etliche Leute im Flur. Forensiker, ein Leichenbeschauer, den ich nicht kannte. Irgendwo schluchzte jemand. Ich konnte nicht sehen, wer es war. Irgendjemand, wahrscheinlich Kranak, hatte Flatterband vor die Tür von Didis Büro gespannt. Ich wandte den Blick ab und schaute in Kranaks graue, blutunterlaufene Augen.

Seltsam, aber ich empfand ein starkes Glücksgefühl, als ich ihn sah.

»Ja«, sagte ich. »Ja, ist schon okay. Ich habe Schlimmeres gesehen. Aber dies ist … Mein Gott, die arme Didi. Verdammt!«

»Ja«, sagte er. »Hör zu, ich muss wieder da rein. Gertie ist unterwegs.«

Ich packte seinen Ärmel. »Warte. Der Schädel und die Rekonstruktion, wo sind sie?«

Noch bevor er den Kopf schüttelte, wusste ich Bescheid. Ich seufzte, lehnte mich an die nackte Betonwand und lutschte an dem Stück Eis, das Kranak mir gegeben hatte.

Natürlich hatte der Täter – wer immer es gewesen sein mochte – den Schädel, die Tonscherben und Didis Rekonstruktion gestohlen.

* * *

Kranaks »Büro« war ein winziger, durch Sperrholzwände abgetrennter Verschlag. Ich ging unruhig auf und ab, das Warten schien kein Ende zu nehmen. Endlich kam er. Er zog seine zerknitterte Anzugjacke aus und krempelte die Ärmel hoch.

Dann setzte er sich an das Ende der mit Leder gepolsterten Bank und lehnte sich an die Wand.

Ich schenkte ihm eine Tasse Tee ein und öffnete für mich eine Dose Cola Light.

»Irgendwelche Neuigkeiten?«, fragte ich, als ich ihm die Porzellantasse mit dem dampfenden Tee reichte.

Er trank, nickte, fuhr sich dann mit der Hand durch das borstige, sehr kurz geschnittene Haar. »Kaum. Ein paar Spuren. Mist. Wir waren befreundet.«

Ich setzte mich neben ihn und lehnte mich an seine Schulter. »Ich weiß.«

Vor meinem geistigen Auge sah ich Didis blutverschmierte Leiche. Wie lange würde es dauern, bis ich dieses verfluchte Bild abschütteln konnte?

»Irgendwelche Aufschlüsse über den Schädel oder die Rekonstruktion?«

Er kniff die Lippen, zusammen. »Wir glauben …«

»Ich auch«, sagte ich. »Trotzdem, es war ein sehr grausamer Mord. Jede Menge Aggressivität und Leidenschaft.«

Er schnaubte. »Ich wusste, dass du das sagen würdest.«

»Schon klar. Aber es ist doch offensichtlich, oder?«

»Möglich. Ja, vermutlich. Oder der Killer will, dass wir so denken. Soweit wir wissen, ging es ihm um Geld. Es gibt einen lukrativen Markt für solche Objekte.«

»Für Rekonstruktionen?«

»Für den alten Schädel, Tal.«

»Es fällt mir schwer, das zu glauben. Andererseits … Vermutlich bin ich im Moment bereit, alles zu glauben.« Ich fuhr mir mit zwei Fingern durchs Haar. »Und was bedeutet *›Blutfet‹?* Weißt du es?«

Er trank einen Schluck Tee. »Wie bitte?«

»Was soll das heißen? Ich meine das Wort, das Didi mit ihrem Blut auf den Boden gekritzelt hat.«

»Ich habe keine Ahnung, wovon du redest, Tal.«

Ich stand auf, verstand nicht, warum er so tat, als wüsste er von nichts. »Ich finde das gar nicht witzig, Rob.«

»Da hast du ausnahmsweise recht, diese Geschichte ist wirklich nicht lustig.« Er stellte die Tasse auf den Schreibtisch und zog sein Jackett an.

Verlor ich den Verstand? Ich zerrte ihn zu Didis Büro zurück, das sich deutlich geleert hatte. Forensiker, einer von ihnen stand auf einer Leiter. Die Leiche war bereits abtransportiert. Nicht mehr lange, dann musste ich mit Didis Verwandten reden.

Ich schüttelte den Kopf, wusste nicht mehr genau, wo die Leiche gelegen hatte. Ich schlüpfte unter dem Flatterband hindurch, um besser sehen zu können.

»Also?«, fragte Kranak.

Auf dem Boden war mit Kreide markiert, wo die Leiche gefunden worden war. Mein Blick suchte rechts und links davon nach dem Wort. Noch immer bedeckte die Blutlache den Linoleumboden. Sonst stach mir nichts ins Auge.

»Das ist unheimlich, Rob. Didi hat mit ihrem Blut das Wort *›Blutfet‹* auf den Boden gekritzelt.« Ich zeigte auf die Stelle, wo ich es gesehen hatte. »Genau da. Ich bin mir sicher.«

»Hey, Bruce.« Kranak schaute den Mann auf der Leiter an. »Ist dir ein Wort auf dem Boden aufgefallen?«

Bruce schüttelte den Kopf. »Nein, Sergeant.«

»Vielleicht unter der Lache?«, fragte ich. »Das Blut könnte über das Wort geflossen sein.«

Der Spurensicherungsspezialist blickte uns an und schüttelte erneut den Kopf. »Wenn wir so weit sind, überprüfe ich das noch mal. Aber ich bin skeptisch.«

»Davon habe ich nichts. Finden Sie einfach dieses Wort.« Ich drehte mich um und verließ das Büro.

Kranak sagte noch etwas, das ich nicht verstand, und folgte mir dann. »Bruce ist mein bester Mann, Tally.«

Ich stand im Flur und empfand zugleich Wut und Angst. »Wie du meinst. Was ist mit den Fotos vom Tatort?«

»Sie geben keinerlei Hinweis darauf, dass du recht hast.«

»Ich weiß, was ich gesehen habe.«

»Bruce wird es überprüfen. Versprochen.«

»Aber klar. Er war sich ja jetzt schon verdammt sicher, dass er nichts finden wird.« Ich trat in die Eingangshalle und steuerte auf die Räume des MGAP zu. Kranak hielt mich am Arm fest.

»Moment, Tally.«

Ich blickte ihn an. »Irgendwas stinkt hier. Ich weiß, was ich gesehen habe, und mag es nicht besonders, wenn man mich wie ein Kleinkind behandelt und meine Worte in Zweifel zieht.«

Er schnaubte. »Das tut doch niemand. Aber das Wort könnte durch die Lache weggespült worden sein. Und noch etwas, Tally. Keiner weiß besser als du, dass einem die Fantasie einen Streich spielen kann.«

»Ich habe es mir nicht eingebildet.« Ich griff nach einem Stift und einem Block und schrieb das Wort *›Blutfet‹* darauf. »Hier. Sie hat es auf den Boden gekritzelt. Ich weiß nicht, warum jetzt nichts mehr davon zu sehen ist. Es ist sehr wichtig. Ich hoffe, du verstehst das.«

»Natürlich verstehe ich es. Aber du weißt genauso gut wie ich, dass ich ohne Beweise gar nichts machen kann.«

»Halt einfach die Augen offen, okay?«

»Versprochen.« Er blickte auf den Zettel. »Ehrensache.«

Ich gab ihm einen Kuss auf die Wange, nickte und schlug den Blick zu Boden. Meine Pumps waren vorne offen, und der hervorlugende Zeh war blutverschmiert.

Es war schwer, Didis Schwester und ihren Schwager dazu zu bewegen, sich Gert und ihrem Team anzuvertrauen, aber ich arbeitete hier nicht mehr.

Ich trauerte um Didi, und ihre Verwandten, Freunde und Kollegen vom OCME taten mir unendlich leid. Didi hatte diesen Tod nicht verdient. Absolut nicht.

Unmittelbar nach der Identifizierung durch die Angehörigen stahl ich mich in den Kühlraum, in den Didis Leichnam gebracht worden war, um mich von ihr zu verabschieden. Es war mir wichtig. Beerdigungen und Leichenhallen, das war etwas anderes. In Letzteren lagen die Leichen einbalsamiert, wächsern, künstlich geschönt. Oft steckte man die Toten in Kleidungsstücke, die sie als Lebende nie getragen hätten. Ich erinnerte mich an eine verstorbene Freundin, der man die Fingernägel grellrot angemalt hatte, und ihre Hände hielten eine King-James-Bibel. Sie hatte nie roten Nagellack benutzt und hätte sich dagegen verwahrt, mit einer Bibel im Sarg zu liegen.

Die Toten, die wir in den Leichenhallen sehen, entsprechen dem Bild der Trauernden, nicht dem Selbstbild der Verstorbenen. Zumindest sah ich es so.

Folglich war es mir immer wichtig, mich von den Mordopfern und meinen verstorbenen Freunden allein zu verabschieden.

Ich stand in dem großen Kühlraum, den ich nur zu gut kannte. Didis Leichnam lag auf einer stählernen Bahre, so wie die anderen Toten. Ihr Körper steckte in einem weißen Kunststoffsack, und aus Pietät hatte jemand auch ihren Hals und ihr Gesicht bedeckt. Bisher war sie noch nicht obduziert worden. Wer immer die Autopsie durchzuführen hatte, ich beneidete ihn nicht. Es war schwer, den Körper einer Kollegin aufschneiden zu müssen.

Seufzend legte ich eine Hand auf Didis Stirn, berührte dann ihr graues, noch immer blutverschmiertes Haar. »Du warst ganz schön verrückt, Didi. Einfach verrückt.« Ich streichelte ihren Arm, als könnte ihr diese besänftigende Geste noch helfen. Tatsächlich half sie mir, etwas besser mit ihrem Tod klarzukommen.

Jetzt war sie so erstarrt wie eine ihrer Rekonstruktionen. Ich strich mit zwei Fingern über einen üblen blauen Fleck auf ihrer Wange. »Wer hat dich geschlagen? Warum? Wer hat dir das angetan?«

Mein Blick fiel auf das Muttermal neben dem linken Auge, von dem sie immer gesagt hatte, sie wolle es entfernen lassen. Es wirkte fast wie ein Schönheitsfleck.

War Bowannie zurückgekommen, oder vielleicht die Journalisten von *National Geographic?* Irgendjemand – wer? – wollte die Objekte in seinen Besitz bringen. Vor meinem geistigen Auge sah ich, wie Didi sich wehrte, und dann …

Ich strich über ihren Unterarm. »Oh ja, Didi, wir werden es herausfinden. Keine Sorge, wir lösen den Fall und sorgen dafür, dass dieser Typ für seine Tat bezahlt.«

»Was soll das heißen, es gibt keine Fotos von dem Schädel und Didis Rekonstruktion?« Ich stand mit vor der Brust verschränkten Armen vor Addys Schreibtisch und starrte sie in der Hoffnung an, dass sie gleich sagen würde, sie habe sich geirrt.

»Nein, tut mir leid, Tal, es gibt keine Fotos.« Sie zeigte auf einen Stuhl. »Bitte setz dich. Du bist offensichtlich verwirrt, weil du den schrecklichen Anblick von Didis Leiche nicht vergessen kannst.«

»Nein, bin ich nicht.«

»Setz dich!«

Ich gehorchte. »Ich bin nicht verwirrt, zumindest nicht zu sehr.« Plötzlich musste ich gegen Tränen ankämpfen. »Warum gibt es keine Fotos?«

»Der Gouverneur wollte es nicht. Er hat uns darum gebeten, wir haben seinem Wunsch entsprochen. Wir mussten das respektieren, Tally.« Addy zündete sich eine Zigarette an.

Am liebsten hätte ich auch eine geraucht.

»Ja, unsere Didi war schon ein Unikum«, sagte Addy.

Ich nickte lächelnd. »Ja, ein echtes Original.«

Sie inhalierte tief und ließ den Rauch durch die Nase entweichen. »Auch in professioneller Hinsicht war sie einzigartig.«

»Hast du mit dem Gouverneur telefoniert und ihm erzählt, was …?«

Addy nickte.

»Was dagegen, wenn ich mit ihm rede?«

Sie drückte ihre Zigarette aus. »Ja.«

»Warum?«

Sie zündete sich die nächste Zigarette an. »Sergeant Kranak meint, wir würden deinetwegen nur Ärger bekommen.«

Es versetzte mir einen Stich ins Herz. Ich war mir sicher, dass Kranak es nicht so gesagt hatte, aber … Merkwürdig, wie sehr mich diese Worte schmerzten. Nach unserer Affäre hatte er einfach sein eigenes Leben weitergeführt, genau wie ich.

»Sergeant Kranak hat recht«, sagte ich. »Aber ich arbeite nicht mehr hier, was mir auch gut zu sein scheint.« Ich überlegte, ob ich ihr von den beiden Schnappschüssen der Rekonstruktion erzählen sollte, die ich mit meiner Handykamera gemacht hatte. Ich hatte nur so getan, als würde ich sie löschen. Später. Ich würde es ihr später sagen, nachdem ich mit dem Zuni-Gouverneur gesprochen hatte.

Nachdem ich Addys Büro verlassen hatte, schickte ich die Fotos an meine eigene E-Mail-Adresse. Sie waren extrem wertvoll, wenn es tatsächlich die einzigen Bilder von Addys Rekonstruktion waren.

Als ich wieder zu Hause war, rief ich meine E-Mails ab und betrachtete die beiden Fotos. Eines zeigte den rekonstruierten Kopf frontal, das andere im Profil. Ich wünschte, ich hätte nicht auf Didi gehört und weitere Aufnahmen gemacht. Didi. Auch sie war auf einem der Fotos zu sehen, wenn auch nur ihr Rücken. Sie beugte sich über einen Tonklumpen, den sie mit ihren knochigen Fingern formte. Die Aufnahme war so charakteristisch für ihre konzentrierte Arbeitsweise.

Sie war eine echte Kapazität auf ihrem Gebiet gewesen, hatte sich ganz ihrer Arbeit verschrieben, einer Vergangenheit, die sie wieder zum Leben erwecken wollte.

Das Foto sagte alles. Das Leben, noch da, dann in einem Wimpernschlag ausgelöscht. Ich schaute erneut auf das Foto, auf dem sie noch so lebendig wirkte. Und jetzt …

Ich sah keinen Sinn im Diebstahl eines Schädels, einiger Tonscherben und einer Tonbüste. Es erschien mir völlig unverständlich.

Da es mir an diesem Abend nicht gelang, Gouverneur Bowannie persönlich zu erreichen, googelte ich ihn. Er schien ein intelligenter und besonnener Mann zu sein, dem es darauf ankam, die althergebrachten Traditionen seines Stammes mit dem modernen Leben in Einklang zu bringen – sehr zum Missfallen einiger hitzköpfiger junger Zuni.

Er verdiente seinen Lebensunterhalt mit dem Schnitzen von Kachinas, die er auch für Rituale seines Stammes anfertigte. Ich sah mir etliche Fotos dieser Kachinas an. Laut Barton Wright, der viel über die amerikanische Indianerkunst publiziert hatte, verkörperten Kachinas die geistige Essenz aller Dinge in der realen Welt. Mit dem Kachina-Kult verbindet sich die Vorstellung, dass alle Gegenstände auf der Welt zwei Formen besitzen, die des sichtbaren Objekts und die seines geistigen Gegenparts, ein Dualismus, der Masse und Energie ausgleicht. Kachina-Puppen – so viel wusste ich bereits – sind niemals Spielzeuge, nicht einmal dann, wenn sie den Kindern von Mitgliedern des Hopi- oder Zuni-Stammes geschenkt werden. Diese Puppen haben eine wichtige religiöse Funktion, denn sie stehen für die Geister der Ahnen, denen als Mittlern zwischen Menschen und Göttern übernatürliche Kräfte zugeschrieben werden. Kachinas werden aus den Wurzeln von Dreieckblättrigen Pappeln geschnitzt, die zunehmend seltener werden, und anschließend bemalt, um die Geister der Ahnen zu repräsentieren.

Bei meinen Besuchen im Westen hatte ich häufig Kachinas gesehen. Gouverneur Bowannie war offensichtlich ein Meister seines Fachs. Seine Kachina-Puppen waren sehr gefragt bei vielen reichen und wählerischen Sammlern. Seine Arbeiten erzielten hohe Preise, doch ich wusste, wie viel davon bei Kunsthändlern und Galeristen hängen blieb. Ich hatte keine Ahnung, wie viel Bowannie selbst einstrich.

Ich recherchierte weiter, teilweise, weil mich das Thema faszinierte, aber auch, weil ich Bowannie telefonisch nicht erreichte und auch nicht herausfand, wo er in Boston wohnte. Irgendjemand vom OCME musste es wissen. Schließlich war auch er nun in die Fahndung nach Didis Mörder einbezogen.

Da Didi im Gebäude des OCME umgebracht worden war, schien es mir wahrscheinlich, dass nicht die örtlichen Cops für den Fall zuständig waren, sondern die Detectives der Bundespolizei von Massachusetts. Ich kannte einige von ihnen und konnte sie anrufen. Falls möglich, wollte ich Kranak lieber aus der Geschichte heraushalten. Ich würde ein paar Tage warten, bis sich die Lage etwas beruhigt hatte, und mich dann um den Aufenthaltsort des Gouverneurs kümmern.

Ich rief die Seite mit den Abfahrtszeiten der hiesigen Fähren auf. Etliche von ihnen setzten nach Martha's Vineyard über. Ich hatte genug von der Telefoniererei. Am nächsten Tag würde ich eine Fähre nehmen und Delphines Galerie einen persönlichen Besuch abstatten.

5

Für mich gab es nichts Schöneres als den Altweibersommer. Die Fahrt nach Woods Hole war spektakulär, und Penny und ich erreichten problemlos die Fähre, die um Viertel vor elf ablegte und Vineyard Haven ansteuerte. Es war Ende September, und an diesem kühlen Mittwochmorgen war der Himmel strahlend blau. Ich konnte mir kaum vorstellen, dass jemand die Sünde eines Mordes beging.

Ich stand auf dem offenen Oberdeck, die Hände auf die Reling gestützt. Möwen kreischten und stürzten sich auf die kleinen Leckerbissen, die Passagiere für sie ins Wasser warfen. Die Brandung und der Wind tönten mir laut in den Ohren. Es ging eine kühle Brise, und ich wickelte mich fester in meinen Pullover.

Wie sehr ich das Meer liebte! Es erinnerte mich an meinen Vater und Veda und die Möglichkeit, dass es einen Gott gab.

Ich lachte und kraulte Pennys Fell. Hank sagte immer, er liebe meine »poetischen Anwandlungen«. Ich selbst fand sie im Nachhinein meistens ziemlich töricht.

Als ich in Vineyard Haven auf dem Kai stand, fühlte ich mich sofort völlig entspannt. Ich liebte diese Insel, besonders dann, wenn die Sommergäste verschwunden waren. Dann empfand man den eigentlichen Charakter von Martha's Vineyard. Die Insel war seit der Mitte des siebzehnten Jahrhundert besiedelt, und auch wenn sie jetzt während der Saison um Touristen buhlte, machte sich im Winter wieder die alte Bodenständigkeit bemerkbar. Die Leute arbeiteten hart, und das Leben konnte hier beschwerlich sein. Früher schmuggelten viele, um zu überleben. Ich bewunderte die Entschlossenheit und den Mumm der Inselbewohner.

Kaum hatte ich die Fähre verlassen, da entdeckte ich schon

einen großen, energisch wirkenden Insulaner mit Bart und dem Grinsen eines Seemanns. Dan Black und seine Frau Belle waren gute alte Freunde von mir. Sie war auf der Insel aufgewachsen, doch eigentlich wirkte eher ihr Mann so, als habe er schon immer am Meer gelebt. Tatsächlich war er ein Cowboy aus Durango in Colorado, der mit einem Stipendium an einem College im Osten studiert hatte.

»Dan!« Ich winkte und wurde kurz darauf so heftig umarmt, dass ich kaum noch Luft bekam. Ich lachte, Penny bellte erfreut.

»Wo ist deine wundervolle Frau?«, fragte ich, als er mich losgelassen hatte.

»Sie bereitet Fischpasteten fürs Mittagessen vor, damit du vor deinem großen Abenteuer etwas zu essen bekommst. Sie schmecken köstlich!« Er schaute mich an, und sein Blick wurde traurig. »Das mit Dr. Cravitz tut mir sehr leid. Sie war eine gute Frau.«

»Ja, das war sie.«

Er streichelte mein Haar. »Alles in Ordnung mit dir?«

War es so? »Ich denke schon. Es war ein Schock, Didi so zu finden. Eine Zeit lang war ich wie besessen von dieser ganzen Geschichte.«

»Hoffentlich nicht zu sehr. Hört sich ziemlich übel an.«

»Ja, es war schlimm.«

»Ich kenne Morde nur aus Kriminalromanen.« Er schnappte sich meinen Rucksack, und wir gingen zu seinem Wagen.

»Ich möchte, dass wir zu Delphines Galerie fahren, ist das okay?«, fragte ich, als ich auf dem Beifahrersitz seines roten Jeep Cherokee saß. Dan drehte den Schlüssel im Zündschloss, und es gab eine Fehlzündung, als wollte der Motor protestieren. Dans Hände krampften sich um das Lenkrad. Er nickte mir kurz zu, dann fuhren wir los.

Er bog zweimal nach rechts ab, und dann waren wir auf der Main Street. Ich wünschte, wir hätten Zeit gehabt, um den Buchladen Bunch of Grapes und das Schmuckgeschäft Sioux

Eagle besuchen zu können, zwei meiner absoluten Lieblingsgeschäfte.

»Bei deinem nächsten Besuch halten wir an und machen einen Einkaufsbummel«, sagte Dan, der offenbar Gedanken lesen konnte.

»Du kennst mich wirklich sehr gut.«

Er grinste und tippte an seine Kappe. »Was doch sehr schön ist, oder?«

»Ja, es ist schön, solche Freunde zu haben.«

Wir fuhren durch die Innenstadt, wo ich einst gesehen hatte, wie Präsident Clinton und seine Tochter Chelsea ausgestiegen waren, um Bücher zu kaufen. Damals hatte ich mit Buddy gespielt, dem schokoladenbraunen Labrador des Präsidenten. Der Personenschützer vom Secret Service, der ihn an der Leine hielt, hatte alle Hände voll zu tun mit diesem zugleich wilden und süßen Hund. Ich war traurig, als ich von seinem frühen Tod hörte.

Dan bog nach links ab, dann nach rechts auf die North William Street.

»Sehr hübsch«, sagte ich. »Ich liebe diese Strecke. Eines Tages werde ich nach West Chop rausfahren.«

Er kicherte. Eigentlich sah ich bei meinen Besuchen hier kaum mehr als die indianische Kunst in Delphines Galerie. In einigen Minuten würden wir dort sein, und ich empfand die gewohnte Vorfreude.

»Belle und ich sind sehr froh, dass du hier und unser Gast bist. Also nimm es mir nicht übel, wenn ich sage, dass du nicht … Ich werde nicht mit in die Galerie gehen.«

»Warum nicht? Wenn wir früher zusammen da waren, hat es dich immer begeistert. Du selbst hast mich damals Delphine vorgestellt.«

Er nickte. »Und etlichen anderen Leuten. Sie ist eine gute Frau. Ich wollte, dass sie Erfolg hat, aber …« Seine Finger hämmerten nervös auf das Lenkrad.

»Du musst es mir nicht erzählen, Dan.«

Er nickte. »Delphine hatte eine Affäre mit meinem Schwager. Vor über zwanzig Jahren.«

»Aber er war verheiratet mit …«

»Belles Schwester? Genau.« Er ließ das Seitenfenster herunter, und der Wind schlug uns ins Gesicht. Penny steckte die Nase heraus.

»Warum erzählst du mir das jetzt?«

»Weil es wichtig ist. Der Mord an Dr. Cravitz und die ganze Geschichte. Belles Schwester hat sich damals deswegen das Leben genommen.«

Das war mir neu. Eine traurige Geschichte, nur zu typisch für viele menschliche Beziehungen und Fehltritte. Ich war froh, dass ich ihm nichts von Didis Rekonstruktion erzählt hatte. Er wusste nur, dass ich Delphines Galerie besuchen wollte.

»Du hast doch etwas vor«, sagte Dan. »Du hast mir nichts davon gesagt, aber ich spüre es, meine Gute. Verlass dich drauf. Du willst etwas herausfinden.« Er lächelte schwach. »Und du bist die beste Schnüfflerin, die ich kenne.«

»Danke für das Kompliment. Ich würde nie …«

»Ich darf es nicht zulassen, dass Belle sich aufregt. Verstehst du das? Es darf nicht sein.«

Er bog nach links auf die Old Lighthouse Road ab, eine nicht asphaltierte Straße mit vielen Schlaglöchern. Nach etwa einer halben Meile erblickte ich Delphines Haus. Es stammte aus dem neunzehnten Jahrhundert, war im neogriechischen Stil erbaut und beherbergte auch die Galerie. »Kannst du bitte unter dem Baum da parken?«, fragte ich. »Ja, genau hier. Ich gehe den Rest des Weges zu Fuß.«

Er blickte mir direkt in die Augen, und die Miene meines eben noch so fröhlichen Freundes hatte sich auf verstörende Weise verdüstert. Ich empfand etwas wie eine latente Drohung.

Penny knurrte.

»Dan?«

Er atmete tief durch, das Kinn sank auf seine Brust. »Ich hätte es nicht sagen sollen. Jerry war ein Dummkopf. Delphine würde nie ein Sterbenswörtchen darüber sagen. Aber du, Tal … Deshalb habe ich es dir erzählt. Das ist alles. Delphine hat diesen Tod auf dem Gewissen.«

Sein Ton gefiel mir nicht.

Penny lief neben mir die von Bäumen gesäumte Straße hinunter. Ich hatte nichts gegen einen Spaziergang. Es tat gut, an der frischen Luft zu sein. Später würde ich Dan anrufen, damit er mich abholte. Der Boden am Straßenrand war sandig, das Meer ganz nah. Sand sickerte in meine Sandalen. Eine sanfte Brise strich durch mein Haar und blies mir eine Locke ins Gesicht. Ein Auto bog um die Kurve, und ich trat in den Schatten einer großen Eiche.

Als der Wagen verschwunden war, ging ich weiter. Bald stand ich vor einem weißen Lattenzaun, an dem sich längst verblühte Blumen emporrankten. Ich spähte hinter einem Busch hervor, dessen Blätter sich herbstlich zu färben begannen.

Auf den Stufen vor dem Eingang der Galerie stand eine Frau. Sie trug ein T-Shirt und einen lavendelfarbenen Trägerrock. Ihr Gesicht konnte ich nicht sehen, aber ihre Körpersprache deutete auf ein junges, lebensfrohes Mädchen hin. Sie trug eine Schleife in ihrem hellblonden Haar und hatte lange Zöpfe. Das Gesicht war von Locken eingerahmt. Sie telefonierte mit ihrem Handy, und selbst aus der Ferne glaubte ich ihr Lächeln zu sehen. Sie gestikulierte mit der linken Hand, und ihre Zöpfe schwangen hin und her, wenn sie nickte.

Ich hätte darauf gewettet, dass das Zoe war. Offenbar war die Galerie geöffnet, doch es schienen keine Besucher da zu sein. Die perfekte Gelegenheit, um mit Zoe zu sprechen, sich umzusehen und einen Eindruck zu gewinnen, was hier los war.

Ich trat hinter dem Busch hervor. In diesem Augenblick bog ein pinkfarbener Cadillac um die Ecke, ein Cabrio mit Heckflossen. Ein echter Straßenkreuzer aus den Sechzigern. Verdammt, offenbar wollte doch jemand der Galerie einen Besuch abstatten.

»Tally!«, rief die Frau hinter dem Steuer.

Sie hatte einen rosafarbenen Schal um ihren Kopf und den Hals gewickelt, wie Kim Novak in *Vertigo.* Im Gegensatz zu dem Filmstar kannte ich diese Frau allerdings.

Penny bellte wie verrückt vor Aufregung und Freude. »Carmen? Was hast du hier zu suchen?«

Der Cadillac blieb mit kreischenden Bremsen stehen, die Reifen wirbelten Staub auf.

»Mein Gott, Carmen«, sagte ich. »Ich versuche, hier nicht aufzufallen.«

Meine beste Freundin verzog das Gesicht. »Was redest du da? Belle hat mir erzählt, dass du auf der Insel bist und Delphines Galerie besuchen wolltest. Da bin ich losgefahren, um dich zu suchen.«

Ich blickte zu der Galerie hinüber. Die junge Frau mit dem Handy war nicht mehr zu sehen, wahrscheinlich war sie hineingegangen.

»Dies ist offensichtlich *kein* Zufall, meine Gute«, sagte ich. »Was hast du vor?«

»Ich? Gar nichts. Es gibt solche Zufälle. Ich mache hier Urlaub.«

»Und wo ist die Familie?« Ich packte ihren Arm. »Und dieser pinkfarbene Schlitten und der rosa Schal?«

Sie blickte mich an. »Das Restaurant ist nicht besonders gut gelaufen. Wir brauchten eine andere Einkommensquelle. Bob, er … Er will, dass ich mich darum kümmere. Ich mache hier nicht nur Urlaub. Ich bin auch als Miss Organic Mary Kay unterwegs.«

»Wie bitte?«

»Ich rede von einer neuen Firma namens Organic Pink. Das gleiche Geschäftsmodell wie die Kosmetikfirma Mary Kay, aber ohne Chemie. Den Straßenkreuzer habe ich mit der Fähre hergebracht. Ganz schön professionell, was? Jetzt alles klar?«

Für mich hörte sich das so an, als könnte sie sich eine Klage einhandeln, und Bob … Es verstörte mich, dass es bei ihnen Probleme gab. Und was die Zufälle anbetraf …

Doch darüber konnten wir später reden. »Du siehst großartig aus«, sagte ich. Carmen war über einen Meter achtzig groß und hätte auch in einem rosafarbenen Outfit von Mary Kay eine extrem gute Figur gemacht, doch das mit dem Schal und dem Straßenkreuzer war noch etwas anderes. Ich umarmte sie. »Ganz fabelhaft, Carm. Wie immer.«

Sie lachte. »Na klar. Als wüsste ich das nicht selber.«

»Warum besuchen wir die Galerie nicht gemeinsam?«

»Sehr gern.«

Penny sprang auf die Rückbank, ich setzte mich auf den Beifahrersitz.

Sie legte den Gang ein. »Ich chauffiere dich später zu Dan und Belle. Es gibt viel zu erzählen.«

»Wer dich kennt, glaubt es sofort, Carm.« Ich nahm den Straßenkreuzer noch einmal näher in Augenschein. »So einen Schlitten habe ich bisher nur in Filmen gesehen.«

Sie zwinkerte mir zu.

Die Türglocke bimmelte, als wir die Galerie betraten. Ich blickte mich um. »Zoe?«

Keine Reaktion.

Perserteppiche, alte Bodendielen aus Kiefernholz, raffinierte Beleuchtung – Delphines Galerie war eine Augenweide. Wir traten in einen links gelegenen Raum, wo zeitgenössische indianische Kunst ausgestellt war. Es machte mich wahnsinnig, dass ich mir nicht alle neuen Objekte genau anschauen konnte, aber ich musste Zoe finden. Die Galerie nahm das gesamte Erdgeschoss des im neogriechischen Stil errichteten Hauses ein. Wir traten in einen nach hinten gelegenen Raum, in dem indianische Skulpturen und Plastiken aus dem Südwesten ausgestellt waren. Ich fragte mich, was Didi von der Galerie gehalten hätte, und musste lächeln. Doch ihr Interesse hatte Schädeln und Knochen gegolten, und ich bezweifelte, dass sie diese Kunstwerke besonders interessant gefunden hätte.

»Diese Werke sind sensationell«, sagte Carmen.

»Ja, sind sie.« In dieser Galerie hatte ich zum ersten Mal die wundervollen Skulpturen von Roxanne Swentzell, Allan Houser und Nils Wendall gesehen.

Carmen ging zu einer Bronzeskulptur, einer liegenden Frau mit üppigen Rundungen, die lächelte und eine Hand hob. Auch Carmen lächelte und berührte die bronzene Hand.

»Nicht anfassen!«, schrie jemand aggressiv.

Wir drehten uns um. Penny knurrte.

Die junge Frau in dem lavendelfarbenen Trägerrock und mit den hellblonden Zöpfen stand im Türrahmen, mit verängstigtem Blick und dem Mobiltelefon in der Hand.

»Sitz!«, sagte ich zu Penny. »Sitz. Gutes Mädchen. Sind Sie Zoe?«

Sie klappte das Handy zu. »Bitte bringen Sie den Hund nach draußen. Er macht noch etwas kaputt.«

»Mit Sicherheit nicht«, sagte ich. »Es wird keine Probleme geben. Versprochen.«

Ich stellte Carmen und mich vor. »Und ich glaube auch nicht, dass Carmen die Bronzeskulptur beschädigen wird.«

»Nein, vermutlich nicht.« Zoe kam mit einem schüchternen Lächeln auf uns zu. Einer ihrer Vorderzähne war etwas schief, was ihre Ausstrahlung noch anziehender machte.

Sie schaute sehnsüchtig auf die Plastik, und ich gab Carmen mit einem Blick zu verstehen, sie solle mit Penny den Raum verlassen.

»Ich werde mich mal in den anderen Räumen umsehen«, sagte Carmen. »Ist es okay, wenn ich den Hund mitnehme?«

»Natürlich«, antwortete Zoe. »Ja, ich habe nichts dagegen. Aber ich habe etwas zu erledigen und muss in einer Viertelstunde weg. Dann muss ich hier zuschließen. Ich hoffe, Sie verstehen das.«

Ihr Anblick hätte jeden Mann dahinschmelzen lassen, aber ihre Augen waren gerötet. Sie hatte geweint. Warum?, fragte ich mich. Und ihre Finger spielten nervös mit dem Handy.

»Alles in Ordnung?«, fragte ich, sobald Carmen mit Penny verschwunden war.

Sie biss sich auf die Unterlippe. »Ja, mir geht's gut.«

»Sicher? Probleme mit Delphine?«

Sie begann wieder zu weinen. »Woher wissen Sie das?«

»Nun, ich …« Ich atmete tief durch. »Sie wissen, dass ich mit ihr reden möchte.«

Sie schniefte.

Ich zog ein Papiertaschentuch aus meiner Handtasche und reichte es ihr. »Wollen Sie darüber reden?«

»Besser nicht.« Ihre Stimme war kaum lauter als ein Flüstern.

»Vielleicht hilft es. Wir könnten uns setzen und …«

»Nein.« Sie legte eine Hand auf meinen Arm. »Ich bin dumm. Mittlerweile sollte ich mich daran gewöhnt haben.«

»Woran?«

Sie ging zu der Swentzell-Skulptur und ergriff die bronzene Hand. »Ich habe Ihre Bekannte angeschrien, weil … Nun, sie ist meine Freundin. Zumindest sehe ich es so.«

Sie strich mit den Händen ihren Leinenrock glatt. »Ich darf nicht zulassen, dass es mir so nahe geht. Das ist so dumm.«

»Reden Sie jetzt von Delphine?«

Sie nickte. »Ich liebe sie. Sie ist sehr gut zu mir. Aber wenn sie auf Einkaufstour ist, kann sie so eine Hexe sein. Sie arbeitet Tag und Nacht und dreht durch. Gerade hat sie mich am Telefon angebrüllt. Da habe ich die Selbstbeherrschung verloren.«

Ich trat näher an sie heran und blickte ihr in die Augen. »Sie haben mit Delphine telefoniert?«

»Ja. Ich habe ihr gesagt, dass Sie mit ihr sprechen wollen. Aber nein, sie hat keine Zeit. Sie hat nie Zeit. Ich wünschte, sie würde nicht alles mir aufhalsen.«

»Verstehe.« Aber ich war nicht voll bei der Sache. Delphine lebte. Warum konnte ich das Thema trotzdem nicht abhaken?

»Wollen Sie sie zurückrufen?« Zoe streckte mir das Handy entgegen.

»Ich denke, sie hat Nein gesagt.«

Zoe zuckte die Achseln. »Es können nicht immer alle nach ihrer Pfeife tanzen.«

Ich nahm ihr das Mobiltelefon aus der Hand, klappte es auf, drückte die Taste für eingegangene Anrufe. Auf dem Display erschien Delphines Handynummer. Ich wählte und hob das Telefon ans Ohr.

Zoe wirkte verängstigt. Sie wandte sich ab. Nach dem zweiten Klingeln meldete sich jemand am anderen Ende.

»Was willst du jetzt wieder, Zoe?«, knurrte die Stimme.

Delphines Stimme. Sie war wütend. Ich unterbrach die Verbindung.

Carmen nahm die Kurven der Straße am Meer mit einem solchen Tempo, dass ich mich und Penny festhielt.

»Verdammt, Carm. Nimm mal etwas Gas weg, du Wahnsinnige.«

Ich blickte auf die Brandung. Wenn wir von der Straße abkamen und in den Abgrund stürzten, waren wir tot. Und ich glaubte, ich hätte einen halsbrecherischen Fahrstil.

Penny jaulte.

»Stellt euch nicht so an, ihr beiden. Macht doch Spaß.«

»Spaß! Du bist verrückt und jagst Penny Angst ein.«

»Nun, wenn das so ist …« Sie nahm Gas weg, bis der Wagen mit einer fast normalen Geschwindigkeit fuhr.

Ich blickte auf die Uhr. »Erwarten Dan und Belle uns zu einer bestimmten Zeit?«

»Eigentlich nicht. Nein, ich glaube nicht. Belle sagte, sie würde uns die Cocktails eben dann servieren, wenn wir kommen.«

»Okay. Wie kommt's, dass wir diese Route nehmen? Mit so einem Tempo?«

»Ich musste etwas Dampf ablassen«, sagte Carmen. »Es kotzt mich an.«

»Dass Zoe dich angeschrien hat?«

»Machst du Witze?« Sie schnaubte. »Ich meine die Geschichte, wie Delphine Zoe angeschrien hat. Was für eine Schlampe. Ich hasse solche Menschen.«

»Verstehe. Aber ich habe Delphine nie so erlebt. Wirklich nicht. Deshalb fand ich das ziemlich merkwürdig. Ich frage mich … Lass uns umkehren.«

»Warum?«

»Ich will zurück zur Galerie.«

»Aus welchem Grund?«

»Ist zu kompliziert. Wende jetzt.«

»Ich bin nicht dein Chauffeur. Was ist bloß los mit dir?«

»Gib mir einfach eine Sekunde Zeit, damit ich nachdenken kann. Und währenddessen solltest du *bitte* umkehren!«

Sie wendete mit quietschenden Reifen um hundertachtzig Grad. Penny jaulte, und mein Herz schlug wie wild. Ich war hochgradig erleichtert, dass uns kein Auto entgegenkam.

»Ist dir eigentlich klar, dass Penny und ich mit den Nerven am Ende sind? Ich werde nie wieder in ein Auto einsteigen, in dem du hinter dem Steuer sitzt. Nie wieder.«

Sie grinste befriedigt. »Ich weiß genau, was ich tue. Wo ich gerade davon rede …« Sie hielt auf der unglaublich schmalen Straße an und drückte einen Knopf am Armaturenbrett, um das Verdeck zu schließen. »So können wir schneller fahren.«

»Ich freue mich schon«, murmelte ich.

Sie zupfte ihren Schal zurecht und säuberte ihre Sonnenbrille. »Du kannst ja zu Fuß gehen.«

»Halt die Klappe.«

Sie befestigte das Verdeck an der Windschutzscheibe.

»Irgendwas stimmt da nicht«, sagte ich. »Ich erkläre es dir gleich. Ich hätte mit Delphine reden, das Gespräch nicht gleich abbrechen sollen. Ich glaube schon, dass es ihre Stimme war … Aber wer weiß?«

Als wir wieder vor der Galerie standen, sahen wir ein Schild mit der Aufschrift »Bin gleich zurück« und einer Uhr. Die Zeiger waren auf drei Uhr nachmittags gestellt.

6

Wir fuhren eine gut asphaltierte Straße hinunter, die von vielen Bäumen, aber nur wenigen Häusern und Läden gesäumt war. Trotzdem war es die Hauptstraße von Vineyard Haven nach Edgartown. Unser Ziel war das Haus der Blacks, das an der Third, Fourth oder auch Seventh Street stand – ich konnte es mir nie richtig merken. Auf jeden Fall ging sie von der Hauptstraße nach Edgartown ab.

»Du kennst den Weg?«, fragte ich Carmen.

»Aber sicher.«

Ich lehnte mich zurück und entspannte mich. Carmen war eine unglaublich patente Frau. Sie hatte mich schon als kleines Mädchen beeindruckt, als wir zusammen in Maine im Kindergarten waren. Sie bog nach links auf eine holprige, nicht asphaltierte Straße ab. Kurz darauf sahen wir einen Ausläufer des Nantucket Sound. Dessen indianischen Namen konnte ich nicht richtig aussprechen. Ein paar Minuten später sah ich die Auffahrt des Hauses der Blacks.

»Da«, sagte ich.

»Ich weiß.« Sie bog nach links ab. Die Blätter der Bäume vor Dan und Belles postmodernem Haus hatten sich herbstlich gelb verfärbt, einige waren schon braun und abgestorben.

In New England kam der Herbst immer später, und auf Martha's Vineyard dauerte er länger, was ich sehr schön fand. Dagegen konnte ich die Touristenhorden, die im Sommer die Insel bevölkerten, nie lange ertragen.

Wir parkten vor der Garage und gingen auf die Veranda zu, vor der uns Belle bereits erwartete. Sie umarmte mich herzlich.

»Hallo, Belle«, sagte ich. »Schön, dass wir kommen durften, obwohl ich so kurzfristig Bescheid gesagt habe.«

Ihre braunen Augen musterten mich von Kopf bis Fuß. »Es war schlimm, was?«

Ich kniff die Lippen zusammen und nickte. »Ja. Erst Veda, dann das mit Didi. Aber mir geht's ganz gut.«

»Den Eindruck habe ich auch.« Sie umarmte mich erneut. »Kommt rein, die Cocktails warten.«

Wir saßen am Esstisch, löffelten eine dicke Suppe mit Meeresfrüchten und tranken Wein dazu. Alle außer mir. Ich begnügte mich mit Cola Light, sehr zum Missfallen von Belle und Carmen.

»Woher kennt ihr euch eigentlich?« Ich blickte erst Carmen, dann Belle und Dan an.

Dans tiefes, gutmütiges Lachen ließ mich immer an den Nikolaus denken.

»Wir sind schon seit Jahren befreundet«, sagte Belle. »Aber das ist eine lange Geschichte. Doch als Hank anrief ...«

»Wie bitte«, sagte ich. »Als Hank anrief?«

Belles verdrießliches Lächeln sagte alles.

»Du solltest das doch für dich behalten«, sagte Carmen zu ihr.

»Ich weiß.«

Carmen schaute mich an. »Hank wollte, dass ich auf die Insel übersetze und ein Auge auf dich habe. Er sagte, du wärest durcheinander wegen des Mordes an Didi und er mache sich Sorgen.«

Ich war wütend und musste mir alle Mühe geben, nicht die Selbstbeherrschung zu verlieren. Am liebsten hätte ich laut geschrien. Ich beugte mich vor, und die anderen zuckten erschrocken zurück.

»Genau wie beim letzten Mal«, flüsterte ich. »Hank spielt sich wieder als mein Beschützer auf. *Genau wie beim letzten Mal.* Nur, dass du dich diesmal zu seinem Handlanger machst, Carmen. Ich brauche keinen Vater.«

Carmen knüllte ihre Serviette zusammen und warf sie mir ins Gesicht.

Ich warf ihr einen funkelnden Blick zu. »Ich bin jetzt nicht in der richtigen Stimmung, um …«

»Vergiss es«, sagte Carmen. »Vergiss es einfach. Hank meint es doch nur gut. Ich wollte herkommen, weil ich eine Auszeit brauchte. Alles klar? Ende der Geschichte.«

Ich wandte mürrisch den Blick ab. Ich hatte die Nase voll davon, dass Hank glaubte, mich immer kontrollieren zu müssen. »Dann war es also doch kein Zufall, dass du hier bist.«

»Natürlich nicht«, erwiderte Carmen. »Aber ich habe wirklich gut verkauft.«

»Soll das heißen, diese Geschichte mit Pink Organic stimmt wirklich?«

Sie kicherte. »Du sagst es.«

»Ich finde das alles gar nicht lustig.«

»Kinder, die Suppe wird kalt«, sagte Carmen.

Belle lächelte.

Ich auch. So sauer ich auf Hank war, ich konnte meinen Freunden nie lange böse sein.

Dan spülte, Carmen und ich trockneten ab. Belle hatte sich hingelegt. Sie litt an der Lyme-Krankheit, und ich machte mir Sorgen um sie.

»Irgendwas stimmt da nicht«, sagte ich.

»Du wiederholst dich«, bemerkte Carmen. Sie reichte mir ein sauberes Geschirrtuch.

»Könnte sein«, sagte Dan. Er nahm mir einen Teller aus der Hand, den ich abgetrocknet hatte. »Ja, vielleicht.«

»Irgendwas stimmt nicht. Du weißt, was ich meine, Dan. Ich habe das seltsame Gefühl, dass die ganze Szene mit Zoe nur Schauspielerei war. Ich würde gern sofort zurückfahren.«

»Wann wollte dieses Mädchen wieder da sein?«, fragte Dan.

»Um drei.« Ich faltete das Geschirrtuch zusammen und legte es auf die Spüle. »Aber ich werde nicht mehr warten. Was dagegen, wenn ich deinen Wagen nehme?«

»Ich komme mit«, sagte er.

»Du bist ja verrückt«, sagte Carmen. »Ihr beide seid es. Ich komme bestimmt nicht mit.«

Ich hätte nichts dagegen gehabt, wenn Dan mich begleitet hätte. Aber sein Sohn war Polizist, und wenn etwas schiefging und Dan bei mir war, war das für die ganze Familie unerfreulich. Ich stellte mich auf die Zehenspitzen und gab ihm einen Kuss auf die Wange. Dann griff ich nach den Autoschlüsseln, die auf dem Tisch lagen. »Danke, Dan, ich fahre allein. Ich will mich nur etwas umsehen. Pass gut auf Penny auf, ja? Und keine weitere Überwachung, Carm.«

»Ehrenwort.«

»Gut.« Ich blickte auf die Uhr. Halb zwei. »Ich werde schnell wieder zurück sein.«

Ich parkte den Wagen in einiger Entfernung am Straßenrand und ging zur Rückseite von Delphines Haus. Ich hatte ein Universalwerkzeug und eine Brechstange dabei, vielleicht konnte ich sie brauchen. Eine Reihe uralter, noch dicht belaubter Bäume schützte mich vor neugierigen Blicken. Was ich vorhatte, war bestimmt nicht richtig, aber ich sah immer wieder Didi mit durchgeschnittener Kehle in der Blutlache liegen. Ich konnte nicht anders. Ich zog das Universalwerkzeug aus der Tasche und setzte mich auf einen großen Felsbrocken zu meiner Linken.

Mein Plan war einfach nur dumm. Ich hörte Hanks, Kranaks und Vedas Stimme.

Aber Veda hatte immer gesagt, ich solle mich auf meine Intuition verlassen. Und die sagte mir, dass Delphine etwas Schlimmes zugestoßen war. Okay, ich hatte am Telefon ihre Stimme gehört. Vielleicht. Man konnte sie leicht imitieren.

Erst während der halsbrecherischen Autofahrt mit Carmen war mir bewusst geworden, wie unecht diese Stimme geklungen hatte. Fast so, als wäre sie vom Band gekommen.

Nein, ich wollte mehr herausfinden. Ich musste einfach.

Mit meinem Werkzeug machte ich mich daran, eines der

Fenster aufzubrechen. Alte Fenster sahen großartig aus, schützten aber schlecht gegen Einbrecher. Ein Hund kläffte, und ich zuckte zusammen.

Ich blickte mich um, sah aber nichts. Ich war ganz ruhig. Natürlich gab es hier eine Alarmanlage. Ich wollte, dass die Polizei kam, aber nicht zu schnell. Nur wenn ich weiter trödelte, war sie hier, bevor ich im Haus war.

»Verdammt!« Ich saugte an meinem blutenden Finger. Ich stellte mich ziemlich dumm an und kam nicht weiter. Bis jetzt war nur weiße Farbe abgeblättert, doch das Fenster hatte noch kein bisschen nachgegeben. Ich griff nach der Brechstange.

»Dummkopf!«, zischte jemand.

Erschrocken ließ ich die Brechstange auf meine Zehen fallen. »Scheiße!«

»Hör auf, Lärm zu machen und zu fluchen«, sagte Carmen, die in gebückter Haltung über den Rasen auf mich zukam.

»Am liebsten würde ich dir mit der verdammten Brechstange eins drüberziehen. Wie war das mit dem Ehrenwort?«

Sie grinste nur.

Ich stand auf und starrte sie an. Der rosafarbene Schal von Mary Kay war verschwunden. Stattdessen trug sie nun einen Overall und ein Halstuch. Was für ein Anblick.

»Wie siehst du denn aus, Baby?«

»Nenn mich nicht Baby, Tal. Als Einbrecherin bist du eine Dilettantin.« Sie ging zum Hintereingang der Galerie, blickte sich um und zog ihre Dietriche hervor. »Ich hoffe nur, dass noch kein Alarm ausgelöst worden ist.«

Was für eine Beleidigung. »So dumm bin ich nun auch wieder nicht. Ich dachte, du wolltest nicht mitkommen.«

»Ich wollte nicht, dass Dan auch mitkommt und sieht, dass das Knacken von Schlössern meine Spezialität ist.«

»Und weshalb hast du so lange gebraucht?« Ich war froh, dass sie hier war, hätte es aber nie zugegeben. »Du gibst doch sonst immer Vollgas.«

Fasziniert beobachtete ich, wie sie dünne Gummihandschuhe überstreifte und behutsam einen Dietrich ins Schloss schob. Sie drehte ihn, zog ihn wieder heraus und probierte einen anderen. Sie agierte, als hätte sie alle Zeit der Welt.

»Das hätten wir«, sagte sie kurz darauf. »Wir können rein.«

Bestimmt löst die Sicherheitstechnik nur anderswo Alarm aus, dachte ich.

Carmen schloss die Tür, und wir gingen durch einen kurzen Flur. Die Regale an den Wänden waren mit Kunstgegenständen vollgestopft. Es waren zeitgenössische Arbeiten, und für mich lohnte keine einen zweiten Blick. Danach kamen wir in einen Raum, den wir bei unserem ersten Besuch nicht betreten hatten. In den Vitrinen und Regalen sah ich Kunsthandwerk und Eskimokunst.

Carmen bog nach rechts in einen Raum, in dem wir morgens gewesen waren. Eine Bodendiele knarrte. Uns blieben nur Minuten.

Ich trat durch einen Bogen in den nächsten Raum. In diesem Augenblick war mir klar, was ich befürchtete, und die Befürchtung bestätigte sich sofort. Ich sah ein großes Foto von Delphine, die ein altes Tongefäß in den Händen hielt.

Didis Rekonstruktion, die Tonbüste, das war Delphines Gesicht. Die Ähnlichkeit war frappierend. Als ich das Foto sah, kam es mir so vor, als stünde sie mir gegenüber.

Die ganze Woche über hatte ich mir einzureden versucht, dass Delphine lebte. Ein Blick auf das Foto genügte, um mich vom Gegenteil zu überzeugen.

Delphine war tot, und irgendwie hatte jemand das Unmögliche möglich gemacht und ihren Schädel in dem uralten Tongefäß der Anasazi versteckt.

Und direkt vor mir, unter dem Foto, stand eine ähnliche Keramik auf einem Sockel. Nicht hinter Glas.

»Sollten sie nicht in einer Vitrine liegen?«, hatte ich Delphine vor knapp einem Jahr gefragt.

»Bei diesen alten Kunstgegenständen muss das Material at-

men, Tally«, hatte sie geantwortet. »Einige sind hinter Glas, bei anderen ist das nicht ratsam.«

»Es würde mich schmerzen, wenn auch nur ein Objekt zu Bruch ginge.«

Sie zuckte lässig die Achseln. »C'est la vie. *So was kommt vor.«*

Ich seufzte. »Die arme Delphine.«

»Nicht so traurig, meine Süße.«

Ich wirbelte herum und sah einen grinsenden Gene-Hackman-Lookalike mit Dreitagebart. Er trug ein grünes Izod-Polohemd und starrte mich an. Sein liebliches Lächeln passte zu dem schleppenden Tonfall des tiefen Südens. Schade nur, dass dies alles in einem starken Kontrast stand zu dem eiskalten Blick seiner Augen. Dieser Mann war extrem gefährlich. Alles andere war Pose, nichts als Fassade.

»Ich … Ich bin nicht traurig. Eigentlich nicht.« Ich vergrub die Hände in den Hosentaschen. Die Cops mussten jeden Moment hier sein, ich konnte auf Zeit spielen. Es würde alles gut gehen. »Wie kann ich Ihnen helfen?«

Sein Grinsen wurde breiter, und ich sah einen goldenen Eckzahn, in den ein »Z« eingeritzt war.

»Ich bin hier, um Miss Zoe zu treffen.«

Um Miss Zoe zu treffen, was wollte er? »Aber natürlich.« Ich lächelte. Dann atmete ich tief durch, um meinen Herzschlag zu verlangsamen. Ich musste die Bösartigkeit dieses Mannes einfach ignorieren, sonst würde er mir etwas antun. Irgendwie war mir das klar. »Wie kann ich Ihnen helfen?«, wiederholte ich.

»Wie bitte?«

»Ich habe gefragt, wie ich Ihnen helfen kann.«

Er zeigte mit einem Finger auf sein linkes Ohr, kicherte und schüttelte den Kopf. »Diese verdammten Hörgeräte. Hab in meiner Jugend zu viel laute Rockmusik gehört.« Er ergriff meine zitternde Hand und küsste sie.

Ich zwang mich, sie nicht zurückzuziehen. Ich hoffte nur, dass sie nicht zu sehr zitterte. »War bei mir nicht anders. Also, wie …«

»Meine Süße, du weißt ganz genau, wie du mir helfen kannst.«

Er versuchte es erneut mit dem Lächeln des Charmeurs, doch sein Blick war weiter ausdruckslos und kalt. Die Augen eines Killers. Ich senkte die Lider und lächelte schüchtern. »Vielleicht habe ich etwas vergessen, Sir.« Ich richtete mich auf und warf die Schultern zurück, damit ihm meine Brüste und meine blonden Locken auffielen.

Die Cops. Sie mussten jeden Moment hier sein. Aber wo war Carmen?

Ich sah die Klinge eines Messers aufblitzen. Er packte meine Arme und wirbelte mich herum. Eine schnelle Bewegung, dann der Schmerz.

Ich schrie auf.

Er stieß mich weg.

Ich betastete mein Gesicht, fühlte etwas Warmes, Feuchtes, ließ meine Hand sinken und sah das Blut, das auf den Boden tropfte. Mein Blut. Ich biss mir in die Wange, um den Schmerz zu bekämpfen. Ich durfte ihn meine entsetzliche Angst nicht erkennen lassen. Ich spuckte ihn an. »Arschloch.«

»Jetzt hör mal gut zu, meine kleine Zoe«, sagte er. »Das hier ist kein Spiel, meine Süße. Du solltest dir etwas Besseres einfallen lassen, als die schüchterne Unschuld zu spielen. Also, wo ist dieser Fetisch, den sie benutzt haben? Mein Auftrag ist es, ihn mitzunehmen.«

Er hielt meinen Unterarm weiter fest, während er sich vorbeugte und die Klinge seines Messers an meiner Jeans abwischte. Dabei blickte er mich mit seinen Eidechsenaugen weiter an. Ich musste meine Angst unter Kontrolle behalten, auch die Wut. Ich durfte es nicht zulassen, dass er die Oberhand gewann, sonst würde er mich töten. Und es würde ihm Spaß machen.

Er fuhr mit einem Finger über die Schnittwunde auf meiner Wange. Die Berührung entfesselte einen brennenden Schmerz. Meine Augen wurden feucht, aber ich weinte nicht. Er führte den Finger an seine Lippen und leckte das Blut ab.

Sein grinsender Mund war rot, als hätte er Lippenstift aufgetragen. Ich zwang mich zu einem Zwinkern. »Keine Angst vor HIV?«

Das Grinsen wurde schwächer. Noch war ich nicht tot. Aber der Fetisch. Ich hatte keine Ahnung, was er meinte. Und ich musste die Situation unter Kontrolle behalten, irgendwie. Unbedingt. Musste die Ruhe bewahren. Er wollte etwas von mir, und ich würde versuchen, es ihm zu geben. »Kommen Sie mit«, sagte ich mit vom Schmerz rauer Stimme.

Ich führte ihn in den hinteren Raum, wo ich die Zuni-Fetische gesehen hatte. Von Carmen war nichts zu sehen. Von dem Geruch meines Blutes, das mir den Hals hinunterlief, wurde mir ganz übel. Ich schüttelte den Kopf. Verdammt, ich musste mich zusammenreißen. Ich zog meine Bluse aus der Hose und tupfte mir das Gesicht ab. Der Mann folgte mir schweigend.

Wir betraten den Raum. Terrakotta, moderne indianische Kunst. Mein Blick fiel auf ein großes Tongefäß auf einer Glasscheibe.

Aber wo waren die Fetische? Ich umrundete eine Vitrine mit Kachinas, dann eine weitere mit kleinen Gefäßen für Samen. Und dann … »Hier.« Ich zeigte auf eine Vitrine mit Dutzenden von Zuni-Fetischen. Wölfen, Berglöwen, Bären, Maulwürfen …

Er stand dicht hinter mir, und ich spürte seinen warmen, stinkenden Atem auf meinem Hals. Dann schlang er die Arme um mich und berührte meine Brüste, drückte sie, massierte sie zärtlich, ganz wie ein Liebhaber.

Ich verabscheute ihn so sehr, dass mir schwindelig wurde.

Ich senkte den Kopf. Seine Hände waren lang und schlank, wie die eines Pianisten. Ich wollte ihn beißen.

Er drückte meine Brüste fester und fester, und es tat weh. Ich versuchte mich zu wehren, wollte ihn beißen, stieß ihm die

Ellbogen in die Rippen, riss an seinen Händen. Aber er presste sich zu fest an mich.

Meine Beine zitterten vor Schmerz, und ich griff hinter mich, ertastete sein Gesicht und riss ihm mit den Fingernägeln die Haut auf.

Er stieß mich weg, und ich prallte gegen die Vitrine, die ins Wanken geriet und umstürzte.

»Du Schlampe«, zischte er.

Ich schnappte nach Luft, vornübergebeugt, die Arme über meiner schmerzenden Brust gekreuzt.

»Ich will diesen Blutfetisch, und zwar sofort, verstanden? Wenn ich ihn nicht bekomme, meine Süße, schneide ich dich in Stücke und werfe sie meinen Karpfen zum Fraß vor.«

»Er liegt in der Vitrine.«

»Wo, verdammt? In welcher Vitrine?« Sein Gesicht war gerötet, wo ich ihn gekratzt hatte, sein Blick wütend. Dann wurde er eiskalt. Er wirkte ruhig, sehr ruhig, fast glücklich. Er zog eine Pistole. »Beginnen wir mit der linken Kniescheibe …«

Ich hörte Fensterscheiben zerbrechen und Holz splittern, dann Schreie. Eine Frau. Carmen.

Ich wirbelte herum, sie stand im Türrahmen. »Nein!«

Dann fiel ein Schuss, und ich rannte zu Carmen, glaubte schon, sie sei getroffen worden. Aber sie war unverletzt und blickte an mir vorbei. Ich packte sie und riss sie zu Boden.

Stille. Ich hörte meinen Herzschlag.

Ich hatte Angst aufzublicken, wusste, dass er vor uns stand und die Waffe auf uns richtete.

»Ma'am?« Schritte. »Ma'am!«

Ich drehte den Kopf. Stiefel. Mein Blick glitt weiter nach oben. Ein Polizist. Riley, Dans Sohn.

»Hallo«, sagte ich.

»Steh auf, Tally.«

Das war Carmen. Aufstehen? Kein Problem. Ich rollte mich auf den Rücken und starrte auf die wundervoll bemalte Decke.

»Tally!«

Hände packten meine Schultern und zogen mich hoch.

»Carm?« Ihr liefen Tränen über die Wangen. »Bei mir ist alles okay. Wie sieht's bei dir aus?«

Sie schniefte. »Mir geht's prima.«

Ich drückte sie. Der Mann mit dem Izod-Polohemd, der mich angegriffen hatte, lag auf dem Rücken. Aus einer Wunde in seiner Brust tropfte Blut auf den Holzboden.

»Danke, Sergeant Riley«, sagte ich.

Er kniff die Lippen zusammen, nickte dann. »Das war knapp.«

»Ja. Die Alarmanlage?«

Er schüttelte den Kopf. »Nein, diese Lady hier.«

»Oh, Carm.«

»Ma'am …«

»Nennen Sie mich doch bitte Tally.«

»Es tut mir leid, Ma'am.« Seine sanften Augen wirkten traurig. »Sie haben das Recht, die Aussage zu verweigern. Alles, was Sie sagen …«

7

Carmen und ich saßen in einer Zelle des Gefängnisses von Edgartown auf der Pritsche. Die dünne Matratze stank, und in der Luft hing der durchdringende Geruch von abgestandenem Schweiß und billigen Desinfektionsmitteln. Durch das vergitterte Fenster sahen wir, dass sich am Himmel dunkle Gewitterwolken zusammenzogen.

Offiziell, hatte man uns gesagt, saßen wir im Duke County Jail. Warum es hier besser sein sollte, war mir nicht klar, aber ich fühlte mich immerhin in Sicherheit. Da ich jahrelang als Psychologin gearbeitet hatte, war mir klar, dass ich an einer Art posttraumatischer Belastungsstörung litt. Es war ein gutes Gefühl, dass in dieser abgeschlossenen Zelle niemand an mich herankam.

Ich legte mich hin und döste. Wieder sah ich Didi in der Blutlache liegen. Und dieses Wort auf dem Boden, das …

Ich setzte mich abrupt auf und kratzte mich am Kopf. Ich hatte es.

»Blutfetisch.«

»Du hast geträumt, Tal«, sagte Carmen

Ich nickte. »Ja, in gewisser Weise schon. Das ist das Wort, das Didi mit ihrem eigenen Blut auf den Boden gekritzelt hat. *Blutfet.* Verstehst du? Sie wollte *Blutfetisch* schreiben, konnte aber nicht mehr weiterschreiben.« Fast hätte ich zu schluchzen begonnen. »Und genau darum ging es diesem Gangster – um den Blutfetisch.«

Sie legte eine Hand auf meine Schulter. »Und was soll das sein?«

Ich ging in der Zelle auf und ab und überlegte. »Ich habe absolut keine Ahnung. Ich sammle seit Jahren Fetische, doch davon habe ich nie etwas gehört. Niemals. Du hast doch gehört, dass der Typ danach gefragt hat.«

»Leider nicht, Tal.«

Wieder hörte ich in meinem Kopf deutlich seine Stimme. »Wahrscheinlich ist das egal, aber …« Ich setzte mich neben Carmen und ergriff ihre Hände. »Außer mir hat niemand das Wort gesehen, das Didi mit ihrem Blut auf den Boden gekritzelt hat. Es war verschwunden, als die Forensiker in ihr Büro kamen. Irgendjemand hat es weggewischt. Keine Ahnung, wer es gewesen sein könnte. Nur ich habe dieses Wort gesehen, und jetzt bin ich die Einzige, die es aus dem Mund dieses Gangsters gehört hat.«

»Und?«

»Ich weiß nicht, es ist ein seltsames Gefühl … Ich kann es nicht erklären.«

Sie hob einen Finger und zeigte auf meine Wange. »Für mich sieht das gut aus. Die Sanitäter in der Galerie haben ganze Arbeit geleistet, und im Krankenhaus war ich dabei, als der Arzt die Wunde genäht hat. Das kommt schnell wieder in Ordnung.«

Ich drückte sie. »Mach dir keine Gedanken, Carm.« Ich ging in der Zelle auf und ab und zählte meine Schritte. »Eine kleine Narbe, hat der Arzt gesagt. Ich habe nicht vor, deswegen zu heulen.«

Carmen stand auf und packte meine Schultern. »Du kannst ruhig weinen.«

Ich konnte ihr nicht in die Auen blicken und schüttelte den Kopf. »Er wollte mir in die Kniescheibe schießen. Danke Carmen. Danke, dass du mich gerettet hast.«

»Du hättest dasselbe für mich getan, Tal.« Sie biss sich auf die Unterlippe, um ein Schluchzen zu unterdrücken.

»Ist schon okay.« Ich drückte sie erneut. »Wirklich, mir geht's gut.«

»Es ist nicht okay. Ich hätte die Galerie nicht verlassen dürfen, um die Cops zu holen. Ich …«

»Du hattest kein Handy dabei. Was hättest du sonst tun sollen?«

Sie blickte mich lächelnd an. »Du bist mir eine, Tally. Ja, wenn ich darüber nachdenke … Ohne die Cops wären wir beide tot.«

»Da hat sie wohl recht«, sagte jemand.

Wir drehten uns um. Vor dem Gitter stand Dan. Er lächelte, wie auch der Gefängniswärter neben ihm. »Ihr seid frei, meine Damen. Gott sei Dank habe ich auf dieser Insel gute Beziehungen …« Er lachte. »Sie haben keine Anklage erhoben, zumindest noch nicht. Also habe ich mir gedacht, ich lade euch noch mal zur Fischsuppe ein.«

Der Wärter schloss die Tür auf.

Ich trat vor, zögerte dann aber. Was war, wenn der Typ mit dem Izod-Polohemd freikam? Wenn er mich fand und …

Ich blickte nacheinander den Wärter, Dan und Carmen an und schüttelte dann den Kopf. »Ich weiß, dass es komisch klingt, aber …«

»Er ist tot, Tally«, sagte Dan grimmig. »Du hast gesehen, dass er praktisch in seinem eigenen Blut ersoffen ist.«

Wie kam es, dass ich mich trotzdem nicht in Sicherheit fühlte?

Carmen packte meine Hand und zog mich über die Schwelle.

Dan legte einen Arm um meine Taille. »Belle bereitet ein Festmahl vor, das wird ein Schmaus. Außerdem ist ein Freund von dir hier, Tally. Er heißt Rob Kranak.«

Auch das noch.

Am nächsten Abend tauchte ein spektakulärer Sonnenuntergang das Meer und die Insel in fantastische Farben. Ich war froh, meine Kamera dabeizuhaben. Kranak und ich saßen am Strand. Ein sanfter Ostwind blies durch meine Locken. Ich hatte keine Kappe aufgesetzt und trug mein Haar offen. Die Schuhe hatte ich ausgezogen, und meine rot lackierten Zehen spielten mit dem kühlen Sand.

Als ich die Augen schloss, hörte ich das Rauschen des Meeres, sonst nichts. Ich legte die heile Wange auf mein Knie, und der Wind liebkoste wie ein Liebhaber die Schnittwunde auf der anderen Seite. Ich hätte stundenlang so dasitzen können.

Kranak hielt meine Hand. Auch er hatte die Schuhe ausgezogen, nicht aber die dünnen braunen Socken, die er immer bei Brooks Brothers kaufte. Ich wusste eine Menge über Kranak. Warum er statt legerer Kleidung Anzüge trug. Warum er keinen Diabetes mehr hatte. Warum er glaubte, mich zu lieben, obwohl es eigentlich nicht so war. Und warum er so sauer auf mich war.

»Du hast mir nicht erzählt, wer dich angerufen hat«, sagte ich.

»Riley und Dan. Wir sind alte Kumpels seit den Tagen, als Dan auch noch Polizist war. Er wollte, dass ich mich in der Galerie mal umschaue. Und dass ich nach dir sehe.«

Er hatte seine Spurensicherungsausrüstung dabei und den Tag damit verbracht, mit der ihm eigenen Professionalität Delphines Galerie und ihre Wohnräume unter die Lupe zu nehmen. Und jetzt saßen wir Händchen haltend am Strand.

»Weiß Hank Cunningham Bescheid?«, knurrte er.

»Redest du von der Schnittwunde? Nein. Es sei denn, Carmen hat es im erzählt. Denkbar ist das.«

»Willst du sagen, dass du Angst hast, deshalb in seiner Achtung zu sinken …? Mein Gott, Tally, der Typ hat dich mit einem Messer verletzt. Am liebsten würde ich ihm die Gedärme aus dem …«

Ich drückte seine Hand, schlang meine Arme um die Knie und bewunderte weiter den Sonnenuntergang. »Er ist tot, Rob. Es ist vorbei. Und Hank habe ich nicht angerufen, weil er in Windeseile hergekommen wäre, genau wie du. Er würde mir schweigend Vorwürfe machen, was sehr viel schlimmer ist, als angeschrien zu werden.«

»Ach ja?«

Er trug eine Sonnenbrille à la Jack Nicholson. Wahrscheinlich sah er nichts von dem Sonnenuntergang. Vielleicht fühlte er sich mit der dunklen Brille weniger verletzlich. Ich verstand das. »Mein Gott, Rob, es ist nicht so, dass Hank und ich uns ständig aneinander messen.«

»Ja, ja, ja.«

Etwas weiter den Strand hinunter lief Musik. Ich sah ein Händchen haltendes Liebespaar. Der Mann hielt einen Picknickkorb und einen Gettoblaster in den Händen, die Frau eine Decke. Sie waren in ihrer eigenen Welt versunken. Er küsste sie. Ich sehnte mich danach, Hanks Lippen auf meinen zu spüren.

Warum hatte er mir nichts davon erzählt, dass er einen neuen Job annehmen und nach Boston ziehen würde? »Lass uns noch mal ein paar Minuten über diesen Fall reden. Ist das okay?«

Rob packte mein Kinn, drehte meinen Kopf, blickte in meine Augen und sah Dinge, die ich ihn nicht sehen lassen wollte. Er nahm die Sonnenbrille ab, weil er wollte, dass ich den in seinem Blick liegenden Schmerz wahrnahm. So schwer es war, ich hielt seinem Blick stand. Eigentlich wollte ich mich nur abwenden.

»Es tut mir leid«, sagte ich. »Ich weiß, dass dich diese Geschichte beunruhigt hat. Mich hat sie auch ziemlich durcheinandergebracht. Wir wollten nur …«

»Schon gut.«

Früher hätten wir uns jetzt geküsst, doch das war vorbei. Wir hatten aus den Fehlern der Vergangenheit gelernt.

»Mir ist klar, was du vorhattest, Tally. Ich hab's kapiert. Es kostet mich jedes Mal Jahre meines Lebens, wenn du dich in solche Gefahr bringst.«

Ich nickte. Eine Freundin war ermordet worden. Didi. Auch er war mit ihr befreundet gewesen. »Ich kann mich nicht mehr ändern.«

»Ich bin froh, dass wir kein Paar sind, Tal.« Er ließ meine Hand los.

»Ich auch, es ist besser so.« Seltsam, was für einen Stich ins Herz es mir versetzte.

Er blickte auf den Horizont. »Mir wird kalt. Lass uns aufbrechen.«

»Wie du möchtest.« Sein brüsker Ton schmerzte mich, aber ich musste damit leben. Ich hatte es so gewollt. Und doch war es hart. »Was ist dir in Delphines Galerie aufgefallen?«

»Etwas Blut auf dem Boden.«

»Schon lange getrocknet oder frisch?«

Ein kleines Segelboot mit Mast am Bug glitt vorüber. Ich zeigte darauf. »Ein schönes Catboat, was?«

»Siehst du das Vorsegel? Dafür braucht man einen Bugspriet, diese Segelstange da, die über den Bug hinausragt. Man glaubt, ein Catboat zu sehen, doch eigentlich ist es eher eine Schaluppe. Normalerweise haben Catboats eine Gaffel, eine um den Mast drehbare, schräge Segelstange. Heute bevorzugt man die modernere Bermuda-Takelage.«

»Du liebst Segelboote, was?«

»Ich lebe auf einem, schon vergessen?«

»Weil du dadurch Distanz gewinnst.« Ich zückte die Kamera und machte ein Dutzend Fotos. Mein Vater hätte es geliebt, hier segeln zu können. Vor meinem geistigen Auge sah ich ihn an der Ruderpinne unseres kleinen Segelboots stehen, das Blue Jay hieß. Er führte sich auf, als wäre er der Kapitän eines großen Schoners. Ich schüttelte den Kopf. Ich liebte diese Erinnerungen an die Vergangenheit, doch sie halfen einem nie, mit den Problemen der Gegenwart klarzukommen.

»Wie viel Blut war es?«, fragte ich.

»Nicht viel.«

»Ich glaube nicht, dass sie in der Galerie getötet wurde.«

»Sie? Redest du schon wieder von dieser Delphine?«

»Ja.«

Er strich sich durch das kurz geschorene Haar. »Wir wissen nicht, ob sie tot ist, Tal.«

Ich rieb mir die Augen. »Ich weiß. Aber ich glaube … Was hat Zoe gesagt?«

Er schwieg.

»Was hat sie gesagt? Ich hab dir erzählt, dass dieser Gangster mich für Zoe gehalten hat. Offenbar hatte er sie noch nie gesehen. Geht es ihr gut?«

»Sie ist verduftet.«

* * *

Am Freitag, dem nächsten Tag, nahmen Riley – Dans Sohn, der Polizist –, Carmen, Kranak und ich jeden Raum von Delphines Galerie genauestens unter die Lupe. Ich hatte Penny mitgebracht, und sie schnüffelte mit Begeisterung. Als ehemaliger Polizeihündin würde ihr etwas Ungewöhnliches mit Sicherheit auffallen. Carmen und ich nahmen die Zuni-Fetische aus der umgestürzten Vitrine. Wie durch ein Wunder waren die meisten unversehrt.

Wir brachten sie in einen der vorderen Räume und suchten für jeden einen geeigneten Platz.

Die Zuni oder Shiwi, wie sie auch genannt werden, sind die bedeutendsten Schnitzer von Tier-Fetischen, ganz so, wie sich der Ruhm der Hopi ihren Kachinas und jener der Navajo sich ihren wundervoll gewebten Teppichen verdankt.

Die Zuni nennen Fetische *wemawe.* Die meisten gehen an Sammler, auch wenn andere in den komplizierten religiösen Riten des Stammes eine gewichtige Rolle spielen. Diese Fetische mit religiöser Bedeutung stellen Tiere dar, deren Geist die Steinschnitzereien bewohnt. Aber natürlich heißt es, es gehe in erster Linie um die Beziehung zwischen der Schnitzerei und dem Künstler, zwischen dem Stein und seinem Besitzer.

Schon immer hatte ich die Vielfalt dieser kunstvollen Steinschnitzereien bewundert. Im Moment suchte ich einen neuen Platz für einen Berglöwen, den Jagdgott des Nordens. Er war aus einem bläulich violetten Stein geschnitzt. Der Berglöwe schien zu lächeln und hob die linke Tatze. Es sah aus, als wäre er zum Sprung bereit. Die Augen waren aus eingelegter Koralle, das mit einer Sehne befestigte Gebetsbündel mit der Peilspitze aus Azurstein, der Rumpf mit Türkis und einigen Muscheln besetzt. Es war eine Arbeit von Jeff Tsalaburie, die ein Schmuckstück jeder Sammlung gewesen wäre.

Ich erkannte viele der Materialien – Serpentin und Travertin, roter Tonstein und Türkis, Jaspis und Azurit. Auch Perlmutt, Bernstein und Jett wurden von diesen Kunsthandwerkern verarbeitet. Die Fetische stellten Bären, Berglöwen, Dachse, Maulwürfe, Adler und Wölfe dar, die für die vier Windrichtungen sowie das Oben und das Unten stehen.

Doch damit war die thematische Vielfalt nicht erschöpft. Ich sah auch Skunks, Dinosaurier, Pferde und Delphine. Nicht gerade klassisch. Die meisten Schöpfer dieser Werke kannte ich, da alle Arbeiten zeitgenössisch und für den Kunsthandel bestimmt waren, nicht für religiöse Zwecke. Ich trug einen Berglöwen des verstorbenen Aaron Sheche nach vorn, eine zeitgenössische, aber schon etwas ältere Arbeit. Wie viele Steinschnitzereien der Sheche-Familie erinnerte auch diese an Fetische aus dem späten neunzehnten Jahrhundert, die in einem klassischen Buch von Frank Hamilton Cushing abgebildet sind. Sheches Berglöwe war aus gelbem Jaspis und eine hochgradig individuelle Arbeit, die sich aber ganz bewusst an die Form der alten Fetische anlehnte.

»Sieh mal, Carmen.« Ich hielt den Berglöwen von Sheche und einen von Jeff T hoch. »Sind sie nicht wunderschön?«

Sie drehte sich um. »Ja. Das da sieht wie ein Berglöwe aus, aber die andere Arbeit?« Damit meinte sie die von Sheche. »Wie kommst du darauf, dass auch das ein Berglöwe sein soll?«

Ich strich mit einem Finger über das Objekt. »Schau dir den weit über dem Rücken getragenen Schwanz an. Das ist charakteristisch für die Darstellung von Berglöwen. Schon seit sehr langer Zeit.«

Sie nahm mir den Fetisch aus der Hand. »Echt primitives Kunsthandwerk. Diese Steinschnitzerei gefällt mir.«

»Sie orientiert sich an alten Fetischen, die für religiöse Zeremonien der Zuni bestimmt waren, nicht für den Handel.«

Sie nickte, weiter auf den Berglöwen schauend. »Wirklich faszinierend.«

Ich lächelte. »Ja. Viele dieser Kunsthandwerker glauben, dass der Besitzer einen Fetisch mit Leben erfüllt. Auch wenn dieser für den Verkauf auf dem Kunstmarkt bestimmt ist, bleibt er doch noch mehr als ein totes Objekt.«

Sie blickte auf das Preisschild und zog ihr Portemonnaie aus der Handtasche.

»Was hast du vor?«

»Ich kaufe das Ding.«

Sie legte eine Hundertdollarnote auf einen Tisch und schrieb dann eine Nachricht für Delphine. Ich verstand sie vollkommen.

»Gib ihm etwas zu fressen«, sagte ich. »Sie wollen gefüttert werden.«

Kurz darauf hatten wir alle Gegenstände aus der zerbrochenen Vitrine nach vorn gebracht. Von den Zuni-Fetischen, deren Schöpfer ich nicht kannte, machte ich Fotos, die ich per E-Mail an Harry Theobald von Zuni Mountain Trading, an Kent McMannis von Grey Dog Trading sowie an Corilee Sanders und Melissa Casagrande schicken wollte. Zumindest einer von ihnen würde wissen, von wem genau die Arbeiten waren.

Anschließend begutachteten wir die sieben älteren Arbeiten in einem der vorderen Räume, die in abgeschlossenen Vitrinen ausgestellt waren. Ich sah, dass vier von ihnen von Steinschnitzern stammten, die in der Mitte des zwanzigsten Jahrhunderts aktiv gewesen waren. Wieder schoss ich ein paar Fotos, die ich an die Händler zu schicken gedachte. Außerdem wollte ich sie bitten, die Fotos von Arbeiten, die sie nicht kannten, einem kompetenten Zuni zu zeigen. Irgendjemand musste die Antworten kennen. Uns blieb nichts anderes übrig, als zu warten.

»Ich habe viel über Zuni-Fetische gelesen«, sagte ich zu Carmen. »Aber irgendetwas ist hier merkwürdig. Von einem Blutfetisch habe ich noch nie etwas gehört. Es könnte ein Objekt mit ritueller Funktion sein. Und trotzdem …«

Wir suchten in Regalen, Schränken und den hintersten Ecken, ohne irgendwo einen Fetisch mit ritueller Funktion zu finden. Ich war nicht weiter überrascht, weil ich nicht glaubte, dass Delphine Objekte veräußerte, die aufgrund ihrer religiösen Bedeutung nicht für den Verkauf bestimmt waren. Sie respektierte die Zuni zu sehr, um ein solches Tabu zu brechen.

Und doch hatte dieser Gangster hier nach genau so einem Fetisch gesucht. Ich strich über die Schnittwunde auf meiner

Wange, die im Vineyard Hospital genäht und verbunden worden war. War es ihm tatsächlich um etwas anderes gegangen? Uns war in Delphines Galerie nichts Verdächtiges aufgefallen.

Ich ging die Treppe gegenüber dem Eingang hoch. Zoe war verschwunden. Warum? Wahrscheinlich hatte sie Angst gehabt. Hatte sie gewusst, dass dieser Kriminelle kommen würde? Vielleicht. Aber wenn nicht, warum war sie dann verduftet? Konnte sie noch ein anderer bedrängt haben? Natürlich. Vielleicht hatte dieser Gangster nicht allein agiert. Das war gut möglich.

Kranak hatte gesagt, bei der Suche nach Didis Mörder gebe es bisher keine Fortschritte. Seit der Schädel eingetroffen war, hatten Didi Dutzende von Leuten besucht, die man sonst beim OCME nicht sah. Jede Menge Fingerabdrücke, aber kein Tatverdächtiger. Aber ich nahm Rob nicht ganz ab, dass es tatsächlich keinerlei Fortschritte gab.

Immer wieder sah ich vor meinem geistigen Auge Didi in der Blutlache liegen. Ich wünschte, das Bild abschütteln zu können. Sie war schon älter gewesen und hätte es verdient gehabt, ihr Leben zu Ende zu führen, so lange wie möglich ihrer geliebten Arbeit nachzugehen. Diesen Tod auf dem Linoleumboden ihres Büros hatte sie nicht verdient gehabt.

Das alte Ahorngeländer unter meiner Hand fühlte sich warm und glatt an. Gleich würde ich die Privaträume einer Frau betreten, von der ich glaubte, sie sei tot.

Auch im ersten Stock gab es in der Diele Bodendielen aus Kiefernholz. Ich ging auf Delphines Wohnräume zu.

8

Hier oben, den Blicken ihrer Kunden entzogen, hatte Delphine die Zimmer im modernen Stil des Südwestens eingerichtet. An den hellbraun gestrichenen Wänden hingen Gemälde von Tony Abeyta, R.C. Gorman und Greg Lomayesva. Vor dem großen, luftigen Schlafzimmer lag ein kleiner Navajo-Teppich. Möbel im Stil des Südwestens, alte spanische Ikonen, eine fantastische Tonmaske von Roxanne Swentzell.

Ich trat in das Schlafzimmer, wo es schwach nach Kamille roch. Mir fiel nichts Ungewöhnliches auf. An den Wänden und auf der Frisierkommode Fotos von Amélie, Delphines Tochter. Ich lächelte. Auf den meisten Fotos sah man ein glückliches Kind, dann eine ernsthafte Schülerin. Mittlerweile musste sie auf dem College sein. Ein Bild zeigte, wie Delphine ihre etwa dreijährige Tochter umarmte.

Mit dem Ärmel wischte ich Staub von dem Bilderrahmen. Ich dachte an alte Fälle und seit Langem tote Mädchen, dann daran, selbst ein Kind bekommen zu wollen. Würde es mir ähnlich sehen, wie Amélie ihrer Mutter ähnlich sah? Ich stellte den Bilderrahmen wieder auf die Kommode.

Darauf lag ein Paar dünner, seidenweicher Handschuhe, die ich in die Tasche steckte. Falls ich Penny nach Delphines sterblichen Überresten schnüffeln lassen musste, konnte ich sie gut gebrauchen.

Auf der Fensterbank standen drei wundervolle Tongefäße, von denen eines sehr jenem Topf ähnelte, der im Peabody Museum zu Bruch gegangen war. Auch nach fast tausend Jahren hatte sich die satte braune Farbe gut erhalten. Das Gefäß war mit Dreiecken, Spiralen und einigen weißen Rechtecken verziert.

Einer seltsamen Eingebung folgend, holte ich von unten einen Maßstock und schob ihn vorsichtig in die schmale Öffnung des Topfes. Leer.

Wie konnte der Schädel einer Zeitgenossin in ein uraltes Gefäß gelangt sein? Es war unmöglich. Und doch beschäftigte mich der Gedanke immer wieder.

Ich überprüfte alle anderen Gefäße. Auch leer. Trotzdem fotografierte ich sie. In einem guten Zustand mussten sie Tausende wert sein, doch ich vermutete, dass Delphine sie hier oben aufbewahrte, weil sie irgendeinen Makel hatten, durch den sie für Sammler weniger interessant waren. Ich wusste nicht, worin diese Mängel bestanden, würde die Fotos aber einem Spezialisten vom Peabody Museum zeigen, der meine Fragen bestimmt beantworten konnte.

Ich hörte Pennys Nägel auf dem Holzboden klackern. Ich wollte die Tür schließen, damit sie draußen blieb, doch dann wurde mir klar, dass es nicht schaden konnte, wenn sie auch hier oben etwas herumschnüffelte.

Sie schnupperte unter dem Bett und vor geschlossenen Schubladen. Ich öffnete die Tür eines großen Wandschranks und knipste das Licht an. Eine nackte Glühbirne. Ganz hinten stand ein Pappkarton mit der Aufschrift »Jimmy Choo«. Ich ging in die Hocke, um ihn näher zu betrachten. Ein Postpaket, abgestempelt in Albuquerque. Das gefiel mir nicht. Überhaupt nicht.

Warum sollte die modebewusste Delphine einen Karton mit Schuhen von Jimmy Choo, die sechshundert Dollar das Paar kosteten, hinten in einem Wandschrank stehen lassen?

Was tun? Sollte ich den Karton öffnen? Ich hätte Kranak rufen können, aber was, wenn in dem Karton nur irgendwelcher alter Trödel lag?

Ich wusste, dass es nicht so war.

Verdammt.

»Penny?«

Sie ignorierte es, schnüffelte weiter an dem Karton.

Was immer darin war, es waren nicht die sterblichen Überreste eines Menschen, darauf hätte Penny heftiger reagiert. Wie auch auf Drogen. Ich hob den Karton an. Er war schwer, und es ertönte ein seltsames Geräusch.

Mist.

Ich setzte den Karton wieder ab, öffnete ihn und schrie auf.

»Sie ist tot«, sagte ich. »Ich weiß, ich weiß, ich weiß. Und doch hat es mir einen Riesenschreck eingejagt.«

Der Karton mit der präparierten toten Klapperschlange stand jetzt auf Delphines Küchentisch, an dem Kranak, Carmen und ich saßen.

Carmen griff nach dem Karton.

»Lass das verdammte Ding zugeklappt«, sagte ich.

»Sie ist *tot,* Tally«, sagte Carmen.

»Ist mir egal. Für meinen Geschmack wirkt sie immer noch viel zu lebendig. Mensch, dieses Viech ist zusammengerollt und hat das Maul auf, als wollte es zubeißen. Entsetzlich, es muss fast zwei Meter lang sein. Ich wette darauf, dass Delphine die Schlange auch entsetzlich fand.«

Kranak kratzte sein stoppeliges Kinn.

»Diese Delphine«, sagte er. »Du meinst, sie war genauso verängstigt wie du, Tal?«

Ich strich mit meinen behandschuhten Fingern über die Oberseite des Kartons. Sie war mit schwarzem Puder eingestäubt, das Kranak für die Abnahme von Fingerabdrücken brauchte. »Möglicherweise.«

Er hob den Kopf. »Eine Botschaft. Dieses nette Präsent sollte eine Botschaft überbringen.«

»Ja, vermutlich«, sagte ich. »Solche Botschaften warnen oft davor, was uns angetan werden könnte. Was für eine Botschaft war es in diesem Fall? Mit Sicherheit sollte sie Delphine Angst einjagen. Aber vielleicht steckte auch noch etwas anderes dahinter.«

»Zum Beispiel?«, fragte Carmen. Sie hatte Pizza geholt und servierte sie uns mit Cola Light und Saft.

»Mein Gott«, sagte ich. »Stell erst den Karton mit der ausgestopften Schlange weg.«

Kranak tat es für sie. Er stellte den Karton neben den Koffer mit seiner Spurensicherungsausrüstung.

Ich nahm mir ein Stück Pizza und biss hinein. »Zoe hatte Angst vor diesem Gangster. Es ist aber auch möglich, dass sie mit ihm unter einer Decke steckte. Wie auch immer, sie ist verschwunden. Wie vom Erdboden verschluckt.« In Gedanken spielte ich mehrere Szenarios durch.

»Diese Miene gefällt mir nicht, Tal«, bemerkte Kranak.

Carmen grinste. »Mir schon. Also, was glaubst du?«

Ich trank einen Schluck Cola Light. »Ich bin mir nicht sicher.«

»Das nehme ich dir nicht ab. Sag es uns.«

»Etwas von dem, was dieser Kriminelle gesagt hat, erinnerte mich an ... Das ist das Problem. Es fällt mir nicht ein. Er hat eine Erinnerung angestoßen, aber ich weiß nicht mehr welche. Ich hasse so etwas.«

Kranak suchte seine Sachen zusammen. »Hier gibt's für uns nichts mehr zu tun.«

Ich stand auf. »Wie kannst du das sagen, Rob? Delphine ist verschwunden, Zoe auch. Dieser Typ ist hier eingebrochen und hätte uns beide getötet.«

»Ich hab, was ich brauche.«

Er ließ seinen Koffer zuschnappen. »Bisher wissen wir nichts über diesen Dreckskerl, der dich mit dem Messer massakriert hat. Der Mann ist ein komplettes Rätsel für uns.«

»Na großartig«, sagte ich. »Ich hatte gehofft, er würde in einer deiner Datenbanken auftauchen.«

»Fehlanzeige.«

Ich holte mir ein Glas Leitungswasser und trank es langsam. Als es leer war, sagte ich: »Es gibt eine Verbindung zwischen ihnen.«

»Von wem redest du?«, fragte Carmen.

Zwischen Didi und diesem Gangster, der hier eingebrochen ist.« Ich stellte das Glas auf die Spüle.

Kranak schüttelte den Kopf. »Warum sollten die beiden etwas miteinander zu tun gehabt haben?«

»Das Tongefäß, der Schädel, der Einbruch, der Mord an Didi.« Draußen zogen sich dunkle Wolken zusammen. Bald würde es regnen. »Es muss eine Verbindung zwischen ihnen gegeben haben. Wie du weißt, glaube ich nicht an den Zufall.«

Carmen nickte. »Ich sehe es genauso wie Tal.«

Kranak zeigte mit dem Finger auf sie. »Du bist nicht vom Fach, Mädchen.«

Sie lachte. »Du wirst dich noch wundern.«

»Ich verschwinde jetzt.«

»Ich komme mit, Rob«, sagte ich. »Ich muss dich noch etwas löchern.«

Am Samstagmorgen setzten Kranak und ich von Martha's Vineyard aufs Festland über. Der Abschied von Carmen fiel mir schwer, wie immer. Sie wollte noch ein paar Tage auf der Insel bleiben. Auch von Dan und Belle verabschiedete ich mich schweren Herzens, doch ich würde sie schon bald wiedersehen. Kranak und ich nahmen in Vineyard Haven die Fähre. Obwohl der herbstliche Farbenzauber jetzt weiter im Norden von New England am spektakulärsten war, kamen auch hier noch viele Feriengäste an. »Aus Amerika«, wie die Insulaner zu sagen pflegten.

»Vielleicht sollte ich mir auch ein Segelboot kaufen«, sagte ich zu Kranak. So düster meine Stimmung auch sein mochte, sobald ich einen Fuß auf ein Boot setzte, entspannte ich mich sofort.

Wir stiegen die Stahltreppe zum Oberdeck hoch. Kranak schleppte seinen schweren Koffer, ich meinen Rucksack. Pennys Nägel klackerten auf den Stufen. Wir gingen zur Reling. Noch vor ein paar Stunden hatte es so ausgesehen, als würde es zu regnen beginnen, doch nun war der Himmel blau. Möwen kreisten kreischend um die Fähre, und viele Passagiere warfen den stets hungrigen Meeresvögeln etwas zu fressen zu.

Ein Hauch von Melancholie hing in der Luft. Die Leute waren traurig, weil sie die Insel verlassen und in ihr Alltagsleben zurückkehren mussten.

Ich dagegen freute mich darauf, wieder nach Hause zu kommen. Natürlich wegen Hank. Auch wenn er mich verärgert hatte, konnte ich es nicht abwarten, von ihm in den Arm genommen zu werden, ihn zu riechen und lächeln zu sehen. Er trug einen Schnurrbart, den er nicht abrasieren wollte. Mittlerweile war er wahrscheinlich schon auf dem Weg von Maine nach Boston. Wir hatten Probleme, das war nicht zu leugnen, und doch freute ich mich wie ein aufgeregter Teenager auf ihn.

»Erzähl mir mehr über die Ermittlungen im Fall Didi«, sagte ich. »Du enthältst mir etwas vor, und ich wüsste gern, was es ist.«

»Wir haben nichts in der Hand. In letzter Zeit gingen die Leute bei ihr ein und aus, besonders nach der Ausstrahlung dieses elenden Fernsehbeitrags. Alle Welt war bei ihr, um sich diesen verdammten Schädel anzusehen. Wir haben jede Menge Fingerabdrücke. Einige haben gesehen, wie dieser Zuni-Gouverneur ihr Büro verließ. Ich halte ihn für den Hauptverdächtigen.«

»Das sehe ich nicht so, Rob. Ich glaube nicht, dass Bowannie sie getötet hat.«

»Er wollte den verdammten Schädel und den Topf unbedingt, war total scharf darauf.«

»Ja, natürlich. Er glaubte, der Schädel und das Tongefäß seien das Eigentum seines Stammes. Der Schädel ist seiner Meinung nach der eines seiner Vorfahren. Aber ich denke nicht …«

Kranaks Miene verdüsterte sich. »Du kaufst ihm diese ganze unsinnige Stammesfolklore ab?«

»Vielleicht … Eigentlich glaube ich ihm. Der Gouverneur ist ein harter, aber ein guter Mann. Das habe ich sehr stark so empfunden. So sehr er den Schädel und das Tongefäß wollte, ich glaube nicht, dass er sie gestohlen hätte. Und erst recht nicht, dass er deswegen Didi getötet hätte.«

Kranak schüttelte den Kopf. »Manchmal setzt bei dir der Verstand aus, Tal. Ich kann mir sehr gut vorstellen, wie er Dr. Cravitz umgebracht hat. Er kehrt mit dem Schädel und den Tonscherben zu seinem Stamm zurück, ist ein Held und gewinnt noch mehr an Macht. Das ist ein überzeugendes Motiv.«

Ich schüttelte den Kopf. »Ich weiß, aber bei diesem Mann kommt das nicht hin. Also, was verschweigst du mir?«

Er spreizte die Finger. »Ich kann dir nichts erzählen. Höchstens, dass wir unter einem Arbeitstisch zwei Tonscherben gefunden haben.«

Ich lächelte. Heute würde er mit nichts mehr rausrücken, aber mir war klar, dass er mehr in der Hand hatte als nur zwei Tonscherben. Doch warum wollte er es mir nicht erzählen? Das beunruhigte mich.

Wir schwiegen, und ich verlor mich in dem Anblick der grauen Wellen. Es ging eine kühle Brise.

Ich fuhr mit einem Finger über die verbundene Schnittwunde auf meiner linken Wange. Der Arzt, der sie genäht hatte, hatte mir empfohlen, die Narbe durch plastische Chirurgie entfernen zu lassen. Hank würde nicht erfreut reagieren, wenn er erfuhr, dass ich von einem Gangster verletzt worden war. Ganz und gar nicht.

Kranak hatte eine lange Narbe im Gesicht, die ich mochte, aber er war schließlich ein Mann. Noch einmal strich ich über den Verband. Die Narbe würde meine Attraktivität beeinträchtigen. Damit konnte ich klarkommen, doch sie würde auch dazu führen, dass jeder einschätzen zu können glaubte, was für ein Typ ich war. Die Vorstellung gefiel mir nicht.

»Ich liebe es«, sagte Kranak.

Überrascht wandte ich mich ihm zu. Für einen Moment hatte ich ihn ganz vergessen. »Das Meer, meist du? Ich weiß, Rob. Ich liebe es auch.«

»Ja, aber nicht so wie ich. Ich sehne mich Tag und Nacht danach, brauche das Meer wie die Luft zum Atmen. Ich muss in der Nähe des Wassers sein, sonst ersticke ich.«

Ich strich über seine Hand. »Warum gehst du dann nicht zur Küstenwache?«

Er lächelte. »Ich soll meinen gemütlichen Job aufgeben? Ja, vielleicht hast du recht.«

Sein Job war alles andere als »gemütlich«. »Du kannst dich doch bald pensionieren lassen, oder?«

»Ich muss noch zehn Jahre abreißen. Unter ›bald‹ stelle ich mir etwas anderes vor.«

»Das war mir nicht bewusst.«

»Wenn du und ich …«

Unsinn. »Rob, ich …«

»Mach dir keine Sorgen.« Er wandte sich ab und richtete den Blick in die Ferne. »Das mit uns beiden hätte nicht funktioniert, ich weiß es. Aber für eine Weile war es schön.«

Ich liebte sein Profil und sogar die Narbe. Schon immer. Doch mit Hank war es anders. Intensiver. »Fand ich auch.«

Ich zog eine Tüte mit Crackern aus meiner Handtasche, riss sie auf und begann die Möwen zu füttern.

Kranak legte einen Arm um meine Taille, und ich lehnte mich an seine Schulter, als wir uns dem Kai näherten.

»Tally! Hey, Tally!«

Der Ruf kam aus weiter Ferne. Ich spähte über die Reling. Zuerst erkannte ich den großen, kräftigen Mann mit Bart nicht. Er winkte, und plötzlich … »Hank!«

Ich löste mich von Kranak, aber nicht schnell genug.

Bisher hatte ich Hank erst einmal so erlebt. Einige Minuten später packte er meine Hand und zerrte mich von der Fähre zu dem Bus, der uns zu dem etliche Meilen von der Anlegestelle entfernten Parkplatz bringen würde. Er war freundlich gewesen gegenüber Kranak, der sofort verschwunden war, als man seinen Dienstwagen aus der Fähre ausgeladen hatte, aber mir gegenüber …

»Verdammt, du tust mir weh«, sagte ich. »Lass es.«

Sein Griff lockerte sich, aber der Blick wurde noch finsterer.

Hank mit Bart. Er sah großartig aus. Anders, aber großartig, auch wenn jetzt der Bart sein Grübchen verdeckte. Ich wünschte, er hätte nicht gesehen, wie ich meinen Kopf an Kranaks Schulter gelegt hatte.

»Du musst mir glauben, dass Kranak und ich nichts miteinander haben«, sagte ich. »Aber vermutlich ist das zu viel verlangt.«

»Ist es.«

»Carmen hat dich angerufen, stimmt's? Hat sie dir erzählt, mit welcher Fähre ich komme?«

»Ja.«

Ich zog den Reißverschluss meiner Jacke zu und setzte meine rosafarbene Baseballkappe mit dem Emblem der Boston Red Sox auf. »Du solltest mir vertrauen, Hank.«

Er schwieg, als wir in dem überfüllten Bus zum Parkplatz fuhren. Ich hatte keine Lust, mich von seiner schlechten Laune anstecken zu lassen, sondern plauderte mit einer Sitznachbarin, die Penny bewunderte.

Als wir aus dem Bus stiegen, würdigte mich Hank nicht einmal eines Blickes. Er nahm mir nur die Autoschlüssel aus der Hand und öffnete mit der Fernbedienung die Türen meines 4Runner.

Ich versuchte den Kofferraum zu öffnen, doch der war weiter abgeschlossen. »Zweimal drücken, verdammt.«

»Das Ding ist eine Katastrophe.«

»Du hättest ja dein eigenes Auto mitbringen können.«

»Ich bin mitgenommen worden und habe gedacht, wir könnten zusammen zurückfahren.«

»Der Kofferraum ist immer noch nicht auf, Hank. Zweimal kurz nacheinander drücken.«

Er streckte aggressiv die Hand mit der Fernbedienung aus, und ich hörte das Klicken. Nachdem ich meine Sachen in den Kofferraum geworfen hatte, knallte ich viel zu heftig den Deckel zu und stapfte zur Tür auf der Seite des Fahrersitzes.

Er rührte sich nicht von der Stelle. »Steig auf der anderen Seite ein.«

Ich schnaubte, öffnete auf der anderen Seite die Hintertür und wartete, bis Penny auf die Rückbank gesprungen war. Dann setzte ich mich auf den Beifahrersitz.

»Wo ist Peanut?« Ich vermiste Jacks riesigen Irischen Wolfshund.

»Nicht hier.«

Wie nicht anders zu erwarten, fuhr Hank im Schneckentempo zum Kassenhäuschen des Parkplatzes. Nachdem er bezahlt hatte, machten wir uns auf den Rückweg nach Boston, der bei seinem Fahrstil sicher eine Ewigkeit dauern würde.

9

Erstaunlich, aber irgendwie schaffte es Hank, auf der Sagamore Bridge noch langsamer zu fahren. Er wusste, dass mich dieses Schneckentempo wahnsinnig machte. Je stärker seine Verärgerung über mich wuchs, desto weniger Gas gab er. Rache. Nur darum ging es.

»Es ist nichts zwischen uns, Hank.«

»Hm.«

»Du weißt es. Ich bin so verdammt glücklich, dass du bei mir bist, und dir fällt nichts Besseres ein, als ein langes Gesicht zu ziehen. Kranak war nur auf der Insel, um einen Tatort zu untersuchen. Das ist alles.«

Er reagierte nicht.

»Wegen dieser lächerlichen Sonnenbrille kann ich nicht mal deine Augen sehen. Wie der Cop im Kino.«

Er setzte die Brille nicht ab.

»Du machst mich wahnsinnig.« So war es. Aber er musste erst alles verdauen. Den Grund meines Besuchs auf der Insel. Die Geschichte mit dem Einbrecher, der mich mit dem Messer attackiert hatte. »Zufrieden?«

Er setzte ein Headset auf, als wollte er mich weiter ärgern. Nachdem er etwas in das Mikrofon gemurmelt hatte, was ich nicht verstand, nickte er. Dann legte er das Headset wieder weg.

Ich wartete. Mittlerweile waren wir auf der Route 3. »Komm schon, Hank«, sagte ich schließlich.

»Es geht um dein Gesicht, Tal.«

»Ich hab's geahnt.«

»Er hat dich mit einem Messer angegriffen.«

»Die Wunde ist im Krankenhaus genäht worden. Das

kommt schon wieder in Ordnung. Ich …« *Er findet das abscheulich, glaubt, dass ich hässlich sein werde mit dieser Narbe auf der Wange. Er …* Vermutlich hatte ich nicht damit gerechnet, dass er so reagieren würde.

Ich starrte aus dem Fenster, ohne etwas zu sehen, empfand eine innere Leere.

Er ergriff meine Hand. Seine war warm und so groß, dass sie eher der Tatze eines Bären ähnelte. »Das mit der Narbe ist mir scheißegal, Tal. Es kotzt mich an, dass der Typ tot ist. Am liebsten hätte ich ihn selbst umgelegt. Ich versuche, meine Wut unter Kontrolle zu bekommen.«

Ich wollte weinen, stieß aber stattdessen eine Kette von Flüchen aus. Ich rückte näher an Hank heran und wünschte, dass der 4Runner eine Vorderbank gehabt hätte. Dann küsste ich seine Wange und legte für den Rest der Fahrt meine Hand auf seinen Bauch.

Es gab nichts Schöneres, als mit Hank ins Bett zu gehen. Er streichelte mich, kniff mir zärtlich in die linke Brustwarze. Mein Gott, ich wollte mehr.

Sein dunkles Lachen machte mich noch mehr an. Ich drückte mich an ihn, spürte seine Erektion und wurde noch feuchter, war wie elektrisiert. Ich spreizte die Beine, und er drang in mich ein.

»Oh, Hank, du weißt, wie du es anstellen musst.« Sein Geruch machte mich wahnsinnig.

»Los geht's«, keuchte er.

Er küsste mich, und unser Rhythmus war zunächst fast quälend langsam. Ich hatte die Arme fest um seine Schultern geschlungen. Und wieder fanden wir das Nirwana.

Am Montagmorgen hörte ich, wie sich die Wohnungstür öffnete und wieder schloss.

»Hast du die Zeitung geholt?«

Er zwinkerte mir zu und warf sie auf das Bett.

Ich überflog die Schlagzeilen und kraulte Penny hinter den Ohren, während Hank sich anzog. »Was hast du heute vor?«

Er warf mir einen langen, verführerischen Blick zu und zwinkerte erneut.

»Ja, ja, mein großer Junge. Lass es, wenn du doch keine Zeit dafür hast.«

Er lachte. »Du machst mich eben total an, Tal.«

Ich drehte mich lächelnd auf den Bauch.

Er zog die Krawatte aus dem Schrank, die er immer bei mir ließ, und band sie sich um.

Ich setzte mich überrascht auf und zog den seidenen japanischen Morgenmantel über, den er mir geschenkt hatte. »Warum die Krawatte? Was hast du vor?«

»Ich treffe mich nur mit ein paar Freunden.«

Ich folgte ihm ins Bad, wo er seinen Rasierer suchte. Als er ihn nicht fand, nahm er meinen, Marke Venus.

»Der ist für Girls.«

Sein Lächeln ließ mich schon wieder dahinschmelzen. »Deshalb mag ich ihn ja so.«

Er rasierte sich gründlich, ließ aber den altmodischen Schnurrbart stehen, den ich an ihm so mochte. »Der Kinnbart ist wieder verschwunden?«

»Wie du siehst.« Er bürstete sein Haar.

»Bitte sag es mir. Ich mag es nicht, wenn du mir etwas verschweigst.«

Er berührte mein Kinn. »Ich kann dir nichts erzählen, was ich selbst noch nicht weiß.« Er schob mich zur Seite und verließ die Wohnung.

Bisher war noch nie jemand mir gegenüber so offen gewesen wie Hank, so aufrichtig. Was war jetzt los mit ihm?

Ich erinnerte mich daran, was Addy gesagt hatte. Sie hatte von einem Gerücht gesprochen, dass Hank als Ermittler zur Mordkommission der Bundespolizei von Massachusetts wechseln würde.

Im Moment war er schrecklich geheimnistuerisch.

Ich zog Jeans und eine Bluse an, legte Penny an die Leine und verließ ebenfalls die Wohnung.

Ich hätte ihm nicht folgen sollen. Das war mir bewusst, als ich die Tremont Avenue hinunterfuhr. Es kam mir so vor, als täte ich etwas Unrechtes, und ich fühlte mich schuldig. Er fuhr Richtung Route 9. Mit einiger Genugtuung sah ich, dass er die gebührenpflichtige Schnellstraße nahm. In Richtung Westen war der Verkehr erträglich, in Richtung Osten alles verstopft.

Etwa zwanzig Minuten später nahm er die Ausfahrt zur Route 9. Jetzt kannte ich sein Ziel – das Hauptquartier der Bundespolizei von Massachusetts in Framingham.

Trotzdem wollte ich mich persönlich davon überzeugen. Ich konnte es nicht fassen, dass er zu einem Vorstellungsgespräch oder irgendeiner Besprechung fuhr, ohne mir etwas gesagt zu haben.

Am liebsten hätte ich eine Zigarette geraucht. An diesem Morgen hatte ich nicht mal gefrühstückt. Mein Magen knurrte. Und Penny blickte mich vorwurfsvoll an, weil ich sie nicht gefüttert hatte.

Zum Teufel, was soll's, dachte ich.

Ich nahm die Ausfahrt und folgte Hank auf der Route 9 in Richtung Osten. Wie erwartet, parkte er vor dem Hauptquartier der Bundespolizei von Massachusetts. Addy hatte recht gehabt. Und doch konnte ich mir überhaupt keinen Reim darauf machen. Als Sheriff des Hancock County hatte er einen großartigen Job. Nachdem er jahrelang als Detective beim New York Police Department gearbeitet hatte, war er ins heimatliche Maine zurückgekehrt, weil er die Brutalität der Großstadt nicht mehr ertrug.

Ich kehrte um. Es war sinnlos, hier Zeit zu vertrödeln. Irgendwann würde er es mir erzählen. Oder auch nicht.

Ich strich über den Verband auf meiner Wange. Vielleicht hatte er gelogen, als er gesagt hatte, die Narbe sei ihm scheißegal. Oder hinsichtlich der Gefühle, die er angeblich empfand, wenn er mich ansah.

Plötzlich fühlte ich mich innerlich leer.

Zu Hause fütterte ich Penny und joggte dann mit ihr zum Park. Sie tollte herum wie in jungen Jahren. Wenigstens sie war noch glücklich mit mir. Auch an der Narbe würde sie keinen Anstoß nehmen. Überhaupt nicht.

Als wir nach Hause liefen, genoss ich die kühle Septemberluft und den Anblick der herbstlich gefärbten Blätter. Dann bog ich in meine Straße ein und blieb stehen.

Vor meiner Haustür stand ein Mann, den Blick der Straße zugekehrt. Er hatte die Hände hinter dem Rücken verschränkt und stand sehr gerade da. Besonders groß war er nicht. Seine Miene war entspannt. Er wirkte ruhig und geduldig und irgendwie deplatziert im geschäftigen Getriebe von Boston.

Langsam ging ich auf mein Haus zu. Ich dachte darüber nach, was ich zu ihm sagen, wie ich mit ihm umgehen sollte. Er konnte ein Freund oder ein Feind sein. Oder etwas dazwischen.

»Hallo, Tal!«, rief mir ein Nachbar zu. »Der Typ steht da schon eine Stunde. Ich würde die Cops rufen.«

Ich nickte ihm zu und ging weiter. Als ich vor den Stufen des Hauseingangs stand, erkannte ich den Mann. Ich war ihm vor einigen Tagen begegnet.

»Guten Tag, Mr Bowannie«, sagte ich. »Was kann ich für Sie tun?«

Während ich Kaffee kochte, bewunderte der Gouverneur meine Sammlung von Zuni-Fetischen.

Er zeigte auf einen Bernstein-Bären von Dee Edaakie.

»Sie ist hübsch, nicht wahr?«, rief ich aus der Küche.

Er lachte. »Woher wissen Sie, dass es ein Weibchen ist?«

»Schauen Sie mal genau hin.«

»Sie haben schöne Arbeiten einiger junger Steinschnitzer. Dee Edaakie, Alonzo Esalio, Jeff Tsalabutie.« Sein Lächeln wurde breiter. »Selbst von dem einzigartigen Fred Bowannie. Wir tragen den gleichen Nachnamen, sind aber nicht verwandt.«

Ich ging mit dem Kaffee ins Wohnzimmer und schenkte ihm eine Tasse ein. Dann griff ich nach einem Bären aus Jaspis, der von Fred Bowannie stammte. »Eine wundervolle Arbeit. Sehen Sie sich das Gesicht an. Meine Sammlung bedeutet mir sehr viel.« Ich steckte den Bären in die Brusttasche meiner Bluse, direkt über dem Herzen.

»Frau Dr. Cravitz hat mir erzählt, dass Sie Sammlerin sind.«

»Soweit es meine Möglichkeiten erlauben«, sagte ich. »Zum Teil liegt es bestimmt daran, dass ich Tiere so sehr liebe. Und alle möglichen Steine. Bei diesen Fetischen kommt beides zusammen.«

Er wies mit einer Kopfbewegung auf meinen Schreibtisch, wo vier meiner schönsten Stücke standen.

»Motivieren die Sie bei der Arbeit?«

»Darauf können Sie wetten.«

»Sie lieben auch älteres Kunsthandwerk.« Er hielt eine Marmorarbeit von Edna Leki hoch. »Sie war eine Ausnahmebegabung, die gute Edna. Man sieht förmlich die spirituelle Essenz in dem Stein. Gelernt hat sie bei dem größten Meister seines Fachs, bei ihrem Vater Teddy.«

»Ich hoffe, eines Tages eine seiner Arbeiten kaufen zu können.«

Er nickte. »Es ist ein gutes Gefühl, hier an meine Heimat erinnert zu werden.«

»Verstehe. Der Gedanke daran, woher man kommt, ist immer wichtig.«

»Ja, die Heimat.« Er fuhr mit einer Hand über seine Brust.

»Alles in Ordnung?«

»Es geht schon wieder.« Ich zeigte auf das Sofa. »Sollen wir uns nicht setzen?«

Er wies auf die halb offen stehende Terrassentür. »Warum nicht draußen, in der Sonne?«

Wir traten auf die Terrasse und setzten uns. Penny machte es sich zwischen uns bequem. Es ging ein sanfter herbstlicher Wind, und wie immer glaubte ich, dass auch hier noch etwas vom Geruch des Meeres in der Luft lag.

Auf dem Tablett zwischen uns standen die Kaffeekanne sowie Milch und Zucker.

»Es ist Ihnen doch nicht zu kühl hier draußen?«, fragte ich. Er strich über die Lehne meines abgewetzten alten Ohrensessels. »Nein, es tut gut. Ich war in letzter Zeit zu wenig draußen.«

Ich berührte mit meinem Zeigefinger seine Hand. »Sie sagten, sie seien gekommen, weil Sie Hilfe brauchen. Was kann ich für Sie tun?«

Wieder massierte er die Stelle über seinem Herz. Sein Blick war finster. »Frau Dr. Cravitz ist tot. Man verdächtigt mich, der Täter zu sein.«

Vielleicht hätte ich Angst haben sollen, aber Penny war bei mir, und ich glaubte nicht, dass dieser Mann wegen eines Schädels einen Mord begehen würde. Selbst dann nicht, wenn er seinem Stamm heilig war. »Ja, ich habe davon gehört.«

»Haben Sie keine Angst vor mir?«, fragte er.

»Sollte ich?«

Er zog erst ein Päckchen Zigaretten aus der Brustasche seines Hemdes, dann ein altes Zippo-Feuerzeug aus der Tasche seiner Jeans. Seine Hand zitterte, als er sich die Zigarette anzündete. »Ich kann einfach nicht aufhören.«

»Ich bin neidisch«, sagte ich. »Früher habe ich eine Schachtel am Tag geraucht, und mir fehlen die Zigaretten. Aber zurück zum Thema. Was genau wollen Sie von mir?«

Er inhalierte tief, blies den Rauch durch den Mund aus. Der Wind trug den Rauch davon, doch der Duft des Tabaks verlockte mich. Ich wartete.

»Ich habe keine Angst davor, hinter Gitter zu kommen«, sagte er. »Ich habe Dr. Cravitz nicht umgebracht, und sie haben keinerlei Beweise, die gegen mich sprechen. Aber ihr Tod macht mich traurig. Diese Frau hatte sich ganz ihrer Arbeit verschrieben und meinte es gut. Jetzt befürchte ich, dass ich diesen Schädel niemals bekommen werde.«

Ich streichelte Pennys weiches Fell. »Für Ihren Stamm, meinen Sie. Für die Zuni.«

»Nein, das meine ich nicht. Für mich ist dieser Schädel nicht der einer Indianerin, gleichgültig, ob er in einem uralten Tongefäß gefunden wurde oder nicht.«

»Ich bin ganz Ihrer Meinung. Doch warum denken Sie jetzt so? Ich glaubte, sie wären sich völlig sicher, dass es ein Schädel der Vorfahren Ihres Stammes ist.«

»War ich auch.« Er schnippte Asche über das Geländer. »Bis Frau Dr. Cravitz nach der Vorlage des Schädels diese Tonbüste geschaffen hat. Sie war zu gut, als dass ihr bei so einer Rekonstruktion ein gravierender Fehler unterlaufen wäre. Diese Frau gehörte weder zu den Zuni noch zu den Hopi. Nicht mal zu den Navajo. Ich glaube überhaupt nicht, dass sie eine Indianerin war. Aber *wer* war sie? Irgendjemand spielt ein böses Spiel, und deshalb ist Dr. Cravitz jetzt tot. Ja, ich will diesen Schädel. Und den Dieb.«

Ich rieb meine Oberschenkel. »Nun, ich habe eine Theorie. Meiner Meinung nach ist das Gesicht von Didis Rekonstruktion das einer Freundin von mir. Das Gesicht einer Frau unserer Zeit. Ich habe keine Ahnung, wie ihr Schädel in dieses Gefäß gelangt ist. Aber ich bin mir sicher.«

»Diese Theorie klingt noch verrückter als meine.«

»Wie lautet die?«

»Ich glaube, dass der Schädel dort hineingezaubert wurde.«

Damit hatte ich nicht gerechnet. »Ah, Sie sind ein Schamane. Habe ich recht?«

Er lachte, drückte die Zigarette an der Sohle seines Stiefels aus und steckte die Kippe in die Brusttasche seines Hemdes. »Ich bin nicht sicher, wie Angloamerikaner Menschen wie mich nennen.«

Fast hätte ich ihm von den Ereignissen auf der Insel erzählt, doch ich hielt meine Zunge im Zaum. Ich vertraute ihm, hatte aber in anderen Fällen schlechte Erfahrungen mit zu großer Offenheit gemacht. Der Blick seiner braunen Augen wirkte aufrichtig, seine Körpersprache entspannt und ganz so, als hätte er nichts zu verbergen. Trotzdem widerstand ich der Versuchung, ihm alles zu sagen, was ich wusste.

»Und von mir wollen Sie …«

Er hob eine Hand. »Moment noch. Sie wollen doch auch etwas von mir, oder?«

»Woher wissen Sie …? Ach, ist ja auch egal.« Ich beugte mich vor. »Ja, so ist es. Ich möchte, dass Sie mir etwas über den Blutfetisch erzählen.«

Sein Kopf fuhr herum, die Augen funkelten. »Das ist sehr viel verlangt, meine Liebe. Zu viel. Ich kann Ihnen nicht helfen, kann nicht darüber reden. Ich kann nicht einmal den Namen aussprechen.«

»Sie können nicht oder wollen nicht?«

»Das ist in diesem Fall so ziemlich dasselbe. Sie sollten mit meinem Sohn reden.«

»Wie soll ich das anstellen?«

Seine Augen leuchteten warm, und auf seinem von der Sonne gegerbten Gesicht breitete sich ein Lächeln aus, das eine so innerliche Freude ausdrückte, dass ich ihn am liebsten umarmt und diese Wärme und Liebe zum Leben gespürt hätte. Ich griff in die Brusttasche meiner Bluse und zog die Bärin aus Bernstein hervor. »Bitte, ich schenke sie Ihnen.«

Er blickte mich an, und seine langen braunen Finger nahmen mir die Bärin aus der Hand. Dann zog er unter seinem Hemd einen Beutel hervor – seinen Zauberbeutel –, öffnete ihn und steckte die Bärin hinein.

»Was für ein wundervolles Geschenk«, sagte er, als er den Beutel wieder unter dem Hemd verschwinden ließ. »Jetzt habe ich Sie und Ihr Zuhause kennengelernt. Sie sind der indianischen Kultur so nahe, wie es ein Weißer nur sein kann. Sie strahlen Autorität und Geistesgegenwart aus.«

Nach diesen Komplimenten war mir unbehaglich zumute.

Ich schätzte seine Bedächtigkeit, aber er war mir gegenüber noch nicht ganz offen.

»Sie wollen mir nichts darüber erzählen, stimmt's?«, fragte ich. »Über den Blutfetisch.«

»Das ist nicht meine Sache. Andererseits kann Aric Ihnen ...« Er unterbrach sich, zündete sich eine neue Zigarette an und inhalierte tief. »Ah, das tut gut.«

»Es wird Sie umbringen.«

Sein ironisches Lächeln machte mich nachdenklich. Ich fragte mich ... »Also, was kann ich für Sie tun?«

»Ich möchte, dass Sie mit mir kommen und dass wir gemeinsam diesen Schädel suchen.«

Ich lachte nervös. »Und wohin soll ich Sie begleiten?«

»Nach Zuniland.«

Zuniland. Vor Jahren war ich bereits einmal dort gewesen, und es hatte mir sehr gefallen. Da draußen im Westen fühlte ich mich immer zu Hause. Aber ... »Es geht nicht. Ich habe hier Dinge zu erledigen, habe Verpflichtungen. Die Suche nach dem gestohlenen Schädel ist Sache der Strafverfolgungsbehörden.«

Er stand auf und lehnte sich auf das Geländer der Terrasse. Sein Blick war jetzt traurig und verriet, wie verzweifelt er sich nach seiner Heimat sehnte, nach seinem Berg – Corn Mountain –, nach der Sonne über der Hochebene. Nach seinem Zuhause.

»Mr Bowannie?«

Er richtete sich auf. »Diese Behörden, von denen Sie reden, sind Ihre Behörden, nicht meine. Sie wissen weniger als nichts. Diese Leute haben das Gesicht der Frau nicht gesehen. Sie fleht uns um Hilfe an.«

»Die Rekonstruktion?« *Sie fleht uns um Hilfe an.* Vielleicht hatte ich das seit Tagen empfunden, Delphines Flehen.

»Nein, davon rede ich nicht. Ich rede von Frau Dr. Cravitz, von ihrem Gesicht. Nie werde ich es vergessen. Sie hat noch nicht die ewige Ruhe gefunden. Noch nicht.«

Er stand auf und zog aus der Tasche seiner Jeans eine Visitenkarte und einen Beutel, der dem Zauberbeutel ähnelte. »Hier können Sie mich finden. Auf der Rückseite habe ich meine Handynummer notiert. Ich verlasse Boston morgen. Bitte rufen Sie mich an.«

Auf der Karte stand: *Professor Ben Bowannie, Archäologisches Institut, University of New Mexico.*

»Sie stecken voller Überraschungen, Professor.«

Er grinste. »Ich mag es, jungen Frauen zu imponieren.«

»Ich rufe so oder so an. Was den Schädel angeht … Bitte zählen Sie nicht auf mich.«

Er hob den Beutel hoch. »Der ist für Sie.«

»Wirklich?« Ich nahm ihn. Er war warm und weich, vermutlich aus Hirschleder. Ich blickte Bowannie fragend an.

»Öffnen Sie ihn.«

Ich zog den Beutel auf, schüttete den Inhalt auf meinen Handteller und schnappte nach Luft. »Der rote Stein, den ich zwischen den Tonscherben in Didis Büro gefunden habe«, sagte ich lächelnd. »Ich dachte, den hätten die Diebe auch mitgenommen.«

»Frau Dr. Cravitz hat mir erzählt, wie sehr Sie ihn bewundert haben.« Er lächelte. »Ich dachte, der Stein wäre ein gutes Geschenk.

»Ich liebe ihn.« Ich konnte es nicht fassen, den roten Stein aus dem Chaco Canyon in den Händen zu halten. Er war warm und symbolisierte für mich die Geheimnisse und die Schönheit des Südwestens. »Er hat mich an einen Fetisch erinnert. Er fühlt sich *gut* an.«

Er ergriff meine Hände. »Ich weiß. Ein kleines Stück Chaco, mein Geschenk für Sie.« Wieder lächelte er. »Hoffentlich bekommen diese Navajo es nicht heraus!«

Ich umarmte ihn, konnte einfach nicht anders.

»Eine wunderschöne Umarmung für einen kleinen roten Stein. Fantastisch.«

Er verabschiedete sich.

»Ich wünschte, Sie hätten etwas mehr Zeit mitgebracht.«

Ich begleitete ihn zur Wohnungstür.

»Noch etwas«, sagte er. »Irgendjemand beschattet Sie. Er hat einen schwankenden Gang, wie ein Säufer, was in einer Großstadt wie Boston nicht weiter auffällt ... Wenn ich es aus irgendeinem Grund nicht schaffe, müssen Sie diesen Schädel finden. Ich will Ihnen das nicht aufhalsen, aber notfalls muss es sein.« Er ging so langsam die Stufen hinunter, als wäre er plötzlich um zehn Jahre gealtert.

Jemand beschattete mich. Weshalb war ich so interessant? Ich blickte durch das Fenster meines Schlafzimmers auf die Straße. Sie wirkte fast ländlich mit den Bäumen und den herbstlich gefärbten Blättern, die teilweise schon auf dem Pflaster lagen und vom Wind aufgewirbelt wurden.

Ein Pärchen kam vorbei, Händchen haltend und lächelnd.

Ich stellte mir ihr einfaches und trotzdem wundervolles Leben vor – Arbeit, Kino, Bücher, Sex, das gemeinsame Kochen, Urlaub am Meer. Vielleicht hätte ich auch so leben sollen, aber ich konnte es mir nicht vorstellen. Mein Leben war noch nie einfach, angenehm oder bequem gewesen.

Und genau das hätte es jetzt sein können. Ich hatte genug Geld, genug Zeit, keinen Familienanhang. Aber ich brauchte den Nervenkitzel.

Jetzt war auf der Straße niemand mehr zu sehen. Wer folgte mir, und aus welchem Grund? Aber vielleicht hatte sich Bowannie auch getäuscht, Gespenster gesehen.

Ich ließ die Gardine los und setzte mich zu Penny aufs Bett. Wie üblich drehte sie sich auf den Rücken, damit ich ihren Bauch streichelte. »Du bist schamlos.«

Ein lautes, splitterndes Geräusch. Spitze, scharfkantige Scherben trafen meinen Rücken und meinen Kopf.

10

Was zum Teufel war denn jetzt schon wieder?«, fragte Hank, als er das winzige Krankenzimmer betrat. Man hatte mich in die Notaufnahme des Brigham and Woman's Hospital gebracht.

Ich gähnte und zog das hässliche Nachthemd zusammen, in das sie mich gesteckt hatten, nachdem sie damit fertig gewesen waren, die Glassplitter aus meinem Rücken herauszuziehen.

»Sie haben mir Demerol gespritzt«, sagte ich. »Keine Ahnung, warum sie mir so ein starkes Schmerzmittel verabreichen.« Ich musste lächeln. Hank sah so verdammt süß aus, wenn er wütend war.

Seine Pranken packten meine Oberarme.

»Aua! Du bist gemein.«

Sofort ließ er mich los. »Verdammt, Tally. Was ist passiert? Die Krankenschwester da draußen wollte nichts sagen.«

Hank hatte den süßesten, buschigsten Schnurrbart. Er war kastanienbraun und kitzelte, wenn er mich küsste. Ich beugte mich vor und spitzte die Lippen.

»Scheiße, Tally. Erst dieser Messerstecher, und jetzt das!«

Er strich über den Verband auf meiner Wange. Ich kicherte.

Sein Blick war immer noch finster.

»Was muss ich mir denn noch einfallen lassen, um einen Kuss zu bekommen?«

»Sei nicht kindisch, um Himmels willen.«

Ein Weißkittel steckte den Kopf durch die Tür. »Geht's auch ein bisschen leiser, Sir?«

Hank klappte seine Brieftasche auf und hielt sie der Krankenschwester unter die Nase.

»Sie sind Lieutenant? Sind Miss Whytes Verletzungen für die Polizei interessant, Lieutenant Cunningham?«

»Genau. Sie sagen es.«

»Hank, du klingst so … Es ist doch bloß ein Fenster zerbrochen.«

Er wurde wieder wütend. »Irgendjemand hat die elende Scheibe herausgeschossen, Tally.«

Geschossen. Oh. »Vielleicht.« Ich drückte mich an ihn und schloss die Augen. Lieutenant Cunningham. Das gefiel mir. Es klang gut. Aber er war Sheriff Cunningham. Mein Sheriff, mein Lieutenant. Lieutenant?

»Du bist kein Lieutenant«, sagte ich kichernd. Ich schwang die Beine über die Bettkante.

»Legen Sie sich wieder hin, Miss Whyte«, sagte die Krankenschwester. Sie hob meine Beine hoch und zog mir die Bettdecke bis unters Kinn. »Warum ruhen Sie sich nicht einfach aus?«

Ich war so müde, aber … »Hank Cunningham, sag ihr die Wahrheit. Du bist *Sheriff.*«

»Meine Liebe …«, begann die Schwester.

»Nennen Sie mich nicht ›meine Liebe‹.« Ich setzte mich auf. »Und er ist Sheriff, meine Gute.«

Eine Frauenhand hielt mir einen Dienstausweis unter die Nase. »Nein, meine Gute, er ist Lieutenant der Bundespolizei von Massachusetts.«

»Tally, ich …«

Vor meinen Augen verschwamm alles, mein Kopf dröhnte. Hank, ein Ermittler der Bundespolizei? Und er hatte mich die ganze Zeit angelogen? Die ganze Zeit …

Ich drehte mich auf die Seite und schloss die Augen.

Gert holte mich im Krankenhaus ab. Ich hatte keine Ahnung, was für ein Tag es war. So ist das, wenn man mir Demerol spritzt. Die entsetzlichen Kopfschmerzen hatten nachgelassen, und ich wollte nur noch nach Hause. Eigentlich war ja alles in Ordnung. Wenn man von den Schmerzen absah. Sehr, sehr starken Schmerzen.

Und ich war sauer, stinksauer. Auf Hank Cunningham. Ich

hatte ihm gesagt, er solle nicht wiederkommen, und er hatte sich daran gehalten. Glaubte er, dass ich es ernst gemeint hatte?

»Wie lange war ich im Krankenhaus?«

»Vierundzwanzig Stunden.«

»Viel zu lange.« Ein Anflug von Panik überkam mich. »Bei wem ist Penny?«

»Bei deinem attraktiven Vermieter.«

»Er ist bewunderungswürdig, aber definitiv nicht mehr mein Typ. Er ist total verfressen.«

»Ich weiß.« Sie runzelte die Stirn. »Zu schade.«

Auf der Fahrt zu meiner Wohnung schwieg Gertie. Ab und zu hörte man das Platzen einer Kaugummiblase.

»Mir geht's gut, Gertie. Wirklich. Mach dir keine Sorgen. Okay?«

»Du bist übel zugerichtet.«

Mir fehlte die Kraft, mich mit ihr zu streiten.

Ich hielt mich an ihrem Arm und am Geländer fest, als ich die zur Haustür führenden Stufen hochstieg. Gott sei Dank hatte ich die Parterrewohnung. Jemand hatte mein Schlafzimmerfenster mit einem Sperrholzbrett vernagelt. Vermutlich Jake, der Vermieter.

In der Wohnung wurde ich überschwänglich von Penny begrüßt. Ich war auf ein übles Chaos vorbereitet, aber bis auf ein bisschen Puder zur Abnahme von Fingerabdrücken war alles so sauber, dass nicht einmal meine Tante Bertha etwas zu beanstanden gehabt hätte.

»Wow. Ich hatte mit dem Schlimmsten gerechnet. Wer hat …?«

»Dein Sheriff.«

»Hank? Respekt.«

Sie nahm mir die Handtasche ab und legte sie auf den Küchentisch.

»Danke, Gertie.«

»Kein Problem. Soll ich dir eine Suppe oder sonst was machen?«

»Im Augenblick nicht. Ich mach lieber ein Nickerchen.« Als ich die Schlafzimmertür öffnete, traf mich der nächste Schock.

»Beeindruckend«, sagte Gert.

Neue Bettwäsche, neue Tagesdecke, alles neu.. Ein paar Federn, die dem Staubsauger entkommen waren, ansonsten war alles blitzsauber. Wäre da nicht die Sperrholzplatte vor dem Fenster gewesen, hätte man glauben können, es sei nichts passiert.

»Junge, Junge«, sagte Gert. »Ich würde den Mann auf der Stelle heiraten.«

»Ein großartiger Vorschlag.« Ich setzte mich auf die Bettkante. »Wenn ich mich nicht nach vorn gebeugt hätte, um Penny zu streicheln, hätte mich der Typ erwischt. Es gibt schlimmere Dinge als ein paar herumfliegende Glassplitter.« Ich kraulte Pennys Fell. »Ich bin froh, dass ihr nichts passiert ist.«

Gerts blaue Augen wirkten ängstlich, und ich ergriff ihre Hand. »Mach dir keine Sorgen, es ist alles in Ordnung. Wirklich.«

Sie ließ die Schultern hängen. »Wie kannst du so was sagen? Jemand hat dir mit der Schrotflinte das Fenster zerschossen, du redest nicht mehr mit dem Mann, der hier alles aufgeräumt und geputzt hat, und ich glaube eher nicht, dass du zu uns zurückkommst, zum MGAP …«

»Psst.« Ich umarmte sie. Dann ging ich zum Nachttisch, auf dem eine Schüssel stand, in die jemand ein paar kleine Schrotkugeln gelegt hatte. Mein Blick glitt vom Bett zu dem vernagelten Fenster. »Mit den Kügelchen schießt man nur auf Vögel. Meiner Ansicht nach war das bloß eine Warnung, kein Mordversuch.«

»Tatsächlich? Wie beruhigend. Ich finde das fast genauso schlimm.«

Ich zupfte an einer ihrer blonden Locken. »Aber eben nur fast. Wolltest du mir nicht eine Suppe machen?«

* * *

Ich setzte mich auf dem Sofa auf. Ich glaubte, nur ein paar Minuten geschlafen zu haben, doch meine Uhr sagte mir, dass es zehn Stunden gewesen waren.

»Mannomann.« Ich fuhr mir mit einer Hand durchs Haar. Es war fettig und verfilzt. Ich brauchte eine Dusche, und zwar dringend. Ich schaute mich nach Gert um, sah sie aber nicht. Aber die Wohnung war auch ziemlich dunkel.

»Gert?«

Keine Reaktion. Vielleicht war sie aus dem Haus gegangen, um etwas zu essen zu holen. Hatte ich Hunger? Ich wusste es nicht einmal.

Ich stand auf. Mir tat alles weh. Ich ließ Penny durch die Terrassentür nach draußen, ging zur Toilette und ... Irgendein Typ stand vor dem Klo und ... »Mist!«

Ich knallte die Tür zu und zwängte die Lehne eines Stuhls unter die Klinke.

Jetzt saß er in der Falle.

Ich wirbelte herum. Der Tisch! Er war aus massivem Rotholz. Ich begann zu ziehen. Das Ding war verdammt schwer, aber ich konnte es schaffen.

»Tally!«

Ich drehte mich um. Irgendwie hatte er es geschafft, die Tür ein Stück zu öffnen, und ein behaarter Unterarm lugte durch den Spalt. Ich warf mich gegen die Tür.

»Scheiße!«

Ich drückte und drückte, machte aber keine Fortschritte.

»Verdammt, ich bin's, Rob!«

Rob Kranak. Mist. Ich trat zurück, und der Arm verschwand durch den Türspalt. Ich zog den Stuhl zurück. »Rob, ich ...«

»Halt die Klappe.«

»Es tut mir so leid, ich habe dich für einen Einbrecher gehalten.«

»Na super.«

»Du kannst jetzt rauskommen. Ich koche dir Tee.« Kranak liebte Tee.

Als ich den Wasserkessel aufsetzte, stand er plötzlich hinter mir. »Hagebutten, Zimt, Orangen…«

»Und einen Schuss Whiskey.«

Ich blickte über die Schulter. »Es tut mir so leid.«

Er hatte kein Hemd an und einen üblen roten Striemen auf dem Unterarm. In der Rechten hielt er meine Flasche Rebel Yell.

»Es tut mir wirklich leid, Rob.« Ich schenkte ihm Tee ein, und er gab eine großzügige Portion Bourbon hinzu.

»Hör dir an, was ich zu sagen habe. Gut möglich, dass es dir nicht gefällt.«

Als ich mich auf dem Sofa zurücklehnte, war es eine schmerzhafte Erinnerung an all die hässlichen kleinen Schnittwunden an meinem Rücken. Penny hatte sich neben mir ausgestreckt, ihr großer Kopf lag in meinem Schoß. Kranak hatte sein Hemd angezogen, und als er es zuknöpfte, fiel mir auf, dass der unterste Knopf fehlte.

»Ich kann ihn dir annähen«, sagte ich.

»Das ist das Letzte, woran ich jetzt denke.« Er krempelte mir die Ärmel auf. »Da sind ein paar üble Dinge passiert, Tal. Ich denke, du solltest Bescheid wissen.«

»Hat es was mit diesem toten Gangster zu tun?«

Er schüttelte den Kopf.

»Nein, mit deinem Süßen.« Er verzog verächtlich das Gesicht.

»Lass es, Rob.«

»Er gehört jetzt zu unserem Verein.«

»Zur Bundespolizei von Massachusetts. Ja, ich weiß.«

Er schnaubte. »Du hättest es mir erzählen können.«

»Ich habe es selber gerade erst erfahren.«

Er schenkte sich einen Schluck Bourbon nach. »Aber sicher.«

»Verdammt, Rob, es ist wirklich wahr.« Meine Kopfschmerzen wurden wieder schlimmer.

»Dein Lover glaubt, dass Gouverneur Bowannie Didi umgelegt hat. Er arbeitet an dem Fall und kreist wie ein Aasgeier über seinem Opfer.«

Ich beugte mich vor. Es lief mir kalt den Rücken herunter. »Wie kommt er darauf? Ich glaube nicht daran. Gibt es noch andere Verdächtige?«

Er knallte seinen Becher auf den Tisch. »Keinen, den er auch nur sehen will. Und der große Mann ist *Detective.*«

»Lass es, Rob. Du wolltest immer bei der Spurensicherung bleiben. Hör zu, ich wusste es wirklich nicht. Erst im Krankenhaus habe ich es erfahren. Sonst *hätte* ich es dir erzählt.«

Er zuckte die Achseln. »Ja, er hat seine eigene Vorstellung davon, mit wem er redet und mit wem nicht. Ich werde mit Sicherheit in nichts eingeweiht.« Er blickte auf die Uhr.

Der Verlauf dieser Unterhaltung gefiel mir nicht. Es störte mich, wie er sich aufführte. »Warum bist du so selbstgefällig?«

Die Uhr auf dem Kaminsims bimmelte. Ich blickte ihn an. Sein schiefes Grinsen störte mich. Ich stand auf. »Was zum Teufel ist los?«

»Selbstgefällig! Ja, vielleicht. Gut möglich, dass dein Lover gerade in diesem Augenblick Bowannie verhaftet. Das alles ist kompletter Unsinn, aber er wird es trotzdem tun.«

»Verdammter Mist.« Ich rannte ins Schlafzimmer und knallte die Tür zu. Nachdem ich mein Nachthemd abgestreift hatte, zog ich eine Jeans an und holte einen Rollkragenpullover und Socken aus dem Schrank. Gut möglich, dass ich nicht besonders gut roch, weil ich nicht duschen konnte, aber wenigstens waren meine Klamotten sauber. Als ich den BH zuhaken wollte, erinnerte mich der Schmerz an die Schnittwunden. Ich legte ihn ab und entschied mich stattdessen für ein Unterhemd mit dünnen Trägern. Ich zog den Rolli, Socken und Schuhe an, steckte meine Brieftasche ein.

Dann raste ich zur Wohnungstür und nahm die Hundeleine von einem Garderobenhaken.

»Komm her, Penny.«

»Was zum Teufel hast du vor?«, rief Kranak.

Ich ignorierte es, riss die Haustür auf und rannte die Stufen hinunter.

An der Tremont Avenue winkte ich einem Taxi. Das ging schneller als mit dem eigenen Wagen. Ich wollte zum Seaport Hotel, einem der größten in Boston. Der Fahrer wusste genau, welchen Weg er nehmen musste.

»Sie haben es eilig, Ma'am?«

»Allerdings.«

Er gab Gas.

Wegen des dichten Verkehrs brauchten wir trotzdem eine Viertelstunde. Als wir in der Nähe des Bostoner World Trade Center waren, wurde mir klar, dass es besser war, hier auszusteigen. Ich legte Penny an die Leine, bezahlte und stand auf der Northern Avenue. In dem Moment, wo ich losrannte, kam der Verkehr zum Stehen.

Etwa einen Häuserblock weiter sah ich eine gelbe Barriere und einen uniformierten Polizisten. Ich blieb stehen, um meine Atmung zu beruhigen, und gab Penny einen kleinen Leckerbissen, weil sie so ein gutes Mädchen war. Dann ging ich langsam weiter, damit der Polizist nicht misstrauisch wurde.

»Hallo, Officer«, sagte ich. Penny stand wachsam neben mir. Ich glaubte, dass der Polizist ihre Anspannung bemerkte. Er sah sehr jung aus, fast wie ein Teenager.

»Wie kann ich Ihnen helfen, Ma'am?«, fragte er, weiter aufmerksam in die Runde blickend.

»Ich komme vom OCME.« Ich klappte meine Brieftasche mit dem abgelaufenen Dienstausweis auf und hatte plötzlich das Gefühl eines schlimmen Identitätsverlustes.

Er blickte über die Schulter, als suchte er nach jemandem. »Und warum sind Sie hier?«

»Ach, Entschuldigung.« Ich zeigte auf das Hotel, in dem Gouverneur Bowannie abgestiegen war. »Wir haben einen Anruf bekommen.«

»Wir.« Er schaute nervös auf Penny, wandte dann den Blick ab.

»Ich weiß, sie hat nur drei Beine. Sie ist Polizeihund und genauso gut wie die meisten ihrer Artgenossen, die kein Handicap haben. Wir wurden angerufen.«

»Von wem?«

»Von Detective Lieutenant Cunningham.«

Er hob sein Walkie-Talkie.

»So ernst ist die Lage doch auch wieder nicht, oder?«

Er errötete, wirkte verwirrt.

Ich lächelte lieblich. »Ich denke, das ist überflüssig.«

»Wenn Sie meinen.«

Ich steckte die Hände in die Taschen. »In der Regel werden wir nur angerufen, wenn etwas nicht stimmt. Meine gute Penny hier ist eine großartige Schnüfflerin. Sie haben noch andere Hunde angefordert, aber Penny und ich waren ganz in der Nähe.«

»Verstehe … Einen Augenblick.« Er schob die Barriere zur Seite. »Ich begleite Sie.«

»Großartig.« Wenig war besser als gar nichts. »Sie sind …?«

»Officer Enoch Gillano.«

»Freut mich, Sie kennezuler…«

»Runter!«, schrie er. »Auf den Boden!«

Jemand stieß gegen mich, riss mich von den Beinen. Ich stürzte, schürfte mir auf dem rauen Asphalt die Hände auf. Um mich herum fielen Schüsse. »Runter, Penny!«

Schreie, weitere Schüsse. Ein wahrer Kugelhagel.

Penny schien nichts zu fehlen. Ich drückte mich an sie, legte einen Arm um sie. Mit dem anderen schützte ich meinen Kopf. Es kam mir so war, als spielte sich alles in Zeitlupe ab. Ich zitterte am ganzen Leib. Meine aufgeschürften Handteller brannten.

Hank. Mein Gott, Hank.

Ich blickte mich um, sah aber nur die Unterseite geparkter Autos. Hupen, Schüsse, Schreie, der Lärm war ohrenbetäubend. Dann wurde es still, und ich fragte mich, ob ich mich aufrichten sollte. Vielleicht würde ich Hank sehen. Ich überlegte es mir anders. Wenn mich nicht die bösen Buben erschossen, würde es Hank persönlich tun. Aus Wut, weil ich dumm genug war, in so einer Situation aufzustehen und eine gute Zielscheibe abzugeben.

Die Schnittwunde an meiner linken Wange schmerzte. Wieder blickte ich auf Penny. Nicht getroffen, alles in Ordnung.

Hatte dieses Feuergefecht etwas mit Gouverneur Bowannie zu tun?

Jetzt fielen weniger Schüsse, und ich blickte zu Officer Gillano hinüber. Er war bleich, seine Miene ängstlich. Trotzdem reckte er den Daumen hoch und zwinkerte mir zu.

Ich erwiderte die Geste. Dann ging es wieder los, weitere Schüsse. Ich schob Penny näher an die am Bordstein geparkte Limousine heran. Eine gute Idee oder eine dumme? Ich wusste es nicht.

Stille, Schüsse, wieder Stille. Dieses Hin und Her schien kein Ende zu nehmen. Dann wurde es nach und nach wirklich ruhig, wie bei einem lauten Platzregen, der allmählich nachlässt und schließlich ganz aufhört.

Dann Schreie, ich erkannte Hanks Stimme. Gott sei Dank.

»Hank!«

»Die Luft ist rein!«, schrie jemand.

Ich stützte mich auf, um mich auf den Knien aufzurichten. »Aua!« Meine aufgeschürften Handteller schmerzten übel.

»Komm Penny, wir suchen Hank.« Ich kraulte sie hinter den Ohren. Sie wedelte mit dem Schwanz und leckte meine heile Wange.

Ich blickte zu Gillano hinüber. »Wollen Sie mir nicht auf die Beine helfen, Officer?«

Er lag am Boden, sein Blick war starr und glasig. Ich kroch zu ihm. Aus seinem Mundwinkel sickerte tiefrotes Blut auf den Asphalt.

»Officer Gillano?«, flüsterte ich.

Aus der Ferne hörte ich gedämpfte Stimmen. Penny jaulte.

»Officer Gillano?« Ich griff nach seinem Handgelenk. Kein Puls.

Dann sah ich die klaffende Schusswunde an seinem Hinterkopf.

Ich hielt seine Hand. »Es tut mir so leid. Ich bete dafür, dass Sie jetzt an einem Ort sind, wo es besser ist als hier.«

Obwohl es ein warmer Tag war, hatte ich die Arme um meinen Oberkörper geschlungen. Penny schmiegte sich an mein Bein. Ich stand da und wartete. Hank sprach mit dem für den Fall zuständigen Leichenbeschauer.

Schließlich kam er zu mir, die Hände tief in den Hosentaschen vergraben. Ich hatte damit gerechnet, dass er mir einen Arm um die Taille legen und mich von hier wegführen würde, an einen sicheren Ort. Ich hatte mich getäuscht.

Mir standen Tränen in den Augen, aber sie liefen mir nicht über die Wangen. Ich setzte meine Sonnenbrille auf. Die Gläser waren gesprungen.

Die Polizei würde den Medien gegenüber beschönigend von einem »Vorfall« reden. Zumindest so lange, bis sich die Aufregung etwas gelegt hatte.

»Können wir nicht reingehen?«, fragte ich. »Mir ist kalt.«

Er schob einen Zahnstocher zwischen seine Zähne. »Du wirst empfindlich.«

Ich dachte einen Augenblick darüber nach. »Ja, vermutlich.«

11

In der modernen Kaffeebar gab es zumindest bequeme Nischen, wo man ungestört war. Auch das gedämpfte Licht gefiel mir. Penny lag unter dem Tisch. Wenigstens ein Freund, der zu mir hielt.

Die Kellnerin servierte uns den Kaffee, ich gab Zucker und Milch hinzu. Wir tranken einen Schluck und blickten uns an. Ich war nicht daran gewöhnt, dass Hank so wütend auf mich war. Und sein Zorn nach den Ereignissen auf der Insel war nichts gegen das, was mich jetzt erwartete.

Er setzte irritierend behutsam seine Kaffeetasse ab. »Du hast ihn auf dem Gewissen, Tally. Enoch Gillano war ein guter Polizist. Ein guter Junge. Er war fast noch ein Teenager.«

»Ja.« Ich hatte so viel mehr zu sagen, aber die Worte blieben mir in der Kehle stecken.

Er strich sich mit einer Hand über die Stirn. »Ich kann's immer noch nicht glauben.«

Und doch war es wahr.

»Du hättest gar nicht herkommen dürfen«, sagte er mit einem durchbohrenden Blick.

»Das sehe ich anders. Du hättest Gouverneur Bowannie in Frieden lassen sollen.« Er runzelte verärgert die Stirn, und es erinnerte mich so sehr an Kranak, dass ich zusammenzuckte.

»Vergiss es«, sagte er. »Da liegst du falsch, Tal. Er hat Frau Dr. Cravitz umgebracht.«

»Nein, hat er nicht.«

Er knüllte seine Papierserviette zusammen. »Wir haben Beweise.«

»Ist mir egal.« Ich trank einen Schluck Kaffee und hoffte, dass meine Worte ihre Wirkung nicht verfehlten. »Ben Bowannie ist nicht Didis Mörder. Er ist ein Zauberpriester. Er hätte sie nie umgebracht. Er würde niemanden töten.«

Der Blick seiner blauen Augen musterte mich streng. »Er war bei dir, stimmt's?«

Wo war er geblieben, der Mann, den ich so liebte? Der Mann, der an mich glaubte, mich tröstete? »Was ist los, Hank? Ich verstehe das alles nicht. Was tust du hier? Warum bist du von Winsworth nach Boston gekommen? Ist Bowannie tot?«

»Was ist das für ein Bombardement von Fragen? Spuckst du einfach nur alles aus, was dir gerade durch den Kopf geht? Hat er dich jetzt besucht oder nicht?«

»Ja, hat er, verdammt. Was ist dabei?«

Ein Polizist in Zivil betrat das Lokal. »Lieutenant?«

Hank hob eine Hand. »Bin gleich da«, sagte er über die Schulter. »Wir reden später weiter, Tally.«

»Ist Bowannie tot?«

Er schüttelte den Kopf. »Nein, verduftet. Spurlos verschwunden.«

»Und die Schüsse?«

»Sein Komplize. Er ist tot.«

Ich schloss die Augen, verstand nichts von alldem. Ich betete für den Zuni, der den Gouverneur auf seiner Reise begleitet hatte. Alles war ein einziges Chaos, nichts passte mehr zusammen. Als ich die Augen wieder öffnete, rechnete ich damit, dass Hank verschwunden war.

»Du bist ja noch da.«

»Wie du siehst.«

»Wir müssen reden.«

»Du solltest das tun, was du am besten kannst. Kümmere dich um Enoch Gillanos Angehörige.« Er stand auf.

»Sehen wir uns später?«

»Heute nicht. Könnte ein paar Tage dauern.«

Ich rief beim MGAP an, erzählte, was passiert war, und bat um die Erlaubnis, mich um Enoch Gillanos Familie kümmern zu dürfen. Gert war einverstanden. Zuvor wollte ich aber noch nach Hause, um zu duschen und die Schnittwunden zu säubern.

Hatte ich Officer Gillano auf dem Gewissen? Ich war mir nicht sicher, fand es aber schon unerträglich, mir diese Frage überhaupt stellen zu müssen.

Als ich an meinem alten Arbeitsplatz eintraf, waren der Vater, die Mutter und die Verlobte des getöteten jungen Polizisten schon da. Ich begrüßte sie. Hank hatte recht. Ich hatte Erfahrung mit der Betreuung trauernder Angehöriger und wusste genau, was zu tun war.

Ich stützte den Vater, als wir zu dem Raum gingen, wo die Toten identifiziert wurden. Wir nahmen auf zwei Stühlen vor dem großen Fenster mit den zugezogenen Vorhängen Platz und warteten. Ich wusste, dass der zuständige Leichenbeschauer noch Gillanos blutverschmiertes Gesicht säuberte, um den Vater nicht noch mehr zu schockieren. Ein Piepton verriet mir, dass der Forensiker fertig war, und ich drückte auf einen Knopf. Der Identifizierung des Toten stand nichts mehr im Wege.

Der Vorhang öffnete sich, und der tote Officer Gillano lag vor uns auf einer Bahre. Jetzt wirkte er noch jünger.

»Ja«, flüsterte der Vater. »Ja, das ist mein Junge.«

Er streckte die Hand aus, und ich drückte sie. Ich nickte, und der Vorhang schloss sich wieder.

Ich riss mich zusammen, bis ich mich von den Gillanos und Enochs Verlobter verabschiedet hatte. Zuvor hatte ich ihnen bei der Bewältigung des Papierkrams und der Beauftragung eines Bestattungsinstituts geholfen. Ich würde mich weiter um sie kümmern müssen, besonders um die Verlobte. All das fiel mir außergewöhnlich schwer, weil ich im Augenblick von Gillanos Tod bei ihm gewesen war.

Im Gegensatz zu früher konnte ich mich nicht in mein Büro zurückziehen, welches nun das von Gert war.

Irgendwie fühlte ich mich verpflichtet, Didis Büro einen kurzen Besuch abzustatten. Ich begann zu zittern. Ich hätte schwören können, noch immer Didis Tonbüste zu sehen. Delphines Gesicht, das dunkelbraune Haar, den ruhigen, offenen Blick ihrer Augen.

Ich hielt es nicht lange aus und machte mich auf die Suche nach Addy Morgridge. Ein Mitarbeiter sagte mir, sie sei in der Abteilung für die Obduktionen. Ich bog um eine Ecke und ging den Flur hinunter. Hinter mir hörte ich ein Geräusch. Ich drehte mich um und stieß mit Fogarty zusammen.

Ich rieb meine Nase. »Verdammt, es tut weh.«

Er schüttelte ungläubig den Kopf. »Wir werden dich einfach nicht los, was?«

»Nein, mach dir keine Hoffnungen.« Ich hatte keine Lust, mit ihm zu reden, und wollte weitergehen, doch er versperrte mir den Weg.

»Willst du dir unseren Neuzugang ansehen?«, sagte er in einem merkwürdigen Ton.

Ich wusste nicht, wovon er sprach, wollte es mir aber auf keinen Fall anmerken lassen. »Natürlich.«

Er schüttelte den Kopf. »Sieht dir ähnlich. Aber es ist unmöglich. Völlig ausgeschlossen.« Er stolzierte weiter, völlig überzeugt von seiner eigenen Bedeutung.

Am Ende des Flurs rief ich nach Addy. Noch immer war ich sauer auf Fogarty, weil er meine Neugier geweckt hatte. Welcher Neuzugang?

Es nervte mich, dass Fogarty so leichtes Spiel mit mir hatte. Ich machte mich auf die Suche nach dem »Neuzugang«.

Unterwegs traf ich eine alte Freundin, eine Technikerin, die mich zu einem der Kühlräume führte.

»Ich hasse diesen Raum«, sagte ich. Hierher wurden sie gebracht, die Wasserleichen, einmal sogar ein Opfer der Beulenpest. Oder eine Frau, die von einem unbekannten Tier total zerfleischt worden war. Dieser Raum war ein Horrorkabinett. Einmal war ich hier von einem Killer niedergeschlagen und dann eingesperrt worden.

Ich kam so selten wie möglich hierher.

In dem rot gekachelten Raum summten Entlüftungen und Ventilatoren, doch für meine empfindliche Nase funktionierten sie nicht annähernd gut genug.

»Wo ist der Neuzugang?«, fragte ich.

Sie zeigte auf einen angrenzenden Raum, wo oft sterbliche Überreste aufbewahrt wurden. Ich fühlte mich nicht imstande, ihn jetzt zu betreten.

»Danke, Chris. Heute lieber nicht.«

Sie fuchtelte mit den Händen. »Nein, warte. Du hast nicht verstanden. Es geht ihm gut. Wirklich. Der Witz ist, dass Fogarty ihn hier eingesperrt hat, weil er abergläubisch ist.«

Ein entsetzliches Panikgefühl überkam mich. Als ich die Tür aufriss, ging die Beleuchtung an.

»Ein Fuchs?« Ich drehte mich zu Chris um.

Sie verschränkte die Arme vor der Brust und nickte. »Fogarty sagt, er sei von einem Geist besessen. Davor hat er Schiss.«

»Aber es ist doch nur ein armer kleiner Fuchs. Wie ist er überhaupt hergekommen?«

»Keine Ahnung, aber ich glaube, dass er auf dem Mount Auburn Cemetery gelebt hat.«

Ich nickte. »Ja, auf dem Friedhof gibt es viele Vogelarten und frei lebende andere Tiere. Aber dieses arme Geschöpf hat es nicht verdient, hier eingesperrt zu sein.«

»Was soll ich dazu sagen?«

Aus dem Flur hörte ich Geräusche. »Ich sollte besser gehen. Hast du Frau Dr. Morgridge gesehen?«

Sie öffnete die Tür. »Zuletzt war sie in der Abteilung für die Obduktionen.«

Ich sah, wie Addy in den Flur trat, in Begleitung eines Rechtsmediziners und eines anderen Mannes, der eine Bahre auf Rollen hinter sich herzog.

»Addy!«

Sie wandte sich um und trat vor die Bahre, aber nicht schnell genug.

»Addy!« Ich rannte auf sie zu und blieb direkt vor ihr stehen.

Hinter ihr war die Leiche, die sie mich nicht sehen lassen wollte. »Lass es, Addy.«

Sie trat zur Seite.

Ich hielt mir fassungslos die Hand vor den Mund. Gouverneur Ben Bowannies nackte, von Kugeln durchsiebte Leiche. Immerhin hing noch der Zauberbeutel um seinen Hals, man hatte ihn ihm aus Respekt gelassen.

Ich unterdrückte ein Schluchzen. Hank hatte mich angelogen.

Ich trat näher an die Bahre heran, hob die kalte Hand des Toten und drückte sie an meine Wange. Er war ein so warmherziger Mensch gewesen. Das lange graue Haar war nicht zusammengebunden. Seine Augen waren geschlossen, als würde er schlafen. Ich sah sechs Schusswunden.

»Tally?«

»Moment noch.« Er wirkte so friedvoll. Warum hatte er hier sterben müssen und nicht in seinem geliebten Zuniland? Ich wünschte, ihn besser gekannt zu haben.

Lieber Gott, ich bin so traurig, dass er von uns gegangen ist …

»Verdammt, verdammt, verdammt!«

Ich klopfte an die Tür von Gerties Büro.

»Mein Gott, Tal«, sagte sie. »Du siehst völlig fertig aus.«

Ich musste lächeln. »Wenn du meinst, Gertie. Kann ich reinkommen?«

Als sie die Tür geschlossen hatte, nahm sie mich in den Arm. Ich erzählte ihr, dass Bowannie und Gillano tot waren.

»Was für ein schrecklicher Tag, Tal.«

Ich nickte. Am liebsten hätte ich wegen Hank Dampf abgelassen, aber es war sinnlos. Gert war voller Mitgefühl, doch am besten hätte ich jetzt Carmens bodenständigen gesunden Menschenverstand gebrauchen können.

»Ich muss, Gertie.« Ich ging zur Tür. »Du hast mir sehr geholfen. Danke.«

»Ich mag diesen Blick nicht«, sagte sie. »Was hast du vor?«
»Muss nur ein paar Dinge erledigen.«
»Das höre ich seit einem Jahr.«
»Ich weiß.«
»Wir brauchen dich hier, Tal. Ich brauche dich.«
Ich drückte sie. »Nett, dass du das sagst, aber es stimmt nicht. Du und dein Team, ihr leistet großartige Arbeit.«
Sie verschränkte die Arme vor der Brust. »Es ist nicht mehr dasselbe wie früher. Dr. Morgridge braucht dich auch. Komm zurück. Bitte.« Sie ließ eine Kaugummiblase platzen.
Ich lächelte. »Wirklich, Gertie, es tut gut, das zu hören. Aber ich habe ein paar Dinge zu erledigen.«
»Zum Beispiel?«
Darüber muss ich mir klar werden, dachte ich. Ja, jetzt wusste ich es. »Ich muss gehen.« Ich schlüpfte in meine Jacke. Penny jaulte. Auch sie wusste es.
Gert ging zu ihrem Schreibtisch und reichte mir einen Zettel.
Ich las: *Virgil Soto, Gallup, New Mexico.*
Gert wollte mich nicht ansehen, ordnete einige Papiere auf dem Schreibtisch und ließ die nächste rosafarbene Blase platzen. »Das ist der Name des Dreckskerls, der dich auf Martha's Vineyard mit dem Messer verletzt hat.«
Hatte er Didi ermordet? Ich steckte den Zettel ein, gab Gert einen Kuss auf die Wange und machte mich auf den Weg nach New Mexico.

Ich fuhr auf dem Storrow Drive. Am Ufer des Charles River führten Leute ihre Hunde spazieren, auf dem Fluss sah ich Ruder- und ein paar Segelboote.
Es war einer dieser blendend hellen Sonnentage und so warm, dass ich schwitzte, obwohl ich mein Jackett ausgezogen hatte. Ich wünschte, Penny hätte zusammengerollt neben mir gelegen.
Ich seufzte, aber es war bestimmt richtig gewesen, sie bei

Jake zu lassen. Er liebte Penny fast so sehr wie ich, und ich vertraute ihm vollkommen. Es war ein trauriger Abschied gewesen. Penny wusste, dass ich sie für einige Zeit allein lassen würde. Aber wenn mir etwas zustieß, war sie in guten Händen. Es war ein seltsames Gefühl, dass der Platz neben mir leer war. Und wenn es gefährlich wurde, konnte sie nicht auf mich aufpassen.

Ich bog auf die Überholspur. Ich hatte eine lange Reise vor mir. Wer immer mein Schlafzimmerfenster aus dem Rahmen geschossen hatte, ich hatte kein Interesse daran, dass er mir folgte. Statt für Logan hatte ich mich für den weiter entfernten Flughafen von Manchester in New Hampshire entschieden. Dort war weniger los, und ich konnte das Kommen und Gehen der Leute besser beobachten.

Vor meinem inneren Auge sah ich wieder die Tonbüste – Delphines Kopf – und diesen verdammten Topf. Und Didi und den Gouverneur und den armen Gillano und Bowannies Begleiter. Geister. *Chindi,* wie die Navajo sie nannten, eine bösartige, von den Verstorbenen zurückgelassene Macht, die Rache übt.

Aber im Gegensatz zu den Navajo glaubten die Zuni nicht an *chindi.* Sie hatten keine Angst vor ihren eigenen Toten. Die Sichtweise war mir lieber.

Als ich sie anrief, nahm Gert sofort ab. »Bei dir alles in Ordnung?«, fragte sie besorgt.

»Alles bestens, Gertie. Mir ist da gerade eine gute Idee gekommen.«

»Das ist ja nichts Neues.«

»Hör zu, du musst mir einen Gefallen tun.« Ich blickte in den Rückspiegel. Mir fiel nichts auf. »Versuch doch mal, ob du nicht eine dieser Tonscherben mittels der Radiokarbonmethode datieren lassen kannst.«

»Du meinst diese uralten Scherben, die neben der Leiche von Dr. Cravitz gefunden wurden?«

»Genau.«

»Hast du Drogen genommen?«

Ich lächelte. »Schön wär's. Die Diebe haben zwei Tonscherben übersehen, die unter einen Tisch gefallen waren. Kranak hat es mir erzählt. Sieh mal zu, dass du das hinbekommst, Gertie. Vielleicht können sie dir im Wissenschaftlichen Museum helfen. Du weißt schon, der Typ, mit dem du immer ausgehst.«

»Ja, schon klar. Ich hab ihm den Laufpass gegeben. Er war mir zu schräg.«

Ich seufzte. »Bitte versuch es.«

»Ja, ja, schon gut. Zuerst muss ich mal an die Tonscherben herankommen, das wird nicht einfach. Wie kommst du jetzt auf einmal darauf?«

»Vielleicht war dieser Topf gar nicht uralt, sondern eine Fälschung, wenn auch eine extrem gute. Ich weiß es nicht. Es klingt unplausibel, da das Gefäß aus dem Peabody Museum kam, doch jemand könnte dort eine Kopie untergebracht haben. Nehmen wir mal an, dass Delphine es herausgefunden hat. Sie wurde umgebracht.«

Gert ließ eine Kaugummiblase platzen. »Und warum sollte man ihren Schädel in einen Keramiktopf gesteckt haben? Was für einen Reim machst du dir darauf?«

»Ich weiß, dass es verrückt klingt. Aber etwas Besseres fällt mir im Moment nicht ein. Es kann nicht schaden, es zu versuchen.«

»Wie du meinst«, sagte sie mit ihrem breiten Brooklyn-Akzent. »Ganz schön viele Morde für einen komischen Topf, wenn du mich fragst.«

»Wir haben schon Schlimmeres gesehen, Gertie.«

»Ja, aber das alles scheint mir sehr weit hergeholt.«

»Versuch's einfach, okay? Tu es für mich.«

»Ja, schon gut. Ich werd's versuchen.«

»Danke. Ich stehe in deiner Schuld.«

Erneut hörte ich das Platzen einer Kaugummiblase. »Du schuldest mir jede Menge Gefallen.«

Ich klappte die Sonnenblende herunter und setzte meine Sonnenbrille auf.

Der Chief Medical Investigator von New Mexico – der Chef des Gerichtsmedizinischen Instituts des Bundesstaats New Mexico –, der mir diesen lukrativen Job angeboten hatte, erwartete mich zu einem Vorstellungsgespräch. Ich glaubte nicht, dass er etwas dagegen hatte, wenn ich nicht nur deshalb nach New Mexico kam. Er musste es nicht einmal wissen. Und das Jobangebot war ein perfekter Vorwand für die Reise.

Ich drückte die Abspieltaste meines iPod, der an die Stereoanlage des Autos angeschlossen war, das ich für die Fahrt nach New Hampshire gemietet hatte. Ella Fitzgeralds Stimme war so laut, dass ich die Polizeisirene nicht hörte.

Direkt hinter der Grenze von New Hampshire blickte ich in den Rückspiegel, um die Fahrspur zu wechseln. Direkt hinter mir sah ich einen Wagen mit einem dieser Blaulichter, die man aufs Autodach setzt.

Ich blickte auf den Tacho. Ich fuhr nicht zu schnell. Warum also …?

Oh, Mist. Hank! Unglaublich. Er war mir gefolgt. Was nun?

12

Er gab mir einen langen Kuss und hielt mich zärtlich in den Armen. Ach, so zärtlich. Ich war verloren. Gott sei Dank hatten wir eine kleine Parkbucht gefunden, von der aus wir tiefer in den Kiefernwald spaziert waren.

Hanks Geruch, vermischt mit dem Duft der Tannennadeln, machte mich wahnsinnig, und ließ mich jeden anderen Gedanken vergessen. Ich entspannte mich und überließ mich seinen Zärtlichkeiten.

Sein zarter Kuss wurde fordernder, und als er mich fester an sich zog, spürte ich seine Erektion und ein Verlangen, das auch mich überkam. Wir rissen uns die Kleider vom Leib. Er hob mich hoch, ich schlang die Beine um seine Hüften, und er drang in mich ein. Wir fanden einen Rhythmus, der mich aufstöhnen ließ, und dieses Stöhnen wurde immer lauter, bis ich endlich kam.

Mein Gott, ich liebte diesen Mann.

Wir lagen auf einem Bett von Kiefernnadeln. Sein Gesicht war gerötet, und er blickte lächelnd durch die Bäume auf ein Stück blauen Himmels.

»Ich liebe dich.« Er roch wundervoll, und ich hörte leise sein Herz schlagen.

»Ich dich auch. Aber das ist ja nichts Neues.«

»Du sagst es.«

Er kicherte.

»Was ist?«, fragte ich.

»Sie fahren zu schnell, Ma'am. Auch ich hätte ein Strafmandat bekommen. Und das macht keinen guten Eindruck, jetzt, wo ich Lieutenant bin.« Er lächelte erneut.

»Warum bist du aus Winsworth fortgezogen, Hank?«

»Es musste sein.«

Er ließ sich mit seinen Worten Zeit. Das war der Hank, den ich liebte. Jetzt war er nicht mehr der Fremde, der mich verhörte.

»Du weißt es, Tal.«

»Tatsächlich?«

»Ja. Ich konnte nicht länger ohne dich leben.«

Plötzlich hatte ich keine Lust mehr, nach New Mexico zu fliegen. Ich wollte nichts mehr über Delphines Schicksal herausfinden, auch nicht, warum der Gouverneur und Didi umgebracht worden waren. Nein, es interessierte mich nicht mehr. Zumindest nicht besonders.

Ich dachte nur an Hank, schloss ihn fest in die Arme. Das war die Gegenwart, und ich ging ganz in ihr auf.

»Eine Frage, Tal.«

Seine Stimme klang ernst.

»Ich habe gehört, dieser Zuni-Gouverneur sei bei dir gewesen. Stimmt das?«

Ich wandte den Blick ab. Ich hatte noch nicht richtig realisiert, dass der Mann, den ich liebte, für Ben Bowannies Tod verantwortlich war. »Ja.«

»Ich weiß, dass du bereits mich als den Verantwortlichen siehst. Aber nicht wir haben ihn erschossen, auch nicht seinen Berater. Sie sind nicht von Polizisten umgebracht worden.«

Ich schaute ihm in die Augen, denn ich wusste, dass seine Blicke nicht logen. Das tat ich immer. Ich war glücklich und drückte ihn. »Oh, Hank, ich bin so froh. Aber wer war es dann?«

»Eine gute Frage, auf die ich bisher keine Antwort habe. Aber ich werde sie finden, darauf kannst du wetten.«

Jetzt hätte ich es ihm sagen sollen.

»Also, wohin willst du?«, fragte er scheinbar beiläufig.

Aber ich kannte die Nuancen seines Tons nur zu gut. Er war misstrauisch. Jetzt war er wieder Polizist und ganz auf den Fall konzentriert.

Ich dachte lange nach. »Ich will shoppen«, sagte ich schließlich. »In der Pheasant Lane Mall und ein paar Geschäften. Willst du mitkommen?«

Sein Lachen klang für mich bezaubernder als Musik von Mozart. Ich zuckte innerlich zusammen.

»Du weißt, dass ich keine Lust habe«, antwortete er. »Ich hasse Malls.«

Ich blickte ihn nicht an, weil er bemerkt hätte, wie gestellt mein Lächeln wirkte. »Ich weiß, aber es hätte ja sein können, dass du deine Meinung geändert hast.«

»Wenn du möchtest, komme ich mit. Wenn es dich glücklich macht …«

Ich gab ihm einen Kuss auf die Nasenspitze und streichelte seinen Buddha-Bauch. »Es würde mich nicht glücklich machen, weil es dir nicht gefallen würde. Nein, ich fahre allein.«

Als ich in Albuquerque ins Flugzeug stieg, machte ich mir immer noch Vorwürfe, weil ich Hank angelogen hatte.

Während des Fluges versuchte ich, mir alles ins Gedächtnis zu rufen, was ich in der letzten Zeit erlebt und in Erfahrung gebracht hatte.

Delphines Schädel, der Mord an Didi. Der Tod des Gouverneurs und seines Beraters. Der Tod Gillanos. Ich konnte ihn nicht vergessen. Was für ein sinnloses Ende. Warum hatte er sterben müssen? Ich verstand es einfach nicht.

Virgil Soto, auf der Suche nach dem Blutfetisch. Der, den sie benutzt haben. Ich wünschte, ich hätte verstanden, was er damit gemeint hatte. Der Sohn des Gouverneurs wusste es. Zumindest hatte Bowannie das gesagt. Ich wäre glücklich gewesen, wenn dieser wundervolle Mensch noch gelebt hätte.

Und die ausgestopfte Klapperschlange. War es eine Drohung an Delphines Adresse gewesen? Warum? Worum ging es da?

Und wer hatte mein Schlafzimmerfenster aus dem Rahmen geschossen?

All das hing irgendwie zusammen, und begonnen hatte alles

irgendwo im Westen. Und ich würde herausfinden, wo alles seinen Anfang genommen hatte.

Als ich von Bord ging, war ich völlig groggy. Die verbundene Schnittwunde an meiner linken Wange schmerzte übel. Bestimmt hatte ich auf der Seite geschlafen.

Auf dem Weg zur Gepäckabholung kam ich an Läden und Skulpturen vorbei. Ich war umgeben von lärmenden Menschen, die wer weiß wohin wollten. Überall hörte ich das Klackern von Cowboystiefeln. Der Westen war anders – hohe Stetsons, protzige Gürtelschnallen, Ohrringe. All das wurde auch in den Geschäften angeboten.

Ich war gern hier, liebte die Menschen, das Essen, die Kunst und die Landschaft, auch die Wüsten im Südwesten. An einem Zeitungskiosk kaufte ich eine Dose TicTacs und Mineralwasser. Meine Kehle war wie ausgetrocknet. Auch hatte ich Hunger. Aber worauf?

Was ich tat, war schon ziemlich verrückt. Ich flog quer durchs Land wegen einer Stellung im Gerichtsmedizinischen Institut des Bundesstaats New Mexico, die ich gar nicht anzunehmen gedachte. Zumindest glaubte ich das. Andererseits, verlockend war es. Ein Neubeginn, ein neues Leben.

Es interessierte mich schon.

Nur liebte ich Hank, und der war gerade nach Boston umgezogen. Ich hatte ihn nicht darum gebeten. Irgendwie fühlte ich mich desorientiert.

Ich hatte Carmen erzählt, was ich vorhatte, und es hatte ihr nicht gefallen. Gegenüber Hank, Gert, Kranak und Addy hatte ich nichts gesagt. Ihnen hätte mein Plan noch weniger gefallen als Carmen.

Ich nahm mir noch eine Zeitung und bezahlte bei einer hübschen Brünetten.

Sie lächelte mich an. »Sie wirken glücklich.«

Ich senkte den Kopf. »Ich … Ich glaube, ich bin es.«

Ich empfand ein Gefühl der Freiheit und freute mich darauf,

die Wahrheit herauszufinden. Vielleicht war ich einfach auch nur froh, keine Angehörigen von Mordopfern betreuen zu müssen. Keine Tränen. Keine Wut. Keine Blicke, die mich baten, Wunden zu heilen, die nicht verheilen wollten.

Ich schüttelte den Kopf, weil ich nicht akzeptieren wollte, dass ein Lebensabschnitt durch einen Angriff mit einem Messer an ein Ende gekommen sein könnte. Jetzt glaubte ich, dass Sotos Attacke ein entscheidender Moment gewesen war. Aber ich musste der Geschichte mit Delphine und Didi nachgehen und den Schädel finden, bevor ich ein neues Leben beginnen konnte.

Es war Bowannies Wunsch gewesen, dass ich nach dem Schädel suchte. Ihm war das wichtig gewesen. Ich hatte das gleiche Gefühl, wünschte mir aber, seine Gründe besser zu verstehen.

In der Gepäckabholung angekommen, rangelte ich mich mit Dutzenden anderer Passagiere darum, wer zuerst an seine Sachen kam. Es dauerte einige Zeit, doch dann hatte ich meine Reisetasche und den Bordcase, dessen Gurt ich mit dem meiner Handtasche über die Schulter schlang. Außerdem musste ich noch meinen Apple-Laptop schleppen.

Ich kam mir vor wie ein Packesel.

»Lassen Sie mich Ihnen helfen«, sagte jemand leise.

Als ich mich umdrehte, sah ich eine mittelgroße Frau mit der Hautfarbe und den typischen Gesichtszügen einer Puebloindianerin. Sie lächelte mich an.

»Vielen Dank, aber ich komme schon klar.«

»Daran zweifle ich nicht, Frau Dr. Whyte, aber ich bin hier, um Sie abzuholen.«

»Um mich abzuholen?«

»Herr Dr. Joe will Sie umwerben, vermute ich.« Sie verbeugte sich tief. »Also bin ich hergekommen, als Ihr ergebener Diener. Dr. Joe erwartet Sie im Office of the Medical Investigator. Auch ich arbeite dort. Mein Name ist Natalie. Außerdem werde ich während Ihres Aufenthalts die Reiseführerin spielen.«

Guter Gott. Wie konnte ich mich dieser Fürsorge entziehen,

die mir Dr. Philip Joe angedeihen ließ? »Nein, Natalie, danke. Ich weiß Ihr Angebot zu schätzen, aber ich habe einen Wagen gemietet. Ich habe noch einiges andere vor.«

»Den Mietwagen können wir ja später abholen«, sagte sie. »Ich wette, dass Sie sehr erschöpft sind.«

»Hält sich in Grenzen«, sagte ich lächelnd.

Sie zuckte die Achseln. »Okay, wir sehen uns im Institut.«

Ich folgte ihr, und mit jedem Schritt kam mir mein Gepäck schwerer vor. Meine Taschen schlugen gegeneinander, und ich geriet ins Stolpern. Ich war dumm. »Halt, Natalie, warten Sie!«

›Ich hab's ja gleich gewusst‹, schien ihre Miene zu sagen, doch dann lächelte sie wieder. Sie nahm mir meine schwere Tasche ab. »Geht's besser?«

Was für eine Erleichterung. »Ja, definitiv. Aber ich würde trotzdem gern meinen Mietwagen abholen. Ich könnte Ihnen doch folgen, oder?«

Sie nickte lächelnd. »Sie wissen immer genau, was Sie wollen, stimmt's? Das hat Dr. Joe auch gesagt. Also los, auf geht's.«

Natalies purpurfarbener Lieferwagen war leicht im Auge zu behalten. Mein weißer Toyota war ein typischer Mietwagen und schon auf den ersten Blick als solcher zu erkennen. In Albuquerque waren die Gebäude nur halb so hoch wie in Boston, der Himmel darüber war strahlend blau. Die trockene Hitze tat mir gut, aber man musste die Klimaanlage einschalten.

Auf den Bürgersteigen sah ich Hispanics, Puebloindianer und Angloamerikaner. In Gegensatz zu Boston waren die Straßen gerade, die Hügel lagen weit in der Ferne. Man konnte sehr, sehr weit sehen. Das mochte ich sehr.

Natalie manövrierte den Wagen geschickt durch den dichten Verkehr. Ich glaubte, dass das Office of the Medical Investigator nicht weit entfernt sein konnte. Das Gebäude stand auf dem Campus der University of New Mexico, was mir seltsam erschien. Vielleicht deshalb, weil die Rechtsmediziner so problemlos Zugang zu allen möglichen wissenschaftlichen Koryphäen hatten.

Wie in Massachusetts und Maine gab es auch in New Mexico ein Gerichtsmedizinisches Institut für den gesamten Bundesstaat, was ich für eine gute Sache hielt.

Natalie setzte den Blinker und bog nach links ab. Ich wollte ihr folgen, und in diesem Moment ging mir ein Licht auf. Während unseres Gesprächs war mir irgendetwas Merkwürdiges aufgefallen. Aber was?

Vielleicht begann ich Gespenster zu sehen.

Eine ältere Frau mit einem Einkaufswagen trat vom Bürgersteig auf die Straße. Ich trat auf die Bremse, und der Wagen kam dicht vor ihr zum Stehen. Sie blickte nicht einmal auf, ging einfach weiter. Ich zog ein Papiertaschentuch aus meiner Handtasche und wischte mir den Schweiß von der Stirn.

Das war knapp gewesen. Natalies Lieferwagen wartete hinter der Straßenecke. Ich winkte ihr zu und bog ab. Was war mir bloß seltsam vorgekommen? Und dann wusste ich es plötzlich. Natalie hatte vom Office of the Medical Investigator gesprochen. Aber ausnahmslos *alle,* die ich hier kannte, sprachen nur vom OMI.

Warum hatte sie also …

Glas zersplitterte, und ich wurde auf den Beifahrersitz geschleudert. Plötzlich bliesen sich die Airbags auf, und ich hörte das Kreischen von Rädern, das Knirschen von Metall auf Metall.

Dann umfing mich Finsternis.

Ich versuchte die Augen zu öffnen, doch meine Lider waren bleischwer. Ich hatte Schmerzen, und als ich seufzte, tat selbst das weh. Ich stöhnte. Dann hörte ich jemanden in einer unbekannten Sprache beruhigend auf mich einreden.

Erneut versank ich in der Finsternis.

Ich wachte abrupt auf. Die Luft war frisch und trocken. Wenn ich mich rührte, hatte ich Schmerzen, doch immerhin schien ich mich bewegen zu können. Zumindest glaubte ich das. Keine sengenden Schmerzen. Was ein gutes Gefühl war, denn der Schmerz war mir mittlerweile allzu vertraut.

Ich war desorientiert. Ich lag in einem verdunkelten Raum. Von draußen fiel ein Lichtstreifen auf den Linoleumboden, auf dem ein paar Teppichbrücken lagen. Es war kühl, und die Decke, mit der man mich zugedeckt hatte, war weich und wärmte mich.

Ich massierte meine steifen Hände.

Warum hatte ich keine stärkeren Schmerzen? Eine Erinnerung. Entsetzt sah ich, wie ein Wagen auf der Fahrerseite gegen die Tür meines Autos knallte. Ich wusste nicht, ob es ein Pkw oder ein Pick-up gewesen war. Danach erinnerte ich mich an nichts.

Wo war Natalie? Hatte sie den Unfall willentlich herbeigeführt, oder war auch sie ein Opfer? Verdammt. Im Moment fühlte ich mich ganz gut, doch ich musste wissen, wer mir geholfen hatte und wo ich war.

Ich umklammerte das Gestell des niedrigen Bettes. Irgendjemand hatte auf mich aufgepasst, mir etwas zu trinken gegeben, ich erinnerte mich daran. Aber das Knurren meines Magens ließ mich vermuten, dass ich nichts zu essen bekommen hatte. Und jetzt musste ich pinkeln.

Ich schwang die Beine über die Bettkante, und ein stechender Schmerz schoss durch meine Oberschenkel. Ich glaubte, jede Menge blaue Flecken zu haben. Ich bewegte mich ein bisschen und konnte besser sehen. Ein paar der blauen Flecken hatten sich bereits gelblich verfärbt. *Wie viele Tage lag ich schon hier?* Ich bewegte mich, kämpfte gegen die Steifheit meiner Glieder an. Sie schmerzten, aber es ließ sich ertragen.

Ein dumpfes Geräusch, dann blendete mich grelles Licht.

»Hallo?«

»Es geht ihnen besser«, sagte jemand.

Eine dunkle, melodische Frauenstimme, die mir irgendwie bekannt vorkam. Aber woher?

»Ja«, sagte ich. »Zumindest glaube ich es. Wo bin ich?«

»Trinken Sie einen Schluck Wasser.«

Als sich meine Augen an die Helligkeit gewöhnt hatten, sah ich, dass sich eine kleine, untersetzte Frau über mich beugte. Sie hielt einen roten Becher in der Hand.

»Danke.« Ich leerte den Becher. Das warme Wasser tat mir gut, aber ich sehnte mich nach einer kalten Cola Light. »Wie lange bin ich schon Ihr Gast?«

»Etwa zwei Tage. Vielleicht etwas länger.« Sie stellte den Wasserkrug auf den Boden.

»Ist Natalie auch hier?«

»Ich komme später wieder.«

»Aber ich …«

Der Vorhang schloss sich wieder, erneut war es dunkel.

Steckte ich in einer Klemme, war ich eine Gefangene? Brauchte ich Hilfe? Ich begriff nichts, überhaupt nichts. Und ich musste immer noch pinkeln.

Ich stand auf. Ich war wackelig in den Knien, und ich taumelte durch die mit dem Vorhang verhängte Tür in ein großes, verdunkeltes Wohnzimmer. Ich öffnete die Vordertür und blickte nach draußen.

»Mein Gott.« Über mir erstreckte sich ein wolkenloser blauer Himmel. Ich stand auf einer kleinen Anhöhe mit Häusern aus Lehm und Stein. Direkt vor mir lag eine in goldenes Licht getauchte Hochebene. Es kam mir vor, als befände ich mich am Ende der Welt. Meine Erinnerungen waren schemenhaft, schienen sich mir zu entziehen. *War ich schon einmal hier gewesen?* Ich hatte das Gefühl, nach Hause gekommen zu sein, konnte es aber nicht genauer deuten.

Der Wind wirbelte Sand auf und streifte mein Gesicht und meine nackten Beine. Ich blickte auf meine Füße. Auch sie waren nackt, und ich sah die Reste des lächerlichen Nagellacks, mit dem ich meine und Carmens Fußnägel angemalt hatte. Das schien eine Ewigkeit her zu sein. Meine Hände strichen über den farbenfrohen Baumwollrock, der mir kein bisschen vertraut vorkam. Genauso wenig wie das T-Shirt, das ich trug.

Das T-Shirt war pfirsichfarben, wie der Nagellack, und es passte gut zu dem türkisfarbenen, roten und gelben Blumenmuster des Rocks.

Mein Gesicht …?

Meine Hände waren aufgeschürft, meine Fingernägel kurz geschnitten. Mein Gesicht schmerzte, auch die Nasenspitze tat weh. Meine Finger ertasteten einen Verband auf meiner Stirn. Der Verband der Schnittwunde an der Wange fühlte sich anders an. Jemand hatte ihn gewechselt.

Ich lehnte mich an den Türrahmen und beschirmte meine Augen mit einer Hand. Ich sah niemanden.

Da war ein struppiger Hund mit einem kupierten Schwanz und einem schwarzen, kurzhaarigen Welpen an seiner Seite. Sie sahen mich und kamen zu mir und schnüffelten, als ich mich auf die Holzstufe setzte. Der struppige Hund leckte meine Zehen. Es kitzelte, und ich lachte und fühlte mich irgendwie erleichtert. Ich kraulte die beiden Hunde hinter den Ohren, sie schienen es zu mögen. Hunde konnten für mich alles in Ordnung bringen, zumindest für einen Augeblick.

Ich musste von hier verschwinden, hatte aber keine Ahnung, wie ich das anstellen sollte. Mein Gehirn war immer noch vernebelt. Ich konnte mich nicht konzentrieren. Ich bohrte meine Zehen in die warme, sandige Erde. Trotzdem war die Luft kühl, anders als in Albuquerque. Ich rieb meine Arme, stieg die Holzstufen hinauf und ging zurück in mein Gefängnis ohne Gitter.

13

Wieder wachte ich abrupt auf. Gesang? Gebete? Ich fühlte mich besser. Schon wahr, noch immer hatte ich Schmerzen, doch zumindest fühlte ich mich halbwegs lebendig.

Ich musste eine Toilette suchen und setzte mich auf der Bettkante auf. Ich war allein in dem Zimmer. Zumindest kam es mir so vor.

Als ich das Wohnzimmer durchquert hatte, fand ich eine kleine, blau gekachelte und ziemlich dunkle Toilette. Nachdem ich gepinkelt hatte, wusch ich mir die Hände und benetzte die wenigen nicht verbundenen Teile meines Gesichts mit Wasser. Ich blickte in den Spiegel. Mein Gott, was für ein Anblick. Mein rechtes Augenlid war stark geschwollen, fast geschlossen, und der Rest meines nicht bandagierten Gesichts war blau oder gelb.

Ich war immer noch etwas weggetreten, und mir war schwindelig, ich musste aber unbedingt von hier verschwinden. Ich hatte auf einem Feldbett in einem Zimmer direkt neben dem Wohnzimmer geschlafen. Das Esszimmer lag neben dem Wohnraum, und zu beiden Seiten davon befand sich ein Wohnzimmer. Die Küche grenzte an das Esszimmer, und dort entdeckte ich eine Hintertür.

Vieles erinnerte hier stark an die Fünfzigerjahre, der Linoleumboden, die Kunststoffmöbel und die Sperrholzschränke in der Küche, wo vor dem Fenster neben dem Spülbecken eine kitschige Gardine hing.

Die Hintertür war nicht verschlossen. Also war ich keine richtige Gefangene. Ich lehnte mich gegen den altmodischen Geschirrschrank aus Ahornholz, der jenen glich, die man in nordamerikanischen Antiquitätenläden fand. Vielleicht war das hier eine Art Reise in die Vergangenheit.

Im Wohnzimmer waren die Vorhänge aller Fenster zugezogen, und ich tastete mich zur Eingangstür vor und öffnete sie. Jetzt war es hell genug, um nach meinen Schuhen zu suchen.

Nachdem ich es eine halbe Stunde lang vergeblich versucht hatte, fühlte ich mich erschöpft. Das Paar Schuhe, das ich in einem Schrank des großen Schlafzimmers gefunden hatte, war viel zu klein. Damit ließ sich nichts anfangen, wenn man davon ausging, dass ich mich in einem Dorf mitten in der Wüste befand.

Fragte sich nur, in *welcher* Wüste.

Ich begann, nach dem Rest meiner Habe zu suchen, nach dem Laptop, meiner Handtasche, den anderen beiden Taschen und den Illustrierten, die ich für den Flug gekauft hatte. Ich fand nichts davon. Absolut nichts.

Ich ging zu dem Feldbett zurück und setzte mich auf die Kante. Ich fühlte mich wehrlos, ängstlich und allein.

Natalie. Sie hatte mich in eine Falle gelockt, hatte gewusst, was hier lief. Natalie war Indianerin, genau wie die Frau, die mir das Wasser gebracht hatte. Gehörten sie zum gleichen Stamm? Ich hatte nicht die geringste Ahnung.

Mir schien, als gäbe es nur zwei Alternativen. Ich konnte flüchten und versuchen, in jene Welt zurückzufinden, welche Angloamerikaner als »Zivilisation« bezeichneten.

Oder ich konnte hierbleiben und sehen, ob ich etwas herausfand.

Die erste Option gefiel mir besser. Einfach abhauen, mich in Sicherheit bringen. Aber sie schien mir auch dumm zu sein. Ich glaubte nicht, dass die Menschen hier mich umbringen wollten. Vermutlich war ich in einem Dorf oder Pueblo der Acoma, Zuni, Hopi, Cochiti, San Ildefanso oder Navajo. Aber die Navajo waren keine Puebloindianer. Ich seufzte.

Tatsächlich hatte ich keine Ahnung, wo die Mitglieder eines dieser Stämme tatsächlich lebten.

Gouverneur Bowannie hatte zu den Zuni gehört, doch die bevölkerten etliche Indianerreservate im Südwesten. Und warum war ich hier, an exakt diesem Ort? Wer hatte mir andere Kleidung angezogen, mich verbunden und …?

Die Tür öffnete sich mit einem Quietschen, Sonnenlicht strömte herein. Vor mir stand ein Mann mit nacktem Oberkörper. Er trug Jeans und ein Kopftuch. Seine scharf geschnittenen Gesichtszüge waren unverkennbar die eines Indianers. Er hatte eine markante, hervorspringende Nase, hohe Wangenknochen und dünne, zusammengekniffene Lippen.

Ich stand auf. »Ja?«

Er drehte sich um und ging wieder.

Das gefiel mir gar nicht.

»Hey!« Ich folgte ihm. »Hören Sie, was ist hier los? Bin ich auf dem Mars gelandet? Oder ist es eine kleine Zeitreise?«

Er wandte sich um, blickte mich an, verschränkte die Arme vor der Brust. Aber er sagte nichts.

»Reden Sie mit mir«, sagte ich. »Es ist niemand in der Nähe. Ich hatte einen üblen Autounfall, und diese ganze Geschichte hier ist mir unheimlich. Also, was ist los? Und wo ist Natalie? Ich wüsste es gern.«

Ich zuckte zusammen. Mein Ton war unhöflich und undankbar.

Der Mann blickte mich wortlos an. Seine gleichgültige Ruhe war entnervend.

Er zuckte nur die Achseln und ließ mich stehen.

Verdammt, ich hatte keine Lust, wie ein ergebenes kleines Schaf in dieses Zimmer zurückzukehren. Ich folgte ihm. Als ich ihm den Pfad hinunter nachging, spürte ich scharfkantige kleine Steine unter meinen Fußsohlen.

Obwohl die Luft immer kühler wurde, lief dem Mann Schweiß den Rücken herunter. Er war gut gebaut, seine Haut bronzefarben. Wäre da nicht Hank gewesen, hätte ich ihn verführerisch gefunden.

Ja, ich hatte mich unhöflich verhalten. Gut möglich, dass ich Angst hatte, aber schon Veda hätte mich wegen meiner schlechten Manieren scharf getadelt.

Der Gedanke an meine tote Pflegemutter ließ mir Tränen in die Augen treten.

Ich hörte etwas hinter mir, aber es waren nur die beiden Hunde.

Was für eine dumme Geschichte.

Ich trat hinter die Lehmziegelmauer einer Kirche und schob die Hände in die Taschen des Rocks. Was suchte ich? Ich hatte keine Ahnung. Geld? Das erschien mir sinnlos.

Aber halt. Wenn dies eine Kleinstadt war, hätte es Geschäfte, Cafés, Büros geben müssen. Vielleicht funktionierten meine grauen Zellen allmählich wieder. Ich machte kehrt und ging den Pfad in die entgegengesetzte Richtung zurück. Er führte eine Anhöhe hinauf. Es *musste* hier außer Wohnhäusern noch etwas anderes geben. Vielleicht ein Lokal. Ich würde es finden und von hier verschwinden.

Links und rechts des Weges standen Trailer, kleine Häuser aus Lehmziegeln und Holzschuppen mit Wellblechdächern. Als ich mich umdrehte, hatte ich einen guten Blick auf das Dorf. Die Kirchturmglocke läutete.

Ich hätte zu der Kirche gehen können, doch vielleicht gab es dort kein Telefon. Und genau das brauchte ich jetzt, denn mein Handy war verschwunden.

Hinter den Häusern erstreckte sich die Hochebene, die mir irgendwie bekannt vorkam. Aber woher?

Ich schüttelte den Kopf. Mir blieb jetzt keine Zeit, darüber nachzudenken.

Meine Fußsohlen taten weh von den Steinen, aber damit kam ich schon klar. Mein ganzer Körper schmerzte, dagegen war das eine Kleinigkeit.

Aus einiger Entfernung hörte ich Stimmen, und ich beschleunigte meinen Schritt. Als ich den Kamm des Hügels erreichte, kam ein Auto den Highway herunter, der offenbar mitten durch die Kleinstadt führte und sich in beiden Richtungen in der Ferne verlor. Ich trat schnell zurück. Zu beiden Seiten der Straße gab es ein paar Läden, und schräg gegenüber, auf der anderen Straßenseite, sah ich ein kleines Restaurant mit Zapfsäulen vor der Tür.

Ich überquerte den Highway, lief die Eingangsstufen hoch und betrat das Lokal. Die Tür fiel hinter mir ins Schloss. Zwei Dutzend Indianer und ein paar Angloamerikaner blickten auf. Ich lächelte und ging zur Theke. Hoffentlich bemerkte niemand meine nackten Füße.

Ich setzte mich auf einen Barhocker mit blauer Vinylpolsterung und zwang mich, mich nicht umzudrehen. Endlich wieder unter Menschen, ich war erleichtert. Eine Frau mit Ponyfrisur, die ein weißes *More-Cowbell*-T-Shirt trug, wischte die mit Kunststoff beschichtete Theke ab.

»Hallo«, sagte ich. »Ich muss mal telefonieren.«

Die Frau zog eine Augenbraue hoch, ohne ihre Tätigkeit zu unterbrechen. »Haben Sie kein Handy?«

Ich schüttelte den Kopf. »Leider nicht. Genau deshalb würde ich ja gern Ihr Telefon benutzen. Ich lasse mich zurückrufen.«

»Verstehe. Einen Augenblick.« Sie verschwand hinter einem gestreiften Vorhang am Ende der Theke.

Zum ersten Mal seit einer scheinbaren Ewigkeit entspannte ich mich. Es war ein großartiges Gefühl. Ich wischte die Sohle eines Fußes auf der Oberseite des anderen ab, wiederholte das Ganze dann umgekehrt.

Ich spürte die Blicke eines Dutzends neugieriger Augenpaare auf meinem Rücken. Immer wieder musste ich zur Tür blicken. Irgendjemand war bestimmt hinter mir her. Fragte sich nur, wann er eintraf.

Ich hatte die Frau hinter der Theke nicht gefragt, wo ich war. Ich ließ den Blick in die Runde schweifen. Mir fiel nichts Ungewöhnliches auf.

Allmählich konnte die Frau mit dem Telefon zurückkommen.

Ich betrachtete den Tresen mit der altmodischen roten Kunststoffbeschichtung. Dann kam sie zurück. In der rechten Hand hielt sie einen Schwamm, in der linken ein tragbares Telefon.

Endlich.

Lächelnd reichte sie mir das schwarze Home-Handy.

»Vielen Dank«, sagte ich. »Übrigens, wo bin ich hier?«

Sie blickte mich an, als wäre ich verrückt.

»Vergessen Sie's«, sagte ich lächelnd. Ich stand auf, rief die Vermittlung an und gab Hanks Handynummer durch. Es klingelte und klingelte und klingelte … Verdammt, warum ging er nicht dran?

Ich konnte nicht auf die Mailbox sprechen. Nicht ohne Geld.

Bald würde etwas Schlimmes passieren, ich wusste es einfach. Wieder ließ ich den Blick durch das Restaurant schweifen. Die Gäste aßen und rauchten und plauderten, beobachteten mich aber auch.

»Kann ich irgendwo in Ruhe sprechen?«, fragte ich die Frau.

Sie nickte. »Da drüben.« Sie zeigte auf den hinteren Teil des Restaurants.

»Danke.« Ich eilte nach hinten und fand ein ruhiges Plätzchen direkt vor der Küche. Wieder versuchte ich es bei Hank, mit demselben Resultat. Vielleicht hätte ich mich bei Gert, Jake oder Kranak melden sollen, doch es erschien mir sinnlos, in Boston anzurufen.

Kopfschüttelnd starrte ich auf das Telefon. Dann wählte ich 911.

»Guten Tag, ich brauche Hilfe«, sagte ich, als sich der Einsatzleiter der Polizei meldete. »Ich befinde mich in irgendeinem Reservat der Puebloindianer, und ich …«

Ich hörte eine Tür zufallen und wirbelte herum. Ein Ehepaar mit einem kleinen Mädchen, das eine Rüschenbluse und eine rosafarbene Hose trug.

»Hallo, sind Sie noch dran?«, fragte der Einsatzleiter.

Ich verkroch mich mit dem Telefon in der Ecke, hörte das Stimmengewirr aus dem vorderen Teil des Restaurants. Mir fiel nichts Beunruhigendes auf. »Entschuldigung. Ich befinde mich an einem seltsamen Ort, und ich …«

»Wir müssen uns eine Vorstellung davon machen können, wo Sie sich aufhalten, Ma'am.«

»Ich habe keine Ahnung, wo ich bin. In einem Dorf der Puebloindianer. In einem kleinen Restaurant. Ich hatte einen Autounfall in Albuquerque und bin hier aufgewacht.« Meine Stimme wurde lauter. Ich musste mich beherrschen, konnte aber ein Schluchzen nicht unterdrücken. »Verdammt, ich brauche Hilfe.«

»Wir werden Ihnen helfen, Ma'am. Wenn möglich, sollten Sie mit dem Telefon nach draußen gehen und die Umgebung beschreiben.«

Ruhe bewahren, sagte ich mir. »Ja, okay.« Ich eilte in Richtung Ausgang. Die Frau servierte einem an der Theke sitzenden Mann gerade Eier, und ich signalisierte ihr mit erhobenem Zeigefinger, sie möge sich noch einen Augenblick gedulden.

Sie nickte. Ich atmete tief durch und entspannte mich ein bisschen. Hoffentlich kam ich aus dieser Klemme heraus.

Als ich vor dem Restaurant stand, gab ich dem Einsatzleiter dessen Namen durch und beschrieb ihm die Main Street.

»Okay, jetzt weiß ich Bescheid«, sagte der Einsatzleiter. »Warten Sie einfach dort. Ich schicke einen Streifenwagen.«

Ich zitterte vor Erleichterung. »Ich bin Ihnen so dankbar.«

»Wir sind schon unterwegs. Bleiben Sie einfach am Apparat, wir holen Sie ab.«

»Wird gemacht. Ja, ich bleibe dran.«

Ich schritt so lässig wie möglich die Stufen hinunter und drückte mich an die Seitenwand des Restaurants. Ich atmete tief durch und meldete mich alle paar Sekunden bei dem Einsatzleiter am anderen Ende. Ich wollte auf die Uhr schauen, doch auch sie war verschwunden. Folglich musste ich mich auf mein Zeitgefühl verlassen. Fünf, zehn, vielleicht fünfzehn Minuten verflossen.

Ein brauner Polizeiwagen kam langsam die Hauptstraße herunter, das Blaulicht war nicht eingeschaltet. Ich wartete. Ich musste mich irgendwie vergewissern, ob dies der Wagen war, der mich ins normale Leben zurückbringen würde. Die Fensterscheiben des Autos waren dunkel getönt. Als es sich dem Restaurant näherte, bremste der Fahrer weiter ab.

Er konnte mich nicht sehen.

»Ich stehe an der Seitenwand«, sagte ich zu dem Einsatzleiter.

Der aber hatte bereits aufgelegt. Ja, das mussten sie sein. Ich trat hinter der Ecke hervor. Der Streifenwagen hielt an, ein uniformierter Polizist mit brauner Kappe stieg aus. Er winkte mir lächelnd zu.

Erleichterung überkam mich, mir wurde schwindelig. Ich lächelte zurück. »Ich bin froh, dass Sie da sind.«

»Kommen Sie«, sagte der Polizist. »Wir bringen Sie zurück nach Albuquerque. Dort werden wir der Geschichte auf den Grund gehen.«

»Großartig.« Ich stieg die Stufen vor dem Restaurant hinauf.

»Haben Sie noch Sachen da drin?«, fragte der Cop. »Ich komme mit.«

»Ist nicht nötig. Ich gebe nur eben das Telefon zurück.«

Er kam grinsend auf mich zu. »Wir möchten nicht, dass Ihnen etwas passiert.«

»Danke.« Ich griff nach der Türklinke.

»Halt, stehen bleiben!«, schrie jemand.

Die Sonne blendete mich. Ich sah nur schemenhaft ein paar Menschen, die auf mich zugerannt kamen. Ich ließ das Telefon fallen und sprintete zu dem Streifenwagen. Der Cop packte meinen Arm, als er die Hintertür aufriss.

»Nein!«, brüllte jemand.

Ein Schauder überkam mich, in dem sich Angst und eine böse Ahnung mischten. Worauf ließ ich mich ein? »Moment«, sagte ich.

Er grunzte, stieß mich auf den Beifahrersitz und knallte die Tür zu.

Etwas stimmte hier nicht. Ganz und gar nicht. Als ich nach dem Türöffner griff, klemmte der Cop sich hinter das Steuer und legte den Gang ein. Ich stieß die Tür auf.

Jetzt oder nie!

Ich sprang aus dem Wagen, rollte über den Asphalt und blieb schließlich liegen. Vor meinen Augen drehte sich alles. Was zum Teufel hatte ich gerade getan?

Ich hörte das Quietschen von Reifen. Der braune Wagen wendete, stand mir direkt gegenüber. Ich lag noch immer auf der Straße, schwindelig und verunsichert. Ich war wie gelähmt. Zumindest konnte ich nicht schnell genug reagieren.

Der Wagen raste auf mich zu.

Mein Gott.

Jemand packte meine Schulter und riss mich zur Seite, damit der Wagen mich nicht überrollte. Das Auto schoss an mir vorbei und raste die Main Street hinunter.

Als der Adrenalinstoß langsam verebbte, blickte ich in das Gesicht einer Frau. Ihre Miene war erstarrt, entweder vor Zorn oder vor Angst.

»Es … Es tut mir leid«, murmelte ich. »Ich …«

Sie nahm mich in den Arm und drückte mich an ihren großen Busen. »Da hatten Sie wirklich Schwein.«

Da konnte ich schlecht widersprechen.

An dem Tisch in dem Restaurant saß mir der Mann gegenüber, den ich mit nacktem Oberkörper kennengelernt hatte, der nun aber ein Hemd trug. Neben mir hatte ein anderer Mann Platz genommen. Er war sehr viel älter, hatte traurige Augen und ein faltiges Gesicht.

Beide schwiegen.

Der Stuhl mir direkt gegenüber war leer, und doch hatte die Kellnerin auch dort eine Speisekarte hingelegt. Die Frau, die mir das Leben gerettet hatte, war verschwunden.

»Wo bin ich?«, fragte ich.

Der jüngere Mann legte einen Finger auf seine Lippen. »Pst.«

Ich schüttelte den Kopf und stand auf, um zu gehen. »Ich ertrage das alles nicht mehr.«

»Bleiben Sie«, sagte der Alte. »Bitte, warten Sie noch.«

Seine Stimme war ausdruckslos, sein Blick aber flehend. Wie hätte ich mich weigern können? Ich bestellte bei der Kellnerin, die mit dem jüngeren Mann flirtete. Als ich mich umblickte, sah ich, dass wir mittlerweile allein in dem Restaurant waren.

Ich entschuldigte mich, weil ich zur Toilette wollte. Die beiden Männer tauschten einen Blick miteinander, machten aber keine Anstalten, mich aufzuhalten. Als ich zurückkam, saß mir gegenüber eine Frau. Sie trug eine weiße Bluse und schwarze Hosen. An ihrem rechten Handgelenk fiel mir ein großes silbernes Zuni-Armband auf, und ihr langes weißes Haar wurde von einer türkisfarbenen Spange zusammengehalten. Ihr Gesicht war faltig und wirkte altersweise.

Als ich wieder Platz nahm, funkelten ihre apfelgrünen Augen. Ich glaubte, dass sie oft lächelte.

»Wo ist die Frau, die mir das Leben gerettet hat?«

»Das war meine Tochter«, antwortete die alte Frau. »Sie hat andere Dinge zu erledigen. Aber Sie werden sie wiedersehen.«

War ich in eine Falle gegangen? Ich beschloss, mich möglichst normal zu geben. »Mein Name ist Tally Whyte.«

Sie lächelte erneut und nickte, und in diesem Moment ging mir ein Licht auf. Sie war eine Verwandte von Gouverneur Bowannie. Ich fragte mich, ob sie wusste, dass er tot war. Der bloße Gedanke an ihn bekümmerte mich.

»Seien Sie nicht traurig«, sagte die Frau.

Der jüngere Mann schnaubte. Ich wollte ihn anfahren, hielt mich aber zurück.

»Ich bin traurig, Ma'am.« Fast hätte ich ihr mein Beileid bekundet. Stattdessen wartete ich darauf, dass sie wieder etwas sagte. Ich wollte bedächtig und abwartend wirken. Einige lange, endlos lange Minuten verstrichen. Dann riss mir der Geduldsfaden.

Ich stand auf. »Was immer hier geschehen ist, ich verstehe es nicht. Danken Sie Ihrer Tochter dafür, dass sie mir das Leben gerettet hat. Aber ich muss jetzt gehen. Mir nahestehende

Menschen sind gestorben, und ich habe wichtige Dinge zu erledigen.«

Die alte Frau lächelte. »Sie wären fast mit diesem angeblichen Polizisten gefahren. Mit größter Wahrscheinlichkeit hätte dieser Mann Sie umgebracht. Wir haben Ihnen das Leben gerettet.«

»Woher wusste der falsche Cop denn, wo ich bin?«

»Er hat den Polizeifunk abgehört«, sagte der Alte. »Diese Leute sind keine Anfänger.«

Die alte Frau nickte und blickte mich an. »Schön zu sehen, dass es Ihnen wieder besser geht.« Mit zittrigen Fingern griff sie in die Tasche ihrer schwarzen Hose und zog ein zusammengefaltetes Blatt Papier hervor. Ihre Hand und die Finger waren knorrig und von einer Unzahl kleiner Schnittwunden übersät.

»Sie sind Kunsthandwerkerin und schnitzen.«

»Ja.«

»Ich hätte es wissen sollen. Wir sind hier im Zuniland.«

Sie strahlte mich an. »Genau. Ihr Gehirn funktioniert wieder, Gott sei Dank. Es ging Ihnen sehr schlecht.«

»Ich bin Ihnen sehr dankbar.«

14

Die Kellnerin servierte meine *Huevos Rancheros,* Kaffee und Orangensaft. Ich schlürfte den Kaffee, und mein Gehirn begann noch besser zu funktionieren.

Die alte Frau roch nach Salbei. Sie nickte, als ihr Kakao gebracht wurde, und als sie trank, hielt sie den Becher mit beiden Händen.

Eine überwältigende Trauer überkam mich. Ich legte behutsam die Gabel auf den Teller und tupfte mir mit der Serviette die Lippen.

Die beiden Männer aßen Rührei.

Die alte Frau und ich schauten uns an. Die in ihrem Blick liegende Trauer verschlug mir den Atem.

Ich griff nach meiner Kaffeetasse. »Was bedrückt Sie so?«

»Sie werden es erfahren.«

Plötzlich ging mir ein Licht auf. »Wo ist Natalie?«

Die alte Frau begann zu weinen. Tränen liefen über ihr faltiges Gesicht wie ein vielarmiger Fluss. »Sie ist tot, ist für Sie gestorben. Sie war meine Nichte.«

Eine junge Frau war für mich gestorben. Natalie hatte ein noch sehr viel längeres Leben vor sich gehabt als ich. Ich hätte in Boston bleiben, nicht herkommen sollen.

»Wie ist sie gestorben?«, fragte ich.

»Natalie hat Sie aus dem Wrack Ihres Wagens gezogen«, antwortete der jüngere Mann. »Sie haben auf sie geschossen, aber sie hat es geschafft, Sie da rauszuziehen. Eine gute Tat.« Er nickte. Seine Miene spiegelte zugleich Zorn und Trauer. »Sie war ein gutes Mädchen, unsere Natalie.« Er kniff die Lippen zusammen und blickte mich an. »Ein gutes Mädchen. Sie waren bewusstlos, und Natalie hat Sie zu ihrem Lieferwagen gezogen und ins Innere verfrachtet. Ich vermute, dass sie dabei getroffen wurde.« Er zuckte die Achseln. »Ich weiß es nicht.«

»Erschossen?«, fragte ich.

»Getroffen. Sie fuhr in Richtung Reservat. Die Killer folgten ihr, feuerten weiter. Natalie blutete, wollte Sie aber in Sicherheit bringen. Keine Ahnung, warum sie in Albuquerque nicht einfach zu einem Krankenhaus gefahren ist. Sie hat uns angerufen, und wir begegneten ihr in der Nähe von San Rafael. Sie fuhr Schlangenlinien, aber niemand schritt ein. Wieder mal ein betrunkener Indianer, haben sie vermutlich gedacht.«

»Warum hat sie nicht die Polizei benachrichtigt?«, fragte ich.

Der ältere Mann schüttelte den Kopf. »So was tun wir nicht. Wir folgten den Typen, die ihr im Nacken saßen, aber sie waren zu schnell und haben uns abgehängt.« Er strich mit den Fingern über die mit Kunststoff beschichtete Tischplatte. »Junge, Junge, die hatten einen Affenzahn drauf. Noch nie habe ich jemanden gesehen, der so gerast ist. Ja, sie sind entkommen. Natalie ist gestorben. Und wir durften uns um Sie kümmern.«

Ich rieb mir die Augen, um nicht in Tränen auszubrechen. Nein, ich würde nicht weinen, nicht jetzt. Später. Ich atmete tief durch. »Es tut mir so leid, wirklich … Ich weiß nicht, was ich sagen soll. Ich habe das alles nicht gewollt. Natalie hätte nicht so sterben dürfen. Sie hätte etwas Besseres verdient gehabt.«

Der alte Zuni strich über meine Hand. »Natalie ist für Sie gestorben, aber Sie haben ihr nichts angetan. Das waren diese Killer. Es muss einen Grund dafür geben. Es ist wichtig, dass wir ihn kennen. Für uns alle.«

Seine Berührung tröstete mich. Ich drückte seine Hand. Dann hielt er ein zusammengefaltetes Blatt Papier hoch.

Ich entfaltete es und las: *Der Knochenmann, Land's End Trading, Route 404.*

Ich ging mit dem jüngeren der beiden Männer zum Haus der alten Frau zurück. Ich hatte eine Unzahl von Fragen im Kopf, schien aber nicht eine artikulieren zu können. Die beiden Hunde begrüßten uns, und ich wünschte, einen kleinen Leckerbissen für sie zu haben. Ich hockte mich hin und streichelte sie. Penny fehlte mir, aber ich war froh, sie nicht mitgenommen zu haben. Dann wäre sie jetzt tot gewesen.

»Bitte sagen Sie mir Ihren Namen.«

»Aric. Aric Bowannie.« Er senkte den Kopf. »Ich bin Bens Sohn und Natalies Cousin.«

Der Sohn des Gouverneurs. Damit hatte ich nicht gerechnet. Wie sehr musste er unter dem Verlust seines Vaters leiden. »Und die alte Frau?«

»Ihr Name ist Katie Poblano. Sie ist meine Tante, die Schwester meines Bruders.«

Wo wir jetzt waren, standen die Lehmziegelhäuser nicht mehr vereinzelt, sondern dicht nebeneinander wie in einem Pueblo. Wir näherten uns der Kirche und bogen nach links ab. Die tief stehende spätnachmittägliche Sonne warf lange Schatten. Über allem wachte der Corn Mountain, jener Berg, der den Zuni alles bedeutete.

Es war beschwerlich, auf dem unebenen, steinigen Boden zu gehen, meine nackten Füße schmerzten. Aric trug Turnschuhe und war deutlich schneller als ich.

Der Knochenmann. Das klang unheimlich. »Warum die Geheimnistuerei?«, fragte ich.

Er biss sich auf die Unterlippe. »Sie waren in der Nähe, als mein Vater starb. Wir wollten uns vergewissern, dass Sie nicht auf der anderen Seite stehen, insbesondere nach Natalies Tod. Sie war ein guter Mensch. Sie sollten nicht nach Albuquerque zurückkehren. Zumindest nicht, solange Sie nicht haben, weshalb Sie gekommen sind.«

»Ich bin mir nicht sicher, weshalb ich gekommen bin«, sagte ich. »Aber Ihr Vater hat mich gebeten, mit ihm hierherzukommen.«

Meine Oberschenkel schmerzten, als ich die Holztreppe vor dem Haus hochstieg. In einer Lattenkiste links neben der Tür lag Brennholz, und jemand hatte im Kamin Feuer gemacht. Ich ging über den kühlen Linoleumboden darauf zu und wärmte mir die Hände über den Flammen.

Aric zeigte auf das Sofa und bat mich, Platz zu nehmen.

»Was nun?«, fragte ich.

Er stand direkt vor mir, äußerlich von Kopf bis Fuß ein Macho. »Wir machen uns bald auf den Weg und suchen diesen Schädel.«

»Und den Mörder meiner Freundin Didi, der vermutlich auch Ihren Vater umgebracht hat«, sagte ich. »Und Natalie. Eine Kunsthändlerin namens Delphine. Vielleicht noch andere.«

Er schob die Hände in die Gesäßtaschen seiner Jeans. »Ja.«

»Das wird schwierig.«

»Bin gleich wieder da.« Er verschwand, und ich blickte ein paar Minuten gedankenverloren in das Feuer. Ich sehnte mich nach Trost. Mir fehlten Hank und Penny und Carmen und Gert. Meine Wohnung. Selbst das MGAP an der Newbury Street.

Ich brauchte eine sichere Orientierung, konnte sie hier aber nicht finden.

Ich wandte den Blick von dem Feuer ab. Ich fühlte mich beschissen, und das nicht nur körperlich.

Neben dem Kamin sah ich eine weit geöffnete Tür, die mir zuvor nicht aufgefallen war. Ich stand auf und betrat den Raum. Meine Füße schmerzten übel.

Eine enge Werkstatt, überall Werkzeuge und Steine. Alles war mit Steinstaub bedeckt, selbst das große Fenster, durch das man kaum noch die schnell sinkende Sonne sehen konnte.

Hätte ich diesen Raum eher gesehen, wäre mir klar gewesen, dass ich in Zuniland war. Hier schufen Katie und ihre Familie jedes Jahr Hunderte von Zuni-Fetischen. Hier bearbeiteten sie mit Spezialwerkzeugen verschiedenste Steine, die abgeschmirgelt wurden, bis sie glatt waren und glänzten. Sie umwickelten die Steinschnitzereien mit Sehnen und Rohfell, schmückten sie mit Pfeilspitzen und versahen sie mit Intarsien aus Koralle, Türkis und Heishi-Perlen. Ein Korb war mit Serpentin, Marmor und Tonstein gefüllt, und auf einem Regalbrett lag neben einem Päckchen Marlboro Lights einen schönen Türkis.

Die Schönheit dieser Steinschnitzereien verdankte sich harter Arbeit.

Jemand hatte in der Mitte des Fensters etwas von dem Staub weggewischt. Ich blickte nach draußen und sah den Berg. Nicht weiter überraschend.

»Sind Sie so weit?«

Ich wirbelte herum. Aric trug Jeans, ein Hemd mit Button-down-Kragen und bequeme Halbschuhe.

»In dem Outfit sehen Sie aus wie ein Lehrer einer Bostoner Highschool«, sagte ich.

»Ich bin's aber nicht.«

»Nein. Okay, ich muss mich umziehen. Und vorher duschen. Besorgen Sie mir ein paar Schuhe. Und vergessen Sie nicht, meine Handtasche mitzubringen.«

Er reichte mir eine Plastiktüte, in der ich neben den spärlichen Überresten meiner persönlichen Habe eine neue Zahnbürste, Zahnpasta, ein Deodorant und weitere Toiletteartikel fand. Und ein paar Turnschuhe.

Ich zog sie an.

Sein Gesicht, so traurig. »Das alles muss sehr schwer für Sie sein.«

Er nickte.

»Ihr Vater, Natalie … Mein Vater … Ich habe es selbst alles durchmachen müssen.«

Er nickte, sagte aber nichts.

Ich seufzte, trat näher an ihn heran und schaute ihm in die Augen. Er hielt meinem Blick stand. »Ich könnte Ihnen helfen und würde es gern tun«, sagte ich. »Das ist mein Beruf.«

»Wir sollten gehen.«

Der Knochenmann, Land's End Trading, Route 404. Ich nahm an, dass das jetzt unser Ziel war. Wir gingen durch gewundene, von Häusern gesäumte Gassen, bis wir ein größeres, von einem Zaun umgebenes Gebäude erreichten. Es war einstöckig und wirkte einladend. Die Fassade war dunkelrot und türkisfarben gestrichen, und das Dach der Vorderveranda wurde von mit Schnitzereien verzierten Pfosten gestützt.

Wir gingen zur Hinterseite des Hauses. Dort, in einem gepflasterten Hof, saß ein Dutzend Menschen auf Klappstühlen, und um sie herum sah ich Männer und Frauen in traditioneller Kleidung. Wir nahmen in der ersten Reihe Platz. Als Katie Poblano eintraf, wurde es still.

Sie setzte sich zwischen Aric und den älteren Mann, den ich bereits kannte. Sie nickte, und die Tänzer, Trommler und Sänger begannen.

Ich war wie hypnotisiert, verfiel in Trance. So etwas würde ich nie wieder erleben.

Die alte Frau flüsterte mir etwas ins Ohr, doch ich wusste nicht, was sie gesagt hatte. Die Tänze, der Duft des Salbeis, die Gebete, die Musik … Ich wurde hineingezogen in die Zeremonie, die Jagd auf das Böse. Ich war verwickelt in Ereignisse, an denen ich nicht schuld war, die ich aber aufklären musste.

»Aric?«

»Keine Angst«, sagte er. »Alles in Ordnung?«

Nichts war in Ordnung. Aber ich saß jetzt in einem Zug, den ich nicht mehr verlassen konnte, bis er sein Ziel erreicht hatte. Ein irritierender Gedanke.

Ich sah den Tänzern zu, lauschte der Musik und sog die würzigen Düfte ein. Ich weinte, aber nur ein bisschen.

Als ich aufwachte, fühlte ich mich erholt, und doch hätte ich nicht genau sagen können, was am Vorabend passiert war. Vermutlich war es eine religiöse Zeremonie für Ben Bowannie, seinen Berater und Natalie gewesen. Ich wusste nur, dass ich mich zum ersten Mal seit Wochen gut fühlte, weil ich tief und lange geschlafen hatte.

Aric Bowannie und ich fuhren los. Wer oder was war der

Knochenmann? Unterwegs gab mir Aric mein verschmortes Handy, meine Brieftasche und mein Pfefferspray zurück. In Gallup legten wir einen Zwischenstopp ein, und ich kaufte mir zwei Jeans, einen Rock, ein paar Tops, ein Jackett, eine Handtasche, Handschuhe und ein neues Mobiltelefon, eines jener Einweghandys mit Prepaidkarte, die sich nicht zu ihrem Besitzer zurückverfolgen lassen. Ich bezahlte alles mit Bargeld, das Aric mir gegeben hatte. Er hatte mich zu Recht davor gewarnt, durch das Benutzen einer Kreditkarte eine Spur zu hinterlassen. Außerdem riet er mir, das Telefon nur in Notfällen zu benutzen.

In der nächtlichen Wüste hatte ich einen so faszinierenden Blick auf den Vollmond und die Sterne, dass ich mich in einem Planetarium glaubte. An den Fenstern des alten Landrover sah ich Kakteen, Salbeipflanzen, Felsbrocken und immer wieder Sand vorüberziehen. Ich sah Tiere auf der nächtlichen Jagd, und einmal glaubte ich, drei Kojoten zu erblicken, doch vielleicht waren es nur ein paar Steine.

Ich öffnete das Fenster, und die kühle nächtliche Brise strich durch mein Haar. Wir ließen das Zuniland immer weiter hinter uns, waren unterwegs ins Unbekannte. Ich stellte keine Fragen. Es gab kein Zurück; Ben Bowannie hatte mich gebeten, seine Suche nach dem Schädel fortzusetzen, falls ihm etwas zustoßen sollte.

»Ich würde Ihnen gern erzählen, was in Boston passiert ist«, sagte ich.

Aric antwortete nicht.

Ich erzählte ihm von Didis Tonbüste, von dem Gesicht, das so sehr dem meiner verschwundenen Freundin Delphine glich. Von dem Mord an Didi, meinen Abenteuern auf Martha's Vineyard, vom Tod seines Vaters. Darüber wollte er alles erfahren, und ich sagte ihm, was ich wusste.

Ich dachte nicht weiter darüber nach, warum ich ihm vertraute. Ich hatte einfach das Gefühl, dass es sein musste, und meine Intuition sagte mir, dass es richtig war.

»Ihr Vater wollte diesen Schädel finden«, fuhr ich fort. »Aber er glaubte nicht, dass es der eines indianischen Vorfahren ist. Trotzdem hielt er die Geschichte für wichtig und befürchtete, dass es deswegen Ärger geben würde.«

Aric zuckte die Achseln. »Es überrascht mich nicht, dass er wusste, dass noch etwas anderes vor sich ging. Wir haben ständig Scherereien. Drogen und Schnaps überschwemmen die Reservate, Keramik und geheiligte Gegenstände verlassen sie. Nachgeäffte Fetische, angeblich alt und authentisch. Die Händler ziehen uns über den Tisch. Sie kassieren richtig ab, während für uns nur Kleingeld übrig bleibt.«

»Nicht alle.«

»Nein, es gibt auch ein paar anständige. Aber diese ganzen Fälschungen, das ist eine üble Sache. Die Nachforschungen meines Vaters galten eher dieser Geschichte als irgendeinem alten Schädel.« Eher an sich als an mich gerichtet, fügte er hinzu: »Ich wünschte, er hätte mir mehr erzählt.«

»Über den Blutfetisch?«, fragte ich.

»Worüber?«

»Über den Blutfetisch. Didi hat dieses Wort auf den Boden ihres Büros gekritzelt. Und dieser Messerstecher auf der Insel war auf der Suche nach einem Blutfetisch, einem alten, wie er sagte. Nur … Nun, es sieht so aus, als wüsste außer mir niemand etwas davon. Ein merkwürdiges Gefühl. Haben Sie jemals davon gehört?«

Er schüttelte den Kopf. Dann öffnete er eine Dose mit Beechnut-Kautabak, nahm einen Priem heraus und legte ihn sich in die Backe. Er öffnete das Fenster. »Nie.«

»Wirklich nicht?«

»Nein.«

Etwas irritierte mich. Vielleicht an seinem Ton, seinem Blick? Irgendetwas. »Ich glaube Ihnen nicht.«

»Ist mir egal«, antwortete er. »Sie suchen den Mörder Ihrer Freundin. Wie's aussieht, macht aber auch jemand Jagd auf Sie.«

Ich zuckte zusammen und blickte in den Rückspiegel. Die Straße war schnurgerade, und man konnte sehr weit sehen. Kein anderes Auto weit und breit. Ich atmete tief durch, um mich zu beruhigen.

Ja, wahrscheinlich war jemand hinter mir her. Aber warum? Was genau wusste ich? Was hatte ich gesehen, das mich zur Zielscheibe eines Killers machte? Ja, ich suchte nach Delphines und Didis Mörder. Aber woher wusste der Killer es? Und warum schwebte ich in so großer Gefahr?

Es musste etwas mit gestohlener oder gefälschter indianischer Kunst zu tun haben, oder … Es kam mir so vor, als gäbe es ein Dutzend Spuren, von denen keine besonders Erfolg versprechend zu sein schien.

Natürlich ließ sich die Angst schwer abstreifen, wenn man sich gerade beinahe in einen Streifenwagen gesetzt hätte, der keiner war. Mit einem Polizisten hinter dem Steuer, der auch keiner war. Ich ballte die Hände zu Fäusten. »Also, was genau haben wir vor? Und woher stammte dieser Zettel, auf dem das mit dem Knochenmann stand?«

Er bog scharf nach links ab, und ich hielt mich an dem altmodischen Haltegurt fest.

»Sie sind wütend«, sagte ich. »Ihr Vater. Und sein Berater, der vermutlich einer Ihrer Freunde war.«

Wieder antwortete er nicht. Sein leidenschaftlicher Zorn schien tief verwurzelt zu sein. Ich war mir sicher, dass er schon auf die Zeit vor dem Tod seines Vaters zurückging. Es machte mir Angst.

Vor uns wurde die Landschaft ebener, und ich sah mitten in der Wüste blinkende Neonschilder.

»Woher kam dieser Zettel, Aric?«

»Von Natalie. Er steckte in einer Blechdose. Nur deshalb ist er nicht verbrannt.«

Wir näherten uns dem Neonschild des *Desert Dreams Motel.* Die gut asphaltierte Zufahrtsstraße und der Anstrich ließen hoffen, dass es keine miese Absteige war. Wahrscheinlich musste man keine Bettwanzen fürchten. Trotzdem kratzte ich unwillkürlich an meinem Arm.

Natalie. Vor meinem inneren Auge sah ich das Mädchen, das mich am Flughafen abgeholt hatte, ihr offenes Gesicht, ihr herzliches Lächeln. »Diese Leute werden uns eine Menge Fragen beantworten müssen«, sagte ich. »Wann werden wir unser Ziel erreichen?«

Er parkte vor einem Schild mit der Aufschrift »Office«. Einen Augenblick später erschien ein dicker Mann mit einer Zigarette im Mund. Er trat an der Fahrerseite vor das offene Fenster und hielt einen Schlüssel hoch, den Aric ihm ungeduldig aus der Hand riss.

Der rauchende Mann grinste. »Jetzt müssen Sie nur noch bezahlen, Mister.«

15

In diesen Motels roch es immer gleich. Wahrscheinlich benutzte man überall dasselbe billige Desinfektionsmittel. Auch schienen sie alle dieselben Magazine und Zeitschriften zu abonnieren. Ich konnte es nicht fassen, dass ich es in Gallup versäumt hatte, ein Buch zu kaufen. Die Ausgabe des *New Mexico Magazine* auf dem Nachttisch stammte noch aus dem zwanzigsten Jahrhundert. Unglaublich. Ich blätterte die Zeitschrift durch, während Aric in dem Zimmer auf und ab ging. Dann schaltete er den Fernseher ein, zappte durch die Kanäle und entschied sich schließlich für ESPN.

»Interessieren Sie sich nicht für Sport?«, fragte er.

»Nicht besonders.«

»Kann man so leben?«

Hatte ich es nicht schon immer gekonnt? »Aber sicher.«

Es roch nach seinem Kautabak.

Ich fand einen Artikel über den Nationalpark Carlsbad Caverns und begann zu lesen. Interessante Lektüre. Als Aric ins Bad ging, um zu duschen, rief ich bei Gert an. Ich hoffte, dass sie es geschafft hatte, die Tonscherben mittels der Radiokarbonmethode datieren zu lassen.

»Sie sind in der Asservatenkammer«, sagte sie. »Und die Typen dort rücken sie nicht raus. Bis jetzt hatte ich kein Glück.«

»Was ist mit Kranak?«, fragte ich. »Vielleicht gefällt ihm die Idee. Möglicherweise zeigen sie sich ihm gegenüber kooperativer, wenn er sagt, das Alter des Topfes sei wichtig.«

»Er hat es schon versucht, bräuchte aber irgendeinen Gerichtsbeschluss. Angeblich kann eine Datierung mittels der Radiokarbonmethode das zu analysierende Objekt beschädigen.«

Na super. »Danke, Gertie. Halt mich auf dem Laufenden, ja?«

»Wie zum Teufel soll ich das anstellen, wenn ich nicht weiß, wo du …«

»Tally?«, rief Aric aus dem Bad.

Ich unterbrach die Verbindung. »Ja?«

»Was tust du da?«

»Ich lese.« Ich steckte das Handy in meine Handtasche, griff nach der Zeitschrift und hatte mich gerade gesetzt, als Aric die Tür öffnete.

»Was habe ich da eben gehört?«

Sein Oberkörper war nackt, um die Hüften hatte er ein Handtuch geschlungen. Ein hübscher Anblick.

Wir schliefen im selben Zimmer, und er stand halb nackt vor mir. Da konnten wir uns wirklich auch genauso gut duzen.

»Wahrscheinlich hast du mich singen gehört«, sagte ich. »Wie wär's mit einer Kostprobe? Magst du *Oklahoma* oder *Brigadoon* oder die Dixie Chicks?«

Er begann, sich mit einem anderen Handtuch das nasse Haar zu trocknen. »Du hast nichts als Unsinn im Kopf. Geh jetzt auch unter die Dusche.«

Ich marschierte erhobenen Hauptes ins Bad. Mein Gott, wie sehr fehlte mir Hank.

Als ich am nächsten Morgen die Eingangstür öffnete, war die Sonne noch nicht aufgegangen. Sterne waren nicht mehr zu sehen, der Himmel war dunkelgrau, fast schwarz. Aric hatte mich viel zu früh geweckt. Ich fragte den Verwalter, ob ich das *New Mexico Magazine* mitnehmen könne, weil ich den Artikel über den Nationalpark zu Ende lesen wollte, und sein gleichgültiges »Meinetwegen« bedeutete, dass ich während der Fahrt nicht auf Lektüre verzichten musste.

Ich kaute auf einem fade schmeckenden Brötchen herum, während Aric sich einen frischen Priem Kautabak in den Mund schob. Er war von Kopf bis Fuß im Stil des Westens gekleidet, von dem Stetson bis zu den blank polierten Cowboystiefeln.

»Du siehst aus wie ein Möchtegerncowboy«, bemerkte ich.

»Danke für das Kompliment, Ma'am.«

Zwei Stunde später brannte die Sonne vom Himmel. Wir bogen auf eine weitere, nicht asphaltierte Wüstenstraße ab, die kein bisschen anders aussah als jene, die wir gerade verlassen hatten.

»Wie schaffst du es, dich hier nicht zu verfahren?«, fragte ich.

»Ich lebe hier.«

Ich dachte an das Bostoner South und North End und an Beacon Hill, wo ich mich blind auskannte.

»Wie weit ist es noch bis zu diesem Laden, *Land's End Trading?*«

»Nicht mehr weit.«

»Das hast du vor einer Stunde auch schon gesagt.«

Er lächelte.

»Wie sieht unser Plan aus?«

»Der alte Mann dort wird uns etwas über den Knochenmann erzählen können. Wir müssen ihn nur zum Reden bringen. Wir besuchen ihn, um verpfändete Schmuckgegenstände zu kaufen.«

»Schmuck, den Angehörige deines Stammes verpfändet haben?«

»Wie auch Stammesmitglieder der Navajo oder Hopi. Zum größten Teil ist das wertloser imitierter Krempel, der gar nicht von Indianern stammt. Halt die Augen offen und achte darauf, ob dir etwas auffällt, das mit dem Knochenmann zu tun haben könnte.«

»Warum sollte er so was an Fremde verkaufen?«

»Weil er Hehlerware loswerden will. Die könnte zu einer Belastung werden. Möglich, dass wir ihn austricksen müssen.« Er hob eine Hand und lächelte. »Außerdem sollte er in dir nicht gleich die Frau aus der Großstadt erkennen, Tally Whyte.«

»Kein Problem.«

Ein Schild, *Land's End Trading.*

Wir bogen auf einen staubigen Parkplatz, und Aric hielt an der einzigen Zapfsäule vor dem Laden. Es war kein anderes Fahrzeug zu sehen.

»Da wären wir«, sagte Aric. »Mach alles richtig.«

Er knallte die Wagentür so laut zu, dass meine Antwort in dem Lärm unterging. Dann griff er nach der Zapfpistole und begann den Tank zu füllen.

»Beeil dich«, sagte er. »Normalerweise ist hier einiges los. Das ist der einzige Laden weit und breit. Fürs Shopping bleibt keine Zeit.«

Fast hätte ich gelacht. Glaubte er, ich sei zu einem gemütlichen Einkaufsbummel hier? »Ja, Sir.«

Er wies mit einer Kopfbewegung auf das rot gestrichene Gebäude mit einem Bogen über dem Eingang. Neben dem Laden beherbergte es auch noch einen Coffeeshop. Die Fensterläden waren türkisfarben und benötigten dringend einen neuen Anstrich.

Ich stieg aus und strich meinen Rock glatt. Dann setzte ich eine Baseballkappe und die Sonnenbrille auf.

»Vergiss es«, sagte Aric.

Er hatte recht. Das wirkte etwas zu cool in dieser Umgebung. Ich warf die Kappe und die Brille auf den Sitz und griff nach dem auf der Rückbank liegenden Strohhut, den ich in Gallup gekauft hatte.

Ich ging auf den Eingang zu, drehte mich aber noch einmal um. Aric blickte mir nach. Der Knochenmann, also dann. *Auf geht's.*

Es ging ein böiger Wind, und die Fliegentür schlug hin und her. Das gab mir zu denken. Etwas stimmte nicht.

Angesichts des Windes und des Sandes hätte sich hier jeder etwas einfallen lassen, um die Fliegentür zu arretieren. Definitiv, hier stimmte etwas nicht. Ich biss mir auf die Unterlippe. Vielleicht wurde ich beobachtet. Es war besser, ohne weiteres Zögern den Laden zu betreten. Wenn ich noch einmal zu Aric zurückging, würde das auf einen Beobachter seltsam wirken.

Doch wenn ich eintrat, wurde ich vielleicht von denjenigen erwartet, die hinter dieser ganzen Geschichte steckten.

Ich drehte mich zu Aric um. »Honey, ich geh rüber zur Hinterseite des Schuppens. Ich muss mal auf die Toilette. Vielleicht gibt es da eine.«

»Meinetwegen.«

Ich ging um das Haus herum. Keine Autos, keine Pick-ups. Vor meinen Füßen flüchtete eine kleine braune Eidechse. Die Scheibe eines nach Osten gehenden Fensters war zerbrochen. Ich stellte mich auf die Zehenspitzen, beschirmte meine Augen mit einer Hand und spähte ins Innere.

Viel konnte ich nicht erkennen. Es war finster. Einen Holzboden, Regale. Das hier war eine Sackgasse.

Der Wind ließ etwas nach, und als ich weiterging, knirschte der Sand unter meinen Sohlen. Die Sonne wärmte meine Wangen. Ringsum nichts als Wüste, im Westen ein paar Berge. Sehr karg alles und doch wunderschön.

Die Hintertür war verschlossen.

Ich ging weiter um das Gebäude herum, und bald stand ich wieder vor dem Eingang des Ladens. Ich fühlte mich nicht sicherer als zuvor, hatte aber alles getan, um mich nicht zu dumm anzustellen. Ich fragte mich, warum Aric nicht mit mir hineingehen wollte.

Ich blickte auf mein Handy. Das Signal war da. Kein besonders starkes, aber immerhin. Ich zog die Fliegentür auf und trat mit angehaltenem Atem in den kühlen, dämmrigen Laden.

Das Licht war nicht eingeschaltet. Ich hörte auch keine Ventilatoren summen, was mir merkwürdig erschien. Aber zumindest hatte sich niemand auf mich gestürzt und mich erschreckt. Ich atmete tief durch und …

Scheiße.

Der unverwechselbare Geruch des Todes stieg mir in die Nase. Doch da war noch etwas anderes, etwas nicht Vertrautes.

Ich trat leise hinter ein Regal mit Bohnen-, Erbsen- und Maiskonserven, wo ich mein Handy aufklappte und es auf Kamerabetrieb einstellte. Auf dem kleinen Display fiel mir nichts Ungewöhnliches auf, aber ich machte trotzdem ein paar Schnappschüsse.

Wieder hörte ich die Stimme meiner Pflegemutter, die mir tausendmal geraten hatte, mir eine Pistole anzuschaffen.

Ich trat hinter dem Regal hervor und tastete mich vor. Der Gestank ließ mich fast ersticken. Wo zum Teufel blieb Aric?

Schachteln und Tüten mit Pasta, Tacos und Plätzchen stapelten sich in den Regalen. In den Gängen dazwischen war niemand zu sehen. Zumindest noch nicht.

Verdammt, Aric.

Das Licht ging an. Ich geriet ins Taumeln und hielt mich an einem Regal mit Konserven fest.

»Tally?«, fragte Aric.

»Ja, hier.«

»Alles okay, du kannst rauskommen.«

Ich spähte um die Ecke und näherte mich durch den mittleren Gang der Theke.

Nichts war okay, gar nichts. Aric beugte sich hinter der Theke über eine Leiche. Der Tote trug Jeans, ein kariertes Hemd und Cowboystiefel. Neben ihm lag ein blutender Köter mit grauem Fell, vielleicht ein Mischling. Er erinnerte an einen Kojoten.

Immerhin atmete er noch. Im Gegensatz zu dem Ladenbesitzer.

Die Theke war zerkratzt, darauf stand eine altmodische Registrierkasse. Die Lade war geschlossen. Abgesehen von der Leiche und dem blutenden Hund wirkte nichts ungewöhnlich.

Der Tote war ein alter Mann gewesen.

Der Hund winselte.

Ich fand ein sauberes Geschirrtuch und kniete neben dem Tier nieder.

»Lass es«, sagte Aric. »Er beißt dir die Hand ab.«

»Schon möglich.« Ich redete auf den Hund ein, versuchte ihn zu beruhigen, doch wenn meine Hand sich seiner Wunde näherte, knurrte er. Was verständlich war, ich hätte es an seiner Stelle genauso gemacht.

»Kannst du ihn festhalten, Aric? Nur so lange, bis ich ihn verbunden habe?«

»Bei Gott, du bist total verrückt.«

»Mag sein, aber er ist bei seinem Herrchen geblieben, obwohl er sich nicht mehr auf den Beinen halten konnte. Wenn wir es schaffen, die Blutung zu stillen, könnten wir ihn zu einem Tierarzt bringen und ...«

Aric schnaubte, sprang auf und kam mit einem Paket von Mullbinden zurück, von denen er einige um die Schnauze des Hundes band. Dann nahm er Coyote, wie ich ihn jetzt nannte, in die Arme, und ich sprühte die Wunde mit einem Antiseptikum ein, das ich in einem der Regale gefunden hatte. Dann verband ich die Wunde. Coyote mochte das überhaupt nicht.

Ich nahm eine Schüssel von einem Regal in einem Seitengang und füllte sie mit Wasser. Dann öffnete ich eine Dose mit Hundefutter und füllte es in eine andere Schüssel.

»War's das?«, fragte Aric.

»Ja, ich denke schon.«

Er ließ den Hund los und sprang zurück.

»Hast du Angst, dass er dich beißt?«, fragte ich. »Er ist halb tot.«

Die Schnauze des Hundes zuckte. Er schaffte es, sich ein Stück auf den Hinternbeinen aufzurichten, war aber zu schwach und fiel wieder hin. Ich schob die Wasserschüssel näher an ihn heran, und er begann zu trinken.

»Braver Hund.«

»Können wir uns jetzt mit dem beschäftigen, was wirklich zählt?«, fragte Aric.

»Natürlich.«

Ich sah mir die Leiche des alten Mannes zum ersten Mal genau an. Armes Schwein. Zwei Kugeln hatten ihn in die Brust getroffen. Seine Gesichtsfarbe war grau, die Wangen waren eingesunken. Er hatte sich länger nicht rasiert. Fliegen summten um seinen Kopf.

Das hatte er nicht verdient, dieser Alte. Ich kauerte mich nieder. Es war schwer zu sagen, ob er ein Angloamerikaner oder ein Indianer war. Oder ein Mestize.

Ich berührte sein Gesicht. So ein einsamer, trauriger Tod. Coyote knurrte, und ich musste lächeln. Nein, ganz allein war der Alte nicht gestorben.

Ich zog das Handy aus der Handtasche. Mein Fotoapparat war mir bei dem Unfall abhandengekommen, aber die Handykamera würde reichen. Ich machte ein halbes Dutzend Schnappschüsse von der Leiche und dem Hund, und dann ging ich durch den Laden, um Regale, Waren und Kunsthandwerk zu fotografieren.

Der Staub ließ mich niesen, und ich stibitzte ein Päckchen Papiertaschentücher.

»Bist du fertig?«, fragte Aric.

»Fast.« Ich trat hinter die Theke und schoss auch da ein paar Fotos. Hoffentlich fing die Kamera ein, was mir auf Anhieb nicht auffiel. Das Deckenlicht flackerte, die Neonröhren mussten ausgetauscht werden. Aber wahrscheinlich war das nicht mehr wichtig, zumindest nicht für den toten Alten.

Aric ging vor der Leiche auf und ab.

Ich setzte mich im Schneidersitz auf den staubigen Boden. »Fällt dir irgendwas auf?«

Er schüttelte den Kopf. »Nein. Dir?«

Ich zuckte die Achseln. »Nichts wirklich Bemerkenswertes. Ist er der Knochenmann?«

»Ich glaube nicht. Natalie war ein vorsichtiges Mädchen. Ich bezweifle, dass der Knochenmann so einen Laden führen würde. Zu öffentlich.«

»Also, wer ist der Knochenmann? Oder *was,* vielleicht? Ich möchte wissen, wie der Tod dieses Alten mit dem Schädel in dem Topf zusammenhängt, den ich für den einer Zeitgenossin halte.«

Ich wollte die Polizei anrufen, aber als ich die erste Taste drückte, legte Aric seine Hand auf meine.

»Was soll das?«

»Bist du verrückt?«, fragte er wütend. »Hast du vergessen, was passiert ist? Den Unfall? Den Mann, der dich entführen wollte?«

»Nein, aber wir müssen das hier melden. Er sollte nicht so hier liegen bleiben.«

»Wir müssen ihn so liegen lassen, Tally.«

»Aber …«

»Es muss sein.«

Ich beugte mich noch einmal über die Leiche, und zum ersten Mal fielen mir die Verbrennungsspuren um eines der Einschusslöcher auf. Und das Gesicht des Alten … Ich lehnte mich zurück, versuchte, mich auf meine Intuition zu verlassen. Seine Miene verriet … Überraschung. Ja, Erstaunen.

»Ich glaube, er kannte seinen Mörder«, sagte ich. »Nichts in Unordnung. Verbrennungsspuren auf seinem Hemd. Der Killer muss ihn aus nächster Nähe erschossen haben. Und seine Miene spiegelt Überraschung.«

»Das sehe ich genauso.« Aric schlug sich auf die Oberschenkel. »Komm.« Er zerrte an meinem Arm.

Ich riss mich los. »Nicht ohne Coyote.«

Er stemmte die Hände in die Hüften. »Ich dachte, du willst herausfinden, wer deine Freundinnen umgelegt hat.«

Ich schüttelte den Kopf. »Aber der Hund lebt, Aric. Er hat ein Halsband. Ich werde eine Leine suchen und …«

»Er wird dich in den Hintern beißen.«

»Halt die Klappe. Wenn wir ihn nicht mitnehmen, stirbt er.« In dem Laden gab es ein Regal mit Artikeln für Haustiere, und ich griff nach einer Leine und einem blauen Maulkorb aus Stoff. Ich riss eine Büchse mit Hundefutter auf.

Da bemerkte ich, dass ich selbst hungrig war. Merkwürdig.

Ein Telefon klingelte, und ich zuckte zusammen. Als ich mich in dem Raum mit der niedrigen Decke umsah, fiel mir ein klingelnder Münzfernsprecher auf.

»Warum gehst du nicht dran?«, fragte ich Aric.

»Endlich hast du mal eine gute Idee.«

Ich kauerte mich vor Coyote nieder. Er knurrte, machte aber keine Anstalten, mich zu beißen. Ich redete auf ihn ein, um ihn zu beruhigen, sagte, er müsse sein Herrchen verlassen, aber alles komme wieder in Ordnung, und wir würden uns um ihn kümmern.

Ich blickte zu Aric hinüber, der gerade den Hörer des Wandtelefons abnahm. »Ja, hallo?«

Er lauschte, nickte dann. »Ich sehe nach. Bleiben Sie dran.«

Ich kraulte den Hund unter dem Kinn und zwischen den Ohren, was Penny besonders gern hatte. »Braver Hund, ich leg dir jetzt mal die Leine an, okay?«

Seine goldenen Augen spiegelten zugleich Misstrauen, Schmerz und Hoffnung. Ich gab ihm einen kleinen Leckerbissen und nahm ihn an die Leine. Okay, das hatte geklappt.

»Das ist jetzt nicht besonders erfreulich, aber es muss sein, Coyote.« Seufzend steckte ich seine Schnauze in den Maulkorb. Er zog sie blitzschnell zurück und biss mich in die Hand.

»Scheiße!«

»Halt die Klappe«, sagte Aric, die Hand auf der Sprechmuschel.

Coyote jaulte. Er wirkte schuldbewusst und leckte meine Hand. Er bedauerte, mich gebissen zu haben, doch das half nicht gegen den Schmerz. So ein Mist. Ich hätte warten sollen, bis Aric zurück war. Es war meine eigene Schuld.

Ich saß da und redete leise auf den Hund ein. Ich betrachtete meine blutende Hand und wartete darauf, dass Aric auflegte. Ich verfluchte meine eigene Dummheit und dachte an Tetanus und Tollwut und andere üble Dinge.

»Was machen wir bloß, Coyote?«

16

Aric hängte behutsam den Hörer des Wandtelefons ein.

»Aric, ich …«

Als er auf mich zukam, sah er mich nicht, war ganz in sich versunken. Er dachte darüber nach, was ihm die Person am anderen Ende der Leitung gerade gesagt hatte.

Meine Hand schmerzte, aber er brauchte Zeit, um die Neuigkeiten zu verdauen. Er würde mich erschießen, wenn er sah, was passiert war. Ich musste es auf mich nehmen. Es war nicht die Schuld des Hundes.

Ich wartete. Etliche lange Minuten verstrichen. Aric trat hinter die Theke, griff in die Tasche und zog dünne Gummihandschuhe hervor. Interessant. Er hatte einen Wissensvorsprung. Ich sah nicht das ganze Bild.

»Bin gleich wieder da.« Ein Schild in Form eines Pfeils und mit der Aufschrift *Toilette* wies mir den Weg.

Aric murmelte noch etwas vor sich hin, doch ich verstand es nicht.

Die Toilette diente zugleich auch als Lagerraum, wo bis unter die Decke Kartons aufeinandergetürmt waren. Es gab nur eine Kabine, die Toilette schien halbwegs sauber zu sein. Nachdem ich sie benutzt hatte, griff ich nach der Seife und drehte den Wasserhahn auf. Ein paar Tropfen kamen heraus, das war alles. Ich fand eine Flasche Mineralwasser, öffnete sie und wusch die Wunde aus. Es tat höllisch weh. Mithilfe der Seife schaffte ich es, den Ring, den Veda mir geschenkt hatte, von meinem kleinen Finger zu ziehen. Die Schwellung gefiel mir gar nicht.

»So ein Mist.« Die Hand schmerzte noch immer teuflisch. Ich wusch die Wunde erneut aus, trocknete sie mit einem Papierhandtuch, sprühte jede Menge Antiseptikum darauf und verband sie schließlich mit einem Pflaster. Wer wusste schon, wo Coyote sich überall herumgetrieben hatte. Im Moment hätte mir eine Infektion gerade noch gefehlt. Tollwut? Tetanus? Lächerlich. Ich hatte mich immer pünktlich gegen Tetanus impfen lassen. Und wer infizierte sich heutzutage noch mit Tollwut?

Was hatte Aric erfahren? Und warum hatte ein Zuni Gummihandschuhe dabei? Fragen über Fragen.

Ich zog das Handy aus der Tasche und wählte Hanks Nummer, aber es sprang sofort die Mailbox an. Nachdem ich meine neue Handynummer durchgegeben hatte, sagte ich, wo ich war und mit wem ich unterwegs war.

Dann rief ich Carmen an. Es klingelte einmal, zweimal …

Ein lautes Krachen. Ganz in der Nähe. Ein Schuss.

Ich griff nach meinem Pfefferspray und wollte losrennen.

Dann glaubte ich Hanks Stimme zu hören.

Bist du verrückt, Tal? Mit Pfefferspray lässt sich gegen Kugeln nichts ausrichten. Bleib erst in Deckung. Später kannst du helfen.

Wieder ein Schuss. Aus einer anderen Waffe? Mist

Bleib erst in Deckung.

Hatte Aric eine Pistole? Ich wusste es nicht.

Ich schaltete das Licht aus, trat wieder in die Kabine und schloss die Tür, die dummerweise laut quietschte. Ich wollte abschließen, doch das wäre ein Fehler gewesen. Wenn jemand hereinkam und sah, dass die Kabine besetzt war …

Ich hängte meine Handtasche an den Türhaken.

Nachdem ich das Pfefferspray weggesteckt hatte, setzte ich mich auf den Toilettendeckel. Meine Hand schmerzte so übel, dass ich Sterne sah.

Wichtig war jetzt, dass ich die Ruhe bewahrte. Ich lauschte.

Kein Geräusch aus Richtung des Ladens. Doch das hatte nichts zu bedeuten. Es konnte jeden Augenblick wieder losgehen.

Verhielt ich mich richtig? Oder sollte ich doch nach vorne

stürmen? Ich musste lächeln. Mit gezückter Pfefferspraydose? Oh ja, eine großartige Idee …

Die Eingangstür der Toilette öffnete sich quietschend.

Ich schluckte. Mir wurden die Knie weich, die Hand schmerzte. Mir tropfte Schweiß von der Stirn. Angstschweiß.

Ruhig und regelmäßig atmen, Tal.

Das Licht wurde eingeschaltet.

Die Glühbirne über meinem Kopf flackerte.

Ich wünschte, dass meine Beine sich nicht so taub angefühlt hätten. Zum Teufel …

Ich zog das Pfefferspray hervor und hielt es in der ausgestreckten Hand. Ich stellte mir vor, wie ein Killer die Tür aufriss und ich ihm das Spray mitten ins Gesicht sprühte.

Ich schloss die Augen, betete, dass meine Kräfte mich nicht im Stich lassen würden.

Ich hörte Schritte auf den Holzdielen. Er kam näher.

Nein, er ging zum Waschbecken, entfernte sich von der Kabine.

Wenn ich mich auf die Toilette stellte, konnte ich ihn sehen. Es musste sein.

Der Toilettensitz wackelte.

Mist.

Ein großer, stämmiger Mann. Ein schwarzer Stetson mit einer Feder im Hutband. Er drehte sich um, und ich sah, dass sein Arm blutete. Hatte Aric auf ihn geschossen? Und wo *war* Aric?

Der Toilettendeckel wackelte erneut.

Ich wollte mich an der Seitenwand der Kabine festhalten, griff daneben und fiel nach vorne. Der Typ wirbelte mit gezückter Pistole herum. Er zielte auf meinen Kopf.

Ich sprühte Pfefferspray auf ihn.

Leider trug er eine Brille. Der Typ lachte nur und zog den Hahn seines großen Revolvers zurück.

»Nein!«

Ein lautes Krachen.

An der linken Schläfe des Fremden breitete sich ein Blutfleck aus. Die Kugel trat an der anderen Schläfe wieder aus, riss Knochensplitter und Gehirngewebe mit sich. Der Revolver entglitt seinen Fingern und fiel zu Boden.

Wie mein Pfefferspray. Ich klammerte mich krampfhaft an der Kabinentür fest. Meine Beine zitterten. Ich hatte Angst, weil ich nicht wusste, wer geschossen hatte.

Ich blickte in Richtung Tür. »Aric!«

»Ich habe mich gefragt, wo du steckst.« Er hatte die Arme vor der Brust verschränkt und lehnte lässig an der Wand, ganz der stoische Cowboy.

»Mein Gott.« Ich stieg von der wackeligen Toilette herunter. »Ich wusste nicht, dass du eine Pistole hast.«

»Du hast verdammtes Glück gehabt.«

Ich schnappte mühsam nach Luft.

Aric legte einen Arm um mich, und ich drückte mich an ihn. Es war ein gutes, beruhigendes Gefühl. Ich brauchte das jetzt.

»Alles in Ordnung?«, fragte er.

»Na klar, einfach super, Aric. Wir finden da vorn den Toten, und dann fängt dieser Gangster an zu ballern. Da muss doch alles in Ordnung sein.«

Er schnaubte. »Sarkasmus ist die Zuflucht schwacher Geister.«

»Von wem ist das?«

Er zuckte die Achseln. »Teufel, ich weiß es nicht mehr.«

Ich kicherte. Hank brachte mich auch immer zum Lachen. Er fehlte mir so sehr. »Und bei dir? Keine Schusswunden?«

»Nicht eine.«

Ich lehnte mich an das Waschbecken, benetzte ein Papierhandtusch mit Mineralwasser und wischte mir damit übers Gesicht.

»Eine Wunderwaffe.« Er zeigte auf das Pfefferspray.

»Wer ist hier sarkastisch?« Ich trat zu dem Toten. Auf dem Boden hatte sich eine Blutlache gebildet. Ich achtete darauf, Aric nicht meine geschwollene Hand sehen zu lassen. Der Tote sah wie ein Möchtegerncowboy aus. Er war unrasiert, hatte ein winziges Kinnbärtchen und ein Lara-Croft-Tattoo am Hals.

»Setz dich hin«, sagte Aric.
»Moment noch. Dieser Typ … Irgendwas ist da komisch.«
»Das ist eine Untertreibung.«
Die Jeans des Toten war verwaschen und weit geschnitten. Ich ließ mir einen Stift von Aric geben und hob vorsichtig ein Hosenbein an. Die Cowboystiefel waren hoch und an den Seiten mit Blitzen verziert. Die Sohlen waren kaum abgelaufen.
»Teure Stiefel«, sagte ich. »Du hast die Gummihandschuhe. Sieh mal nach, von welcher Firma das Hemd ist.«
»Wen zum Teufel interessiert das?«
»Mich. Und hör auf, hier den Desinteressierten zu spielen. Du kannst es doch gar nicht abwarten, dass ich den Raum verlasse, damit du ihn unter die Lupe nehmen kannst. Also, sieh nach.«
Er antwortete nicht, kauerte sich aber neben dem Toten nieder. »Also gut, das Hemd. Die Marke heißt Patagonia.«
»Hab ich's mir doch gedacht. Zu Weihnachten habe ich meinem Freund ein ähnliches Hemd geschenkt. Was steckt in seinen Taschen?«
Er durchsuchte sie. »Merkwürdig. Nichts.«
»Okay, dann sollten wir besser verschwinden. Irgendjemand hat ihn hier abgesetzt und kommt bestimmt zurück, um ihn wieder abzuholen.«

Die Reifen des Landrovers wirbelten Staub auf, als wir den Parkplatz des *Land's End Trading* verließen. Ich blickte über die Schulter. Vielleicht hatte ich Angst, dass uns ein Geist folgte. Wir hatten zwei Tote zurückgelassen – einen bemitleidenswerten alten Mann und den Typen, den Aric eben erschossen hatte. Coyote schlief auf der Rückbank. Ich wollte noch eine Weile warten, bevor ich Aric meine Hand zeigte. Der pochende Schmerz war kaum zu ertragen. Mit Infektionen war nicht zu spaßen. Aber vielleicht war ja nichts Schlimmes passiert.
Irgendetwas an dem Toten auf der Toilette ließ mich nicht los. Ich hatte ihn schon einmal gesehen, aber nicht hier im Westen. Ich schüttelte den Kopf. Vielleicht bildete ich es mir

nur ein. Ich konnte mich an niemanden mit einem Lara-Croft-Tattoo erinnern. Oder …

Aus dem Augenwinkel nahm ich eine Bewegung wahr. Ein gutes Stück entfernt wirbelte ein anderes Fahrzeug in der ebenen Wüstenlandschaft Sand auf.

»Siehst du das Auto, da hinten rechts?«

»Es ist mir schon vor fünf Minuten aufgefallen.«

»Auf den Fahrer wartet eine üble Überraschung, wenn er zum *Land's End Trading* will.«

An einer Kreuzung bog Aric nach rechts ab. Wir fuhren auf die in der Ferne sichtbaren Berge zu, deren Namen ich nicht kannte.

»Oder er ist ein Kumpel des Toten auf dem Klo«, sagte er. »Möglich, dass er Vollgas gibt und uns folgt.«

Ich war todmüde. In dem Wagen roch es nach einem dreckigen Köter und unserem Schweiß. Wenn ich die Augen schloss, sah ich immer wieder den Typ mit dem Kinnbärtchen, der seinen Revolver auf mich richtete.

Der tote Alte. Ein armer Hund. Ein langes Leben mit einem unglücklichen Ausgang. Ich drehte mich um und kraulte Coyote mit meiner gesunden Hand. Er war ganz brav, jetzt, wo er nicht mehr neben der Leiche seines Herrchens ausharrte.

Ich drückte meine rechte Wange gegen das Seitenfenster und spürte die Wärme der Sonne. Ich musste Aric das mit der Hand erzählen. Aber ich war total kaputt.

Ein Nickerchen. Das würde mir guttun. »Ich werde ein bisschen schlafen.«

»Nur zu.«

Eine Melodie. In meinem Kopf. Halt, nein … Ich öffnete die Augen, hörte die Melodie immer noch. Ja, natürlich.

Ich zog das Handy aus der Tasche. Eine unbekannte Nummer. Aber ich hätte gewettet, dass es … »Hallo?«

»Wo zum Teufel treibst du dich rum?«

Hank. Gott, war ich glücklich. »In New Mexico. Ich bin auf dem Weg nach Gallup und habe …«

»Lass es!« Aric riss mir das Telefon aus der Hand und warf es aus dem Fenster.

»Was soll das?«

»Hier wird nicht telefoniert. Du darfst niemandem etwas erzählen.«

»Du wusstest, dass ich mir in Gallup das Handy gekauft habe. Wo ist das Problem? Meine Freunde in Boston werden sich Sorgen machen. Sie werden nach mir suchen. Das gerade war mein Freund.«

»Wenn wir in Gallup sind, kannst du ihn von einem Münzfernsprecher aus anrufen.«

»Gibt's so was überhaupt noch?«

»Ja, bei armen Schluckern wie den Rothäuten gibt's die tatsächlich noch.«

»Wenn du nicht selbst ein Indianer wärest, könnte man glauben, du hättest Vorurteile.«

»Hab ich.«

Ich lehnte mich zurück. Bestimmt hatte Hank einen Wutanfall gekriegt. Aber immerhin wusste er nun, dass ich in New Mexico war. »Wann sind wir in Gallup?«

»In einer knappen Dreiviertelstunde.«

»Gut. Wir müssen Coyote zum Veterinär bringen. Ich brauche auch einen Arzt.«

»Soll das ein Witz sein?« Er öffnete eine Dose Red Bull und trank.

»Nein. Mir geht's nicht besonders gut.« Meine Hand war geschwollen, und wenn ich mich nicht irrte, eiterte die Wunde. Als ich sie hob, um sie Aric zu zeigen, wurde der pochende Schmerz noch schlimmer.

»Ach, du Scheiße.«

Als ich meine Glieder streckte, tat mir alles weh. Ich blinzelte ein paarmal, um richtig wach zu werden. Ich saß noch immer in dem Landrover, doch Aric hatte an einer modernen Tankstelle angehalten, die sehr viel weniger Charme hatte als das *Land's End Trading.* Als Aric zurückkam, reichte er mir einen Becher mit der Aufschrift *Allsup's.*

»Orangensaft«, sagte er. »Trink.«

Ich nahm einen Schluck. Meine Kehle brannte. »Ich bin nicht besonders durstig. Vielleicht habe ich Fieber.«

»Trink trotzdem.«

Ich versuchte es erneut. Für mich hätte es Säure sein können. Ich streckte die Hand nach dem Türgriff aus. »Ich hole mir Wasser und rufe Hank an.«

Er legte den Gang ein und gab Gas.

»Verdammt!« Selbst das Sprechen tat weh. Vor meinen Augen drehte sich alles, und dann musste ich mich erbrechen. Ich konnte kaum noch die Augen offen halten.

»Ich bringe Coyote zu einem Bekannten von mir. Dich auch. Bis dahin wird nicht telefoniert.«

»Wie du meinst.« Ich blickte auf meine geschwollene Hand. »Hoffentlich sind wir bald da.«

Wieder wachte ich in einem dunklen Zimmer auf. Allmählich wurde es zur Gewohnheit, wenn auch zu keiner guten. Ich hatte einen schlechten Geschmack im Mund, und der pochende Schmerz in meiner Hand war immer noch da. Mit der heilen Hand suchte ich nach einem Lichtschalter, aber ohne Erfolg. Als ich mich aufsetzte, wurde mir schwindelig.

»Verdammt.« Ich atmete ein paarmal tief durch. »Aric?«

Ich betastete meine geschwollene Hand. Mullbinden. Aua. Trotzdem fühlte es sich anders an, vielleicht besser?

Ich musste aufstehen, von hier verschwinden. Die Abhängigkeit von Aric war zu groß. Ich glaubte, dass er ein guter Mensch war, doch was, wenn ich mich täuschte? Wenn ich die ganze Zeit über zum Narren gehalten worden war?

Konnte ich überhaupt klar denken? Ich war mir nicht sicher.

Mit den Füßen ertastete ich meine Schuhe, und ich zog sie

an. Dann richtete ich mich auf wackeligen Beinen auf. Ich atmete ein paarmal tief durch und schaffte es tatsächlich, mich auf den Beinen zu halten. Immerhin.

Vielleicht hatten die Killer Aric geschnappt. Dann war ich als Nächster an der Reihe.

Als ich gegen den neben dem Bett stehenden Nachttisch stieß, klackerte etwas leise. Tabletten? Zwei Fläschchen? Ja. Ich steckte sie in die Tasche meines Rocks. Meine Brieftasche. Gott sei Dank. Ich schob sie in die andere Tasche. Mehr brauchte ich nicht.

Ich ging an der Wand entlang und suchte in der Finsternis nach einer Tür. Mir war elend zumute – Magenschmerzen, Kopfschmerzen, die Hand. Aber ich konnte es schaffen, musste es schaffen. Ich wollte nur noch von hier verschwinden.

Als ich die Tür gefunden hatte, griff ich nach dem Knauf und öffnete sie einen Spaltbreit.

Trübes Licht sickerte in den Raum. Ein gekachelter Boden. Vielleicht war ich in der Praxis eines Arztes oder Veterinärs. Das hätte den Verband an meiner Hand erklärt. Ich trat aus dem Zimmer, ging dicht an der Wand entlang. Abhauen, das war mein einziger Gedanke. Ich musste mit Hank telefonieren.

Vor irgendwoher hörte ich Stimmen, dunkel und melodisch. Ich spähte um eine Ecke. Aric, an einer Theke lehnend. Er hielt einen Drink in der Hand und lächelte eine attraktive braunhaarige Frau an. Am anderen Ende des Raums, vor der Küche, wie ich vermutete, stand ein Sofa, und darauf lag Coyote. Mit einer frisch verbundenen Schulter. Gut. Aber irgendetwas gefiel mir nicht, und ich hatte ein ungutes Gefühl.

Die Tabletten. Ich hielt die beiden Fläschchen ins Licht. Percocet, ein Schmerzmittel. Kein Wunder, dass ich leicht benebelt war. Und Amoxicillin, ein Antibiotikum. Meine Hand war so dick verbunden, dass sie an einen Baseballhandschuh erinnerte.

Warum hatte ich hier trotzdem ein schlechtes Gefühl?

Ich ging nach rechts, öffnete eine andere Tür, sah eine Waschmaschine, einen Wäschetrockner, ein Dampfbügeleisen.

Ich schob den Riegel vor, durchquerte den Raum und verschwand durch die andere Tür.

Dahinter lag der Hof. Ein Swimmingpool, Kakteen, ein künstlicher Wasserfall. Und ein wunderschönes schmiedeeisernes Tor, das vermutlich verschlossen war. Was nun?

Ich musste nachdenken und setzte mich. Ich hatte schon schlimmere Orte gesehen.

An dem Tor fuhr ein Auto vorbei. Dann noch eins und noch eins.

Aber es war derselbe Wagen, oder? Der Fahrer setzte vor und zurück. Merkwürdig.

Ich wollte aufspringen und winken, überlegte es mir aber anders.

Teufel, saß ich in der Falle? Angst schnürte mir die Kehle zu, und ich begann unkontrolliert zu zittern. Ich legte den Kopf auf die Knie.

»Hey, meine Süße.«

Über dem Tor sah ich eine Hand, hektisch winkend, mit grellrosa angemalten Fingernägeln.

»Komm her, böses Mädchen!«

Jemand rief mich. Vielleicht hatte ich auch Halluzinationen.

»Hey, Girlie.«

Ich stand mühsam auf und taumelte zu dem Tor. Das Auto setzte weiter vor und zurück, und darin saß eine Frau mit einem roten Kopftuch, unter dem rote Locken hervorquollen.

Ich hätte diese Frau erkennen müssen, oder? Dieses Gesicht … Die Medikamente hatten mir wirklich das Gehirn vernebelt. Ich zog an dem Tor, aber es war natürlich verschlossen.

»Hilfe«, wimmerte ich. »Können Sie mich hier rausholen?«

»Moment.«

Ein lautes Krachen. Ich wirbelte herum. Aric kauerte hinter dem Haus und zielte mit seiner 9mm-Pistole auf das Auto.

17

Nein!« Ich stolperte auf Aric zu, der sich zur Seite bewegte und erneut abdrückte.

»Geh ins Haus«, schrie er.

»Hör auf.«

»Geh rein«, stieß er zwischen zusammengebissenen Zähnen hervor.

»Erst, wenn du zu schießen aufhörst.«

Er packte meinen Oberarm und zerrte mich durch die Tür. Dann ließ er mich los, lehnte sich an die Wand und schloss die Augen.

»Du bist die schlimmste Nervensäge, die mir je über den Weg gelaufen ist.«

Ich hielt mich an der Handtuchstange fest und atmete tief durch. »Was ist eigentlich los? Und warum werde ich hier gefangen gehalten?«

»Gefangen? Komm schon, wir müssen verschwinden.«

Du musst Zeit gewinnen. »Ausgeschlossen. Ich muss einen Arzt aufsuchen.«

»Du bist bereits verarztet worden. Ist die Infektion erst wag, ist mit deiner Hand alles in Ordnung.«

»Ich bleibe hier.«

Er wedelte mit der Pistole herum wie mit einer Zigarre. »Vergiss es, du kommst mit.« Er packte erneut meinen Arm und zerrte mich durch die Waschküche und einen Korridor zu einer Hintertür.

Ich versuchte mich zu befreien, hatte aber keine Kraft. »Verdammt.«

Als wir uns der Tür näherten, ließ uns ein lautes Krachen wie angewurzelt stehen bleiben. Aric wirbelte herum und zog mich mit. Am anderen Ende des Korridors kniete der Rotschopf und zielte auf Aric.

»Scheiße«, fluchte Aric. »Bin gleich wieder da.« Er stieß mich von sich.

Ich geriet ins Taumeln und stürzte.

Aric war verschwunden, und ich war einem durchgedrehten Rotschopf mit einer Pistole ausgeliefert.

Auf Hände und Knie gestützt, starrte ich auf den Boden. Mir fehlte die Kraft, um aufzustehen. Ich glaubte, dass der Rotschopf jeden Augenblick abdrücken würde. Aric war einfach … abgehauen. Wie konnte er so etwas tun? Ich begriff es nicht.

Dann stand jemand vor mir. Ich rührte mich nicht. Hände fassten unter meine Achseln und zogen mich hoch. Arme schlossen sich um meinen Oberkörper, zogen mich näher. Mein Kopf lag unter ihrem Kinn. *Ihr* Kinn?

Es war ein sehr, sehr vertrautes Gefühl. »Hank? Warum die Frauenklamotten und die Perücke? Mein Gott, ich bin so froh, dich zu sehen. Du hast ja den Schnurrbart abrasiert!«

Er zog mich näher an sich heran, und auch ich schlang meine Arme um ihn.

Er küsste meine Stirn, meine Wange. Es war ein überwältigendes Gefühl. Nie zuvor hatte ich es so empfunden.

»Ich bin glücklich, dass du lebst, Honey«, sagte er leise und zärtlich. »Jetzt kann ich mir dich vorknöpfen.«

Nicht zum ersten Mal drängte ich Hank, schneller zu fahren. Ich saß angeschnallt auf dem Beifahrersitz des Mietwagens, und wir fuhren auf einer verstopften, zweispurigen Straße in der Nähe eines Golfplatzes. Männer und Frauen schwangen ihre Schläger. Es war ein kühler Morgen, der Himmel aber strahlend blau. Ich hatte Magenschmerzen und musste mich zusammenreißen, ihn nicht schon wieder zu bitten, endlich mehr Gas zu geben. Ich schloss die Augen. In Boston war der Himmel bestimmt grau, das Laub herbstlich gefärbt. Trotz des kühlen Windes trugen die Menschen bestimmt noch leichte

Jacken, weil sie so früh im Oktober noch keine dicken Wintersachen anziehen wollten.

Hank hielt an. Wir standen auf dem Parkplatz des Red Rock Animal Hospital.

»Bin gleich wieder da.« Er knallte die Tür zu und verschwand in der Tierklinik, jetzt ohne Perücke, Make-up und Frauenkleidung. Während der Fahrt hatte er kein Wort gesagt. Man hätte annehmen können, er sei neugierig, aber offensichtlich war er nur stinksauer.

Sein Schweigen, sein Zorn. Ich war froh, allein zu sein. Er hatte mich völlig ignoriert. Ich kramte in meiner Handtasche, aber das Handy war weg. Da fiel es mir wieder ein. Aric hatte das Telefon aus dem Autofenster geworfen. Ein Winseln von der Rückbank. Ich drehte mich erstaunt um. Coyotes Nase lugte unter einer Decke hervor. Wie hatte Hank es geschafft, den Hund mitzunehmen? Ich konnte es mir nicht vorstellen. Wollte es auch nicht.

Coyote träumte seine Hundeträume. Er winselte und strampelte mit den Beinen, vielleicht träumte er davon, hinter einem Kaninchen her zu sein. Schon immer hatte ich mich gefragt, wovon Hunde träumten. Kamen in diesen Träumen Menschen vor oder nur Tiere? Gab es in ihnen Bilder, Geräusche, Gerüche?

Wieder ein Winseln. Vielleicht glaubte er, wieder bei seinem toten Herrchen zu sein. Ich wusste, dass Hank einem Hund nie auch nur ein Haar gekrümmt hätte.

Ich konnte nicht klar denken. Warum hatte Aric mich allein zurückgelassen? Er hatte auf das Auto geschossen, vermutlich in der Annahme, dass darin jemand saß, der uns verfolgte. Warum war mein Gehirn so vernebelt? Zeitweilig hatte ich Aric als meinen Feind gesehen. Er war es nicht, davon war ich überzeugt. Zumindest glaubte ich das. Ich wünsche, man hätte mich nicht so mit dem Schmerzmittel vollgepumpt.

Ich klappte die Sonnenblende herunter und blickte in den Spiegel.

Mein Gott. Unordentliches Haar. Leichenblasses Gesicht, Lippen wie ein Zombie. Kratzer, Prellungen, die Schnittwunde.

Ich sah aus, als wäre ich einem Kinofilm von Tim Burton entsprungen.

Die Tür der Tierklinik öffnete sich. Ein großer und extrem dünner Mann in einem weißen Kittel kam neben meinem hünenhaften Lover auf das Auto zu.

Ich war durstig und suchte eine Wasserflasche. Ohne Erfolg.

Seltsam. Hank und der Weißkittel unterhielten sich eingehend. Der dünne Mann hielt etwas in der Hand, aber ich konnte nicht sehen, was es war. Ich richtete mich in dem Sitz auf. Mir tat alles weh.

Hank öffnete die Hintertür und streckte die Hand nach Coyote aus. Der begann zu knurren, doch der Weißkittel verpasste ihm blitzschnell eine Spritze.

»Was machen Sie da?«, fragte ich.

Coyote jaulte, und sein Kopf sank auf Hanks Unterarm.

»Haben Sie ihn eingeschläfert?«

»Halt den Mund, Tal«, sagte Hank. »Er schläft nur. Ihm geht's gut.«

»Hoffen wir's.«

Die beiden Männer unterhielten sich leise, und dann hob Hank Coyotes schlaffen Körper aus dem Wagen und trug ihn in die Tierklinik. Ich stieß die Wagentür auf, und selbst das fiel mir schwer.

Hatte ich jemals solche Schmerzen gehabt? Ich stolperte auf den Eingang zu und schaffte es irgendwie bis in die Klinik. Für Coyote war ich zuständig, nicht Hank.

»Was hast du vor?«, fragte ich.

Ein Mann mit einem Chihuahua auf dem Schoß starrte mich an, doch niemand sagte ein Wort, nicht einmal die Frau am Empfang. Dann kniff sie die Lippen zusammen und riss die Augen auf. Sie wirkte verängstigt. Sehr merkwürdig.

Ich setzte mich und beugte mich vor, um den Chihuahua zu streicheln.

Der Mann packte seinen Hund und wich zurück.

Richtig nett sind sie alle nicht zu mir.

Ich war zu groggy, um etwas zu sagen. Mir fielen die Augen zu, und ich schlief ein.

Ich sehe Aric. Sein Rücken steckt in einem weißen Büffelfell, das sich bis über den Kopf zieht und dort mit Hörnern und Federn geschmückt ist. Seine Brust ist nackt, aber er trägt mit Türkis und glänzenden Austernmuscheln besetzte Ketten, die im Rhythmus seiner Tanzschritte hüpfen. Ein gewebter Rock reicht von den Hüften bis zu den Knien, an den weichen Mokassins sind oben Glöckchen angenäht. An den Oberarmen und Handgelenken trägt er bunte, mit Türkis, Koralle und Silber geschmückte Bänder. In einer Hand hält er einen an beiden Seiten angespitzten Pfeil, in der anderen einen gefüllten Kürbis, der als Rassel dient. Er singt und tanzt. Es ist ein magischer Rhythmus, in dessen Takt auch ich mich bewege.

Er lächelt mich an, ich ergreife seine ausgestreckte Hand.

Ich tanze wie hypnotisiert im Rhythmus der Zuni-Trommeln. Nicht nur Aric lächelt, sondern auch seine Tante und seine zahnlose Großmutter.

Aric bewegt sich schneller, ich komme nicht mehr mit. Er springt auf und ab, wirbelt herum, das Büffelfell flattert. Jetzt tanzen auch Ben Bowannie, sein Berater und Natalie mit uns in diesem Rhythmus, der immer schneller wird.

Ein kalter Schatten kriecht über meine Schulter, Finger aus Eis. Die Angst lässt mich zusammenzucken. Aric schüttelt die Hand, winkt in meine Richtung, aber … Ich möchte mich bewegen, bin aber wie paralysiert.

»Komm«, flüstert Aric.

Das Frösteln kriecht meinen Rücken und meine Arme hinunter. Eine nicht abebbende Woge der Angst.

»Komm«, wiederholt Aric. Er dreht jetzt schnelle Pirouetten, Schweiß lässt seine Stirn und seine Brust glänzen.

Und ich höre ihn, obwohl seine Lippen sich nicht bewegen.

Sein Gesicht ist dicht vor meinem, und die Lippen bewegen

sich immer noch nicht. Ich strecke die Hand aus, um das weiße Büffelfell zu berühren. Meine Finger glauben schon zu spüren, wie weich es ist, wie warm.

Aber die Kälte umfängt mich wie eine teuflische Umarmung, und ich kann mich kaum bewegen.

Du musst, sagt Aric. Chaco. Komm. Komm mit nach Chaco.

Ich berühre sein vom Tanz erhitztes Gesicht.

Chaco.

Und die Kälte umfängt mich noch immer.

Ich wachte auf, blinzelte und schnappte nach Luft. Mein Kinn sank auf die Brust. Ich wusste nun etwas Wichtiges. Aric war nicht schlecht, war nicht mein Feind. Ich hatte ihm Unrecht getan, weil ich nicht an ihn geglaubt hatte. Er hatte mir nur helfen wollen. Wie konnte ich nur so dumm gewesen sein? Warum hatte meine Intuition versagt, auf die ich mich sonst immer verlassen konnte? Jetzt war er verschwunden. Ich hatte keine Möglichkeit, Kontakt zu ihm aufzunehmen und mich zu entschuldigen. Sein Vater und seine Cousine waren tot.

Was hatte ich mir bloß dabei gedacht?

»Komm schon, Tally.« Vor mir kauerte Hank. »Wir müssen verschwinden.« Er half mir auf die Beine. »Dir geht's dreckig.«

»Ach ja?« *Ich muss irgendwie zum Chaco Canyon gelangen.*

»Ich bringe dich ins Krankenhaus.«

»Das ist überflüssig.«

Seine wundervollen, fürsorglichen Augen wichen meinem Blick aus.

»Was hast du?«

»Nichts, Honey. Lass uns fahren.«

Ich machte mich von seinem Griff frei. »Moment. Was hast du mit Coyote vor?«

Er kniff die Lippen zusammen. »Der Hund muss gründlich untersucht werden.«

Da ich mich kaum noch auf den Beinen halten konnte, lehnte ich mich an die Wand. »Schon möglich, dass ich im Moment ziemlich benebelt bin, aber ich will wissen, was los ist. Sofort.«

»Du stehst kurz davor, das Bewusstsein zu verlieren. Komm jetzt endlich.«

Ich setzte mich. »Nein. Ich bleibe hier. Du bist nicht mein Aufpasser.«

»Du brauchst einen.«

»Und du kannst mich mal.« Ich stand auf. Mit weichen Knien wandte ich mich an die Frau am Empfang. »Ich muss mit dem Tierarzt über meinen Hund reden.«

Die Frau blickte nicht mich an, sondern Hank. Ich verschränkte die Arme vor der Brust. »Also gut. Ich kann auch noch eine oder zwei Stunden länger warten. Ich bleibe hier, bis …«

»Der Tierarzt lässt den Hund nach Albuquerque bringen, damit er dort untersucht werden kann«, sagte Hank.

»Bluttests?«

Er setzte sich neben mich.

Ich schob meine Hand unter seinen Arm. »Danke, ich musste es wissen. Coyote ist ein guter und treuer Hund. Was stimmt denn nicht mit ihm nach der Meinung des Tierarztes? Wann werden sie es wissen?«

»Komm jetzt, Tal, dir geht's nicht gut. Wir sollten fahren.«

»Wann werden sie wissen, was nicht stimmt mit Coyote?«, wiederholte ich.«

Ich wandte mich der Frau am Empfang zu. Sie war blass, ihre Lippen bebten. »Was ist los?«, fragte ich sie.

»Sie schneiden …«

»Halten Sie den Mund!«, schrie Hank sie an.

»Entschuldigung …«

Der Mann mit dem Chihuahua murmelte etwas auf Spanisch vor sich hin und verschwand mit seinem Hund.

»Verdammt, Hank Cunningham, sag mir endlich die Wahrheit.« Meine Stimme klang, als hätte ich zu viel getrunken. Ich verschränkte die Arme vor der Brust. Ich würde nicht lockerlassen, bis er es mir gesagt hatte.

Er wollte mir immer noch nicht in die Augen blicken. »Die Wahrheit. Also gut. Dieser Hund hat möglicherweise die Tollwut. Sie müssen ihm den Kopf abschneiden, um herauszufinden, ob er sich infiziert hat oder nicht.«

Er packte meinen Oberarm, zog mich hoch und schob mich in Richtung Ausgang. »Ab ins Krankenhaus.«

Ich sammelte das bisschen Kraft, das mir geblieben war, und machte mich von seinem Griff frei. »Nein.«

»Doch.«

Ich setzte mich wieder.

»Verdammt, Tally.«

»Niemand wird Coyote den Kopf abhacken. *Niemand.*«

Er blickte auf mich herunter. »Es gibt keine andere Möglichkeit. Punkt.«

»Willst du damit sagen, dass Blut- oder Speicheltests sinnlos sind? Dass es keinerlei Alternative gibt?«

Er nickte.

Ich schlang meine Arme um die Knie und atmete tief durch. Was konnte ich tun?

»Hör zu, Hank«, sagte ich. »Coyote ist ein guter Hund. Ich glaube, dass er wahrscheinlich gegen Tollwut geimpft wurde. Aber ich weiß es nicht, und wir können es nicht herausbekommen.«

Vor meinen Augen drehte sich alles, mein Magen schmerzte. Hank hatte recht, ich musste ins Krankenhaus. Ich rieb mir die Augen und versuchte, mich zu konzentrieren.

»Also, hier ist mein Vorschlag.« Ich lächelte ihn an. »Wir geben ihn in Pflege, und er wird ständig den Maulkorb tragen. Und ich lasse mich gegen Tollwut impfen.«

Hank rollte die Augen. Er war schwer genervt.

Er zog mich hoch. »Wir reden während der Fahrt zum Krankenhaus darüber.«

Ich lehnte mich an ihn. »Okay. Aber wenn du ihn töten lässt, werde ich dir das nie verzeihen.«

»Wie du meinst, Tal.«

Als wir die Tierklinik verließen, stützte ich mich auf ihn. Ich war zu schwach, um weiter mit ihm zu streiten.

Ich ließ in der Notaufnahme des Krankenhauses in Gallup die üblichen Prozeduren über mich ergehen und wurde dann auf eine Station gebracht. Ich wollte nur noch schlafen, aber die Typen mit den Gesichtsmasken und Latexhandschuhen interessierten sich für meine Hand.

Als sie den Verband abnahmen, riskierte ich einen Blick, und es war kein angenehmer Anblick. Ich wusste, dass irgendjemand mich schon zuvor behandelt hatte, und es sah fast so aus, als hätte er die Wunde mit etwas wie Erde verarztet. Der Arzt entfernte sie vorsichtig, und ich konnte den Blick nicht abwenden. So, wie man auch hinschauen muss, wenn man ein Zugunglück oder etwas anderes Entsetzliches sieht.

Ich bewegte die Finger. Besonders schmerzhaft war es nicht. Auch war die Hand nicht annähernd so stark geschwollen, wie ich befürchtet hatte. Irgendjemand hatte gewusst, was zu tun war. Aric?

Nachdem sie die Wunde gesäubert und mit einem Antiseptikum besprüht hatten, wurde ich schläfrig. Anschließend bekam ich noch ein paar Spritzen.

»Ich bin kein Nadelkissen«, murmelte ich.

»Im Moment könnte man es fast glauben.«

Mir fielen die Augen zu.

18

Ich blickte mich in dem Zimmer um. Diesmal wachte ich nicht im Dunkeln auf. Das Licht war eingeschaltet, und obwohl ich immer noch benebelt war, hörte ich deutlich Geräusche. Ach ja, ich lag im Krankenhaus. Mein Bett stand am Fenster, auf dem Nachttisch sah ich eine Kunststoffkaraffe mit Wasser. Im Nachbarbett schnarchte jemand, doch ich konnte ihn nicht sehen, weil dazwischen ein Vorhang hing.

»Hank?«

Wer wusste schon, wo er sich herumtrieb.

Ich hob die verbundene Hand, die rechte. Nicht übel. Der pochende Schmerz war noch da, ließ sich aber ertragen.

Ich schob den Infusionsständer vor mir her, als ich zur Toilette ging. Danach zog ich ihn an den Schrank heran, doch von meinen Klamotten war nichts zu sehen.

Hank kannte mich nur zu gut. Ich hätte darauf gewettet, dass er meine Kleidungsstücke mitgenommen hatte. Angesichts dessen, was in den letzten paar Tagen geschehen war, hatte er sie vielleicht auch verbrannt.

Ich setzte mich auf das Bett. Mein einziger Gedanke war, von hier zu verschwinden. Durch Vedas Tod war mein Abscheu vor Krankenhäusern nur noch gewachsen.

Obwohl ich noch leichte Kopfschmerzen hatte, fühlte ich mich sehr viel besser als bei meiner Einlieferung in das Krankenhaus. Ich klingelte und wartete auf die Schwester.

Sofort kann sie in das Zimmer geeilt. »Ja? Haben Sie geklingelt?«

Ihr schwarzes Haar war zu Zöpfen geflochten, und ihr Gesicht war wunderschön und wirkte fremdländisch.

Ich lächelte und versuchte, einen guten Eindruck zu machen. »Hallo. Hören Sie, mir geht's ganz gut, aber ich wäre Ihnen dankbar, wenn Sie mir beim Duschen und beim Anziehen behilflich sein könnten. Und dabei, hier rauszukommen.«

Sie lächelte. »Der Detective hat prophezeit, dass Sie das sagen würden. Tut mir leid, ich kann nichts für Sie tun. Sie stehen unter Arrest.«

Wieder sah ich den Toten auf der Toilette des *Land's End Trading*. Wie hatten die Strafverfolgungsbehörden herausgefunden, dass ich dort gewesen war? Und glaubten sie, dass wir auch den alten Ladenbesitzer umgebracht hatten?

Es sei denn …

»Dieser Detective, wie heißt er?«

Sie errötete. »Lieutenant Cunningham.«

Der Dreckskerl flirtete mit der Krankenschwester, damit ich hier eingesperrt blieb. »Wer hätte das gedacht.«

Sie lächelte und wandte sich um. »Ah, da kommt der Arzt. Er wird sie über die Spritzen und alles andere aufklären.«

»Spritzen?«

Als sie verschwand, trat ein rundlicher, glatzköpfiger Mann ins Zimmer, dessen Alter nur schwer zu bestimmen war. »Hallo, hallo, hallo.«

Einer von der lustigen Truppe. »Hallo, Herr Doktor.«

»Nennen Sie mich doch Popie.«

Was für ein Albtraum. »Aber sicher, Dr. Popie.«

Er kicherte. »Popie reicht.«

Ich zwang mich zu einem Lächeln. »Selbstverständlich, Popie.« Ich würde Hank umbringen.

Er studierte meine Fiebertabelle. Seine joviale Miene verschwand, und er wirkte ängstlich. Er zog einen Stuhl an mein Bett heran, aber nicht zu nah. Junge, Junge, der Typ hatte Schiss.

»Wenn ich darf, würde ich gern etwas zu den Spritzen sagen.«

»Zu der Impfung gegen Tollwut, meinen Sie. Nur zu, Popie.« Ich streckte die Hand aus, um ihn zu berühren, und er zuckte zurück.

Popie räusperte sich. »Wie Sie vielleicht wissen, ist gegen

Tollwut nichts auszurichten, wenn die Symptome erst einmal manifest sind.«

»Ja, ich weiß, man kratzt ab.« Ich beugte mich vor, und er wich erneut zurück. »Fahren Sie fort.«

»Wir haben Ihnen drei Impfstoffe injiziert. Immunglobulin, eine Spritze gegen Tetanus und die erste Dosis des Serums gegen Tollwut.«

Ich nickte und drückte die linke Hand auf meinen Bauch. »Es tut nicht weh.«

»Nein. Wir spritzen den Impfstoff gegen Tollwut nicht mehr in den Bauch. Aber der rechte Arm müsste Ihnen wehtun.«

Ich strich mit den Fingern über meinen rechten Oberarm. »Stimmt.« Tollwut. Ein beängstigender Gedanke. Jetzt erinnerte ich mich. Coyote … Mein Gott, hoffentlich hatten sie ihn nicht getötet. »Wie geht's weiter?«

»Morgen, dann nach fünf Tagen, anschließend in zwei und drei Wochen bekommen sie die nächsten Spritzen gegen Tollwut. Das ist dann aber nicht mehr so schlimm.«

Oh nein, ich hatte Hank geküsst, Aric hatte mich berührt. »Was ist mit meinen Freunden, die ich geküsst oder angefasst habe?«

Er grinste, aber sein Blick wirkte immer noch ängstlich. »Denen wird nichts passieren. Tollwut wird fast nie von Mensch zu Mensch übertragen.«

»Was heißt ›fast nie‹?«

Er drückte die Fiebertabelle an seine Brust. »Allenfalls bei Cornea- oder Organtransplantationen.«

»Machen Sie Witze? Wollen Sie sagen, dass Menschen Organe eingepflanzt wurden von Leuten, die mit Tollwut infiziert waren?«

Er nickte. »Ja, leider.«

»Das ist ja schrecklich. Nun, ich habe in letzter Zeit keine Organe gespendet, also müsste alles in Ordnung sein.« Ich lächelte. »Was ist mit Ihnen, Popie? Warum haben Sie solche Angst?«

»Angst? Ich habe keine Angst.«

»Ich bin gelernte Psychologin. Mit so was kenne ich mich aus.«

Er stand auf und ging Richtung Tür.

»Warten Sie! Warum haben sie solche Angst?«

»Ist das nicht offensichtlich? Sie sind verflucht.«

Später am Nachmittag ging Hank nervös in dem Krankenzimmer auf und ab, wie ein Tier im Käfig. Er kratzte sich die Oberlippe. Offenbar vermisste er den gewohnten Schnurrbart. Mir fehlte er auch.

Alle paar Sekunden warf er mir einen verärgerten Blick zu, während ich die Kleidungsstücke anzog, die er für mich gekauft hatte.

»In diesen Klamotten fühle ich mich wie eine ausgehaltene Frau. Erst Aric, jetzt du.«

Er schien explodieren, mich anbrüllen zu wollen, ich spürte es. Und doch würde er es nicht tun, nicht in einem Krankenhaus. Ich gab ihm einen Kuss auf die Wange.

»Mir gefällt das alles überhaupt nicht, Tal.«

Ich küsste ihn erneut.

»Es gibt da Dinge, die du mir verschwiegen hast.«

Ich zuckte die Achseln und stieg in die hautengen Jeans. »Ich möchte nicht hier darüber reden.«

»Ich habe für uns einen Flug von Albuquerque nach Boston gebucht.«

Ich zog die weiße Bluse mit Perlmuttknöpfen an. »Du kannst nicht über mich bestimmen.«

»Ja, das hast du mir vor einem Jahr demonstriert.«

Ich griff nach den Socken und wandte mich ab. Meine Gefühle für Kranak hatten ihn tief verletzt. Ich wäre gern wieder zu Hause gewesen, mit Penny und Hank. Hätte gerne mit ihm geschmust, ihn geliebt, mit ihm geredet.

Doch wenn ich die Augen schloss, sah ich Delphines Gesicht und Didi, die in der Blutlache auf dem Boden ihres Büros lag.

»Dein Freund Kranak ist jetzt in die Fahndung nach Didi Cravitz' Mörder mit einbezogen«, sagte er. »Ich ertrage den Typ nicht.«

»Er ist wirklich nur ein Freund. Ich dachte, wir hätten das geklärt. Und Kranak ist ein Könner auf seinem Gebiet.« Ich setzte mich auf das Bett und zog eine Socke und einen Cowboystiefel an. »Ein echter Spezialist. Aber wir sind nicht in Boston, sondern hier.«

»Delphines Verschwinden wird jetzt auch untersucht«, sagte er.

»Sie ist tot.« Ich zog den anderen Stiefel an, stand auf und blickte ihn an. »Cowboystiefel habe ich schon immer gemocht. Danke, Hank.«

Er grinste. »Ich weiß. Ich habe auch ein Hotelzimmer für uns gemietet, aber nur für die nächste Nacht.«

»Ich bekomme morgen die nächste Spritze.«

»Und danach fliegen wir nach Boston.«

Er zog mich dicht an sich heran und gab mir einen langen Kuss. Ich legte meinen Kopf an seine Brust.

Dieser Abschied würde schwerer werden als sonst.

Ich hätte nicht sagen können, dass ich hundertprozentig fit gewesen wäre, und vielleicht litt ich an Halluzinationen, doch Hank chauffierte mich im Herzen von Gallup über die legendäre Route 66. Ich kam mir vor wie in einem alten Kinofilm, gedreht für ein Mädchen, das schon immer alles geliebt hatte, was mit dem amerikanischen Westen zusammenhing.

»Was für eine Zeitreise«, sagte ich.

»Ja, eine völlig andere Welt als Maine.«

»Route 66! Wenn nicht alles so schrecklich wäre, würde ich gern länger hierbleiben. Es ist so schön.«

»Wohl wahr. Ich hätte statt dieses Autos eine stilvolle Corvette mieten sollen.«

Ich lachte, und dann erinnerte ich mich. »Wo ist Coyote?«

»In Quarantäne, zusammen mit dem Tierarzt, für sechs Monate. Deine Liebe zu diesem räudigen Köter hat die Leute in der Tierklinik schwer beeindruckt.«

Ich drückte mich an ihn. »Er ist kein räudiger Köter. Du magst ihn auch. Er ist ein guter Hund und hat sich nur gewehrt, als ich ihm den Maulkorb angelegt habe. Wohin fahren wir?«

»Wart's ab.«

Durch das Fenster sah ich Autosalons und Tankstellen und unzählige Neonreklamen von Hotels, die um Gäste buhlten – Best Western, Travelodge, Day Inn, Comfort Inn und Red Roof Inn.

Er bremste, und die riesige Neonreklame verkündete: *El Rancho Hotel & Motel, das Zuhause der Filmstars. Armand Ortegas weltberühmter Laden mit Indianerartikeln.*

»Wow«, sagte ich.

Er fuhr auf den Parkplatz, und trotz der vollmundigen Ankündigung wirkte der Schuppen wie ein ganz normales einstöckiges Hotel. »Das Zuhause der Filmstars?«

Er nickte. »Ich hatte viel Zeit zum Lesen, als du damit beschäftigt warst, krank zu sein.«

»Daran zweifle ich nicht.« Ich versuchte, es nicht sarkastisch klingen zu lassen, doch es gelang mir nicht.

»Du warst vierundzwanzig Stunden im Krankenhaus. Es wird allmählich schwierig mit dir. Ich hab dir die neuen Klamotten gekauft, und was hätte ich danach tun sollen?«

»Keine Ahnung. Vielleicht hättest du einen Stadtbummel machen können.«

Er kniff mich in die Brust, und es war wunderschön. Ich gab ihm einen Klaps auf die Hand. »Benimm dich.«

Wir stiegen aus, und er legte einen Arm um meine Taille.

»Das El Rancho wurde von dem Bruder von D. W. Griffith erbaut.«

»Du meinst den berühmten Filmregisseur? Ich wusste nicht mal, dass er einen Bruder hatte.«

Kurz darauf standen wir in der riesigen Hotelhalle, und ich

sah mich erstaunt um. »Eine deutliche Verbesserung, wenn man bedenkt, wie der Laden von außen aussieht.«

Die hohe Hotelhalle war ganz im rustikalen Stil des Alten Westens eingerichtet. Vielleicht entsprach sie aber auch nur dem Bild, das alte Filme davon gezeichnet hatten. Zwei riesige Treppen führten zu beiden Seiten der Rezeption in den ersten Stock. Viel dunkles Holz, altmodische Lampen, ein riesiger Kamin mit einem hell lodernden Feuer darin. Navajo-Teppiche, die ich liebte, Hirsch-, Elch- und Antilopengeweihe auf ausgestopften Tierköpfen, die mir weniger zusagten. An fast allen Wänden hingen Fotos von Filmstars der Vergangenheit.

Während Hank uns an der Rezeption ins Gästebuch eintrug, trat ich vor ein Foto von Spencer Tracy, das der Schauspieler selbst signiert hatte. Das war auch bei den anderen Bildern so. Ich sah Porträts von Katherine Hepburn, Jackie Cooper, Ronald Reagan, Alan Ladd, Joel McCrea, Errol Flynn, Troy Donahue, Suzanne Pleshette und vielen anderen.

»Ziemlich spektakulär«, sagte ich, als wir die Treppe hinaufstiegen. Unser Zimmer war weitaus weniger interessant und zweifellos meine konventionellste Unterkunft seit meiner Ankunft in New Mexico. Und das war nach all den Abenteuern durchaus etwas Positives. Von unserem Balkon aus blickte man auf den Swimmingpool im Garten des Hotels. »Ich wiederhole mich – wow.«

»Lass uns essen gehen.«

Obwohl ich halb verhungert war, zögerte ich. Ich blickte zu Hank hinüber, der seine Sachen auspackte. Er wirkte ganz normal, und doch war etwas anders. Er wusste etwas und war auch immer noch wütend auf mich. Ein mühsam unterdrückter Zorn. Ich hasste das.

Am liebsten wäre ich weggerannt.

Ich verzehrte ein opulentes Mahl. Mit Heißhunger, fast so, als würde ich in diesem Leben nie mehr etwas zu essen bekommen.

* * *

Hank stand vor der Balkontür. »Wirst du mir jetzt erzählen, was du bisher verschwiegen hast?«

Ich massierte mit den Händen mein Genick. Ich wollte, dass Hank *alles* wusste. Aber er war nicht nur mein Lover, sondern auch ein verdammt guter Detective der Mordkommission.

Ich schlug den Blick zu Boden. Wenn ich es ihm erzählte, würde er mich zwingen, nach Boston zurückzukehren.

Jetzt ging es um mehr als Delphine, Didi oder Gouverneur Bowannie. Da waren noch der erschossene alte Ladenbesitzer, die ermordete Natalie und die Bedrohung durch einen unbekannten Killer, der dann selbst mit dem Leben bezahlt hatte. Was immer er gewollt hatte, er wäre vor nichts zurückgescheut.

Hank öffnete die Balkontür, und ein sanfter Luftzug strömte in das Zimmer. Ich trat hinter ihn, schlang meine Arme um seine Brust und drückte mich fest an seinen Rücken.

»Liebe mich.« Ich musste nur diese beiden Worte flüstern, um sofort feucht zu werden. »Jetzt. Bitte.« Ich stellte mich auf die Zehenspitzen und küsste seine Hals. Meine Hand glitt von seiner Brust zwischen seine Beine. Er hatte schon eine Erektion, und ich rieb sein hartes Glied.

Er warf den Kopf in den Nacken und stöhnte. Ich zog ihn noch dichter an mich, bewegte die Hand schneller.

Er drehte sich um und drückte mich weg. »Mein Gott, Tal.«

»Hank.«

»Du verfolgst doch einen bestimmten Zweck damit.«

»Natürlich. Du weißt welchen.«

Er kicherte. »Allerdings.«

Ich seufzte, als er mir zwischen die Beine fasste und seine Finger vor und zurück bewegte.

»Du bist ein Teufel«, sagte ich.

Er hob mich hoch, und ich schlang meine Beine um ihn.

Dann fielen wir auf das Bett, und ich konnte es nicht ertragen, dass wir noch nicht ausgezogen waren. Ich nestelte am Reißverschluss seiner Hose, während er meine Bluse aufriss. Kurz darauf waren wir nackt, und er drang in mich ein.

»Nicht bewegen«, sagte ich. »Warte noch.« Ich keuchte und küsste seine Brust, sog seinen Geruch auf.

Er leckte, kniff, massierte meine Brust.

»Ich kann nicht mehr warten.«

Er bewegte sich zuerst langsam, und ich passte mich dem Rhythmus an, der immer schneller wurde.

»Ich auch nicht«, keuchte er.

Und wir wurden höher emporgetragen als Drachen im Wind.

Sechs Uhr morgens. Ich trug jetzt Hanks Armbanduhr an meinem Handgelenk. Ja, ich hatte mich an die Zeitdifferenz gewöhnt, es war hier zwei Stunden früher als in Boston. Hank, der normalerweise zeitig aufstand, hatte sich noch nicht umgestellt.

Am Vorabend hatte ich noch geduscht und meine Sachen zusammengepackt. Hank sollte glauben, dass ich mich auf den Flug nach Boston vorbereitete.

Ich schlüpfte aus dem Bett und betrachtete Hanks Brust, die sich langsam hob und senkte.

Ich konnte ihm nicht mal einen Abschiedskuss geben. Das Misstrauen des Polizisten würde sofort erwachen, und dann wäre ich verloren. Es fiel mir so schwer, ihn nicht berühren zu können.

Ich liebe dich, flüsterte ich ganz leise.

Ich wandte mich zur Tür. Es war verdammt hart.

Eine Hand packte meinen Arm.

»Du glaubst doch nicht etwa …«

Noch immer kehrte ich ihm den Rücken zu, konnte ihm nicht in die Augen blicken. »Ich muss gehen, Hank.«

»Scheiße!«

In diesem Augenblick passierten mehrere Dinge. Ich riss mich los und taumelte zurück. Hank schlug die Bettdecke zurück, und die Scheibe der Balkontür zersplitterte.

Hank sprang aus dem Bett und warf sich auf mich.

»Verdammt, ich krieg keine Luft.«

Er rollte von mir herunter und kroch auf dem Bauch zum Nachttisch.

Wieder ein Schuss.

Ich flüchtete auf allen vieren ins Bad, wobei ich darauf achtete, Hank nicht aus den Augen zu lassen. »Was zum Teufel ist hier los?«, fragte ich.

»Eigentlich solltest eher du es wissen.« Er nahm seine Pistole aus der Nachttischschublade. »Behalt den Kopf unten.«

»Tu ich.«

»Ich kann dich sehen. Und nicht nur den Kopf.«

Er hob die Pistole, zielte in Richtung Fenster und drückte ab. »Das sollte ihn für einen Augenblick ablenken.«

»Ja, bestimmt.«

Er feuerte erneut. »In was für einen Schlamassel bist du hier hineingeraten, Tally Whyte?«

Als ich nach dem Türknauf griff, kam ich mir wie eine Verräterin vor.

»Wirf mal meine Boxershorts rüber, sie liegen im Bad.«

Jetzt oder nie. Ich riss die Tür auf und kroch auf allen vieren nach draußen, meinen Rucksack hinter mir herziehend. »Ich liebe dich, Hank.«

»Komm zurück!«

»Mach dir keine Sorgen. Ich rufe die Polizei.«

Ich verschwand. An der Rezeption sagte ich, jemand habe auf uns geschossen. Dann rannte ich nach draußen. Ich fuhr mit einem Taxi zum Krankenhaus, wo man mir sagte, ich sei zu früh. Trotzdem verabreichte man mir die Spritze fast sofort. Die Krankenschwester wechselte auch den Verband an meiner Hand, die deutlich besser aussah.

Ich behielt die Tür im Auge, inständig hoffend, dass nicht plötzlich Hank auftauchte. Ich schaffte es, das Krankenhaus zu verlassen, bevor er eintraf.

Ich sprang in das wartende Taxi, und der Fahrer gab Gas.

Bis zu der nächsten Spritze blieben mir vier Tage. Das sollte reichen, um Aric zu finden.

19

Ich wollte mir am Flughafen einen Wagen mieten, zuerst aber brauchte ich ein Handy. Der Fahrer hielt vor dem Telefonshop Radio Shack, und ich kaufte ein Handy mit Prepaidkarte. Ich musste Hank so lange entkommen, bis ich Aric gefunden hatte. Anschließend besorgte ich mir eine Straßenkarte. Ich war sicher, Aric' Ziel zu kennen – Chaco Canyon, die heilige Stätte und das Zuhause der Vorfahren der Zuni, der Anasazi. Der Traum, in dem ich Aric in dem weißen Büffelfell tanzen gesehen hatte, war mehr als nur ein Traum gewesen. Ich glaubte an seine tiefere Bedeutung.

Das zerbrochene Tongefäß des Peabody Museum stammt aus dem Chaco Canyon.

Wie der Schädel. Zumindest hatte es anfangs so ausgesehen.

Und nun war der Chaco Canyon auch mein Ziel. Aric wollte allein dorthin, aber ich durfte das nicht zulassen. Diese Geschichte ging mich genauso viel an wie ihn.

Der Taxifahrer setzte mich an dem kleinen Flughafen von Gallup ab. Ich wusste, was zu tun war, doch bevor ich den Wagen mietete, setzte ich mich auf eine Bank. Der Wind strich durch mein Haar, und ich entfaltete die Karte.

Es sah so aus, als hätte ich eine Fahrt von etwa fünfzig Meilen vor mir. Ich musste die Interstate 40 nach Thoreau nehmen – ein ziemlich auffälliger Name für eine Stadt in New Mexico. Bei der Autovermietung erklärte ich, mein Ziel sei Albuquerque, aber ich hätte trotzdem gern einen Wagen mit Allradantrieb. Ich bezahlte mit einer Kreditkarte. Aric hatte mich davor gewarnt, doch mir blieb keine andere Wahl.

Ich stieg ein und gab Gas. Die I-40 war eine gut ausgebaute Straße, die durch die Hochwüste von New Mexico führte. Ich fuhr Richtung Osten, ganz so, als wäre Albuquerque mein Ziel. Die Landschaft zu beiden Seiten der Straße war sandig und mit Gestrüpp bewachsen. Der Himmel über mir war blau, die Luft sauber. Mein Weg führte durch die Ford Wingate Military Reservation, was immer das sein mochte. Schilder wiesen den Weg zu Kleinstädten und zur kontinentalen Wasserscheide. Die Landschaft war ganz anders als die des Zunilands, und doch fühlte ich mich hier wie dort eher zu Hause als in jeder Stadt.

Ich seufzte. Ich war allein, hatte Angst. Mein Bauchgefühl sagte mir, dass ich immer noch in ernsthafter Gefahr schwebte. Ich hätte Hank mitnehmen können, vielleicht wäre er dazu bereit gewesen. Nur hatte er mir bei diesem Fall bis jetzt ständig das Leben schwer gemacht. Das wollte ich nicht mehr.

Irgendjemand hatte einmal gesagt, die Angst schärfe all unsere Sinne. Hoffentlich stimmte das.

Ich sah Pinien und Zederzypressen, Beifuß, Salzkraut und dünne Gräser, deren Namen ich nicht kannte. Es war ein warmer Tag, doch die Nächte waren hier sehr kalt, kälter als in Boston. Ich musste eine Bleibe finden, in Thoreau oder Crownpoint oder einer anderen Stadt auf meinem Weg durch das Navajo-Reservat. Dahinter lag Chaco.

Nach einer knappen halben Stunde hatte ich Thoreau schon fast erreicht. Links und rechts erstreckte sich die Hochebene, vor mir sah ich einen silbrig schimmernden Wasserturm.

Warum hatte ich Aric für meinen Feind gehalten? Es gab keinen Grund dafür. Er ließ mich nicht im Stich, tat mir nichts zuleide. Er versuchte mich zu beschützen, ganz wie sein Vater es getan hatte. Er glaubte an das Böse, das für Delphines Tod, den Diebstahl des Tongefäßes und den Mord an Didi verantwortlich war.

Ich hätte alles ihm überlassen sollen. Er war besser geeignet.

Nur hatte er gesagt, diese Geschichte sei auch meine.

Ich schüttelte den Kopf.

Da vorn. Thoreau.

Ein aufgegebenes Motel, ein paar Gebäude, Schulen. Eine richtige Stadt war das nicht. Ich fuhr langsamer. Nicht mal eine Tankstelle. Ein Haus für das kulturelle Erbe der Navajo, wunderschön und gut gepflegt. Kirchen. Und eine Mission namens St. Bonaventura. Aber nicht ein Hotel für Touristen. Ich wusste nicht, wo ich bleiben sollte.

Am Straßenrand ein Schild mit der Aufschrift *Go Hawks!* In grünen und goldenen Buchstaben. Einige Dinge änderten sich nie in diesem Land.

Ich blickte auf Hanks Armbanduhr. Erst elf. Was sollte ich tun? Vielleicht gab es irgendwo in Crownpoint ein Zimmer.

Ich bog nach links von der I-40 auf die NM 371 ab, fuhr Richtung Crowpoint.

Wieder Staub und Gestrüpp am Straßenrand. Ich blickte auf die Benzinuhr, der Tank war noch fast voll. Die Gegend wurde hügelig, ein paar kleine Bäume belebten die Landschaft.

Nach einer halben Stunde – nicht übel – traf ich in Crownpoint ein. Ich blickte mich um, die Stadt war mit Sicherheit größer als Thoreau. Aber ebenfalls arm. Mir war klar, dass die Navajo in diesem Teil New Mexicos arm waren. Wie arm, das war mir nicht bewusst gewesen. Doch das betraf nur das Geld, was eine Sichtweise der Weißen war.

Ein Mann in einem karierten Hemd und mit einem blauen Kopftuch ging die Hauptstraße hinunter. Ich fuhr rechts heran. »Hallo. Gibt es irgendwo einen Supermarkt oder eine Tankstelle?«

Er nickte. »Ja, wir leben hier nicht hinter dem Mond.«

»Super.« Ich nickte ihm lächelnd zu, bedankte mich und fand Bashas' Supermarket. Staub wirbelte auf, als ich neben einem Pick-up auf dem Parkplatz des Supermarktes parkte, der an einer Kreuzung lag.

Der Laden war gut sortiert und sauber. Ich bestellte mir in der Cafeteria ein Sandwich, ging auf die Toilette und kaufte dann eine Kühltasche, Mineralwasser, Saft, Cola Light, Cracker, Mandeln und Joghurt. Danach erstand ich noch eine Taschenlampe, weiße Socken, die neueste Ausgabe des *New Mexico Magazine,* eine Lokalzeitung aus Gallup und vier Schokoladenriegel, ebenfalls mit Mandeln. Ich holte mein Truthahn-Sandwich, füllte die Kühltasche mit Eis und fragte die Kassiererin, wo man in Crownpoint ein Zimmer mieten konnte.

Sie schüttelte den Kopf. »Tut mir leid, hier gibt's nichts.«

»Überhaupt nichts?«

»Nein.« Sie scannte meine Einkäufe ein.

»Keine Idee, wo ich übernachten könnte?«

Sie zuckte die Achseln. »Vielleicht in Grants.«

»Wie lange braucht man bis dahin?«

Sie lächelte. »Vielleicht eine Stunde. Vielleicht länger. Hängt davon ab.«

»Von meinem Fahrstil. Ich will zum Chaco Canyon. Gibt's da noch eine Stadt auf der Strecke?«

»Farmington, weiter nördlich. Soll ich das hier in die Kühltasche stecken?«

»Ja, bitte.« Niemand stand hinter mir an der Kasse. »Wie weit ist es bis Farmington?«

»Ziemlich weit, die Fahrt dauert fast drei Stunden.«

Jetzt war es zwölf Uhr mittags. »Und wie lange braucht man bis zum Chaco Canyon?«

Sie zuckte die Achseln. »Keine Ahnung, ich war noch nie dort.«

Bevor ich den Supermarkt besucht hatte, war ich an einer Tankstelle vorbeigekommen.

Ich tankte den Ford mit Normalbenzin auf. Der Mann an der Kasse empfahl mir ebenfalls Grants, doch dummerweise lag Grants in entgegengesetzter Richtung des Chaco Canyon.

Auf dem Rückweg nach Thoreau überprüfte ich mein neues Handy. Das Signal war da.

Ich aß das Truthahn-Sandwich. Außerdem hatte ich das Gefühl, es könnte mir jemand … Ich blickte in den Rückspiegel. Nichts. Die Straße war verwaist.

Niemand wusste, wo ich war oder wohin ich wollte. Vielleicht hätte Hank mich gefunden, aber sonst vermutlich niemand. Ich hatte meine Spuren gut verwischt.

In Thoreau angekommen, beschloss ich, noch etwas anderes zu versuchen. Ich fuhr zur Mission St. Bonaventura, die auch eine Schule für Indianer beherbergte. Eine Nonne begrüßte mich. Mir wurde bewusst, dass ich jahrelang keine gesehen hatte.

Obwohl ich nicht katholisch war, hätte ich fast einen Knicks gemacht. »Ich suche eine Übernachtungsmöglichkeit, Schwester. Man hat mir Grants vorgeschlagen, doch das liegt ziemlich weit von meinem Weg ab.«

Sie faltete die Hände. »Weshalb ist ein schönes Mädchen wie Sie ganz allein in New Mexico unterwegs?«

Ich grinste. »Ich mache Urlaub.«

Ihre Pupillen verengten sich. Ihre Augen waren sanft und grau. Sofort fühlte ich mich schuldig. Ich hatte gerade eine Nonne angelogen.

Sie lächelte. »Hängt davon ab, was für eine Unterkunft Sie suchen. Ein paar Meilen von hier zeltet im Moment eine Filmcrew.«

Ich hob eine Hand. »Auf ein Zelt bin ich nicht scharf, Schwester.«

Sie lächelte. »Wäre ich auch nicht. Die meisten Leute fahren nach Grants, aber Sie könnten es ja mal mit der Navajo Pine Lodge versuchen.«

»Ja, hört sich gut an.«

»Es ist schön dort, abseits der ausgetretenen Wege. Sehr schön.«

»Perfekt.«

Sie begleitete mich zur Tür und streckte die Hand aus. »Auf der Route 612 sind es von hier ungefähr dreizehn Meilen. Das ist nicht weit.«

»Danke.« Ich drehte mich um, um zu gehen.

»Sie haben nicht etwa Probleme, Miss?

Ich wandte mich wieder zu der Nonne um.

»Vielleicht. Aber glauben Sie's mir, Schwester, ich habe nichts Unrechtes getan.«

Sie legte einen Finger auf die Lippen. »Passen Sie gut auf sich auf.«

»Ja. Ach, noch eine Frage.« Ich erkundigte mich, ob sie Delphine als Kunsthändlerin kenne, ob sie ihr persönlich begegnet sei.

»Nein, an eine schöne Französin würde ich mich erinnern.« Die Nonne trat näher an mich heran und legte mir eine Hand auf den Arm. Sie war so klein, dass sie zu mir aufblicken musste. »In Grants könnte es eher jemanden geben, der Ihre Freundin kennt. Wir leben hier in einer armen Gegend, die nicht viel zu bieten hat.«

»Das würde ich nicht so sehen.« Ich küsste ihre Wange. »Ich bin Ihnen sehr dankbar.«

Während der Fahrt rief ich Tom McGuire an, den Besitzer der Navajo Pine Lodge. Er sagte, er habe ein Zimmer für mich, doch wahrscheinlich sei niemand da, wenn ich eintreffe. Ich solle mich wie zu Hause fühlen. Mein Zimmer sei Nr. 3, er werde es offen lassen.

Das alles klang ganz wunderbar. Es war kurz nach zwei, als ich vor der Navajo Pine Lodge vorfuhr. Während weniger Meilen war die Landschaft bergiger geworden. Schöne Ausblicke, Bäume, ein See. Die Gegend erinnerte mich an die um Taos.

Die Navajo Pine Lodge war ein einfaches, aber gemütliches Blockhaus. Ich liebte es auf den ersten Blick, man kam sich vor wie im Haus eines alten Freundes. Nachdem ich meine paar Sachen auf mein Zimmer gebracht hatte, blickte ich mich um. In dem nach vorn gelegenen Wohnzimmer mit Kamin, drei bequemen Sesseln und einem Tisch zum Kartenspielen lief der Fernseher, obwohl niemand zu sehen war.

»Hallo?«

Keine Reaktion.

Ich war versucht, mich vor den Fernseher zu setzen, ging aber stattdessen den engen Flur hinunter. Rechts war die Damentoilette, links ein kleines Zimmer, ebenfalls mit Kamin. Ein Sofa, ein flauschiger Teppich, Bücherregale. Perfekt.

Auch dieses Zimmer war leer. Innerhalb einiger Augenblicke hatte ich das Buch gefunden, nach dem ich suchte. Und noch ein zweites.

Bücher über den Chaco Canyon. Ich zog sie aus dem Eichenholzregal und setzte mich damit aufs Sofa. Das erste war ein Kinderbuch, was mich nicht weiter störte, die Autoren hießen Vivian und Anderson. Es war sehr schön, doch ich legte es schnell weg. Das zweite Buch hieß *Chaco, a Cultural Legacy* und hatte einen wundervollen Schutzumschlag. Ich bekam eine Gänsehaut, als ich dort auch einen Fetisch sah, aus schwarzem Stein, vielleicht schwarzem Bernstein. Der Rücken war mit Türkis besetzt. Eine Kopie davon stand in meiner Wohnung auf dem Kaminsims. Frösche waren den Zuni wichtig, sie waren Fürsprecher bei der Bitte um Regen. Mir war gar nicht bewusst gewesen, dass mein Frosch die Kopie eines Fetisches aus dem Chaco Canyon war.

Ich schlug das Buch von Strutin und Huey auf. Die erste doppelseitige Abbildung zeigte ein Pueblo namens Chetro Ketl. Es war schwer, nicht vor Ehrfurcht zu erstarren vor einem so alten Bauwerk, das in einem äußerst rauen Klima errichtet worden war. Ich begann zu lesen und erfuhr einiges über große Häuser und Kivas, die von den Puebloindianern für religiöse Zeremonien genutzt werden. Die Keramiken mit den geometrischen oder bildhaften Ornamenten waren sehr alt, und die Tradition dieses Kunsthandwerks wurde noch heute von den Hopi, Acoma, Santa Clara und anderen Indianerstämmen fortgeführt.

Hier sah ich beim Blättern einen Fuß mit sechs Zehen, dort Sandsteinfelsen. Die modernen Fotos waren spektakulär, doch vor allem die alten Aufnahmen faszinierten mich und ließen mein Herz schneller schlagen. Für einen Augenblick glaubte ich mich auf einer Zeitreise.

Dann fiel mein Blick auf ein Foto des Pueblo Bonito. Die große Siedlung in der Form eines »D« enthielt Unmengen rechteckiger, seltener runder Räume, deren seltsame Anordnung bis heute noch nicht hinreichend geklärt ist. Der Pueblo Bonito schmiegte sich an die Nordwand des Chaco Canyon und wirkte wie ein Bauwerk, das von Außerirdischen für einen König errichtet worden war. Ich versuchte mir vorzustellen, wie es dort vor tausend Jahren ausgesehen hatte, und für einen Augenblick vergaß ich, warum ich hier war.

Das Buch war eine faszinierende Lektüre, ich verschlang es geradezu. Ich empfand die magische Anziehungskraft des Chaco Canyon, eine seltsame Vertrautheit, fast so, als wäre ich vor Jahren schon einmal dort gewesen. Überall wuchsen Gräser, und ich stellte mir vor, wie im Frühjahr Blumen zwischen den Felsbrocken blühten.

Wie alle Felszeichnungen faszinierten mich auch die von Chaco – Spiralen, Sterne, Hände, Menschen, Tiere, Erntesymbole. Und dann war da Kokopelli, Fruchtbarkeitsgott und seines Zeichens Zauberer, Scharlatan und Flötenspieler. Zumindest sahen wir Angloamerikaner ihn so. Ich musste Aric danach fragen.

Ich biss mir auf die Unterlippe. Wo war er? Ging es ihm gut?

Sehr seltsam war, dass ich zu fühlen glaubte, dass Chaco uns alle in eine bestimmte Richtung zog. Rational erklären konnte ich das nicht.

Ich las, bis meine Lider schwer wurden. Dann ging ich auf mein Zimmer und ließ mich erschöpft auf das Bett fallen.

Als ich aufwachte, fühlte ich mich desorientiert und groggy. Durch das Fenster sah ich, dass der Himmel die Färbung eines sanfteren Blaus angenommen hatte. Ein Blick auf die Uhr sagte mir, dass ich zwei Stunden geschlafen hatte, aber ich fühlte mich nicht so.

Unter der Dusche versuchte ich, die verletzte Hand mithilfe einer Badekappe trocken zu halten, was einigermaßen schwierig war. Nachdem ich mich abgetrocknet hatte, fühlte ich mich fast wieder wie ein Mensch. Das hatte ich jetzt wirklich gebraucht.

Ich zog eine Jeans und eine weite weiße Bluse an. Meine Auswahl an Kleidung war begrenzt, doch es spielte keine Rolle. Ich war frisch geduscht und nicht auf der Flucht vor jemandem oder etwas. Ich klappte das Handy auf. Besonders stark war das Signal nicht, doch vermutlich würde es reichen. Ich wählte Aric' Handynummer, die er mir vor ein paar Tagen gegeben hatte. Sofort sprang die Mailbox an. Was nun?

Ich blickte mich in meinem Zimmer nach einem Telefonbuch um, leider ohne Erfolg. Ich brauchte ein paar Nummern von Anschlüssen im Zuni-Reservat. Nachdem ich die Stiefel angezogen hatte, die Hank für mich gekauft hatte, ging ich nach unten.

Im Korridor traf ich ein hübsches blondes Mädchen, das eine Schürze trug.

Ich stellte mich vor.

Sie ließ eine rosafarbene Kaugummiblase platzen, was mich an Gert denken ließ. Ein kurzes Gefühl des Schmerzes.

Das Mädchen rollte die Augen. »Das ist hier ganz normal, dass niemand da ist. Mein Alter treibt sich irgendwo herum.«

»Meinen Sie Tom, den Besitzer?«

»Nein. Mein Vater heißt Niall und ist der Verwalter. Ich koche das Abendessen und muss mich jetzt weiter darum kümmern.« Sie drehte sich um und verschwand.

»Aber …«

Sie schaute sich nicht einmal um. Die Jugend von heute, man musste sie einfach lieben. Wo gab es ein Telfonbuch? Ich trat in das Wohnzimmer und blieb stehen, konnte nicht glauben, was ich dort sah.

Langsam trat ich näher an ein Regal neben dem Kamin heran. Auf einem Brett stand eine Kopie jenes Topfes, der im Peabody Museum in Salem zu Bruch gegangen war. Er sah genauso aus wie auf Didis Zeichnung und hatte die richtige Größe.

Es verschlug mir den Atem. War das möglich? Ein Zufall konnte es nicht sein.

Wie hypnotisiert trat ich dichter an das Tongefäß heran. Ich musste es aus nächster Nähe sehen und überprüfen, ob etwas *darin* war.

Laute Stimmen ließen mich erstarren. Ich drehte mich um. Eine Gruppe von Männern in mittleren Jahren und einigen Pensionären, die bemerkenswert fit wirkten, betrat das Zimmer. Jetzt war ich nicht mehr ungestört. Die Neuankömmlinge hatten gerötete Wangen, legten Jacken und Handschuhe ab. Dann machten sie sich über den bereitstehenden Kuchen her und tranken Tee dazu, doch die Begeisterung erreichte ihren Höhepunkt, als ein großer Mann mit schütterem Haar einen Schrank öffnete und Rot- und Weißweinflaschen herausholte. Es folgten Whisky und jede Menge andere Spirituosen.

Es wurde immer lauter. Eine kleine Frau wandte sich mir zu. Sie schien sich unterhalten zu wollen.

Ich lächelte und verließ schnell den Raum.

20

Im Flur atmete ich tief durch. In der Gesellschaft dieser Leute fühlte ich mich unwohl, sie machten mich nervös. Der Grund war mir nicht klar. Vielleicht brauchte ich nur etwas Ruhe, um nachzudenken, und nicht eine Horde, die mitten im Niemandsland von New Mexico ein Saufgelage veranstaltete.

Der spätnachmittägliche Wind fühlte sich gut an auf meiner Haut. Ich spazierte einen mit Kiefernnadeln übersäten Pfad entlang und nahm mir Zeit, auf den unter mir liegenden See zu schauen. Was für ein Ausblick! Diese Schönheit faszinierte mich. Keine Welle kräuselte die Oberfläche des Wassers.

Leider verriet mir dieser Anblick nichts darüber, wer Didi, Delphine oder Ben Bowannie umgebracht hatte, und ich wusste auch nicht, wo Aric war. Nichts über das, was mich am meisten beschäftigte.

Ich musste mich wieder der Wirklichkeit stellen. Deshalb trat ich den Rückweg an.

Ich war wirklich in einer schwierigen und unangenehmen Lage.

Ich hatte keine Ahnung, wo Aric war. Wusste nicht, was Hank tat. Und auch nicht, wer durch die Balkontür unseres Hotelzimmers geschossen hatte. Vielleicht hatte ich mich wegen des Hundebisses mit Tollwut infiziert. Natalie war tot. Hätte ich noch weiter über all das nachgedacht, hätte ich mich genauso gut erschießen können. Die Situation war schlimm, und noch schlimmer war, dass ich kein Licht am Ende des Tunnels sah.

Was war los, was sollte ich tun?

Ich rieb mir die Arme, weil ich allmählich zu frösteln begann.

Warum war dieser Schädel so wichtig? Mindestens drei

Menschen waren bisher vermutlich deshalb gestorben. Darauf konnte ich mir keinen Reim machen.

Ich ging weiter. Kurz darauf fiel mir etwas direkt neben dem Pfad auf. Ich kauerte mich nieder und schob mit einem Stock Erde und Tannennadeln zur Seite. Eine kleine, von einem jungen Hirsch abgestoßene Geweihsprosse. Wundervoll. Die Natur war unvergleichlich.

Daneben sah ich einen herzförmigen, im Licht des sonnigen Tages rot, ockerfarben und grün schimmernden Stein. Ich nahm ihn in die Hand, die scharfen Kanten schnitten in meine Haut. Ich steckte den Stein und die Geweihsprosse in meine Jackentaschen. Solche Funde liebte ich am meisten. Ich stand auf, drehte mich um und stieß gegen einen stämmigen Alten, der nach Schnaps und Schweiß stank.

»Entschuldigung.« Ich trat zur Seite und wollte an ihm vorbei.

Er grinste und stellte sich mir in den Weg.

Das fand ich gar nicht lustig. »Das ist unhöflich.«

Er lachte, packte meine Oberarme und zog mich an sich.

Sofort wusste ich, dass er kein alter Mann war, sondern sich nur als einer verkleidet hatte. Ich blickte zur Navajo Pine Lodge hinüber. Ich war schon weiter gegangen, als mir bewusst gewesen war. »Was für ein Problem haben Sie?«

»Gar keins. Du kommst mit mir.«

Er hatte diesen Minnesota-Akzent, und ich musste an den Holzfäller aus dem Film *Fargo* denken.

»Das hätten Sie wohl gern.«

»Die Knarre in meiner Tasche wird dich überzeugen.«

»Sie können mich mal.«

Er warf den Kopf zurück. »Hältst du mich für dumm?«

Da er immer noch meine Oberarme festhielt, hatte ich wenig Bewegungsspielraum. Vielleicht konnte ich ihm das Knie in die Weichteile rammen. »Leider ja.«

Er holte aus, als wollte er mir eine Ohrfeige verpassen. »Schlampe.«

Ich senkte den Kopf und versuchte, seine Hand zu packen und ihn zu beißen. Ich schaffte es nicht.

Er lachte.

»Verpiss dich«, sagte ich.

»Wir könnten uns ein bisschen amüsieren.«

»Träum weiter.« Ich versuchte mich zu befreien, und er lachte noch lauter. Bald verließen mich meine Kräfte. Und jetzt erkannte ich ihn. Er war der angebliche Polizist, der mich im Zuni-Reservat vor dem Restaurant abholen wollte. Da hatte er eine Kappe und eine Uniform getragen. Und einen Schnurrbart.

Er wollte mich neben den Weg zerren. Ich wehrte mich, wollte ihm in die Genitalien treten. Ich fiel rückwärts zu Boden. Er riss mich wieder hoch und stieß mich vor sich her.

»Versuch das nicht noch mal.«

»Und wenn doch? Willst du mich dann umbringen? Sieht so aus, als hättest du das sowieso vor.«

»Du hast von nichts einen blassen Schimmer.«

»Ich weiß, dass du ein Arschloch bist.«

Er schlug mich mit der Rückseite seiner Hand ins Gesicht. Ich war verblüfft, Blut in meinem Mund zu schmecken. So ein Dreckskerl. Ich spuckte ihn an.

Wieder hob er die Hand.

Ich zwang mich zu einem Lächeln. »Na mach schon, du Arschloch.«

Er ballte die Hände zu Fäusten.

Ich zuckte zusammen.

Wieder schlug er mir ins Gesicht.

Meine Ohren klingelten, und mir wurde schwindelig. Ich drohte zu stürzen, aber er hielt mich an der Hüfte fest. Ich spuckte Blut und begann zu würgen.

Mein Keuchen dröhnte laut in meinen Ohren. Der Typ würde mich entweder selbst umbringen oder mich anderen ausliefern, die es tun würden. »Warum?«, murmelte ich. Mein Gesicht war bereits geschwollen.

Er stieß mich vor sich her. Mir wurde bewusst, dass er meine

Oberarme losgelassen hatte. Mein Kopf schmerzte mit jedem Schritt mehr, vor meinen Augen verschwamm alles.

Ja, er würde mich töten. Ich griff in die Tasche und umklammerte mit der rechten Hand den scharfkantigen Stein. Eigentlich war ich Linkshänderin.

Wenn ich es versuchte, es aber nicht schaffte, würde er mich wieder schlagen. Noch nie hatte mich jemand ins Gesicht geschlagen. Es war ein Schock. Ich begann zu zittern.

Meine Hand umklammerte krampfhaft den Stein. *Los. Tu es.*

Ich tat so, als würde ich stolpern, fiel auf die Knie. Er war verärgert, schrie mich an. Ich zog den Stein aus der Tasche.

»Du miese Schlampe.« Er zog mich hoch. Ich sah seine schmutzigen Fingernägel. »Wir werden noch alle über dich drübersteigen.«

Ich schlug ihm mit voller Wucht den Stein ins Gesicht.

»Scheiße!«

Er betastete sein Gesicht, Blut quoll zwischen den Fingern hindurch. Er geriet ins Taumeln.

Als er sich wieder fing, schlug ich erneut zu. Diesmal traf ich die Schläfe, Blut lief über sein stoppeliges Kinn. Er knurrte vor Schmerz und Wut.

Ich rannte los, noch immer den Stein umklammernd. Kurz darauf lag der Wald hinter mir, ich eilte den Hügel hinauf. Ich rutschte auf Tannennadeln aus, stürzte auf die Knie, wollte mich mit den Händen abstützen, schaffte es aber nicht.

Meine Knie und Ellbogen schmerzten, mir kamen die Tränen. Vor meinen Augen verschwamm alles.

Als ich mich aufrichten wollte, hörte ich ihn. Er war ganz in der Nähe, hinter mir. Ich hörte ihn keuchen.

Ich sprang auf, und etwas streifte mein langes, lockiges Haar. Ich rannte los, stolperte, hielt mich an einem Ast fest, lief weiter.

»Scheiße!« Ich hörte ihn stürzen.

Ich drehte mich um. Er lag am Boden, rollte den Abhang hinunter. Fast hätte ich ihm geholfen. Ich schüttelte den Kopf. Ausgeschlossen.

Ich rannte auf das Blockhaus zu. »Hilfe! Hilfe!«

»Was ist passiert?«

Die Stimme kam von vorn.

»Ich wurde angegriffen!«

»Ich komme!«

Da, auf der Anhöhe. Ich sah einen Mann in mittleren Jahren, in Begleitung einiger Älterer, die sich mit Ästen bewaffnet hatten. Ich musst lachen, und dann …

Meine Beine gaben nach, ich ließ den Stein fallen. Ich schluchzte, hatte solche Angst. Jemand stand neben mir. »Ist es vorbei?«, fragte ich.

»Ja.« Ein Arm legte sich um meine Taille und zog mich hoch. Ich lehnte mich an den Mann, der nur einer war von jenen, die mir zu Hilfe kommen wollten.

»Willkommen in der Navajo Pine Lodge. Ich bin Niall, der Verwalter.«

Ich musste lächeln. »Ich bin Ihnen so dankbar.« Nialls Tochter reckte den Daumen hoch, und ich erwiderte die Geste. Als der Adrenalinstoß nachließ, kam der Schmerz zurück. Von Kopf bis Fuß tat mir alles weh.

Niall half mir auf, und wir gingen auf das Blockhaus zu. Ich blickte mich um, und mir wurden die Knie weich, als ich den Abgrund sah, in den der Angreifer gestürzt war.

»Mein Gott.«

»Das können Sie zweimal sagen.«

»Ich könnte jetzt gut einen doppelten Whisky gebrauchen.«

»Wird gleich serviert.«

Niall musste mich fast ziehen. »Wir warten auf die Deputys des Sheriffs«, sagte er. »Sie kommen aus Grants.«

»Aber …«

»Er ist tot, Miss Whyte«, sagte Niall. »Ihm kann's egal sein, wann sie hier sind.«

21

Ich nahm ein langes, heißes Bad mit wohltuenden Lotionen und einem doppelten Whisky, den Niall mir gebracht hatte. Das alles half meinem leiblichen und seelischen Wohlbefinden. Selbst der pochende Kopfschmerz ließ nach, der mich nach den Schlägen ins Gesicht gequält hatte. Es dauerte fast zwei Stunden, bis ich mich wieder sauber fühlte. Ich erhob mich auf wackeligen Beinen aus der Sitzbadewanne und streckte mich auf dem flauschigen Badeteppich davor aus.

Die Wanne leerte sich glucksend, und ich schloss die Augen. Ich hatte es überlebt. *Ich lebte.*

Jemand klopfte an die Tür.

»Alles okay, Miss Whyte?«

»Ja, ich bin nur eingeschlafen.« Und ich fror, halb auf dem kalten Fußboden des Badezimmers liegend. »Wahrscheinlich lag es an dem Bourbon.«

»Bestimmt.«

Ich stand auf und ging zum Waschbecken. Nachdem ich den Schock überwunden hatte, den mir der Anblick meines geschwollenen Gesichts bereitete, behandelte ich die Blessuren mit einem Antiseptikum.

Jetzt konnte ich mir den Topf im Wohnzimmer genauer ansehen.

»Jemand möchte Sie sprechen«, sagte Niall vor der Tür.

Mein Herzschlag setzte aus. Vielleicht Hank. Das wäre wunderbar. Es war dumm gewesen, ihn zu verlassen. »Wer denn?«

»Ein Deputy des Sheriffs.«

Am Fuß der Treppe stand eine Frau mit wettergegerbtem Gesicht. Sie trug blank geputzte, aber abgenutzte Cowboystiefel, hatte die Daumen hinter ihren Gürtel geklemmt und wirkte ungeduldig.

Ich ging die Treppe hinunter. »Guten Tag.«

Sie lächelte nicht, sondern zeigte nur auf die kleine Bibliothek im hinteren Teil des Hauses.

Sie trug einen braunen Hosenanzug und kaute offenbar auf den Fingernägeln. Ihr braunes Haar war zu einem Pferdeschwanz zurückgebunden, doch der Pony verlieh ihr ein etwas sanfteres Aussehen. Sie wirkte nicht wie jemand, der viel lächelte.

Sobald ich mich gesetzt hatte, zog sie ein kleines silbernes Aufnahmegerät aus der Tasche, schaltete es ein und legte es auf den Tisch. Sie sprach das Datum und die Zeit auf Band. Auch Niall war dabei, doch sie warf ihn hinaus.

»Wir haben nichts mehr zu bereden, mein Freund.«

»Komm schon, Louise«, sagte Niall.

»Nein. Ich möchte unter vier Augen mit ihr reden. Lass uns allein.«

»Seien Sie vorsichtig«, sagte er zu mir, als er das Zimmer verließ. »Sie wirkt warmherzig und umgänglich, ist es aber nicht.«

Ich hielt sie absolut nicht für warmherzig und umgänglich.

»Sie machen Probleme, auf die ich gut verzichten könnte«, sagte die Polizistin.

Ich hatte keine Ahnung, wovon sie sprach.

»Es wurde ein Haftbefehl für Sie ausgestellt.«

»Warum sollte die Polizei nach mir suchen?« Ich zuckte die Achseln. »Ich habe nichts Unrechtes getan.«

»Wir haben hier einen Toten gefunden.«

Das war der Moment, in dem ich mir wünschte, nicht mit dem Rauchen aufgehört zu haben. »Er hat versucht, mich umzubringen.«

»Behaupten Sie zumindest.«

Ich zuckte zusammen. »Genau, das behaupte ich. Fragen Sie doch Niall und die anderen, die mir zu Hilfe gekommen sind.«

Sie schnippte Staub von ihrer Hose.

»Seit ich in Ihrem schönen Bundesstaat eingetroffen bin, hatte ich keine ruhige Minute«, sagte ich. »Jetzt deuten Sie an, dass dieser Typ mich nicht angegriffen hat. Glauben Sie's mir, ich wäre fast gestorben in dem Wald da draußen.«

»Ja, vielleicht.« Sie schlug ein dünnes Notizbuch auf. »Hier steht, dass Sie wegen eines Vorstellungsgesprächs in Albuquerque nach New Mexico gekommen sind. Außerdem weiß ich, dass das Auto, das Sie dort am Flughafen gemietet haben, demoliert und halb verbrannt aufgefunden wurde. Stimmt das?«

»Ja, aber …«

»In Gallup, wo Sie in Begleitung eines Detectives der Bundespolizei von Massachusetts waren, hat es eine Schießerei gegeben. Und während dieser Schießerei haben Sie sich aus dem Staub gemacht. Auch richtig?«

Ganz so hätte ich es nicht ausgedrückt. »Nun, in gewisser Weise …« Gott sei Dank hatte sie keine Ahnung, warum ich wirklich in New Mexico war.

Sie blätterte eine Seite um. »Hier steht noch, dass der Schädel einer Ihrer Freundinnen in einem alten Topf der Anasazi gefunden und dass einer anderen Bekannten von Ihnen wegen dieses Tongefäßes die Kehle durchgeschnitten wurde. Was haben Sie dazu zu sagen?«

Ich wusste nicht, was ich dazu sagen sollte, ohne wie eine Verrückte zu klingen. Also schwieg ich. Ich faltete die Hände in meinem Schoß.

Sie beugte sich vor. »Sie wissen, wie ich über Sie denke? Ich denke, dass Sie uns nichts als Scherereien bereiten, dass Sie verrückt sind und dass wir alle froh sein können, wenn wir Sie von hinten sehen. Hören Sie gut zu, wie's jetzt weitergeht. Ich fahre Sie nach Albuquerque und werde mich persönlich vergewissern, dass sie ein Flugzeug besteigen, das ohne Zwischenstopp nach Boston fliegt. Dann kann man sich dort um Ihren Fall kümmern. Alles klar?«

Ich hatte nicht vor, mich aus New Mexico abschieben zu lassen.

Ihr Handy piepte, und sie wandte sich ab, um den Anruf anzunehmen. Sie war keine Indianerin, aber auch keine Angloamerikanerin. Vielleicht spanischer Abstammung. Ich fragte mich, ob sie Probleme hatte, sich zu integrieren. Ich zwang mich zur Konzentration.

Warum versuchte sie, mich loszuwerden? Natürlich konnte sie mich nicht zwingen, New Mexico zu verlassen, aber … Steckte jemand aus Boston dahinter? Der Boss des OCME hatte einen langen Arm. Vielleicht wollte Addy, dass ich zurückkam. Bei Veda hätte ich mir so etwas vorstellen können, bei Addy eigentlich nicht.

Meine Lage war beunruhigend und verwirrend, vor allem auch deshalb, weil dieser weibliche Deputy des Sheriffs so viel über mich wusste.

Sie hatte ihr Telefonat beendet und blickte mich an. »Warum gehen Sie nicht nach oben und packen Ihre Klamotten zusammen? Worauf warten Sie noch?«

»Ich bleibe hier.«

»Das sehe ich anders.« Sie lächelte. »Niall?«

Der Verwalter öffnete die Tür. »Du willst mich sprechen, Baby?«

»Du bist doch ausgebucht, oder?«

Er runzelte die Stirn. »Ausgebucht? Um diese Jahreszeit? Du spinnst wohl.«

»Natürlich bist du ausgebucht.«

Er blickte zwischen uns hin und her. »Ja, wahrscheinlich hast du recht.«

Louise grinste. »Wie gesagt, ich bringe Sie zum Flughafen von Albuquerque.«

»Ich bin kein kleines Mädchen«, sagte ich. »Danke für das tolle Angebot, aber ich muss mir einen Platz in dem Flugzeug reservieren lassen. Außerdem brauche ich Schlaf. Hat das alles nicht bis morgen früh Zeit?«

Sie blickte von ihrem Notizbuch auf. »Ja, ich denke, das lässt sich machen.« Sie schlug sich auf die Knie und stand auf.

Wenn sie am Morgen zurückkam, würde ich nicht mehr da sein.

Sie ging zu Niall und versetzte ihm scherzhaft einen sanften Schlag in den Bauch. »Ich hab jetzt keine Lust mehr, nach Grants zurückzufahren. Du hast doch ein Zimmer für mich?«

»Kein Problem, Louise.« Er konnte mir nicht in die Augen blicken. »Du bist immer willkommen.«

»Ich hole nur eben meinen Krempel.« Sie winkte und ging zu ihrem vor dem Haus geparkten Streifenwagen.

In meinem Zimmer warf ich meine paar Habseligkeiten in die Reisetasche und setzte mich auf das Bett. Ich saß in der Patsche. Selbstverständlich hatte ich nicht vor, nach Boston zu fliegen, und ich hatte auch keine Lust, mit einer Frau nach Albuquerque zu fahren, die mich ganz offensichtlich verabscheute.

Was, wenn auch sie keine richtige Polizistin war? Sie konnte mich unterwegs problemlos umbringen. Menschenleere Gegenden gab es hier genug.

Doch das ergab keinen Sinn. Niall kannte sie.

Woher wusste sie so viel über mich?

Ein Motorengeräusch ließ mich ans Fenster treten. Ich sah einen staubigen schwarzen Kombi, aus dem vier Männer stiegen, alle in Jeans und mit Cowboyhüten. Sie hatten Seile und eine Bahre dabei. Vermutlich waren sie hier, um den Toten zu bergen und ihn nach Albuquerque in die Gerichtsmedizin zu bringen. Einer der Männer war von der Spurensicherung, ein anderer hatte eine Kamera dabei. Sie hatten einiges zu tun, da der Typ in einen ziemlich unzugänglichen Abgrund gestürzt war.

Wer war dieser Typ gewesen? Vielleicht hatte ich mich getäuscht, als ich annahm, dass er mich umbringen wollte. Vielleicht hatte er mich vergewaltigen wollen. Aber er war nur ein Handlanger, da war ich mir sicher.

Aber *wessen* Handlanger, verdammt? Für wen hatte er gearbeitet?

Ich dachte darüber nach, starrte aber nur mit leerem Blick auf das Briefpapier der Navajo Pine Lodge. Ich duschte und wusch mir die Haare mit Prell, jenem Shampoo, das ich als Kind immer benutzt hatte. Ich fühlte mich zurückversetzt in eine Zeit, als mein Vater noch lebte und als ich mit Carmen und anderen Kindern am Ufer des Echo Lake gespielt hatte.

Ich legte mich auf das Bett.

Das Hämmern eines Spechts weckte mich, doch als ich die Augen öffnete, wurde mir klar, dass jemand an die Tür klopfte.

»Ja?«

»Das Abendessen ist fertig, Miss Whyte.«

»Bin gleich da«, antwortete ich mit belegter Stimme. Ich betastete meine Wange und blickte in den Spiegel, warf aber nur einen kurzen Blick auf mein geschwollenes Gesicht, bevor ich das Zimmer verließ. Ich hatte genug gesehen.

Meine rechte Wange war geschwollen, grün und blau verfärbt und druckempfindlich, auf der anderen Seite war die Schnittwunde noch nicht verheilt, die mir der Messerstecher auf Martha's Vineyard zugefügt hatte. Zwei Männer, die vielleicht für denselben Auftraggeber gehandelt hatten. Ich musste jemanden schwer verärgert haben. Es sah so aus, als setzte er alles daran, mich in die Finger zu bekommen.

Als ich nach unten ging, musste ich mich am Geländer festhalten. Ich war in einem schlechten Zustand. Doch der würde sich von Tag zu Tag bessern, und ich hatte nicht die Absicht, auch nur eine Nacht in der Navajo Pine Lodge zu verbringen.

Ich blickte auf Hanks Armbanduhr. Drei Uhr morgens. Ich entwischte durch den Seitenausgang. Vollmond, es war praktisch taghell. Besonders clever war meine Strategie nicht. Aber mir fiel nichts Besseres ein. Ich war hier mitten im Niemandsland, und mir saß dieser weibliche Deputy des Sheriffs im Nacken. Ich musste den Mietwagen nehmen. Zu Fuß gehen konnte ich in dieser Einöde schlecht.

Ich zog den Reißverschluss der dicken Jacke zu, die Niall mir gegeben hatte. Die Temperatur war stark gefallen, vor meinem Mund bildeten sich Atemwölkchen. Es musste unter null sein. Ich wünschte mir, statt der Baseballkappe eine dicke Wollmütze zu haben.

Die mit Tannennadeln übersäte Erde unter meinen Füßen knirschte. Meine Schritte waren ganz schön laut.

Ich zog den Reißverschluss der Jackentasche auf und ertastete die Wagenschlüssel. Mir war saukalt. Ich ging dicht an der Wand des Blockhauses entlang. Ich spähte um die Ecke und sah meinen Mietwagen.

Ich rannte hin, öffnete das Auto nicht mit der Fernbedienung, sondern mit dem Schlüssel, und zwängte mich hinter das Steuer. Ich atmete tief durch.

Ich steckte den Schlüssel ins Zündschloss und drehte ihn.

Der Motor sprang nicht an.

Ich versuchte es erneut. Wieder nichts. Was war los?

Ich betastete die Unterseite der Lenksäule und schaltete das Licht ein, um mich zu vergewissern, dass ich mich nicht täuschte.

Unter der Lenksäule sah ich ein Gewirr farbiger Kabel. Jemand hatte sie durchgeschnitten oder herausgerissen. Es machte keinen Unterschied. Ich wusste nur, dass der Motor nicht anspringen würde.

Louise hatte jedem Fluchtversuch vorgebeugt.

Sei's drum. Ich hatte schon zu viel mitgemacht. Ich war nicht schachmatt. Zumindest nicht auf längere Sicht.

Eine Nacht im Wald würde ich überleben. Danach konnte ich ein Stück zu Fuß gehen, ein Auto anhalten, und niemand hatte eine Ahnung, wo ich geblieben war.

Auf dem Weg zu der nicht asphaltierten Straße hielt ich nach einem niedrig hängenden Kiefernzweig Ausschau. Nach ein paar Schritten in den Wald fand ich einen. Ich riss wie eine

Verrückte daran, gab schließlich auf. Ich versuchte es mit einem dünneren Zweig, schaffte es, rannte damit zur Straße zurück und ließ eine meiner wertvollen Socken zu Boden fallen. Dann tat ich, was ich aus dem Kino kannte. Als ich von der Straße zurücktrat, bewegte ich den Kiefernzweig auf dem Boden hin und her, um meine Spuren zu verwischen.

Schließlich ließ ich den Zweig fallen. In dem hellen Mondlicht konnte man ziemlich gut sehen, der Wald war voller silbergrauer Schatten. Mein Gott, es war wirklich verdammt kalt. Ich bewegte mich, um mich aufzuwärmen. Ein Blick auf das Leuchtzifferblatt von Hanks Uhr. Halb vier. Ich entfernte mich weiter von der Straße. Mein Weg führte den Hügel hinunter, in Richtung Navajo Pine Lodge.

Die Socke. Ein Hund wie Penny hätte mich finden können. Aber ich war weder ein ausgebrochener Häftling noch ein verlorenes Kind. Angesicht der damit verbundenen Kosten bezweifelte ich, dass sie Polizeihunde anfordern würden. Vermutlich blieben mir etwa drei Stunden, bevor die anderen aufwachten und diese verrückte Louise die Verfolgung aufnahm. Ich hatte eine kurze Notiz hinterlassen. Wenn sie mir glaubte, dass ich nach Gallup trampen wollte, würde das alles sehr viel einfacher machen.

Dann konnte ich, sobald sie weg war, zur Hauptstraße zurückkehren und ein Auto anhalten. Mein Ziel war der Chaco Canyon. Die Jacke konnte ich Niall mit der Post zurückschicken. Er hatte meine Kreditkartennummer, sodass er nicht der Dumme war. Ich glaubte, alle Unwägbarkeiten bedacht zu haben.

Falls mir jemand zu dem Blockhaus gefolgt war, war dies der bessere Plan. Ich konnte verschwinden, ohne Spuren zu hinterlassen.

Ich hatte eine Decke mitgenommen und setzte mich darauf. Ich fror, aber für ein paar Stunden würde ich die Kälte aushalten.

Ich wünschte zu wissen, wo Hank war und dass es ihm gut

ging. Vermutlich war es so, doch ich würde ihn erst aus dem Chaco Canyon anrufen. Tat ich es eher, würde er darauf bestehen, dass ich nach Boston zurückkehrte. Dann ging alles wieder von vorn los.

In drei Tagen musste ich mir die nächste Spritze gegen Tollwut setzen lassen. Ich war wirklich ein Glückspilz. Aber ich konnte morgens im Chaco Canyon sein, mich umblicken und sehen, ob ich etwas herausfand, bevor ich Verstärkung anforderte.

Wenn ich mir selbst gegenüber aufrichtig war, musste ich mir eingestehen, dass ich keinen wirklichen Plan hatte. Ich wusste nur, dass ich mein Ziel möglichst schnell erreichen musste.

In der Morgendämmerung wachte ich auf. Ich reckte und streckte mich. Ich konnte alle Glieder bewegen, aber nur unter Schmerzen. Am Vortag hatte ich definitiv einiges einstecken müssen.

Ich nahm mir ein paar Minuten Zeit, um dem Singen der Vögel und den Geräuschen des Waldes zu lauschen. Es war ein beruhigendes Gefühl. Der Wind war kalt, doch es war ein belebendes Gefühl, ihn auf den Wangen zu spüren. Gern wäre ich noch eine Weile geblieben, in meine Decke gehüllt. Hier war ich in Sicherheit.

Aber ich *musste* aufbrechen.

Auf dem Rückweg zur Navajo Pine Lodge blickte ich auf Hanks Uhr. Halb acht. Verdammt, ich hatte länger geschlafen als beabsichtigt. Meine Schritte knirschten auf dem gefrorenen Waldboden. Ich ging parallel zur Straße und lauschte aufmerksam, ob mir etwas Ungewöhnliches auffiel. Von dem Blockhaus her war kein Geräusch zu hören. Merkwürdig.

Am Rand des Parkplatzes blieb ich stehen, mich noch immer zwischen den Bäumen haltend. *Sehr* merkwürdig. Wo zum Teufel waren die Autos, Nialls Pick-up, mein Mietwagen, der Kombi, mit dem die Polizisten gekommen waren?

So ein Massenaufbruch erschien mir rätselhaft.

Ich rannte los, blieb aber wieder stehen. Bestimmt war es eine Falle. Louise hatte alle Fahrzeuge versteckt, weil ich denken sollte, es sei niemand da. Ja, das musste es sein.

Von meinem Beobachtungsposten am Waldrand aus konnte ich alles gut überblicken. Nur gab es nichts zu sehen. Ich ging zur Auffahrt und blickte die Straße hinunter. Ich konnte ziemlich weit sehen. Kiefern wiegten sich im Wind, Vögel zwitscherten. Ich hörte einige kleine Tiere im Unterholz. Am Himmel über mir flog ein Flugzeug.

Nur menschliche Geräusche waren nicht zu hören.

Ich setzte mich auf die Bank neben dem Blockhaus, hatte Angst, es zu betreten. Ich war mir sicher, dass die Falle zuschnappen würde. Ich hatte kein Auto, keine Möglichkeit, von hier zu verschwinden. Zumindest fiel mir keine ein.

Zum Teufel, ich war dem Unvermeidlichen noch nie ausgewichen.

So leise wie möglich zog ich die Fliegentür auf. Dann griff ich nach dem Türknauf des Seiteneingangs, durch den ich in den hinteren Teil des Hauses gelangte, wo sich die Küche und eine Waschküche befanden.

Da erblickte ich etwas, das mir ganz nach getrocknetem Blut aussah.

Verdammt.

Vielleicht war es auch Himbeermarmelade.

Leider hätte ich gewettet, dass es nicht so war.

Das Blut hätte meines sein können, von gestern, oder das des Mannes, der mich im Wald angegriffen hatte. Ich glaubte nicht eine Sekunde daran.

Aus dieser ganzen Geschichte war sehr schnell bitterer Ernst geworden. Vielleicht hatte ich mich dumm verhalten, vielleicht aber auch nicht. Eventuell ganz und gar nicht.

Ich steckte mein Haar hoch, setzte die Baseballkappe auf und stellte meine Sachen mitsamt der Decke neben dem Haus ab.

Irgendjemand beobachtete mich.

Ich wirbelte herum, sah aber nur den leeren Parkplatz.

Ich blickte durch das Küchenfenster. Niemand zu sehen. Ich ging an der Rückseite des Hauses entlang, schaute durch ein anderes Fenster. Das private Gästezimmer. Niall hatte gesagt, dass er es während der Saison manchmal auch vermietete. Die Tür zum Korridor war geschlossen.

Ich stellte mich auf die Zehenspitzen und drückte gegen den Rahmen. Das Fenster war nicht geschlossen, und ich stieß es auf. Ich stützte mich auf der Fensterbank ab und kletterte hinein.

All das kam mir auf schon bizarre Weise vertraut vor. Ich schwor mir, dass es das letzte Mal war, dass ich durch ein Fenster in ein Haus einstieg. Punkt.

Stille. Keine Stimmen, keine anderen Geräusche. Ich ging zur Tür des Gästezimmers, öffnete sie einen Spaltbreit und blickte in den Flur. Niemand zu sehen.

Irgendwie erschien mir alles so absurd. Vielleicht war die ganze Bande in die Stadt gefahren, um ins Kino zu gehen.

Ich ging den Korridor hinunter, blieb stehen und hörte ein seltsames Röcheln. Ich spitzte die Ohren. Woher kam es? Aus der Bibliothek? Vielleicht. Ich warf einen Blick hinein. *Mein Gott.*

22

Ein Sessel und der Tisch waren umgekippt, der Inhalt eines Kaffeebechers hatte sich über den Teppich ergossen. Das wollte ich nicht unbedingt sehen, doch sonst fiel mir nichts Ungewöhnliches auf, als ich den Blick über die Bücherregale, die Kommode mit dem Telefon und den Schreibtisch gleiten ließ.

Doch da war wieder dieses Röcheln. Ich biss mir auf die Unterlippe. Die Nerven. Irgendetwas Schlimmes war passiert. Ich zog das Pfefferspray aus der Tasche. Es war mir schon oft nützlich gewesen.

Ich ging den langen Korridor mit den Bodendielen aus Kiefernholz hinunter. Das Licht war ausgeschaltet, und es wurde dunkler, da der Gang keine Fenster hatte. Ich trat auf eine Teppichbrücke. Direkt vor mir war die Haustür. Links befand sich das Esszimmer, rechts der große Wohnraum. Ich hatte Angst, einen Fehler zu machen, den falschen Weg einzuschlagen.

Ich blickte zur Treppe hinüber. Auf einer Stufe lag ein aufgeschlagenes Buch. Auch nicht gerade beruhigend.

Ich ging langsam auf die Wohnzimmertür zu, hielt mich dicht an der Wand. Das Röcheln hörte sich fast so an, als würde jemand *ertrinken.* Ich konnte nicht viel erkennen, doch mir fiel ein dunkler Fleck auf dem Teppich auf, den ich gestern noch nicht gesehen hatte. Meine Hand umklammerte krampfhaft die Sprühdose mit dem Pfefferspray, als ich in das Wohnzimmer trat.

Der Gestank war entsetzlich. Mir drehte sich der Magen um. Fäkalien, Urin, Blut. Auf allen vieren kroch ich um den großen Blutfleck herum.

Hier war etwas Schlimmes passiert.

Ich krabbelte um einen Sessel herum. Das Röcheln wurde lauter, und dann sah ich sie.

Sie lag mit dem Gesicht nach unten auf dem blutverschmierten Teppich. Ich hob ihren Oberkörper an, drehte sie auf den Rücken und strich ihr das verfilzte Haar aus dem Gesicht.

»Deputy? Louise?«

Auch ihr Gesicht war blutverschmiert, aus einem Mundwinkel sickerte ein dünnes Rinnsal.

»Deputy?«

Sie schien bewusstlos zu sein. Ich schob ihr ein Kissen unter den Rücken, vielleicht würde ihr das das Atmen erleichtern. Das altmodische Telefon stand neben einem der Ohrensessel. Ich hob den Hörer ans Ohr. Kein Freizeichen. Ich drückte auf die Gabel. *Klick, klick, klick.* Nichts.

Dann zog ich mein neues Handy aus der Jackentasche und klappte es auf. Kein Signal. Nichts zu machen.

Als ich wieder neben der Frau kauerte, suchte ich nach Wunden. Die Jacke war blutverschmiert, die Bluse ebenso. Ich knöpfte sie auf und sah eine klaffende, blutende Wunde. Ich war weder Arzt noch Krankenschwester. Ich wusste so wenig.

Nachdem ich ein paar Handtücher, ein Glas Wasser und ein Tuch geholt hatte, packte ich die Handtücher auf die Wunde, weil ich hoffte, dass das vielleicht die Blutung stoppen würde. Dann hievte ich Luise auf meinen Schoß und führte ihr das Wasserglas an die Lippen. »Kommen Sie, versuchen Sie zu trinken.«

Sie bewegte sich nicht. Ihr Mund stand halb offen. Ich benetzte das Tuch und betupfte damit ihre Lippen. Dann quetschte ich es aus, damit etwas Wasser auf ihre Zunge tröpfelte.

Das Geräusch ihrer mühsamen Atemzüge war entsetzlich.

»Ich werde Sie nicht allein lassen«, flüsterte ich ihr ins Ohr. »Aber ich muss mal kurz raus, um zu überprüfen, ob mein Handy draußen funktioniert. Im Haus habe ich kein Signal. Okay?«

Keine Reaktion.

Vor der Tür klappte ich erneut das Handy auf. Immer noch kein Signal. Mist.

Louise lag im Sterben, und ich tat nichts.

Zurück im Haus, eilte ich in die Bibliothek. Die Tür des Schranks war geschlossen. Ich riss sie auf und sah Nialls Computer, der nur darauf wartete, hochgefahren zu werden. Ich schaltete ihn ein.

Es schien eine Ewigkeit zu dauern, bis das Ding betriebsbereit war. Ich öffnete das E-Mail-Programm. Natürlich kannte ich in diesem Niemandsland von niemandem die E-Mail-Adresse. Großartig.

Ich ging ins Internet, öffnete auf der Seite meines Providers meinen eigenen E-Mail-Account und schrieb Nachrichten an Gert, Kranak und Hank. Meine Finger flogen nur so über die Tasten. Ich erklärte ihnen alles, beschrieb haarklein, wo ich war, und alles über Louise. Ich bat sie, in Grants anzurufen, wo das Büro des Sheriffs war, aber auch in Thoreau, das nicht so weit von der Navajo Pine Lodge entfernt war. Nachdem ich sie abschließend aufgefordert hatte, keine Zeit zu verlieren, klickte ich auf den Button für »Senden«.

Ich betete, dass Hank seinen BlackBerry dabeihatte.

Danach versuchte ich es mit der Polizei in Grants und Gallup, hatte aber keinen Erfolg. Was nun?

Die Bundespolizei von New Mexico. Ich fand ihre Webseite, füllte das Online-Formular für Mails aus und schickte die Nachricht ab. Wieder betete ich, dass etwas, irgendetwas klappen möge, um Louise zu helfen.

Ich lehnte mich zurück. Dies war eine ganz, ganz üble Geschichte. Ich schloss die Augen, rieb sie. Besser, ich ging wieder zu Louise zurück. Ich wollte sie nicht allein lassen. Doch als ich aufstand, nahm ich aus dem Augenwinkel eine Bewegung vor der Tür der Bibliothek wahr.

Verdammt. Das hatte mir gerade noch gefehlt. Ausgerechnet jetzt. Ich umklammerte das Pfefferspray, trat aus der Bibliothek und schlich den Flur in Richtung Küche hinunter, um mich mit einem von Nialls langen Küchenmessern zu bewaffnen. Ich sandte ein stilles Dankgebet zum Himmel empor. Ich schluckte. Um jemanden zu erstechen, brauchte man gute Nerven, und ich war mir nicht sicher, ob ich die im Moment hatte.

Aber ja, bisher hatte ich noch immer die Nerven behalten.

Im Korridor tastete ich mich dicht an der Wand in Richtung Wohnzimmer vor. Ich konnte mich nur auf mich selber verlassen. Selbst wenn meine Nachrichten an Gert, Kranak oder die Bundespolizei angekommen und gelesen worden waren, braucht man für die Fahrt hierher zwanzig oder dreißig Minuten.

Ich war auf mich allein gestellt.

Eins, zwei, drei. Ich trat in die Tür und sah nichts Auffälliges. Da waren nur Louises flache Atemzüge. Ich schluckte, fast hätte ich husten müssen. Meine Kehle war vor Angst wie ausgetrocknet.

Wieder blickte ich in jede dunkle Ecke des Raums. Dann trat ich zu Louise. Ich war so froh, dass sie noch lebte.

Wir konnten nur warten. Ich konnte nichts mehr für sie tun, wusste nicht, was ich machen sollte. Und wenn irgendein Typ Verstecken mit mir spielte, würde er mit dem Pfefferspray und dem Messer Bekanntschaft machen.

Ich setzte mich neben Louise und beugte mich über sie. »Ich habe Hilfe gerufen. Sie sind schon unterwegs. Bitte halten Sie durch.«

Ihre rechte Hand zuckte. Dann ballte sie sie langsam zur Faust, doch der ausgestreckte Zeigefinger wies auf die Schranktür.

»Danke«, flüsterte ich ihr ins Ohr. »Keine Sorge, ich kümmere mich um Sie.«

Ich musste nur die Tür im Auge behalten und die Sprühdose mit dem Pfefferspray darauf richten. Das Zeug wirkte auch noch auf eine Entfernung von zehn Metern.

Ich machte mich zum Sprung bereit.

Aus dem Flur hörte ich ein Lachen und ein knirschendes Geräusch. Als ich herumwirbelte, sah ich jemanden mit einer abgesägten Schrotflinte auf mich zielen.

Ein Schönling, sein Finger lag am Abzug. »Lass das mal fallen, Baby.«

»Nenn mich nicht Baby, du Arschloch.« Ich stand auf. »Und wenn ich das Messer und das Pfefferspray fallen lasse, wirst du mich mit dem Ding da erschießen.«

Er pfiff durch die Zähne. »Irrtum. Wir wollen dich weder umlegen noch deine hübsche Visage massakrieren. Der Boss will dich sprechen. Du hast die Nachricht gesehen.«

Ich hob die Sprühdose. »Was für eine Nachricht?«

Er ließ die Waffe sinken, und der Lauf zielte nun auf Louises Gesicht. »Komm schon, sei ein braves Mädchen. Noch ist sie nicht tot, aber wenn du nicht spurst, wird sie es gleich sein. Noch mal, lass den Krempel fallen.«

Ich blickte zu Louise hinüber. Ich hätte schwören können, dass sie unmerklich den Kopf schüttelte.

»Bist du jetzt ein braves Mädchen?«

Ich beugte mich vor und legte die Sprühdose und das Messer auf den Boden.

»Meinetwegen. Gehen wir.«

Das Krachen ließ mich zusammenzucken. Aber ich war nicht getroffen worden. *Guter Gott!* Louises Gesicht war nur noch Brei. Stille, sie atmete nicht mehr. Jetzt war sie tot.

Das Ungeheuer packte meinen Arm. »Komm schon.«

Ich ließ mich auf die Knie fallen, tat so, als müsste ich mich übergeben, und griff nach dem Pfefferspray. »Du Dreckskerl!« Ich drückte mit aller Kraft auf das Sprühventil. Natürlich verfehlte ich ihn, und er packte mit wutverzerrtem Gesicht erneut meinen Arm.

Ich rammte ihm ein Knie in die Genitalien.

Er krümmte sich vor Schmerz, konnte die Schrotflinte aber festhalten. Als ich danach griff, schlug er mir den Lauf gegen die Schläfe.

Ein stechender Schmerz, ich sank keuchend auf die Knie.

»Kleine Schlampe.«

Wieder ein lautes Krachen.

Diesmal glaubte ich, dass der Schuss mir galt und dass mein Gesicht gleich auch nur noch Brei wäre, wie das von Louise.

Ich beugte mich vor, kauerte auf dem Boden, auf den linken Arm gestützt, der jeden Augenblick nachzugeben drohte. Ich schloss die Augen.

Wieder ein Schuss, dann hörte ich jemanden stürzen.

»Du kannst die Augen aufmachen.«

Kannte ich diese Stimme?

Ich öffnete die Augen und schnappte nach Luft. Der Schuss hatte dem Schönling die linke Gesichtshälfte weggerissen. Der Mund war wie zu einem stummen Schrei geöffnet, Blut strömte über seine Stirn.

Jetzt musste ich mich wirklich übergeben.

Augenblicke später wurde ich hochgerissen. Ich ballte die Linke zur Faust und holte aus, aber jemand gebot mir Einhalt.

»Lass es, Tally.«

Ich schüttelte den kopf und schaute in das Gesicht von …

»Aric?«

»Komm mit, wir müssen verschwinden.«

»Was ist mit dem Deputy des Sheriffs?«

»Ist tot. Sie ruht jetzt in Frieden. Wir können nichts mehr für sie tun.«

»Nein.« Ich seufzte. »Moment noch.« Ich kniete neben Louise nieder. *Es tut mir so leid. Ich werde nicht vergessen, dass Sie für mich Ihr Leben gegeben haben. Ich wünschte …*

»Komm endlich, Tally.«

Ich griff nach dem Pfefferspray und dem Messer. »Setz mich nicht so unter Druck. Ich muss noch etwas überprüfen.«

Ich ging zu dem Regal, in dem der Topf stand. Er sah genauso aus wie am Vortag, eine Kopie des im Peabody Museum zu Bruch gegangenen Anasazi-Tongefäßes, dessen Aussehen Didi in ihrer Zeichnung detailgetreu wiedergegeben hatte. Der Fuß hatte einen Durchmesser von etwa dreißig Zentimetern. An der Stelle der größten Wölbung waren es fünfundfünfzig, an dem schmalen Hals achtzehn. Es war ein unheimliches Gefühl, die Keramik anzusehen, und ich fragte mich, ob sich etwas in dem Gefäß befand.

»Imitierter Krempel«, sagte Aric, der die Taschen des Toten durchwühlte.

»Woher willst du das wissen?«

»Ich weiß es eben.«

Mit angehaltenem Atem steckte ich eine Hand in den rot auf weiß ornamentierten Topf. Leer. Ich hob ihn hoch und drehte ihn um. Für mein ungeschultes Auge wirkte er authentisch. Ich sah mir den Boden an. »Hey, Aric, hier steht, dass er im Jahr 2001 getöpfert wurde. Es ist die Kopie eines uralten Tongefäßes, das im Chaco Canyon gefunden wurde. Du hattest recht.«

»Wie immer.«

Nachdem ich mir in der Küche die blutverschmierten Hände gewaschen hatte, folgte ich Aric nach draußen.

Ich schaute mich um. »Wo ist dein Landrover?«

»Steht zwei Meilen weiter unten an der Straße.«

Ich setzte mich auf die Bank. »Ich weiß nicht, ich bin völlig geschafft. Gestern …«

»Komm schon.« Er hängte sich die Schrotflinte über die Schulter und marschierte los.

»Moment noch. Ich glaube nicht, dass hier jetzt noch Gefahr droht. Warum warten wir nicht einfach auf die Polizei?«

»Wie bitte? Verlierst du die Nerven?«

»Könnte man so sagen. Die Diebe des echten Topfes haben es mit Sicherheit auf mich abgesehen. Sie wollen mich töten.«

»Das alles ist kompliziert«, sagte er. »Komm, lass uns verduften.«

Aber ich hatte keine Lust. Ich saß auf der Bank, und es war ein gutes Gefühl, die Sonne auf meiner Haut zu spüren. Der Wind war warm und lauschig, und der Duft der Pinien beruhigte mich. Wenn wir auf die Cops warteten, konnten wir ihnen den Rest überlassen. Ich lehnte den Kopf an die Wand des Blockhauses. Die Sonne beruhigte meine Seele.

Ich hatte genug. Delphine und Didi waren tot. Sie hätten Verständnis dafür gezeigt, dass ich den Cops alles erzählen und nur noch nach Hause wollte. Hank hatte recht. Ich hatte etliche Blessuren, mir tat alles weh.

Ich betastete meine Wange. Der Verband über der Schnittwunde war irgendwo verloren gegangen. Ich fuhr mit einem Finger über die verkrustete Narbe. Hank hatte kein Wort darüber gesagt. Vielleicht fand er mich jetzt abstoßend.

Natalie. Sie hatte versucht, mir zu helfen, und man sah ja, was sie davon gehabt hatte. Und Louise. Vielleicht war das bei einer Polizistin Berufsrisiko, aber eigentlich sah ich es nicht so. Der Einsatzleiter hatte ihr meinen Fall zugewiesen, und nun war sie tot. Wie auch der alte Besitzer des *Land's End Trading.*

Die Diebe des Tongefäßes waren entschlossen, mich in die Finger zu bekommen. Ich verstand nicht ihre Besessenheit, wusste nicht, warum so viele Menschen wegen eines Topfes hatten sterben müssen. Oder wegen des Schädels, vielleicht auch wegen eines alten Fetisches. Der Blutfetisch. Darunter konnte ich mir immer noch nichts vorstellen.

»Tally.«

Ich öffnete die Augen. Aric stand vor mir, zugleich wütend und müde.

»Ich glaube nicht, dass ich zum Chaco Canyon mitkommen kann, Aric. Ich bleibe hier, warte auf die Polizei und sage ihnen alles, was ich weiß. Danke für das, was du heute für mich getan hast, aber es hat schon zu viele Tote gegeben.«

Er kochte vor Zorn. »Und es wird noch mehr geben, wenn du deinen Arsch nicht sofort in Bewegung setzt.«

Ich stand auf und blickte ihm direkt in die Augen. Ich wollte nicht auch aggressiv werden. Meine Absicht war es, von hier zu verschwinden, doch im Augenblick fehlte mir einfach die Kraft. »Es tut mir leid, dass du enttäuscht bist. Oder wütend. Oder beides. Ich muss immer an Natalie denken. Und jetzt auch noch an Louise. Gestern hat ein Typ versucht, mich umzubringen, und die Spritzen mit dem Tollwutimpfstoff …« Ich blickte in seine sanften braunen Augen. Etwas fiel mir auf. »Gibt es da etwas, wovon ich nichts weiß?«

Er zog ein zusammengefaltetes Blatt Papier aus seiner Gesäßtasche und reichte es mir.

Wir haben Niall und seine Tochter. Kommen Sie zum Chaco Canyon, Chetro Ketl, große Kiva. Wenn Sie bis Sonnenuntergang nicht da sind, werden die beiden sterben.

Meine Hände zitterten. Ich starrte auf den Zettel, blickte dann Aric an. »Sie haben das mit Louises Blut geschrieben, stimmt's?«

»Ja.«

23

Aric war kein bisschen aus der Puste, als wir seinen Landrover erreichten. Ich dagegen lehnte mich keuchend an die Seitenwand des Wagens.

»Das kommt von der Höhenluft«, sagte er.

»Vielleicht. In Boston jogge ich immer. Ich muss immerzu an Niall und seine Tochter denken. Das habe ich ihnen eingebrockt.«

Er berührte mein Kinn. »Nein, Tally. Auch am Tod der Polizistin trifft dich keine Schuld. Ich weiß mittlerweile, wie du denkst.«

»Wirklich?« Ich gab ihm einen Kuss auf die Wange. »Du hast recht. Rational betrachtet, sehe ich es auch so, aber mein Gefühl … Egal, das ist eine andere Geschichte. Lass uns fahren.«

Ich ging um den Landrover herum und setzte mich auf den Beifahrersitz. Zumindest für ein paar Minuten wollte ich weder reden noch nachdenken. Aric gab Vollgas, und ich war froh, dass ich mich angeschnallt hatte. Die Straße war holprig, und es wurde erst besser, als wir die asphaltierte Hauptstraße erreichten.

»Ich habe dir ein Geschenk mitgebracht.« Er wies auf die Ablage über dem Armaturenbrett. Neben seiner Kautabakdose lag dort ein rosafarbenes Objekt von der Größe einer TV-Fernbedienung.

»Was ist das? Sehe ich so aus, als würde ich auf Rosa stehen?«

Er lachte. »Du weißt wirklich nicht, was das ist?«

Ich hob das Ding vorsichtig hoch. Darauf stand *Taser*. Eine *pinkfarbene* Elektroschockwaffe. »Was soll ich damit, Aric?«

»Hey, das ist keine Pistole. Ich weiß, dass du dich weigerst, eine Schusswaffe zu tragen.« Er grinste.

»Du bist sehr zufrieden mit dir, was?«

»War ein Sonderangebot. Sie wollten die rosa Taser loswerden. Männer kaufen so was nicht.«

»Meine Farbe ist das auch nicht. Ich glaube nicht, dass ich das Ding brauche, Aric. Zumindest im Augenblick nicht.«

»Wie du willst. Es ist deine Entscheidung.«

Ich nickte. »Gut.« Trotzdem glaubte ich, dass wir mit dem Thema noch nicht durch waren. »Hör zu, ich entschuldige mich für die Art und Weise, wie ich mich in Gallup aus dem Staub gemacht habe. Es war alles … äußerst merkwürdig.«

Er steckte sich einen Kautabakpriem in den Mund und nickte. »Das fand meine Freundin auch. Mich dagegen wundert bei dir gar nichts mehr, Tally Whyte. Ich nehme an, du kanntest diese seltsame Person, die hinter dir her war?«

Ich erklärte es ihm. Er schnaubte und schüttelte dann lachend den Kopf.

»Muss ich jetzt damit rechnen, dass dieser Hank auftaucht und mich umbringt?«

»Nein, so ist er nicht.«

»Da bin ich ja erleichtert.«

»Lass uns mal das Thema wechseln. Ich verstehe es einfach nicht. Warum mussten wegen eines alten Tongefäßes und eines Schädels so viele Menschen sterben?«

»Ich weiß es auch nicht.« Er spuckte Kautabaksaft aus dem Fenster.

»Du solltest das lassen. Es ist nicht gut für dich.«

»Ich werde dran denken.«

»Gut. Wie lange brauchen wir bis zum Chaco Canyon?«

Er zuckte die Achseln.

»Kommt drauf an.«

Ich lehnte mich zurück und schloss die Augen.

»Ja, schlaf ein bisschen. Es dauert schon noch eine Weile.«

Von den Spritzen gegen die Tollwut hatte ich ihm nichts erzählt. Bis zum nächsten Termin blieb noch Zeit, und ich würde es schaffen, rechtzeitig zurück in Gallup zu sein.

Ich hatte das Gefühl, dass diese ganze Geschichte eher früher als später ausgestanden sein würde.

Ein lautes Dröhnen riss mich aus dem Schlaf. Was war los? Hatten wir einen Platten? Tobte draußen ein Sandsturm?

Der Motor des Landrovers war laut, aber es lag auch daran, dass Aric die Seitenfenster heruntergelassen hatte. Die Luft war sauber, und es roch nach Salbei und Sand. Ich musste Louise vergessen. Das Radio war nicht eingeschaltet, aber wer sprach da?

Natürlich Aric. Ich zwang mich, die Augen geschlossen zu halten. Ich glaubte, dass er sich der Sprache der Zuni bediente. Seine Stimme klang wütend, doch mit wem er auch sprach, ich hatte das Gefühl, dass der Mann am anderen Ende der Leitung das Sagen hatte. Ich hörte, wie er das Handy zuklappte, doch als ich gerade »aufwachen« wollte, murmelte er einen weiteren Sprachbefehl.

»Kesh'shi«, sagte er leise.

Ich blickte unauffällig zu ihm hinüber. Er lächelte, nickte, lachte dann laut. Das sah man selten bei ihm. Dieses Telefonat war augenscheinlich ganz anders als das vorhergegangene. Auch jetzt redete er in der Sprache seines Stammes. Er sagte etwas, das für mich wie *dohoechma* klang, und beendete das Gespräch.

Ich stöhnte und tat so, als wäre ich gerade aufgewacht.

Aric schaltete das Radio ein.

»Haben wir etwas zu trinken dabei?«, fragte ich.

Er drehte sich zur Rückbank um und reichte mir eine Dose Coca-Cola. Warm. Wer trank warme Cola? Das war mir schleierhaft, aber ich öffnet die Dose trotzdem und trank.

»Du hast telefoniert.«

»Nein, das war eine Talkshow im Radio. Der Empfang über Satellit ist ziemlich gut.«

Das stimmte. Aber jetzt log er mich an. Ich dachte an Hanks direkte, aufrichtige Art. »Hast du eine Freundin?«, fragte ich.

Sein Blick verdüsterte sich. »Seit wann stellst du private Fragen?«

»Du kennst mich. Zumindest hast du das gesagt. Mir ist es wichtig, dass ich meine Freunde verstehe.«

Er schlug auf das Lenkrad. »Vergiss es, Tally Whyte. Es könnte uns beide das Leben kosten.«

»Und damit ist das Thema erledigt?«

»Genau.«

»Es gibt jemanden in deinem Leben, Aric.« Ich legte ihm eine Hand auf die Schulter. »Jemanden, den du liebst. Du wirkst beunruhigt. Mir kannst du doch erzählen, was …«

»Ich habe aber keine Lust dazu.«

Seine Miene war düster und rätselhaft. Sein Haar war sehr kurz geschnitten, und er trug eine Baseballkappe. Sein gutes Aussehen erinnerte mich sehr an ein Foto von Edward Curtis. Doch wie sah es in seinem Inneren aus?

Er krempelte die Ärmel seines Hemdes hoch. Aric war der Sohn eines ehemaligen Gouverneurs der Zuni, der auch Häuptling seines Stammes gewesen war – ein mächtiger Mann. Auch Aric war mächtig. Von seinem eigentlichen Wesen hatte ich noch kaum etwas begriffen.

Der Aric, den ich kannte, war nicht der Mann, der jetzt neben mir saß. Er litt an etwas, und ich wünschte, ihm helfen zu können. »Bist du sicher …«

»Ja.«

Ich ließ das Thema fallen, zumindest vorerst. »Wo sind wir?«

»Kurz vor Crownpoint. Von dort geht's in Richtung Osten zum Chaco Canyon weiter.«

Ich zog mein Handy aus der Tasche. Hier gab es ein Signal, doch ich bezweifelte, dass es im Chaco Canyon auch so sein würde. Ich wollte mich bei Gert melden.

»Wen rufst du an?«

»Eine Freundin in Boston. Ich möchte wissen, wie es meinem Hund geht. Und was die Arbeit macht.«

Er warf mir einen strengen Blick zu. »Ich glaube mich zu erinnern, dass du gesagt hast, du würdest nicht arbeiten.«

Jetzt war die Atmosphäre gespannt. Was sollte ich bloß von

ihm halten? »Nein, ich arbeite nicht mehr, zumindest nicht offiziell. Aber ich habe seinerzeit das Massachusetts Grief Assistance Program gegründet und kann mich nicht ganz davon lösen. Wir betreuen die Angehörigen von Mordopfern.«

Er ging nicht darauf ein. »Telefoniere nicht so lange.«

»Warum? Stehe ich jetzt unter Überwachung?«

Seine Hände krampften sich um das Lenkrad. »Fass dich kurz.«

Ich wählte. Sofort sprang der Anrufbeantworter an, und ich hinterließ eine Nachricht. Hoffentlich konnte sie zurückrufen, bevor ich wieder im Funkloch steckte. Dann wählte ich Kranaks Nummer. Es meldete sich einer seiner Kollegen von der Spurensicherung, den ich seit Jahren kannte.

»Hallo, Wes, wie geht's? Hier ist Tally. Ist Rob zu sprechen?«

»Ist gerade an einem Tatort.« Es war wundervoll, eine vertraute und freundliche Stimme zu hören.

»Nicht weiter überraschend. Ich versuch's mit seiner Handynummer. Lass es dir gut gehen.«

»Moment noch, Tal.«

»Was ist los?« Das sollte beiläufig klingen, doch etwas an seinem Ton war mir aufgefallen.

»Ich wollte nur sagen, dass es mir sehr leidtut.«

»Was?«

»Du weißt es nicht? Scheiße.«

»Was immer es sein mag, ich weiß es nicht, Wes.« Panik überkam mich. »Ist bei Frau Dr. Morgridge alles in Ordnung?«

»Es geht ihr gut, Tal. Ich verbinde dich mit Gert.«

Ich rieb mir die Stirn. »Gert ist nicht in ihrem Büro. Ich habe gerade versucht, sie zu erreichen. Hör zu, Wes, ich habe keine Ahnung, wovon du redest. Was ist los?«

»Wie du willst.« Er seufzte. »Ich habe kein gutes Gefühl bei der Sache. Vergiss das nicht, okay?«

»Schieß los.«

»Hast du es gehört? Ich habe kein gutes Gefühl bei der Sache.«

»Ja, ich hab's gehört. Was ist passiert?«

»Dein Freund, dieser Cunningham …«

Mein Herzschlag setzte aus. »Ja?«

»Sie haben ihn mit Kugeln durchsiebt.«

»Aber er ist nicht tot, oder?«, flüsterte ich. »Du würdest es mir doch sagen?«

»Ja.«

Aric packte meinen Arm. Ich machte mich frei und gab ihm mit einem aggressiven Blick zu verstehen, er solle mich in Ruhe lassen. »Ich höre, Wes.«

»Eine Schießerei. Ich nehme an, dass er irgendwo da unten im Krankenhaus liegt.«

Etwas schnürte mir die Kehle zu. »Wo?«

»In einem Kaff namens Crownpoint.«

»Nicht in Gallup? Wie schlimm ist es?«

»Es sieht nicht gut aus, Tal. Ganz und gar nicht.«

»Okay.« Ich unterbrach die Verbindung. Vor meinen Augen drehte sich alles. *Hank.* Ich hatte immer gedacht, ihm könnte nichts zustoßen. Und jetzt war es passiert. Ich konnte es nicht ertragen.

»Wir sind doch fast in Crownpoint, oder?«

Aric' Blick war alles andere als tröstlich. »Ja.«

»Ich muss zum dortigen Krankenhaus. Sofort. Keine Widerrede.« Ich versuchte, mich halbwegs zu beruhigen.

Er schlug auf das Lenkrad. »Wir haben keine Zeit zu verlieren.«

Keine Zeit? Natürlich, wir mussten pünktlich im Chaco Canyon sein, um das Leben von Niall und seiner Tochter nicht zu gefährden. Aber …

Ich schüttelte den Kopf. »Es lässt sich nicht ändern und muss sein.« Ich erzählte ihm, was Hank zugestoßen war.

Er schwieg. Es war offensichtlich, dass er etwas sagen wollte, aber er verkniff es sich. Ich hatte nichts mehr zu sagen, wollte nur noch in das Krankenhaus.

Die mit Gestrüpp bewachsene Wüste zog am Fenster vorbei,

Meile um Meile, bergauf, bergab. Ich schob meine Hand in den hin und her schwingenden Haltegurt. Die sanfte rhythmische Bewegung beruhigte mich etwas.

Die Fahrt schien endlos zu dauern. Vor meinem inneren Auge sah ich Hank als kleinen Jungen, der damals schon in mich verliebt war. Dann als Sheriff des Hancock County. Ich sah ihn in meinem Bett, auf einem Spaziergang mit Penny, beim Eishockey …

Was genau war geschehen? Es klang alles so unverständlich. Natürlich war ich schuld, ich hatte ihn allein in dem Hotelzimmer zurückgelassen. Ich war mir sicher gewesen, dass ihm nichts passieren würde.

Ich hatte mich geirrt. Ein verhängnisvoller Irrtum.

Ich sah ein Dutzend Kühe, die von dem Gestrüpp fraßen, dann drei Kojoten, die sich an sie heranpirschten.

Ein Straßenschild. Der Ortseingang von Crownpoint. Ein Eselhase hoppelte über die Straße. Aric wich aus, um ihn nicht zu überfahren.

»Wie weit ist es bis zum Krankenhaus?«

»Nicht weit.« Er trommelte mit den Fingern auf dem Armaturenbrett den Takt eines Liedes, das er wahrscheinlich in seinem Kopf hörte.

Mein Kopf war leer. Ich versuchte, mir Hank vorzustellen, doch ich war allein. Er war tot, ich würde ihn nie wiedersehen.

Die Landschaft wurde ebener. Vor uns sah ich einfache Häuser, eine Schule. Ich glaubte auch das Krankenhaus sehen zu können. Mein Herz schlug schneller, mein Mund wurde trocken.

»Ich glaube, du musst da abbiegen.«

Aric nickte. Ich biss mir auf die Unterlippe. *Hoffentlich kommt alles wieder in Ordnung.*

Da, rechts. Das Krankenhaus. »Da ist es, Aric.«

Er fuhr weiter, gab Vollgas.

»Aber Aric …«

Wir rasten durch die Stadt.

»Du musst anhalten«, sagte ich. »Wenn's sein muss, gehe ich zu Fuß zurück.«

»Es geht nicht, Tally. Wir müssen zwei Menschen das Leben retten.«

Ich öffnete die Tür. Ich konnte herausspringen, mich abrollen.

»Das ist Selbstmord, Tally.«

Der Landrover fuhr immer schneller.

Plötzlich ertönte die Sirene eines Streifenwagens.

Aric blickte in den Rückspiegel. »Polizei. Mist.«

»Ich seh's.« Ich streckte die Hand nach dem Türgriff aus.

Als der Landrover zum Stehen kam, öffnete ich die Tür.

»Lass es«, sagte er.

Ich stieß die Tür weiter auf. In seinem Schoß lag ein rotes Halstuch, und darunter schaute der Lauf einer halbautomatischen Waffe hervor, der direkt auf mich gerichtet war.

Es lief mir kalt den Rücken herunter. Aber er würde nicht auf mich schießen. Natürlich nicht.

Im Seitenspiegel sah ich den Cop näher kommen. Er und Aric sprachen sehr leise, ich konnte nichts verstehen. Der Cop war ein Navajo, und Zuni und Navajo waren nicht gerade die besten Freunde.

Der Polizist verschwand. Aric schaute mich wütend an, zielte weiter mit der Pistole auf mich.

Scheiß drauf.

»Es muss sein.« Ich sprang aus dem Auto, landete unsanft auf dem Asphalt, rappelte mich aber sofort auf und rannte los.

»Tally!«

Ich rannte weiter, an dem Cop vorbei, Richtung Krankenhaus. Es war nicht weit. Jemand hupte, und dann tauchte neben mir ein alter, dunkelgrüner Pick-up auf.

»Hey!«, rief jemand.

»Ja?« Ich blieb nicht stehen, rannte weiter.

»Warum spielt dieser Zuni verrückt?«

Ein Navajo mit einem Strohhut sah mich durch das Fenster des Pick-ups an.

»Der verrückte Zuni will mich heiraten«, antwortete ich keuchend.

»Und wollen Sie das auch?«

»Um Himmels willen, nein!«

»Dann steigen Sie ein.«

Der grüne Pick-up hielt an, und ich riss die Tür auf und sprang auf den Beifahrersitz.

»Verdammt, Tally!«, schrie Aric.

Der Navajo lachte und gab Gas.

24

Die Leute starrten mich an, als ich in das Krankenhaus trat. Weil ich Hank nicht zu sehr verängstigen wollte, suchte ich die Damentoilette auf und spritzte mir kaltes Wasser ins Gesicht. Ich blickte nicht in den Spiegel, weil ich wusste, wie übel zugerichtet mein Gesicht war. Hank hatte schon Schlimmeres gesehen.

Mittlerweile musste auch Aric eingetroffen sein, doch es war mir ziemlich egal. Er konnte mich nicht mit Gewalt aus dem Krankenhaus herauszerren. Noch immer konnte ich es nicht fassen, dass der Navajo-Cop ihn hatte laufen lassen.

Das kleine Wartezimmer war überfüllt mit Männern und Frauen jeden Alters. Ich ging zum Empfang. Die junge Frau hinter dem Schreibtisch war in ein Buch vertieft.

»Entschuldigen Sie«, sagte ich. »Ich möchte einen Freund besuchen, er heißt Hank Cunningham.«

Sie legte ein Lesezeichen in das Buch und lächelte mich an. »Ich bin sozusagen ein Neuling hier. Arbeitet dieser Cunningham hier?«

»Nein, er ist ein Patient.«

»Tut mir leid, hab nie von ihm gehört.«

»Mir wurde gesagt, auf ihn sei geschossen worden, und er sei hierhergebracht worden.«

Sie runzelte die Stirn. »Davon weiß ich nichts. Wir haben hier nur einen Patienten mit einer Schusswunde, und das ist der Schwager eines meiner Cousins. Er hat sich selbst in den Fuß geschossen. Kann man sich so was vorstellen?«

Ich dachte nach. »Bin gleich zurück.«

»Ich vertrete nur Sally, die gerade Mittag macht. Ich wette, Sie weiß Bescheid.«

»Wo kann ich sie finden?«

»Wahrscheinlich raucht sie gerade im Hof eine Zigarette.« Sie lächelte. »Hoffentlich kann sie Ihnen weiterhelfen.«

»Das hoffe ich auch. Vielen Dank.«

Der Hinterhof war leicht zu finden. Zu viele Leute rauchten dort, etwa ein Dutzend, und mehr als die Hälfte waren Frauen. Einige lehnten an der Hauswand, die anderen gingen auf und ab und telefonierten.

Ich trat zu einer Navajo-Indianerin, die Jeans und eine rote Windjacke trug.

»Hallo«, sagte ich. »Ich suche nach einer Frau namens Sally, die am Empfang arbeitet.«

Sie gestikulierte mit der Zigarette. »Da drüben. Hat sie Probleme?«

»Nicht, dass ich wüsste.«

Sie schnippte die Asche von ihrer Zigarette, zuckte die Achseln und wandte sich ab.

Der Wind frischte auf, und ich zog Nialls Jacke fester zu. Als ich auf Sally zuging, beschirmte ich wegen der grellen Mittagssonne meine Augen mit einer Hand. Sally war klein und stämmig. Ihr langes Haar war zu einem Pferdeschwanz gebunden, und sie schien um die fünfzig zu sein. »Sally?«

»Genau, so heiße ich«, antwortete sie mit melodiöser Stimme. »Mein Gott, Sie sehen aus, als hätte man Sie durch die Mangel gedreht.«

»Könnte man so sagen. Hören Sie, ich suche einen Freund. Das Mädchen am Empfang meinte, Sie könnten mir vielleicht helfen.«

Sie drückte ihre Zigarette an der Hauswand aus, wie unzählige andere vor ihr, und warf den Stummel in einen großen Aschenbecher.

»Wahrscheinlich eher nicht«, antwortete sie. »Aber Sie können mich ein Stück begleiten. Gehen ist gut gegen den Diabetes.«

»Nur zu gern.« Wir spazierten gemeinsam um das Krankenhaus herum. Ich zögerte. Die Angst schnürte mir die Kehle zu. Was, wenn Hank sterben würde, einen Gehirnschaden erlitten hatte oder gelähmt bleiben würde? Aber ich musste es wissen.

»Mein Freund heißt Hank Cunningham«, sagte ich. »Er ist Detective bei der Bundespolizei von Massachusetts in Boston.«

»Ein Angloamerikaner?«

»Ja. Ich habe gerade erfahren, dass auf ihn geschossen wurde. Ich bin sofort hergekommen und habe große Angst.«

Wir betraten die Eingangshalle.

»Ich muss erst telefonieren.«

»Natürlich. Ist er …?«

»Tut mir leid, ich darf nichts sagen.« Sie vertrieb das Mädchen von ihrem Platz am Empfang, steckte sich ein Pfefferminzbonbon in den Mund und hob den Telefonhörer.

Kurz darauf blickte sie mich traurig an.

Bitte nicht. »Was ist?«, fragte ich. Ich wollte es nicht glauben, hatte schreckliche Angst.

Sie schüttelte den Kopf. »Es tut mir wirklich leid.«

Das hatte Wes am Telefon auch gesagt.

Ich setzte mich ins Wartezimmer, betrachtete die Menschen, die eintraten und wieder gingen. Hin und wieder warf ich einen Blick auf den Eingang, weil ich glaubte, dass Aric auftauchen würde. Aber er kam nicht.

Ich schlief ein, was unglaubwürdig klingt, aber es war so. Als ich aufwachte, wurde meine Angst immer größer. Zum hundertsten Mal blickte ich auf Hanks Armbanduhr, strich über das Uhrband, das Zifferblatt. Er hatte diese Uhr seit einer Ewigkeit getragen. Bei Sonnenuntergang *musste* ich im Chaco Canyon sein. Ich wusste nicht, wie lange die Fahrt bis dorthin dauerte. Vermutlich eine Stunde.

Ich konnte das Krankenhaus nicht verlassen, doch mir blieb keine Zeit mehr. Warum dauerte alles so lange? Warum konnte ich nicht einfach nach oben gehen und Hank sehen?

Ich warf Sally einen fragenden Blick zu, aber sie zuckte nur die Achseln und telefonierte weiter. Ich sank auf meinem Stuhl zusammen. Hank war tot, ich war mir sicher. Irgendjemand würde kommen und es mir sagen. Das war nicht leicht, und deshalb dauerte es so lange. Am liebsten hätte ich laut geschrien.

Am Eingang tat sich etwas. Aric stürmte durch die Tür. Sein Blick wirkte beunruhigt, ängstlich. Dann stand er vor mir. »Wir müssen verschwinden, Tally.«

Er hatte recht. So war es. Andernfalls würden Niall und seine Tochter sterben.

»Ja«, sagte ich. »Lass uns fahren. Es hat keinen Sinn, hier zu warten.«

Ich stand auf.

»Moment«, rief Sally.

»Es geht nicht, Sally. Ich … Ich komme später wieder.«

Sie kam hinter ihrem Schreibtisch hervor. »Sie können jetzt nicht gehen.«

»Komm schon, Tally«, sagte Aric.

Als wir fast den Ausgang erreicht hatten, hörte ich eine vertraute Stimme.

»Tally!«

Ich wirbelte herum und rieb mir die Augen. Vor mir stand Hank. Er trug eine Baumwollhose, ein grünes Hemd und Turnschuhe.

»Hank!«

Ich rannte zu ihm, schlang meine Arme um ihn und drückte ihn fest an mich. Ich musste schluchzen, und dann gab ich ihm einen langen, langen Kuss. Danach seufzte ich und legte meinen Kopf an seine Brust.

Er roch so gut, und es war ein so unvergleichliches Gefühl.

Seine Arme hielten mich fest umschlungen.

Ich blickte zu ihm auf. »Ich verstehe das alles nicht.«

Er küsste mich auf die Stirn. »Da gibt's nichts zu verstehen, Tal.«

Ich seufzte erneut. Seine Umarmung war so schön, und doch stimmte etwas nicht. Ich wollte mich frei machen, doch er ließ nicht locker.

»Lass mich los, Hank.«

»Tally ...«

Ich trat ihm auf den Fuß und stieß ihn zurück.

»Verdammt!«

Ich hatte mich befreit und wich zurück, während er mich mit diesem verbissenen Blick betrachtete, den ich so gut kannte.

Hinter mir stand Aric. Er lehnte an der Wand, hatte die Arme vor der Brust verschränkt und kaute Tabak. Er wirkte entspannt, war es aber ganz und gar nicht. Ich trat auf ihn zu.

»Was zum Teufel ist hier los?«, fragte ich.

Aric schnaubte. »Diese Geschichte mir deinem Lover war nur ein Trick, damit du tust, was er will. Hab ich recht, Detective?«

Ich blickte erst Aric, dann Hank an. Aber nein, Hank würde mich nicht unnötig leiden lassen. »Hank? Wes sagte, auf dich sei geschossen worden und du wärest schwer verletzt. Oder hat Aric recht?«

Hank trat auf mich zu und blickte mich an, doch seine Worte richteten sich an Aric. »Ich weiß es nicht, Special Agent Bowannie. Stimmt es, oder stimmt es nicht?«

»Special Agent?«, fragte ich. »Vom FBI?« Vor meinen Augen drehte sich alles. Hank fehlte nichts, und Aric war angeblich ein FBI-Beamter.

Ich blickte mich um. Ein Dutzend Augenpaare starrte uns an, als wären wir Stars einer billigen Vorabendserie. Vermutlich wirkten wir auch so. Einige Blicke waren mitleidig, andere belustigt, wieder andere fasziniert.

Sallys Miene spiegelte Bedauern und Schuldbewusstsein. Natürlich hatte auch sie bei diesem Schwindel mitgespielt. Wie Wes und andere Mitarbeiter des OCME.

Dann wollen wir mal dafür sorgen, dass Tally nach Hause kommt. Damit sie in Sicherheit ist.

Ich hatte die Nase voll.

»Sorry, Boys.«

Ich stürmte nach draußen, rannte hinter Hecken entlang und umrundete Autos, damit die beiden mich nicht sahen. Als ich eine Parallelstraße erreichte, hört ich die beiden nach mir rufen. Ich streckte die Hand aus und hob den Daumen. Fast sofort hielt eine alte Frau in einem verbeulten Lieferwagen an. Nachdem ich eingestiegen war, duckte ich mich und spähte unten durchs Fenster. Aric und Hank rannten hinter dem Wagen her. Ich war ihnen entkommen und atmete erleichtert auf.

Der alten Frau erzählte ich eine Geschichte von zwei um mich buhlenden Rivalen, die sie ziemlich amüsant fand. Sie war Schafzüchterin und Weberin. Auf meine Bitte hin setzte sie mich an der Highschool ab. Ich brauchte Zeit zum Nachdenken und bezweifelte, dass Hank und Aric darauf kommen würden, wo ich war.

Nachdem ich mich bedankt hatte, betrat ich die Schule.

Ich schaute auf Hanks Uhr, die ich noch vor einigen Minuten liebevoll berührt hatte. Erbärmlich. Zwei Uhr. Mir blieb noch genug Zeit, um es bis zum Sonnenuntergang zum Chaco Canyon zu schaffen. Der Frau am Empfang sagte ich, eine Freundin, die in die Stadt ziehen wolle, habe mich gebeten, die Bibliothek in Augenschein zu nehmen. Ich fand sie problemlos. Die Schule war klein, doch überall sah man Beweise dafür, wie stolz Lehrer und Schüler auf sie waren. Ich sah Pokale für sportliche und Urkunden für herausragende schulische Leistungen.

In der Bibliothek gab es eine Reihe von Computern. An einigen saßen Schüler und hämmerten auf die Tastaturen ein. Die Regale sahen aus wie in unzähligen anderen Bibliotheken, und ich empfand Heimweh und Sehnsucht nach Boston.

Hier war ich eine Fremde in einem fremden Landstrich. Hank und Aric – ich hatte ihnen vertraut, und sie hatten mich beide angelogen. Ich würde es überleben. Ich setzte mich an einen der Tische.

Warum konnte ich mir keinen Reim auf die ganze Geschichte machen? Was war hier *wirklich* los? Ein solches Tongefäß war nicht so wertvoll. Immerhin, ein unbeschädigter Topf dieser Art würde Tausende von Dollars bringen. Aber so viele Tote? Warum begriff ich nicht, was für ein Motiv hinter diesen Morden stand? Didi hatte mit ihrem Blut *Blutfet* auf den Boden ihres Büros gekritzelt. Das war wichtig. Der Knochenmann war es vermutlich ebenfalls, doch auch über ihn wusste ich nichts.

Vielleicht war er der Killer, jener Mann, der hinter mir her war. Für mich hingen diese Morde alle zusammen, aber ich wusste nicht wie.

An diesem Abend würde ich auf jeden Fall im Chaco Canyon sein. Ich trat gegen ein Bein des Tisches.

»Reagieren Sie sich an unseren Möbeln ab, Ma'am?«

Vor mir stand ein hübsches Navajo-Mädchen, das mich fragend anblickte.

Es fiel mir nicht schwer, ihr Lächeln zu erwidern. »Nein, tue ich nicht. Mir geht nur gerade eine Menge durch den Kopf. Haben Sie eine Karte des Chaco Canyon?«

Als sie erneut lächelte, erschienen zwei Grübchen. »Selbstverständlich.«

Ich folgte ihr zu einem Regal neben einem der hohen Fenster. Sie zog eine große, zusammengefaltete Karte hervor und breitete sie aus.

»Haben Sie ein spezielles Ziel, oder wollen Sie dort nur ein bisschen herumfahren?«

Ich studierte die Karte und zeigte auf Chetro Ketl, was immer das sein mochte.

Sie nickte lächelnd. »Ja, da ist es wunderschön.«

»Was ist das für eine Straße, die hier von der Fifty-seven abgeht?«

Sie hob einen Finger und verschwand. Die Karte war gut, aber nicht gut genug. Ich brauchte Details.

Hinter mir schnaubte jemand verächtlich. Ich drehte mich um und sah einen Navajo im Teenageralter. Er trug Cowboystiefel, Jeans, ein kariertes Hemd, ein rotes Kopftuch über seiner Pagenfrisur und ein mit Türkis besetztes Armband. Solche Outfits sah man hier oft.

»Belästigen Sie meine Schwester?«, fragte er.

»Hi, ich heiße Tally. Nein, ich belästige deine Schwester nicht. Sie hat mir ihre Hilfe angeboten.«

Er schnaubte erneut, verschränkte die Arme vor der Brust und starrte mich finster an. Dass ich fünfzehn Zentimeter größer war als er, schien ihm kein bisschen zu imponieren.

»Wie heißt du?«

»Joe. Und kommen Sie mir nicht auf die freundliche Tour.«

»Tue ich nicht. Ich möchte nur wissen, wie die Leute heißen, mit denen ich rede. Ich komme aus Boston.«

»Tatsächlich? Dann halten Sie sich bestimmt für etwas Besseres.«

Junge, Junge, der Typ war wirklich wütend. »Nein. Warum sollte ich?«

»Wegen der Kohle.«

»Du beurteilst Menschen danach, wie viel Geld Sie haben?«

»Nein. Aber Sie.«

»Das stimmt nicht, Joe. Menschen sind Menschen. Ich bemühe mich, nicht zu urteilen und sie so zu nehmen, wie sie sind.« Ich zuckte die Achseln. »Das ist immer am besten.«

»Und wie bin ich?«, fuhr er mich an.

Ich war wirklich zu müde für so eine Diskussion. »Keine Ahnung …«

»Gorman!«, rief eine energische Frau in einer gebügelten Jeans.

Der Junge bewegte sich nicht vom Fleck.

»Er hat mir diese Karte erklärt«, sagte ich.

Sie kicherte und steckte die Hände in die Taschen ihrer zu engen Jeans. »Aber sicher doch.«

»Ist etwas dagegen einzuwenden?«

Sie stolzierte zu mir.

»Sie sehen aus, als hätte Sie jemand anständig in die Mangel genommen.«

Ich zuckte die Achseln. »Kann man so sagen.«

»Zwei Tadel für schlechtes Betragen, Gorman.« Sie deutete mit dem Zeigefinger auf mich, ihre Nägel waren rot angemalt. »Und Sie setzen sich da drüben hin.«

Der Junge warf mir noch einen finsteren Blick zu und ging Richtung Tür.

»Das scheint mir etwas übertrieben«, sagte ich.

»Finden Sie?« Sie lächelte. »Er weiß, dass er nicht mit Anglos reden darf.«

»Wie bitte?«

»Sind Sie taub?« Sie schlenderte zu dem Teenager hinüber, zeigte mit dem Finger auf ihn und redete auf ihn ein, vermutlich in der Sprache der Navajo.

Einen Augenblick stand ich noch wie angewurzelt da. Die Zurechtweisungen dieser engstirnigen Frau ärgerten mich, und ihre Art hatte ganz offensichtlich auf die des Jungen abgefärbt. Ich ging zu dem Tisch zurück, um die andere Karte zu studieren, hatte aber Mühe, mich zu konzentrieren. Dieser Wortwechsel ging mir nicht aus dem Kopf.

Dann stand wieder die junge Frau vor mir, und ihr Blick war freundlich.

»Wie heißen Sie?«, fragte ich.

»Kai. Das ist unser Wort für Trauerweide, was ich irgendwie lustig finde, weil …«

»Das ist ein sehr schöner Name. Ich heiße Tally. Dieser Junge eben sagte, er sei Ihr Bruder. Ihm wurde bedeutet, er dürfe nicht mit mir reden, weil ich eine Weiße bin.«

»Ich weiß schon, was Sie meinen. Das ist das Stammesdenken. Er ist nicht mein leiblicher Bruder.« Sie errötete. »Er ist ziemlich streitsüchtig, genau wie …«

»… die Frau?«

Sie blickte schnell über die Schulter, ihr langer Pferdeschwanz sauste durch die Luft. »Diese Frau ist meine Halbschwester. Sie hasst alle und jeden. Hören Sie nicht darauf, was sie sagt.«

»Nein. Vielen Dank.« Kai war ein kleines, schönes Mädchen mit einem offenen Lächeln. Das Leben war kompliziert. »Also, was wollen Sie mir zeigen?«

»Das hier.« Sie legte eine andere Karte, einen Block und einen Stift auf den Tisch. »Sie können das alles mitnehmen. Und ich beschreibe Ihnen den Weg zum Chaco Canyon.«

Ich notierte, was sie sagte, während sich die Blicke zweier feindseliger Augenpaare in meinen Rücken bohrten.

25

Das war's«, sagte Kai, als ich das letzte i-Tüpfelchen setzte.

»Großartig.« Ich bedankte mich mit einem traurigen Lächeln. Zeit, sich der Bestie zu stellen. Ich fragte mich, ob ich die Polizei des Navajo-Reservats oder die Sicherheitskräfte des Nationalparks einschalten sollte. »Noch eine Frage, Kai. Gibt es hier Bücher oder Artikel über Fetische? Ich weiß, dass die eher eine Spezialität der Zuni sind, aber da wir ganz in der Nähe des Chaco Canyon sind, kam mir der Gedanke, es könnte hier Fachliteratur darüber geben.«

Sie lächelte. »Ich denke schon, dass ich Ihnen weiterhelfen kann. Suchen Sie etwas Bestimmtes?«

»Informationen über den Blutfetisch.«

»Sie haben davon gehört?«

Ein Schüler winkte, und Kai entschuldigte sich und verschwand.

Ich folgte ihr und wartete, bis sie dem Schüler ein Programm auf einem der Computer demonstriert hatte.

»Kai?«

Sie drehte sich zu mir um? »Warum fragen Sie nach dem Blutfetisch?«

»Er wurde mal in einem Buch erwähnt.«

»Wahrscheinlich ist das alles nur ein Gerücht. Aber ein altes. Und keines, das Gutes verheißt.«

»Vor Ihnen bin ich nie jemandem begegnet, der von dem Blutfetisch auch nur gehört hatte. Oder zumindest keinem, der es zugegeben hätte. Es kam mir schon so vor, als wäre das alles nur meiner Einbildung entsprungen.«

Sie löste ihren langen Pferdeschwanz und befestigte das Band darum neu. Der Blick ihrer glänzenden braunen Augen wurde ernst. »Ich bin mir sicher, nicht die Erste zu sein, die etwas über den Blutfetisch weiß, zumindest nicht unter Indianern. Aber die meisten wollen über so etwas nicht reden.«

»Was wissen Sie darüber?«

Sie zuckte die Achseln. Ich hakte sie unter, ging mit ihr in eine Ecke, wo uns die anderen nicht sehen konnten, und erzählte ihr, was geschehen war. Nur den Mord an Louise ließ ich aus. Grants lag ganz in der Nähe, und ich wollte keinerlei Risiko eingehen, dass diese sanfte junge Frau vielleicht noch in die Geschichte hineingezogen wurde.

»Wie gesagt, ich weiß ein paar Dinge«, sagte sie. »Aber dieser Aric, ein Zuni, der kennt sich wirklich aus. Darauf würde ich wetten. Blutfetische wurden ursprünglich von den Zuni geschaffen, vor sehr, sehr langer Zeit. Kommen Sie, ich zeige Ihnen etwas.«

Sie führte mich quer durch die Bibliothek zu einem Regal in einer Ecke.

»Woher kennen Sie Aric?«

Sie zuckte die Achseln. »Der Blutfetisch gehört nicht zu diesen Fetischen, die für den Verkauf an Sammler oder Touristen hergestellt werden. Das ist völlig undenkbar. Ihm werden magische Kräfte zugesprochen. Ich möchte nicht darüber reden. Dieser Fetisch ist ein Unglücksbringer. Wenn man darüber redet, macht man alles nur schlimmer.«

»Was wollten Sie mir zeigen?«

Sie wirkte gar nicht glücklich. »Ich sollte es nicht tun.«

»Hey, Kai!«, rief Joe.

Er war wie aus dem Nichts aufgetaucht, zusammen mit Kais Schwester. Beide wirkten wütend.

Joe schnaubte. »Warum redest du mit dieser Weißen? Sie bringt nur Ärger.«

Kai rollte die Augen. »Ja, ja, schon klar. Für dich und meine liebe Schwester sind alle Anglos … Ihr seid Dummköpfe. Verschwindet jetzt aus dieser Bibliothek. Es sei denn, ihr wollte etwas lernen, doch das ist offensichtlich nicht der Fall.«

»Leck mich am Arsch«, sagte Joe.

Kai stemmte die Hände in die Hüften. »Zieh Leine, oder ich sage Mama, was du hier mit der da veranstaltet hast.« Sie zeigte auf ihre Schwester.

Die beiden verschwanden in dem düsteren Gang zwischen zwei Regalwänden.

»Er ist ganz schön wütend.«

Kai nickte. »Es war nicht immer so mit ihm. Eine ziemlich traurige Geschichte, wenn Sie mich fragen.«

Sie drehte sich zu dem hintersten Regal um. »In dieser Reihe finden Sie Bücher über Webearbeiten, Keramiken, Schnitzereien, behauene Steine und so weiter. Doch vielleicht sollten Sie besser da nachsehen.« Sie zeigte auf das unterste Regalbrett. »Die wirklich wichtigen Arbeiten werden hier aufbewahrt. Sehen Sie, wie alt diese Bücher sind? Einige von ihnen ein oder zwei Jahrhunderte. Sie sind magisch.«

Plötzlich lag eine eigenartige Spannung in der Luft, und ich hatte den Eindruck, dass Kai sehr viel mehr war als nur eine junge, hübsche Bibliothekarin. Hier gab es etwas zu finden, und wenn ich Glück hatte, würde ich es entdecken. Kai wusste genau, worum es ging bei dieser Magie. Doch vielleicht hatten auch für sie alle Bücher etwas Magisches.

»Sie haben recht, für mich sind Bücher immer magisch«, sagte sie, als könnte sie Gedanken lesen. »Sehen Sie aufmerksam nach, okay? Und seien Sie respektvoll. Dann finden Sie vielleicht das, wonach Sie suchen. Das ist nicht meine Sache. Normalerweise zeigen wir diese Werke nie jemandem.«

Ich legte ihr eine Hand auf die Schulter. »Danke. Und jetzt vergessen Sie besser, wonach ich suche. Haben Sie mich verstanden?«

Plötzlich wirkte sie größer, älter und weiser. »Ich kann nicht. Es ist bereits geschehen.«

Ich ergriff ihre Hand. »Dann passen Sie gut auf sich auf. Bitte.«

Sie nickte feierlich. »Sie auch. Und vergessen Sie nicht den

Respekt. Ich gebe Ihnen zwanzig Minuten, nicht länger. Oder jemand wird spüren … Beeilen Sie sich, okay?«

»Wird gemacht.«

»Gut.«

Ein Schüler rief, und sie war wieder Kai, eine junge Frau mit wenig Sorgen. Sie wünschte mir viel Glück, winkte noch einmal und verschwand.

Wieder war ich allein. Ich fühlte mich wie der einzige Mensch auf dieser Erde. In dieser dunklen Ecke kam es mir so vor, als würde die Zeit stillstehen. Ich biss mir auf die Unterlippe. Ich war im Begriff, Bücher aufzuschlagen, die seit vielen Jahren kein Angloamerikaner mehr in der Hand gehalten hatte.

Ich atmete tief durch.

Auf dem oberen Regalbrett standen vertraute Bücher – *Fetishes and Carvings of the Southwest* von Oscar Branson, Kent McManis' Werke über Zuni-Fetische, Hal Zina Bennetts *Zuni Fetishes,* ein Faksimile von Frank Hamilton Cushings *Zuni Fetishes, The Fetish Carvers of Zuni* von Rodee und Ostler, Ruth Kerks *Zuni Fetischism* und andere Werke, die ich selbst besaß.

Ich blätterte das Werk von Cushings durch, das gegen Ende des neunzehnten Jahrhunderts geschrieben worden war. Der Autor hatte jahrelang unter den Zuni gelebt und war der erste Angloamerikaner, der Abbildungen ihrer Fetische reproduziert hatte, von denen sich heute etliche im Smithsonian befinden. Da ich das Buch mehrfach gelesen hatte, sah ich nur schnell nach, ob dort ein Blutfetisch oder etwas Ähnliches abgebildet war. Nichts. Ich hatte mit nichts anderem gerechnet.

Ich stellte das Buch ins Regal zurück. Die anderen Werke über Zuni-Fetische waren jüngeren Datums, und da ich sie gut kannte, wusste ich, dass ich sie nicht durchzublättern brauchte.

Laut Kai standen die wichtigsten Werke ohnehin auf dem untersten Regalbrett. Ich setzte mich auf den Boden und griff nach dem ersten Buch. Es war 1896 erschienen und handelte von Riten und Magie nordamerikanischer Indianer. Ich blätterte es durch, blickte auf die Uhr, stellte es ins Regal zurück und zog den nächsten Band hervor.

So ging es weiter, und als ich die Mitte des Regalbretts erreicht hatte, waren die zwanzig Minuten abgelaufen. Ich hatte geglaubt, etwas zu finden. Hatte fest damit gerechnet.

Ich nahm mir die drei letzten Bücher vor und behandelte sie so behutsam wie möglich. *Nichts.* Nichts über einen Blutfetisch.

Denk nach.

Ich kam nicht weiter, und ein Blick auf die Uhr sagte mir, dass ich gehen musste.

Kai hatte mich nicht in die Irre geführt. Was entging mir?

Ich hörte zornige Stimmen, von denen ich zumindest eine kannte. Woher?

Konzentriere dich.

Ich strich mit dem Finger über die Buchrücken und sah ein Werk mit dem Titel *Respect and Indian Magic.* Warum war es mir zuvor nicht aufgefallen? Kai hatte von Respekt gesprochen.

Ich zog den Band aus dem Regal. So ein Buch hatte ich noch nie aufgeschlagen, es war eher ein handgebundenes Manuskript, etwas größer als die meisten Bücher. Der weiche, von Hand beschriftete Umschlag war vermutlich aus Büffelleder, für die Fadenheftung waren Tiersehnen benutzt worden. Ich schlug es auf, und schon der Geruch verriet das Alter des Buches. Das mit Tinte beschriebene, handgeschöpfte Papier fühlte sich großartig an. Ich klappte das Buch wieder zu, um nach dem Namen des Autors zu sehen.

Fast hätte ich laut gelacht – Der Knochenmann. Er war der Verfasser des Buches.

Die Sprache auf den Seiten mit den ungeraden Seitenzahlen kannte ich nicht, doch auf den gegenüberliegenden hatte jemand Blätter mit einer englischen Übersetzung angeheftet. Das war das Buch, nach dem ich gesucht hatte.

Ich überflog die erste Seite. Es ging um geheime Zeremonien der Zuni und ihre ursprüngliche Heimat, ein Land, in dem

Milch und Honig flossen. Auch wurde der Corn Mountain beschrieben, der den Zuni heilig ist und bei ihnen Dowa Yalanne heißt.

Ich schöpfte Hoffnung, weil ich in diesem Buch womöglich Antworten auf ein paar Fragen finden würde. Ich blätterte die Seite um, überflog die nächste, dann noch eine.

Wieder hörte ich die Stimmen. Ein Streit. Die schroffe, zornige Stimme einer Frau, dann eine andere, welche die von Kais Schwester zu sein schien.

Was gesagt wurde, konnte ich nicht verstehen, aber der Ton der Unterhaltung gefiel mir ganz und gar nicht. Mit dem Buch in der Hand ging ich um das Regal herum. Ich hatte absolut kein Interesse daran, in diese Auseinandersetzung hineinzugeraten.

Ich las weiter, Seite um Seite.

Und dann …

Der Blutfetisch, nunmehr verloren, war einst der heiligste und mächtigste aller Fetische. Seine Farbe ist das Rot des Blutes unserer Feinde, und er glänzt in der Morgensonne. Vielleicht hat der alte Natewa ihn geschaffen. Oder der Knochenmann. Oder die Götter, welche den roten Regen bringen. Er kommt von weither, aus der heiligen Heimat unserer Vorfahren. Hält man den Fetisch in der Hand, macht er einen jung. Schwingt man ihn wie eine Sichel, mäht man seine Feinde nieder. Wenn man ihn verdeckt …

»Hallo, Ma'am.«

Ich zuckte zusammen. Am Ende des Regals stand eine ältliche Frau. Mein Herzschlag beruhigte sich. »Guten Tag. Wir haben uns in der Navajo Pine Lodge gesehen, stimmt's?«

»Sie sagen es.« Sie winkte mir zu, ihr Lächeln war freundlich.

»Was für ein Zufall!« Zufälle hatte ich noch nie besonders gemocht.

Sie kam auf mich zu, noch immer lächelnd. »Zufall? Eigentlich nicht. Die Mitglieder unserer Seniorengruppe lieben das Lesen, und die Bücherei dieser Highschool ist ziemlich gut bestückt. Sie ist wirklich gut. Unsere ganze Gruppe ist hier, abgesehen von …«

Eine Anspielung auf den Mann, der versucht hatte, mich umzubringen. Er hatte sich durch seine Aufmachung älter gemacht, als er war. Diese Frau musste seine Partnerin sein, und sie war hier, um seinen Job zu beenden. Nein wirklich, ich mochte keine Zufälle. Und die Paranoia, die allmählich von mir Besitz ergriff, gefiel mir auch nicht.

»Ja, es gibt hier einige wundervolle Bücher. Ach übrigens, wo waren Sie und Ihre Freunde heute Morgen?«

»Wir sind früh aufgebrochen«, antwortete sie. »Wir glaubten alle, Sie seien schon gestern Abend gefahren.«

»Nein. Schön, Sie wiedergesehen zu haben.« Ich drehte mich um.

»Moment, was lesen Sie denn da?« Sie griff über meine Schulter nach dem Buch.

»Nur ein altes Werk über …«

Sie riss mir das Buch aus den Händen. »Na, was haben wir denn da?« Sie begann die Seiten umzublättern.

»Ich bin noch nicht durch mit der Lektüre.«

»Zu schade.« Sie drehte sich um und ging.

Ich packte ihren Arm. »Halt! Ich war dabei, dieses Buch zu lesen.«

»Tatsächlich?« Sie lächelte kühl. »Nun, jetzt lese ich es. Entschuldigen Sie mich.«

Ich wollte sie festhalten, aber sie stieß mich zurück. Ich taumelte, stürzte aber nicht. Ich durfte sie nicht mit diesem Buch verschwinden lassen. Ich lief hinter ihr her. Mittlerweile rannte sie auf einen Ausgang zu. Als sie die Tür fast erreicht hatte, tauchte Joe auf und stellte sich ihr in den Weg.

»Wohin soll's gehen, meine Dame?«, fragte er.

»Mach den Weg frei, Kleiner.«

»Weiße dürfen dieses Buch nicht lesen.«

»Das sehe ich anders.« Sie schlug dem Jungen ins Gesicht.

Joe stürzte, schlug mit dem Kopf auf einen Tisch und blieb reglos auf dem Boden liegen.

»Sie Scheusal!«, schrie ich.

Die Frau riss die Tür auf.

Ich hob den Taser und drückte auf den Knopf.

Es passierte nichts. Ich versuchte es erneut. Wieder nichts.

Als ich verdutzt aufblickte, war die Frau verschwunden.

Ich rannte zu dem Jungen. »Es tut mir so leid, Joe. Alles in Ordnung?«

»Hauen Sie ab.«

»Joe …«

»Lassen Sie mich in Frieden.«

Ich lief zu Kai und erzählte ihr, was geschehen war.

»Ich komme gleich.« Kurz darauf kam sie mit Mullbinden und einem Antiseptikum zurück.

Sie sah sich Joes Kopf an, doch der stieß ihre Hand weg und verschwand.

»Sieht so aus, als wäre nichts passiert«, sagte ich.

»Ja, alles in Ordnung. Unser Joe kann einiges einstecken. Sein Stolz ist verletzt, das ist alles. Eine Frau hat ihn zu Boden geschlagen.«

»Das mit dem Buch tut mir so leid.«

Der Blick ihrer wundervollen Augen war kein bisschen zornig oder anklagend, sondern verriet Mitgefühl. »Es ist ja nur ein Buch.«

»Aber ein wichtiges.«

Sie ergriff meine Hand. »Ja, aber Menschen sind wichtiger. Den Leuten, die das Buch jetzt haben, wird es nicht helfen. Absolut nicht. Selbst wenn sie ihn finden, werden sie nicht begreifen, was es mit dem Blutfetisch auf sich hat.«

Ich studierte ihre Miene. Sie glaubte, was sie sagte. Ich wünschte, das von mir auch behaupten zu können.

Sie begleitete mich zu einem anderen Ausgang.

»Hier sieht Sie niemand, wenn Sie verschwinden«, sagte Kai.

»Die Alarmanlage funktioniert nicht. Bitte erlauben Sie mir, mit Ihnen zu kommen.«

»Ausgeschlossen. Und Sie müssen wirklich vorsichtig sein. Diese Leute sind Mörder. Ich möchte nicht einmal, dass sie auch nur etwas von Ihrer Existenz wissen.«

Ihr Blick wurde traurig. »Ja, vermutlich haben Sie recht.«

Ich packte ihre Arme. »Versprechen Sie mir, diese ganze Geschichte zu vergessen. Ich werde das Buch zurückbringen.«

»Ja. Okay.«

»Versprechen Sie es!«

»Ich verspreche es.«

Ich ließ sie los. Erschöpfung überkam mich.

Kai fuhr mit einem Finger über die Schnittwunde auf meiner Wange. »Ich wünschte, ich könnte die zum Verschwinden bringen.«

»Das ist im Moment meine geringste Sorge.« Ich berührte ihre Wange. »Danke für Ihre Hilfe. Passen Sie gut auf sich auf.«

»Hier wird niemandem etwas passieren«, sagte sie. »Ich werde dafür sorgen, dass mein kleiner Bruder Wache schiebt. Er wird es nicht zulassen, dass jemand mir etwas antut.«

Ich griff nach dem Notizblock und der Karte. »Ich werde mir einen Pkw oder einen Pick-up mieten, am besten mit Allradantrieb. Wenn ich in dem Nationalpark angekommen bin, benachrichtige ich die Ranger und sehe dann weiter. Ich muss sie finden. Niall und seine Tochter.«

Ihr Blick wirkte extrem beunruhigt. Ich musste sofort verschwinden, länger hätte ich es nicht ertragen. Ich umarmte sie und ging.

Ich lief die Straße hinunter und wusste, dass ich zwei Möglichkeiten hatte. Ich konnte mir einen Wagen mieten oder mich wieder mit Hank und Aric zusammentun. Letzteres wäre am klügsten gewesen. Warum zögerte ich so sehr?

Ich erblickte die einzige Tankstelle von Crownpoint. Wenn man hier überhaupt irgendwo ein Fahrzeug mieten konnte, dann dort. In der Stadt herrschte nachmittäglicher Betrieb. Ich wollte diese Geschichte wirklich allein durchziehen. Aber der gesunde Menschenverstand riet mir, Hank und Aric zu suchen.

Ich lehnte mich an einen Telegrafenmast, an dem Flyer klebten. Rodeos, Indianertänze, Jobberatung. Mir stieg der Geruch von Indianischem Brot in die Nase, und mir lief das Wasser im Mund zusammen. Kaum etwas schmeckte besser als Indianisches Brot mit Honig oder Zucker darauf.

Vielleicht konnte ich wieder klarer denken, wenn ich etwas aß. Ich brauchte Zeit zum Nachdenken, musste versuchen, die Teile des Puzzles zu verbinden, verstehen, was wirklich los war. Ich blickte auf Hanks Uhr. Allmählich wurde die Zeit knapp.

Irgendetwas war mir entgangen. Wie auch immer. Ich musste einfach mein Bestes geben. Ich ging zu der Tankstelle. Auf dem Parkplatz davor standen ein paar Fahrzeuge. Ein alter Pick-up sah so aus, als könnte man ihn mieten.

Ein lautes Hupen ließ mich innehalten. Mein Herzschlag beschleunigte sich. Als ich mich umdrehte, sah ich Aric' Landrover auf mich zukommen. Ich zuckte zusammen.

Hinter dem Steuer saß Hank, auf dem Beifahrersitz Aric.

26

Weitere nicht asphaltierte, holperige Straßen mit zahllosen Schlaglöchern. Ich saß zwischen den beiden und aß ein Sandwich, das Hank mir gegeben hatte. Truthahn, Mayonnaise, Salat, keine Tomaten. Er kannte mich gut. Vielleicht zu gut.

Das Sandwich hatte er aus einer Tüte von Basha gezogen. Ich fragte mich, ob er mir auch noch eine Gurke oder Chips gekauft hatte, aber ich wagte nicht zu fragen, weil ich nicht wollte, dass er wieder wütend wurde.

Niemand sagte ein Wort. Weder Hank noch Aric hatten mir Vorwürfe gemacht, aber sie sprachen auch nicht mit mir.

Ich tat so, als wäre ich verärgert, und tatsächlich kotzte es mich an, dass sie mich völlig ignorierten. Ich trank einen Schluck Mineralwasser. Es war kühl und erfrischend.

Durch die mit toten Insekten übersäte Windschutzscheibe sah ich nichts als Sand. Am strahlend blauen Himmel waren nur einige wenige Wolkenbänder zu sehen. Vor ein paar Meilen waren wir an dem längst aufgegebenen Seven Lakes Trading Post nach links abgebogen. Unser Weg führte uns in die Nähe der Bisti Badlands. Schon immer hatte ich die Hoodoos sehen wollen. Ich hatte erstaunliche Fotos gesehen.

Auf einer kleinen Anhöhe sah ich Kühe und Rinder. Man fragte sich, was sie hier fraßen und ob es genug Wasser gab. Aber es musste so sein.

Die Landschaft wurde welliger. Keinerlei Menschen, am Himmel ein paar Falken. Die Wolken zogen sich zusammen, und es begann zu nieseln.

»Das hat uns gerade noch gefehlt«, sagte Aric.

»Stimmt«, pflichtete ihm Hank bei.

»Ich wünschte, wir könnten schneller fahren«, sagte ich.

Die beiden schauten mich an, als wäre mir ein zweiter Kopf gewachsen.

Das graue Licht der Dämmerung zwang Aric, noch langsamer zu fahren.

Allmählich wurde die Zeit knapp.

Ich ließ alle Ereignisse noch einmal Revue passieren und fragte mich, was Gouverneur Bowannie dazu gesagt hätte, dass wegen ein paar Tonscherben, eines Schädels und des Blutfetischs so viele Menschen gestorben waren. Ich wünschte, er wäre bei uns gewesen. Meiner Meinung nach war er der Einzige, der begriffen hatte, was hier ablief. Doch vielleicht war das nur Wunschdenken. Vielleicht gab es keine Antworten.

Es regnete jetzt stärker, die Straße war kaum noch zu sehen.

Ich blickte auf die Uhr, womöglich zum fünfzigsten Mal.

»Uns bleibt nicht mal mehr eine Stunde«, sagte ich.

»Wir schaffen es«, antwortete Aric.

Wieder herrschte Schweigen.

Meine Verärgerung wuchs. Ich wollte ihnen von der ältlichen Frau in der Bibliothek erzählen. Von Kai, dem Blutfetisch und dem nutzlosen Taser.

Ich beugte mich vor, griff nach meiner Handtasche und zog mein Handy und einen Lippenstift heraus. Nur wenig ärgerte Männer mehr als eine Frau, die sich in einer extrem angespannten Situation die Lippen anmalte.

Ich drehte den Rückspiegel in meine Richtung, was sie noch mehr reizen musste, und trug den Lippenstift auf. Befriedigt hörte ich Aric genervt grunzen. Hanks Kichern war einfach nur ärgerlich.

Ich klappte das Handy auf. Das Signal war da, und ich rief Gert an.

»Ich bin's, Gert.«

»Wurde auch Zeit.«

»Lass mich von den Abenteuern erzählen, die ich seit unserem letzten Telefonat erlebt habe.« Ich rasselte herunter, was passiert war, und es schien ihr die Sprache zu verschlagen.

Erneut blickte ich auf die Uhr. Uns blieben noch fünfzig Minuten, viel zu wenig, wie mir schien.

Aric stöhnte wieder genervt, Hank begann leise zu fluchen. Wenigstens war das Dauerschweigen vorbei.

»Hat das mit der Radiokarbondatierung geklappt?«

»Ja, endlich«, sagte sie gereizt. »Ich habe eine Ewigkeit gebraucht, bis ich Kranak so weit hatte, dass er seinen Hintern in Bewegung setzte, und dann musste er noch diesen richterlichen Beschluss besorgen. Ich sag's dir, dieser Richter war eine einzige Heimsuchung und ...«

»Bitte, Gert, das alles kannst du mir später erzählen. Was ist bei der C-14-Analyse herausgekommen?«

»Immer mit der Ruhe. Du wirkst ganz schön gestresst.«

»Habe ich dir nicht gerade erzählt, was alles passiert ist? Gestresst ist eine Untertreibung. Also, dieser Topf. Komm zur Sache.«

»Er ist alt. Stammt etwa aus dem Jahr 1100. Moment, ich hole mal eben die Unterlagen.«

»Ja, natürlich.«

Während ich wartete, blickte ich verstohlen zu Hank hinüber. Er musste es bemerkt haben, denn er schaute weg und setzte die Sonnebrille ab. Dann wandte er sich mir zu. Seine blauen Augen blitzten. Er beugte sich zu mir vor und küsste mich, und ich war sofort verloren.

Ich fand nur langsam wieder in die Realität zurück. Aric meinte, wir sollten uns doch ein Hotelzimmer mieten, und Hank hatte die Arme vor der Brust verschränkt und starrte aus dem Fenster, als hätte es diesen Kuss nie gegeben.

Vielleicht hatte ich mir alles nur eingebildet. Doch warum hatte ich dann eine Gänsehaut?

»Gert?«

Meine Stimme klang schwach und seltsam.

»Was war los?«

»Tut mir leid, war anderweitig beschäftigt.«

»Es ist, wie ich gesagt habe. Dieses Tongefäß ist tausend Jahre alt und stammt von den Anasazi. Die Materialanalyse deutet auch auf den Südwesten. Hätten sie mehr Zeit gehabt, hätten sie die Herkunft aufgrund der Beschaffenheit des Tons ganz genau bestimmen können.«

»Danke, Gert. Ich kann es nicht fassen. Bis später.« Ich klappte das Handy zu.

»Und?«, fragte Aric.

»Der Topf war uralt. Jetzt verstehe ich gar nichts mehr. Wie kam Delphines Schädel in einen Topf aus dem Jahr 1100? Man hätte einen Topf doch nur um einen Schädel herumtöpfern können.«

Der Regen verwandelte sich in Nebel. Wieder schaute ich auf die Uhr. Noch vierzig Minuten. Keiner von uns war bisher im Chaco Canyon gewesen, und ich fragte mich, ob wir in der Dämmerung die Chetro-Ketl-Kiva überhaupt finden würden. Ich hoffte, dass die beiden eine Karte des Nationalparks und des Canyons gekauft hatten. Wenn nicht, mussten wir am Hauptquartier der Ranger anhalten.

»Ich habe darüber gelesen«, sagte ich in der Hoffnung, dass einer der beiden reagieren würde.

Aric grunzte. Wow, ein kleiner Sieg.

»Habt ihr eine Idee, wo der Pueblo Chetro Ketl liegt oder was eine Kiva ist?«

Ein riesiges Schlagloch. Obwohl ich angeschnallt war, stieß ich mit dem Kopf an die Decke. Ich hatte keine Lust, mich an Hank festzuhalten. Ich ballte die Hände zu Fäusten. Allmählich ging mir dieses Schweigen wirklich schwer auf die Nerven.

»Ich habe einiges mitgemacht. Und dein verdammter Taser hat nicht funktioniert, als ich ihn brauchte. Ich wäre fast umgebracht worden.«

»Das ist ja nichts Neues«, knurrte Hank.

»Sehr lustig.«

»Wir fanden deine Extratouren auch nicht lustig«, sagte Aric. »Du führst dich auf wie eine Primadonna.«

Hank kicherte, und ich stieß ihm den Ellbogen in die Rippen.

»Lass es«, sagte er.

»Wir sind in einer üblen Lage«, sagte ich. »Vielleicht werden wir es nicht schaffen, pünktlich bei Niall und seiner Tochter zu sein. Und ich sitze hier zwischen zwei Typen, die ihre Zunge verschluckt haben. Begreift ihr nicht, wie ernst die Lage ist?«

»Wir haben's begriffen«, antwortete Aric. »Wir fahren dorthin, wo meine Vorfahren gelebt und die Götter verehrt haben. Spürt ihr es? Diese magische Anziehungskraft?«

Ich atmete tief durch und versuchte, mich zu entspannen. Natürlich hatte er recht. Chaco hatte eine magische Anziehungskraft. Das hatte ich schon immer gewusst, doch jetzt spürte ich es, als ich den Blick über die karge Landschaft gleiten ließ. »Glaubst du, dass deine Vorfahren uns helfen werden?«

Aric schüttelte den Kopf, spuckte durch das offene Fenster und schob sich einen neuen Kautabakpriem in den Mund. »Ich sage, wir sollten versuchen, die in der Luft liegende Magie und Energie zu fühlen und für unsere Zwecke zu nutzen.«

Als ich Aric anblickte, sah ich einen anderen Mann. Nicht den Special Agent vom FBI oder den Indianer, sondern einen Mann, der sich in der Gesellschaft der Geister seiner Ahnen zu Hause fühlte.

Ich wandte mich Hank zu. »Fühlst du es?«

»Ich fühle die Wahrheit, Tal, sonst nichts.« Er strich mir eine Haarsträhne aus der Stirn. »Aber die Wahrheit ist eine mächtige Sache. Vielleicht auf andere Weise als Aric' magische Energie, aber doch sehr mächtig. Mehr kann ich dazu nicht sagen.«

Ich lehnte mich zurück, hakte mich bei den beiden unter und schloss die Augen. Zum ersten Mal seit Tagen fühlte ich mich in Sicherheit.

Bis einer der Reifen des Landrovers zerschossen wurde.

* * *

»Irgendjemand hat den Reifen zerschossen, Aric.« Ich ging am Straßenrand auf und ab, doch es war ein vergeblicher Versuch, mich aufzuwärmen. Aric und Hank waren hektisch mit dem Reifenwechsel beschäftigt. Die Zeit wurde immer knapper. Es war, als würde sich die Schlinge des Henkers fester um unsere Hälse zusammenziehen.

»Wie lange dauert's noch?«

Aric' Miene verhärtete sich, doch er sagte nichts.

»Tut mir leid«, sagte ich. »Ich weiß, dass ihr euch alle Mühe gebt. Aber ich mache mir solche Sorgen um die beiden.«

»Wir etwa nicht?«, fragte Hank.

»Doch, bestimmt.«

Hank richtete sich auf und kam um den Landrover herum, während ich weiter auf und ab ging. »Verdammt, es ist saukalt hier.« Ich hoffte, dass Niall und seine Tochter warme Klamotten trugen.

»Hier«, sagte Hank.

Er reichte mir einen Styroporbecher, auf dem »Basha's Supermarket« stand.

»Kaffee?« Ich stellte mich auf die Zehenspitzen und gab ihm einen Kuss auf die Wange.

Er errötete. »Kakao.«

Ich konnte mich nicht erinnern, wann ich zum letzten Mal gesehen hatte, dass er errötete. Ich musste lächeln. »Danke, mein Süßer.«

»Steigt ein, ihr beiden Turteltauben.« Aric klemmte sich hinter das Steuer, Hank und ich setzten uns neben ihn.

»Gib Gas, Aric.« Ich trank einen großen Schluck Kakao. »Junge, Junge, der schmeckt gut.«

»Es ist sinnlos zu glauben, dass jemand den Reifen zerschossen hat, Tal«, sagte Hank.

Ich dachte nach. »Vielleicht will jemand nicht, dass wir pünktlich da sind.«

»Nein«, sagte Aric. »Es war ein scharfkantiger Stein.«

»Wie geht's weiter, wenn wir da sind?«, fragte ich.

»Wir werden sehen«, antwortete Aric, der Vollgas gab.

Ein paar Minuten später hörte es auf zu regnen. Der Himmel war wieder blau, und wir waren in Chaco.

»Fühlst du es?«, fragte ich Hank.

»Ziemlich deutlich.«

Die Landschaft schimmerte golden und weiß. Wir näherten uns dem Canyon.

»Nein, ich rede nicht von mir, sondern von der magischen Anziehungskraft.«

Keiner der beiden antwortete. Wir waren fast da. Und doch …

»Hank?« Meine Stimme versagte, ich war so müde. Ich schnappte nach Luft. »Der Kakao.«

Er nahm mir den Becher aus den Händen, und ich schlief ein.

Langsam tauchte ich aus schlammigen Tiefen auf, die mich nicht loslassen wollten, und ich öffnete mühsam die Augen. Jemand hatte eine Decke über mich gebreitet. Ich blickte durch das Seitenfenster. Wo war ich? Am Horizont ging die Sonne unter. Wo …

Pueblo Bonito! Ich erinnerte mich an die Abbildungen in Büchern, die ich gelesen hatte. Es war unmöglich, es nicht zu erkennen. Meine Lider waren schwer. Vielleicht sollte ich noch ein bisschen weiterschlafen.

Ich setzte mich auf.

Verdammt. Wo waren Hank und Aric?

Ich zog den Arm unter der Decke hervor, um auf die Uhr zu blicken. Halb sieben. Das Ultimatum der Entführer, die Niall und seine Tochter gekidnappt hatten, war längst abgelaufen.

Wo waren sie? Was war geschehen? Warum war ich allein?

»Mist!«

Hank hatte mich eingeschläfert. Er hatte etwas in den Kakao gekippt. Sie hatten das schon geplant, bevor sie mich an der Tankstelle in Grants abgeholt hatten.

Ich schälte mich aus der Decke, suchte in meiner Handtasche nach einem Kaugummi und steckte es in den Mund. Vielleicht hielt mich das wach. Mein Blick fiel auf den Taser. Ich brauchte ihn, aber er musste funktionieren. Ich drehte ihn in der Hand, drückte auf den Knopf. Nichts.

Was entging mir?

Ich zog eine Kunststoffabdeckung an der Oberseite zurück, und dort, innerhalb eines roten Kreises, war der richtige Knopf. Endlich.

Ich lachte. Eine Sicherheitsmaßnahme. Das Rätsel war gelöst. Ich suchte unter dem Sitz, fand nichts, tastete die Rückbank ab. Dort lag eine dieser Minitaschenlampen. Perfekt. Zusammen mit dem Handy und dem Taser hatte ich alles, was ich brauchte.

Ich griff nach der Türklinke.

Sie ließ sich nicht bewegen.

Ich schaute aus dem Fenster. Sie hatten die Griffe der Vorder- und Hintertüren so fest mit Draht umwickelt, dass sie sich nicht öffnen ließen. Ich war gefangen und konnte ihre Pläne nicht durchkreuzen.

Diese beiden arroganten Idioten.

Ich kroch nach hinten und versuchte es mit der Heckklappe, doch auch da war nichts zu machen.

Was nun?

Ich hatte definitiv nicht vor, hier wer weiß wie lange untätig herumzusitzen. *Denk nach, Tally …*

Der Wagen war alt. Die aufgeplatzten Kunststoffpolster waren mit Isolierband geflickt, die Windschutzscheibe hatte Sprünge. Die konnte ich einschlagen, ich war mir sicher. Aber ich wollte nicht. Ich suchte weiter und mir wurde schwindelig. Ich fand weder einen Stein noch einen Eiskratzer, nichts, womit ich das Seitenfenster neben dem Beifahrersitz einschlagen konnte. Eigentlich wollte ich nur schlafen. Vielleicht sollte ich sie einfach machen lassen, mich unter die Decke legen und einnicken.

In diesem Moment überkam mich Angst. Es lief mir kalt den Rücken herunter. Ich saß in der Falle. Jemand konnte den Landrover in Brand setzen, dann war ich verloren. Ich schnappte keuchend nach Luft.

Ich packte die Armlehne, rüttelte an der Tür und schrie.

Ich versuchte mich zu beruhigen, atmete ein paarmal tief durch.

Auf dem Rücken liegend, zog ich die Beine an und trat mit voller Wucht gegen das Seitenfenster. Beim zweiten Versuch zersprang die Scheibe. Nachdem ich meine Hand mit der Decke umwickelt hatte, entfernte ich einige der scharfkantigen Glasscherben, griff durch das Fenster und versuchte, von außen die Tür zu öffnen. Ich hatte nicht erwartet, dass es mir gelingen würde.

Ich entfernte die letzten Scherben aus dem Rahmen und kroch durch das Fenster nach draußen.

Ich schlug mit einem dumpfen Geräusch auf dem Boden auf, setzte mich auf und blickte mich um. Niemand zu sehen. Aber ich hörte ganz in der Nähe jemanden lachen.

Nachdem ich meine Handtasche und die Decke unter den Wagen gelegt hatte, zog ich Handschuhe an und griff nach dem Taser, der Taschenlampe und dem Handy.

Es begann zu dämmern. Am Horizont war die Sonne fast gesunken. Der Mond war schon aufgegangen, er war fast voll.

Mit meinen Gummisohlen konnte ich mich auf dem sandigen Boden geräuschlos bewegen.

Als ich eine der Wände des Pueblos erklimmen wollte, rutschte ich auf einem glitschigen Stein ab und stürzte.

Gott sei Dank hatte ich mir nichts gebrochen. Aber mein linkes Knie schmerzte höllisch. Ich musste vorsichtiger sein.

Als ich mich aufrichtete, spürte ich unter meiner Hand einen spitzen Stein. Sicher, ich hatte den Taser, aber ich mochte Steine und steckte ihn in die Tasche. Ich rannte los.

Wenigstens würde der Schmerz mich wach halten. Ich konnte es immer noch nicht fassen, dass Hank mich eingeschläfert hatte.

Obwohl es kühler und kühler wurde, lief mir Schweiß den Rücken und zwischen den Brüsten hinunter. Wieder Gelächter. Ich spürte den Adrenalinstoß.

Ich rannte schneller, in gebückter Haltung. *Nicht ausrutschen, bloß nicht ausrutschen …*

Ich beschirmte meine Augen mit einer Hand und blickte auf die untergehende Sonne.

Ich entfernte mich in östlicher Richtung vom Pueblo Bonito, vermutlich in Richtung Chetro Ketl. Aric und Hank waren über den Treffpunkt hinausgefahren und dann zurückgegangen, nachdem sie mich eingeschläfert und eingesperrt hatten. Aber ich war mir sicher, dass etwas passiert war. Etwas Schlimmes.

Die Nacht brach herein. Panik überkam mich. Ich musste sie finden. Ich wich regennassen Beifußsträuchern und Felsbrocken aus, rannte durch einen Bogen und dann einen gepflasterten Weg hinunter.

Aber ich war nicht schnell genug.

Ein schriller Schrei zerriss die nächtliche Stille.

Jemand hatte Schmerzen. Oder Angst. Oder beides.

Ich rannte schneller, rutschte aus, fiel schmerzhaft auf die Knie.

Wieder ein Schrei.

Wenn ich jemandem helfen wollte, musste ich klug vorgehen. Ich rieb meine Knie, stand auf. Alles in Ordnung.

Taser, Handy, Stein, Taschenlampe – alles da. Ich rannte weiter.

Chaco war größer, als ich vermutet hatte. Dieser Schrei. Vielleicht ein Tier? Nein, es war ein Mensch gewesen.

»Du kannst mich mal!«, zischte jemand.

Ich rannte noch schneller. Hank. Das hatte nach seiner Stimme geklungen.

Noch ein Schrei.

Die Welt verschwamm. Es kam mir vor, als bewegte ich mich wie in einem Traum, immer schneller.

Und dann war ich da. Angst packte mich, und ich schlug eine Hand vor den Mund, um nicht in lautes Schluchzen auszubrechen.

27

Es war stockfinster. Ich kroch hinter einen Felsblock. Ich glaubte, mich direkt vor der großen Kiva des Chetro Ketl zu befinden. Durch etliche tiefe Atemzüge versuchte ich mich zu beruhigen, was allerdings angesichts der wahrscheinlich äußerst gefährlichen Lage von Hank und Aric unmöglich war. Die Kälte kroch in meine Knochen. Ich lauschte. Bevor ich da reinging, musste ich eine genaue Vorstellung davon haben, wo sie waren.

Der Wind pfiff laut. Ich hörte eine Eule und einige andere Tiere.

Dann …

»Was zum Teufel sollen wir jetzt machen?«, fragte jemand.

»Halt die Klappe«, erwiderte eine andere Stimme.

Zwei Männer. Unbekannte Stimmen. Aber ich wusste nun, wo sie waren.

»Tu, was er sagt.« Eine dritte Stimme, leise und bedächtig, diesmal die einer Frau. Die Frau aus der Bibliothek? Die Stimme klang nicht nach ihr.

Ich schwitzte und zitterte. Ich umklammerte den Stein fester. Am liebsten wäre ich davongerannt, geflüchtet.

Ich musste lachen und legte eine Hand auf meine Lippen. Welcher normale Mensch hätte nicht an Flucht gedacht?

Ich bewegte die Finger, lockerte die Schultermuskulatur und kroch weiter.

Kurz darauf fand ich mich direkt vor einer Wand wieder. Diese Finsternis war wirklich ein Fluch.

Was nun?

Wieder versuchte ich, mir die Fotos des Chetro Ketl ins Gedächtnis zu rufen. Die Anasazi hatten das große Gebäude in der Form eines Halbkreises angelegt. Oder eher in der eines »D«. Große Steinblöcke, rechteckige Fenster. Einst hatte es ein Dach gegeben, jetzt nicht mehr. Einige der Wände waren eingestürzt.

Ursprünglich hatte es mehrere Stockwerke gegeben, zumindest glaubte ich das gelesen zu haben. Jetzt existierte nur noch eine Ebene. Trotzdem waren die Wände um mich herum imponierend.

Ich glaubte, Chetro Ketl sei das große Bauwerk mit der erhöhten Plaza und der tiefer gelegenen großen Kiva, doch sicher war ich mir nicht. Aber ich erinnerte mich an eine sehr, sehr lange Rückwand.

Ich konnte nichts sehen. Die Fenster waren wahrscheinlich zu weit oben für mich. Da war etwas, woran ich mich nicht erinnerte …

Ich schloss die Lider, versuchte vor meinem inneren Auge die Abbildungen aus den Büchern zu sehen. Ich vergegenwärtigte mir die große Kiva, die Steinmetzarbeiten, die kleinen rechteckigen Fenster und …

Treppen. Kleine Treppen. Sie führten in die große Kiva hinunter.

Ich ging weiter, mit der Hand die Wand abtastend. Aus dem Inneren waren jetzt keine Geräusche mehr zu hören. Die Stimmen waren verstummt. Hatten sie mich gehört? Wenn ja, sah es schlecht aus.

Aber eigentlich musste es einen anderen Grund für die Stille geben. Ich hatte mich sehr leise verhalten, und sie waren mit etwas beschäftigt gewesen.

Ich blieb stehen und lauschte. Jetzt glaubte ich doch, leise Stimmen zu hören. Klangen sie vielleicht wütend?

Ich ging weiter, schneller, mit der Hand an der Wand entlangstreichend. Mein Knie tat weh.

Der Stein unter meinen Fingerkuppen fühlte sich rau an. Würde ich jemals eine verdammte Tür finden?

Und dann war die Wand auf einmal nicht mehr da. Ich taumelte nach vor und wäre fast gestürzt. Etliche Kiesel rollten über den Steinboden.

»Hast du das gehört?«, fragte die erste Stimme.

»Ja«, antwortete der andere Mann. »Du bist ein echter Angsthase. Irgendein Tier macht ein Geräusch, und du hast die Hosen voll. Vergiss es.«

»Nichts da. Ich sehe nach.«

Ich drückte mich fest an die Wand. Würden die anderen es hören, wenn ich ihn mit dem Taser attackierte? Es blieb keine Zeit, darüber zu spekulieren.

Schritte. Vermutlich kamen die Geräusche von der Treppe zur Kiva.

Und dann stand er vor mir. Eine Pistole sah ich nicht, aber ich war mir sicher, dass er bewaffnet war.

Er drehte sich um, und ich drückte auf den Knopf.

Der Taser funktionierte auch diesmal nicht.

Er wollte sich auf mich stürzen, doch ich wich seitlich aus. Ich sah etwas im Mondlicht glänzen. Eine Pistole.

Er packte mich mit einer Hand und drückte so brutal zu, dass ich vor Schmerz aufschrie. Ich versuchte ihn zu treten, schaffte es aber nicht. Er schlug mir ins Gesicht. Ich taumelte rückwärts, aber er hielt mich fest und lachte.

»Du willst deinen Spaß?«, sagte ich. »Komm her. Du weißt nicht, was dir sonst entgeht.« Ich versuchte, meine Stimme so verführerisch wie möglich klingen zu lassen.

Er kicherte. »Soll ich dir was zeigen?«

»Klar«, sagte ich. »Du hast mich gut verstanden.«

Er zog mich dicht an sich heran. »Das kannst du zweimal sagen.«

»Komm, mein Süßer.« Ich holte aus und knallte ihm den Stein ins Gesicht.

Er ging zu Boden, und ich geriet ins Stolpern. Wir rollten die Stufen in die unterirdische Zeremonienkammer hinunter.

Ich blieb in einer dunklen Ecke der Kiva liegen. Jetzt war die Finsternis ein Freund.

»Dick?«, rief jemand. »Komm zurück und erzähl uns einen deiner lahmen Witze.«

Dick war mit Sicherheit nicht in der richtigen Verfassung, um Witze zu reißen. Auf allen vieren suchte ich nach dem Stein. Als ich ihn gefunden hatte, musste ich ihn noch einmal aus der Hand legen, um den Taser zu überprüfen.

Ein Lichtstrahl durchschnitt die Finsternis. Am anderen Ende der Kiva, etwas weiter rechts, sah ich eine andere Tür. Dahinter flackerte ein Feuer. Dort mussten sie sein.

Der andere Typ rief weiter nach Dick.

Ich kroch los, so schnell, wie es auf allen vieren ging. Nun waren sie alarmiert, wussten, dass sie nicht allein waren. Warum hatte der verdammte Taser nicht funktioniert? Dieses elende Ding war nutzlos.

Kiesel drückten sich in meine schmerzenden Knie. Ich hielt an und schnappte nach Luft. Ich hörte jemanden schwer atmen, sonst war es still.

Ich blickte zu den Sternen hinauf, um Mut zu fassen. Was für ein wundervoller Anblick.

Ich stand auf und ging in gebückter Haltung los. Wann würden sie mich hören? Und wo zum Teufel waren Hank und Aric?

Meine Atemzüge kamen mir sehr laut vor. Ich versuchte, mich zu beruhigen. Ich näherte mich dem Licht. Bis ich dort war, durften sie mich nicht bemerken. Meine Oberschenkel schmerzten von dem Watschelgang, als ich mich an der Wand der Kiva entlang der hinteren Tür näherte.

»Das sieht ganz schön komisch aus, Lady. Hey, was haben Sie mit dem guten alten Dick gemacht?«

Ich wagte nicht aufzuschauen, aber ich sah die Füße des Mannes in knapp zwei Metern Entfernung. Dann hob ich den Blick. Das Mondlicht glänzte auf dem Lauf einer Pistole, die direkt auf meinen Kopf gerichtet war. Mir wurde schwindelig, und ich streckte die Hand aus, um mich an der Wand abzustützen.

»Keine Bewegung, Lady.«

»Sorry.«

Das grelle Licht seiner Taschenlampe blendete mich.

Er spuckte aus. »Dies ist ein Haus der Toten, Missy«, sagte er. »Erweisen Sie ihnen etwas Respekt.«

Warum kamen mir diese Worte bekannt vor? Moment … »Wer zum Teufel sind Sie, und was wollen Sie?«

»Ich habe ein gutes Gedächtnis. Sie auch?«

Hatte ich ein gutes Erinnerungsvermögen? *Dies ist ein Haus der Toten …* Da fiel es mir ein. Die Typen von *National Geographic,* die vor einer Ewigkeit zu Didi gewollt hatten. Ich hatte diese Worte gesagt, denn auch das OCME war ja ein Haus der Toten. Wie sollte ich reagieren? »Nein, ich habe kein besonders gutes Gedächtnis.«

»Wir haben nach Ihnen gesucht, Lady.«

»Jetzt bin ich ja hier, mein großer Junge.« Hatte ich das wirklich gesagt?

Er nahm mich im Licht der Taschenlampe von Kopf bis Fuß in Augenschein. »Sehr attraktiv. Wie in meiner Erinnerung.«

»Danke für das Kompliment.«

Ich trat vor.

»Stehen bleiben!«

Ich gehorchte. »Sie wissen, wie kalt es hier ist. Können wir nicht irgendwo reden, wo ich mich etwas aufwärmen kann?«

Ein Rascheln. Vielleicht der Typ, dem ich mit dem Stein ins Gesicht geschlagen hatte. Ich hatte nicht viel Zeit.

»Reden. Ihretwegen sind drei meiner Freunde tot. Sie sind uns bei unseren Geschäften übel in die Quere gekommen.« Er zog den Hahn seiner Pistole zurück. »Kommen Sie mit.« Er gestikulierte mit der Waffe. Ich musste vorangehen.

Er leuchtete mir den Weg aus. Ein netter Junge. Der Wind frischte auf, und ein Heulen in der Ferne ließ es mir kalt den Rücken hinunterlaufen. Ich trat in einen dunklen Bogengang, hörte jemanden mühsam atmen.

»Wer ist noch hier?«, fragte ich.

»Ihre beiden Freunde.«

Ich blickte mich hektisch um, sah aber weder links noch rechts etwas. »Wo sind sie?«

»Geht Sie nichts an.«

Er trat näher an mich heran, und ich roch förmlich seine Häme. Er packte meinen Arm und zog mich durch eine kleinere Kiva. Einmal stolperte ich über einen Stein und wäre fast gestürzt, doch er hielt mich fest.

Wir durchquerten die Zeremonienkammer und traten in einen weiteren Bogengang. Ich hörte ein surrendes Geräusch, und es roch nach Gas. Er bewegte die Taschenlampe hin und her, als wollte er mir seinen Unterschlupf zeigen. Auf dem Boden lagen zwei aufgepumpte Luftmatratzen mit Decken darauf. Zu meiner Linken sah ich zwei große Kartons. Ich ging darauf zu. Einer enthielt Hunderte von Tonscherben, der andere war zugeklebt und adressiert an …

Er drehte mich um und presste seine Hüften an meine. Seine Erektion verursachte mir Übelkeit. Ich wandte den Kopf ab.

»Sieh mich an, Schlampe.«

Ich tat es und blickte in die Mündung der Pistole.

Ich schnappte nach Luft und sah endlich deutlich sein Gesicht. Es war der Lockenkopf aus dem Team von *National Geographic,* der sich so arrogant und anmaßend aufgeführt hatte.

»Oh ja, das fühlt sich super an«, sagte er. »Bin schon zu lange hier am Arsch der Welt. Sekunde noch, dann legen wir los. Ja, wir treiben es.«

Weiter die Waffe auf mich richtend, zog er ein dehnbares Kunststoffband aus der Tasche, eine Fessel, wie sie die Cops manchmal anstelle von Handschellen benutzen. Es war fast unmöglich, sich davon zu befreien. Wenn er es schaffte, mir das Ding anzulegen …

Mein Mund wurde trocken. Er würde mich vergewaltigen und töten, ohne es auch nur eine Sekunde zu bedauern. Ich versuchte mir einen Plan zurechtzulegen, doch mir fiel nichts ein. Ich trat zurück.

»Schön hierbleiben.« Er streckte die Hände nach mir aus.

Ich trat noch einen Schritt zurück, stolperte über einen Stein und fiel auf den Rücken. Ich hob eine Hand. Sie blutete. Ich hatte mich an einer der Tonscherben geschnitten. »Leck mich am Arsch!«, schrie ich.

»Ich hatte eigentlich eher an etwas anderes gedacht, meine süße Schlampe.«

Er legte die Taschenlampe so hin, dass der Lichtstrahl auf mich fiel. Ich glaubte, sein Grinsen zu sehen.

Konzentriere dich. Ich stöhnte. Für mich klang es unecht, aber es war egal.

»Das hört sich gut an, du Schlampe. Mach die Beine breit und werd schön feucht für den guten alten Paulie.«

Beine breit und feucht werden? Mannomann. Da es ihm offensichtlich gefiel, stöhnte ich erneut. Zugleich ließ ich meine Hand langsam nach unten gleiten.

Er zog seinen Schwanz aus der Hose und richtete den Lichtstrahl darauf. Ich glaubte zu sehen, wie sein Grinsen breiter wurde. »Sieh mal, was wir hier haben.«

Mein Gott. Er war zweifellos startklar. »Wow«, sagte ich. »So was sieht man nicht alle Tage.« Vielleicht konnte ich ihm das Ding abbeißen. Ja, aber ich bezweifelte, dass er mich so nah daran herankommen lassen würde. Er würde mich vergewaltigen. Mir drehte sich der Magen um.

»Das kannst du zweimal sagen.«

Hör nicht hin. Tu etwas, irgendwas. Ich versuchte nachzudenken, aber meine Angst und die Panik machten es unmöglich.

Er rieb grinsend sein Glied. »Was für eine süße Fotze. Selbst mit den ganzen Blessuren.«

Oh, Gott. Ich schob die Hand in die Jackentasche und tastete ohne Erfolg nach dem Taser. Mist, er steckte in der anderen Tasche.

»Du bist so schrecklich schweigsam, meine Süße.«

»War nicht so gemeint.« Wieder bemühte ich mich, meine Stimme möglichst verführerisch klingen zu lassen.

Er kniete vor mir nieder, war aber zu weit entfernt, als dass ich ihn hätte packen können. Die Pistole in seiner linken Hand zitterte kein bisschen. Ich starrte darauf wie das Kaninchen auf die Schlange.

Das alles war ein einziger Albtraum. Niemand würde mir zu Hilfe kommen. Es war niemand in der Nähe. Er würde mich vergewaltigen. Mich umbringen.

Ich wich zwei Schritte zurück.

»Es gibt kein Entkommen, süße Schlampe.«

»Warum das alles?« Ich zeigte auf die Tonscherben.

Er kicherte. »Dumme Frage. Natürlich wegen des Geldes. Du bist dümmer, als du aussiehst. Aber das, was gleich kommt, macht bestimmt Spaß.«

»Geld. Deshalb mussten all diese Menschen sterben?«

»Jede Menge, meine süße Schlampe.«

»Ich heiße Tally.«

»Ja, ich weiß.« Er wandte sich um und drehte den Heizofen höher.

Ich konnte nicht glauben, dass dieser Idiot sie alle umgebracht haben sollte, Delphine, Didi, den Gouverneur, Natalie und …

Wenn er näher kam, würde ich ihm in die Genitalien treten. Meine keuchenden Atemzüge erschienen mir sehr laut.

Er packte seinen Schwanz wieder ein und trat vor. »Dann wollen wir dir mal die Fessel anlegen, meine Süße.«

Seine rechte Hand schoss vor, packte mich und riss mich so brutal nach vorn, dass ich auf die linke Seite fiel. Ich hörte etwas knacken, und der Schmerz ließ mir Tränen in die Augen treten. Ich versuchte, mir nichts anmerken zu lassen. Den Triumph wollte ich ihm nicht gönnen.

»Oh, habe ich dem kleinen Mädchen wehgetan? Mir hat's gefallen.« Er lachte schallend.

Ich schob die Hand in die rechte Tasche. Dies war meine letzte Chance. Aller guten Dinge sind drei und so weiter. Ich riss den Taser heraus und drückte auf den Knopf.

Nichts geschah. *Nichts.*

»Du Schlampe!«

Ich kroch über den Boden und warf mich auf eine Luftmatratze.

Er packte meine Füße, knöpfte meine Jeans auf und versuchte, sie herunterzuziehen.

Es war nicht so einfach, denn die Jeans waren eng. Er zerrte daran, und ich wand mich hin und her. Doch dann hatte er es geschafft.

Er packte brutal meinen Hintern.

Ich schnappte nach Luft.

Dann war er über mir.

Weil mir nichts Besseres einfiel, hob ich den Taser ein weiteres Mal, und dann ... Teufel, ich hatte vergessen, das Ding zu entsichern. Ich trat mit den Beinen aus und wand mich, während ich die Kunststoffabdeckung oben an dem Taser abzog. Der rote Knopf glühte hell. Betriebsbereit.

»Was zum Teufel ...«, schrie er.

Seine Hände griffen nach mir, und ich drückte fest auf den Knopf, immer fester

Ich keuchte, noch immer von Angst gepackt.

Die Wirkung der Elektroschockwaffe lähmte ihn.

Ich schnappte nach Luft.

Mein Gott.

Beruhige dich.

Konzentriere dich, verdammt. Im Lichtstrahl des Tasers sah ich, wie er sich schmerzgekrümmt am Boden wand und wie ein verwundetes Tier brüllte.

Ich richtete mich auf den Knien auf, weiter fest den Taser umklammernd. Der Typ wand sich noch immer am Boden, und ich hatte Angst, ihn zu berühren, doch es musste sein. Instinktiv wischte ich mir die Hände an der Bluse ab, weil ich mich besudelt fühlte. Ich wollte meine Hose hochziehen, hatte aber keine Zeit dafür. Wie lange würde er ausgeschaltet sein? Ich hatte keine Ahnung.

Ich streckte die Hand nach der Pistole aus, packte den Lauf und zog sie zu mir. Dann griff ich nach der Taschenlampe. Mein Gott, ich wünschte, er hätte zu stöhnen aufgehört. Ich sah mich um, entdeckte die schwarze Kunststofffessel und schlang sie ihm fest um die Handgelenke. Er trat aus, und ich wich zurück. Ich hatte es geschafft, ihn zu fesseln. Und ich hatte die Waffe. Ich keuchte noch immer.

Sollte ich ihn noch einmal mit dem Taser attackieren? Ich wusste es nicht. Würde es ihn umbringen?

Noch immer wand er sich stöhnend am Boden.

Ich empfand zugleich eine unglaubliche Befriedigung und ein Schuldgefühl. Ich musste *mich* beruhigen. Mir war schwindelig, mein Atem ging viel zu schnell.

Beruhige dich.

Ich zog meine Hose hoch und knöpfte sie zu.

Vielleicht sollte ich ihm eins über den Schädel ziehen, ihn bewusstlos schlagen.

Beruhige dich. Seine Hände waren gefesselt. Er konnte mir nichts tun. Vielleicht auch die Fußgelenke? Aber dafür waren die Fesseln nicht lang genug.

Ich schwitzte und zitterte.

Vom Eingang des Bogengangs her hörte ich ein Geräusch. Ich presste mich fest an die Wand, schaltete die Taschenlampe aus. Immer noch Licht. Mist! Ich schob die Abdeckung auf den Taser.

Jetzt war es stockfinster.

»Paulie?« Die Stimme des Mannes, der mich zuerst angegriffen hatte.

Wieder packte mich Angst. Dieser monströse Albtraum hörte einfach nicht auf. Ich hatte keine Lust dazu, wusste aber, was ich zu tun hatte. Ich hob einen Stein auf und schlug ihn Paulie auf den Kopf. Bei dem Geräusch wurde mir ganz übel. Ich glaubte nicht, dass er so bald wieder aufwachen würde.

»Hey, Paulie, bist du da irgendwo?«

Schlurfende Schritte. Dann wurde am Ende des Bogengangs eine Taschenlampe eingeschaltet.

Was sollte ich tun? Ich konnte ihn mit dem Taser attackieren. Vielleicht. Ich wusste nicht, ob er ein zweites Mal funktionieren würde. Nein, ich musste den Typ von Hank und Aric weglocken. Ja, das schien mir sinnvoll zu sein. Aber wie?

»Hier bin ich!«, rief ich.

Die Taschenlampe wurde ausgeschaltet, und alles war still. Doch dann hörte ich mühsame Atemzüge, ein leises Stöhnen. Vielleicht gelang es mir, ihn auszuschalten. Das war wahrscheinlich die beste Idee.

Ein Schuss. Von der Seitenwand des Gangs prallte eine Kugel ab.

Ich rannte los. »Schnapp mich, wenn du kannst, du Trottel!«

Zwischen meinen keuchenden Atemzügen hörte ich seine Schritte.

»Ich krieg dich schon, du Schlampe.«

Dann stolperte ich über einen Sein und stürzte ins Leere.

28

Ich schlug mit einem dumpfen Geräusch auf. Als sich meine Augen an das Mondlicht gewöhnt hatten, wischte ich mir Staub aus dem Gesicht. Ich war in einen weiteren kreisförmigen Raum gestürzt, aber nicht besonders tief. Er lag unter den anderen Kivas, war aber niedriger.

In meinem Rücken hörte ich Gelächter.

Ich rappelte mich hoch und griff in die Tasche.

Der Taser war verschwunden.

Auf allen vieren tastete ich die regenfeuchte Erde, Steine, verdorrte Gräser ab.

Nichts. *Nichts.*

Was nun?

Ich würde es nicht zulassen, dass dieser Hurensohn mich fertigmachte. Ausgeschlossen.

Ich lauschte. Er wusste nicht genau, wo ich war.

Schüsse. Der reinste Kugelhagel. Ich zog den Kopf ein.

Nein, er wusste wirklich nicht, wo ich war. Er feuerte aufs Geratewohl in eine andere Richtung. Ich konnte zurückgehen und versuchen, Hank und Aric zu befreien.

Besser, ich wartete noch etwas. Um zu lauschen. Nur für eine Minute.

Ich setzte mich, schlang die Arme um die Knie und versuchte, in meinem Inneren diesen friedlichen, ruhigen Ort zu finden, von dem ich wusste, dass er existierte und dass ich dort in Sicherheit sein würde. Nur für eine Minute. Mir war etwas schwindelig, mein Gehirn leicht vernebelt.

Ich rieb mir die Schläfen. Verlor ich den Verstand?

Denk pragmatisch. Ich versuchte, mir die Fotos der Kiva zu vergegenwärtigen, die Karten. Allerdings sah ich nur ein Warnschild mit der Aufschrift: *Achtung, Gefahr! Die prähistorischen Treppen sind einsturzgefährdet.*

Auf den Fotos hatten sie nicht besonders gefährlich ausgesehen. Ich hätte darauf gewettet, dass es eher um den Schutz der Treppen ging, nicht um den derjenigen, die sie betreten wollten.

Ich legte den Kopf in den Nacken und schaute zum Sternenhimmel hinauf. Er war schön wie eh und je, ganz wundervoll. Eine erfrischende Brise liebkoste meine Wange, doch weshalb war der Wind so seltsam warm, obwohl es doch Nacht war?

Die Treppen. Ein Flüstern.

Die … Treppen.

Ich hörte das wie in einem Traum.

Ich wurde ganz ruhig und lauschte auf die Worte einer inneren Stimme, die vom Wind davongetragen wurde. Vielleicht wohnte ich meinem eigenen Ende bei, einem Ende, von dem es immer heißt, dass einen eine große Klarheit überkommt und dass man die Wahrheit erkennt. Ich lauschte angestrengt. Die Geräusche der Wüste traten in den Hintergrund, verebbten.

Die Luft wurde noch angenehmer. Sie war sanfter und wärmer, aufgeladen mit elektrischer Energie. Die Magie des Chaco Canyon.

Mir verschwamm alles vor den Augen, und dann sah ich vor mir Chaco, wie es einst gewesen war.

Es waren wundervolle Impressionen. Die Menschen bauten, kochten, tanzten, verehrten die Götter. Die großen Bauwerke hatten noch Dächer, und einige Menschen trugen wundervolle Gewänder und Schmuck. Ich sah drei tropische Langschwanzpapageien, deren Füße mit Lederstreifen festgebunden waren. Sie hockten auf Sitzstangen und beobachteten das bunte Treiben.

Ich träumte … Ich hatte den Verstand verloren.

Zu meiner Rechten schimmerte die Wand des Canyons in der grellen Sonne in Rot-, Gelb- und Ockertönen. An der Felswand schlängelte sich ein klarer, melodisch plätschernder Bach entlang. Im Schatten einiger kleiner Bäume trat ein Mann – ein Krieger – zu einer jungen Frau mit einem verkrüppelten Fuß, der das Haar auf die Oberschenkel fiel.

Er kniete vor ihr nieder. Sie nickte und legte ihre Hände auf seine Schultern. Dann kniete auch sie nieder. Sie küssten sich und liebten sich am Ufer des Flüsschens.

Was war hier los? Ich strich über die Stelle, wo ich mich an der Tonscherbe geschnitten hatte, fand die Wunde aber nicht. Ich hob meine Linke. Nichts. Ebenfalls unverletzt.

Ich hob beide Hände. Die Sonne fühlte sich warm an auf meinen Handrücken, den Fingern. Dies alles konnte nicht real sein, und doch …

Ich trat zu dem Liebespaar, wollte in der Nähe der beiden sein, verstehen, wie sie dachten.

Als sie sich voneinander gelöst hatten, beugte er sich über sie, pflückte einige grellgelbe Wüstenrosen und steckte sie ihr ins Haar. Sie lachten und liebten sich erneut.

Einerseits war ich ein unbeteiligter Zuschauer, andererseits aber auch Teil des Geschehens. Ich begriff all das nicht wirklich, doch da war diese Wärme, die meinen Körper, mein Herz und meine Seele heilte.

Zeit zum Aufbruch!, sagte der Krieger. Er ließ den Blick über Chetro Ketl schweifen, schaute zu einer in die Felswand gehauenen Treppe hinüber. *Ich muss gehen!*

Die junge Frau schüttelte den Kopf. *Noch nicht!*

Ich muss. Er zog sie hoch und reichte ihr eine hölzerne Krücke, auf die sie immer angewiesen war.

Du wirst sterben, sagte sie.

Mir wird nichts passieren, antwortete er.

Sie schüttelte den Kopf, kämpfte gegen die Tränen an, die ihr über die Wangen liefen.

Er griff nach einem um seinen Hals hängenden Beutel, zog ihn auf und nahm etwas heraus, was er in der geschlossenen Hand hielt.

Was ist das?, fragte sie.

Sieh hin! Er öffnete die Hand.

Auf seinem Handteller lag ein Fetisch. Er war blutrot und glitzerte in der Mittagssonne wie ein Rubin. Ein Berglöwe mit einem weit über dem Rücken getragenen Schwanz. Der Körper war lang und schlank, der Kopf rundlich.

Ich habe ihn geschnitzt. Der Berglöwe wird mich beschützen.

Was ist ein Berglöwe?

Du wirst es sehen, wenn wir die neue Stätte im Süden aufsuchen, am Berg Dowa Yalanne. Ich habe davon gehört. Wir werden dort ein Zuhause finden, du wirst sehen. Aber nun muss ich gehen.

Noch einmal küssten sie sich mit unfassbarer Leidenschaft, und als sie sich trennten, war ihr Gesicht tränenüberströmt.

Aber ihre braunen Augen glänzten vor Hoffnung.

Sie hob eine Hand und winkte …

Schüsse!

Ich schüttelte den Kopf. Was war das alles gewesen? Wo war ich? Wo war die Sonne? Nun war es nicht mehr Tag, sondern Nacht.

Der Canyon, jetzt. Die Gegenwart. Der Wind war schneidend kalt.

Aber die Treppen. In meiner Vision hatte ich eine gesehen. Mir war klar, dass sie existierte. Ich drehte mich um. Wenn ich direkt … Im Mondlicht schimmerte ein Pfad. Ja, wenn ich den nahm, würde ich sie finden.

An meiner Wange pfiff eine Kugel vorbei.

Ich rannte.

Gelächter folgte mir. »Ich kenne mich hier aus, meine Kleine. Du kommst nicht heraus. Es gibt kein Entkommen. Ich muss nur warten.«

Ich blieb stehen und schnappte vornübergebeugt nach Luft. Was nun? Hmm. Als ich mich umdrehte, schlug mir der Wind ins Gesicht. Ich kletterte auf einen Felsbrocken und hoffte, dass er mich sah. Aber auch, dass ich außerhalb der Reichweite seiner Waffe war. »Du irrst dich, Dumb Dick. Ich kenne eine Stelle, von wo ich entkommen kann.«

»Warum nennst du mich so, verdammt? Ich bin nicht dumm.«

»Aber natürlich, Dumb Dick.« Ich lachte laut, sprang von dem Felsbrocken und landete auf meine übliche unbeholfene Art.

»Wo willst du hin, Kleine?«

Jetzt kauerte ich mich hin. »In die Höhe, Dumb Dick, in die Höhe. Dann bin ich auf und davon.«

Ein Lichtstrahl durchschnitt die Finsternis, bewegte sich hin und her. Ich musste verrückt sein, aber … Ich vertraute meiner Vision. Schließlich war ich hier im Chaco Canyon

Ich trat vor, damit der Lichtstrahl mich erfasste. Dann drehte ich mich um und rannte los. Kurz darauf hielt ich an, warf mich flach auf den Boden. Wie nicht anders zu erwarten, gab Dumb Dick einen wahren Kugelhagel ab.

Es war ein gutes Gefühl, auf dem sandigen Boden zu liegen.

Aber vielleicht stand Dumb Dick gleich vor mir und würde mich erschießen.

Ich rappelte mich hoch, rannte weiter. »Hol mich ein, wenn du kannst, Trottel!«

Ich rannte durch Hallen und Durchgänge, durch runde und rechteckige Kivas. Es kam mir so vor, als wäre ich in einem Labyrinth, es schien immer weiterzugehen.

Ich prallte gegen einen Felsvorsprung und stürzte zu Boden.

Ich sah Sterne, aber nicht die am Firmament. Auf dem Rücken liegend, atmete ich ein paarmal tief durch. Ich kam mühsam wieder auf die Beine, verärgert über mich selbst.

Wenn er mich nicht erledigte, würde ich das noch selbst schaffen.

Wenn ich doch nur bald diese Treppe finden würde, ich sah sie vor meinem inneren Auge so plastisch vor mir.

Ich legte meine Hände flach auf die Felswand und ging vorsichtig seitlich weiter, in der Finsternis nach Treppenstufen tastend. Dabei musste ich darauf achten, nicht auf dem unebenen, mit Steinen übersäten Boden auszurutschen. Ständig lauschte ich, ob etwas von Dumb Dick zu hören war.

Er war da, der Lichtstrahl seiner Taschenlampe fiel rechts von mir auf die Felswand, während ich mich nach links bewegte. Teufel, ich hoffte, dass ich den richtigen Weg eingeschlagen hatte. Mein linkes Knie schmerzte, meine Hände brannten von den Kratzern und Prellungen. Es musste mir egal sein. Ich konnte nicht glauben, dass ich immer noch auf den Beinen stand.

Das änderte sich Sekunden später, als ich in ein weiteres Loch stürzte.

»Jetzt hab ich dich!«, schrie Dumb Dick.

Da hatte er vermutlich recht.

Kein Taser. Ich suchte nach ein paar Steinen.

Und fand dabei die Treppenstufen. Ich ertastete eine, eine zweite, dann noch eine.

Ich steckte ein paar Steine in die Jackentasche. Mein Gott, was taten meine Finger weh. Es musste sein. Ich begann, die Stufen hinaufzusteigen, und war überrascht, wie präzise sie behauen waren. Die alten Steinmetze aus dem Chaco Canyon waren absolute Könner ihres Fachs gewesen. Auch waren die Stufen, kaum vorstellbar nach so langer Zeit, wunderbar erhalten, nicht ausgetreten. Gott sei Dank.

Von dem Foto der Treppe, das ich in einem Buch gesehen hatte, wusste ich, dass sie zu der Hochebene hinaufführte und dass es ein langer, langer Weg war.

»Komm doch, Dumb Dick. Wo bleibst du?«

»Wenn du mich noch mal so nennst, werde ich dich …«

Ein Schuss fiel, dann noch einer.

»Hier oben bin ich!«

Ich hielt inne und lauschte. Er kam näher.

Ich stieg höher und höher. Die aus dem Fels gehauene Treppe war schmal, aber nicht schmal genug, um mit ausgestreckten Händen auf beiden Seiten die Wände berühren zu können. Fast hatte ich das Gefühl, als würde der Krieger mich leiten. Was für eine beruhigende Halluzination.

Ich warf ein paar Steine in die Tiefe, und Dumb Dick stieß

ein paar Flüche aus. Mein Herzschlag beschleunigte sich, und ich stieg die Stufen noch schneller hinauf.

Im Mondlicht konnte ich die Windungen der Treppe gut erkennen, hinter denen mich der Lichtstrahl der Taschenlampe nicht erfassen konnte.

Ich hielt inne, schöpfte Atem. Ich war in der Hochwüste, die Luft war dünn. Und ich war die Treppe schon sehr weit hinaufgestiegen. Wirklich weit. Trotzdem war das Ende noch nicht zu sehen. Unter mir verschwanden die Stufen hinter einer Biegung. Aber ich sah den Lichtstrahl, hörte Dumb Dicks Flüche.

Keuchend nahm ich ein paar weitere Stufen.

Dann drehte ich mich um und blickte in die Tiefe. Unter mir, weit unter mir, breitete sich im Mondlicht der Chaco Canyon aus. Es war ein magischer Anblick. Über mir blinkten die Sterne, groß wie die an den Decken von Kinderzimmern. Ich sah Chetro Ketl, das Besucherzentrum, den Pueblo Bonito. Von hier oben gesehen wirkte das Ganze fast irreal, als hätten in einer fernen Vergangenheit Besucher aus einem fernen Landstrich die Menschen hier befähigt zu einer erstaunlichen Schöpfung von Kreisen innerhalb von Rechtecken innerhalb der Form eines »D«. Mit Worten hatte man dieses Bauwerk noch nie adäquat beschreiben können. Mir bleib keine Zeit für solche Betrachtungen.

Eine Wolke schob sich vor den Mond.

»Hier oben!«, rief ich Dumb Dick zu.

Er antwortete nicht, aber an dem zittrigen Lichtstrahl konnte ich erkennen, dass er weit unter mir war. Ich hatte keine Ahnung, warum er so lange brauchte.

Wieder hörte ich Flüche. Dumb Dick gab Gas und kam näher.

Ich zog ein paar Steine aus meiner linken Jackentasche. Als der Lichtstrahl ganz in der Nähe war, kauerte ich mich in eine Ecke und bewarf Dumb Dick mit den Steinen.

Schon wieder musste ich mich mit Steinen verteidigen. Ich konnte es auch jetzt schaffen.

Ich lehnte mich an die Felswand neben den Stufen, ließ mich daran herabgleiten und vergrub mein Gesicht in den Händen.

Ein Schrei.

Ich sprang auf. Was war passiert?

Schüsse, weitere Schreie, dann Stille.

Ich wartete einen Moment. »Dumb Dick?«, rief ich dann.

Nur der heulende Wind antwortete mir.

Natürlich konnte es ein Trick sein. Wenn ich hierblieb, ohne mich zu bewegen, würde ich erfrieren. Zumindest kam es mir so vor. Ich konnte nicht hier sitzen bleiben. Ausgeschlossen.

Was jetzt kam, war schwierig. Sehr schwierig. Schwieriger als der Aufstieg.

Der Wind heulte, über den Himmel trieben Wolken.

Vielleicht sollte ich doch noch eine Weile hierbleiben. Ja.

Ich setzte mich wieder hin. Meine Zähne klapperten, meine Beine zitterten. In Gedanken war ich bei Hank und Aric, die da unten in dem Durchgang froren.

Ich stand auf, nahm den Stein in die linke Hand und tastete mich mit der rechten an der Felswand die Stufen hinunter.

Kurz darauf blieb ich stehen. Mein Gehirn war vernebelt, mir wurde schwindelig. In einer Tasche meiner Jeans fand ich zwei Jolly Ranchers. Ich wickelte die Bonbons aus dem Papier und steckte sie in den Mund.

Mein Gott, lutschte ich wirklich Jolly Ranchers, hier im Chaco Canyon, wo weiter unten auf der Treppe ein Killer auf mich wartete? Ich lutschte und lutschte. Irgendwie fühlte ich mich belebt, mit frischer Energie geladen.

Ich stieg weiter die Stufen hinunter. »Dumb Dick?«

Am Himmel hatten sich die Wolken verzogen. Im Osten war es schon ein bisschen hell, das Licht hatte das einiger Sterne bereits ausgelöscht. Die Morgendämmerung brach an. Ich hatte keine Zeit zu verlieren. Nur in der Dunkelheit konnte ich mich verstecken.

Ich stürmte die Stufen hinunter. Wegen der Biegungen

konnte ich den Boden des Canyons nicht sehen, aber ich glaubte, dass ich bald da sein würde.

Ich blieb noch einmal stehen. »Dumb Dick?«

Keine Reaktion.

Er war doch nicht besonders clever, oder? Oder geduldig?

Die Schreie hatten echt geklungen.

Ich betete nie, hatte aber jetzt das Gefühl, dass es sein musste. Also betete ich um Beistand, und mein Gebet richtete sich zugleich an Jesus und Buddha und alle Götter der Puebloindianer.

Ich rannte die Treppe hinunter. Wenn er unten wartete, würde ich ihn durch mein Tempo überrumpeln. Aber ich war zu schnell.

Als ich den Fuß der Treppe erreicht hatte, stolperte ich und schlug aufs Gesicht. Meine Wange schmerzte höllisch. Wie die Schultern und die Knie.

Ich gönnte mir nur einen Augenblick Ruhe und rollte mich auf die Seite, um in dem blasser werdenden Mondlicht zu sehen, worüber ich gestolpert war.

Dumb Dick lag dort, blutüberströmt, mit gebrochenen Gliedern und einem spitzen Stein im Hals.

»Hey?«

Er war tot. Direkt hinter dem Fuß der Treppe war er in ein Gewirr von Felsbrocken gestürzt. Daher der Schrei. Ich wusste nicht, wie und warum es passiert war, doch es war mir auch ziemlich egal.

Um mich zu vergewissern, betastete ich mit zwei Fingern die Halsschlagader. Nichts.

Seine Haut fühlte sich kalt und feucht an. Ich zuckte zurück.

Die leistungsstarke Taschenlampe war noch eingeschaltet. Ich griff danach und richtete den Lichtstrahl auf sein Gesicht.

Ich wünschte, es nicht getan zu haben. Seine Miene spiegelte Todesangst. Was für ein Anblick. Der graue Stoppelbart, die glasigen Augen, die Zähne, die sich durch seine Oberlippe gebohrt hatten.

Ich schüttelte den Kopf. Entsetzlich. Er hätte mich getötet. Trotzdem empfand ich eine Art Mitgefühl für ihn. Ich hatte nur mit Glück überlebt. Das war alles. Glück.

Bestimmt war es richtig gewesen, den Göttern zu danken. Ich rannte zurück, Richtung Chetro Ketl. Ich musste Hank und Aric finden.

Es dämmerte. Im Osten zeigten sich an dem blassen Morgenhimmel rötliche Streifen. Ich stolperte durch das Labyrinth von kleinen und großen Räumen in Richtung des Durchgangs, wo ich Aric und Hank vermutete. Ich schaltete die Taschenlampe aus. Jetzt brauchte ich sie nicht mehr, und ich hatte nicht vor, eine gute Zielscheibe abzugeben. Als ich eine der größeren Kivas durchquerte, frischte der Wind auf. Er schlug mir ins Gesicht und zerzauste meine Haare.

Wo war ich? Hatte ich mich verlaufen? Das Heulen des Windes war unerträglich laut. Jedes Mal, wenn ich glaubte, dass es nachließ, kam schon die nächste Böe, die mich fast von den Beinen gerissen hätte. Nach dem Theater mit den beiden Killern hatte mir das jetzt gerade noch gefehlt.

Das Heulen machte mich wahnsinnig.

Nachdem ich eine kleine Treppe hinaufgestiegen war, sah ich den Durchgang. Er war ein gutes Stück entfernt. Ich lehnte mich an die Wand. Ich war völlig fertig, würde es nicht schaffen bis zu dem Tunnel.

Natürlich konnte ich. Ich musste es schaffen.

Vorsichtig setzte ich einen Fuß vor den anderen. Der Wind hatte sich etwas gelegt, dafür hüllte mich nun ein kalter Nebel ein.

Die letzten paar Meter in der runden Kiva lief ich. Nachdem ich über einen kleinen Felsvorsprung geklettert war, umrundete ich ein von Steinen eingefasstes, rechteckiges, etwa dreißig Zentimeter tiefes Loch, Ich schaute hoch. Am Horizont zogen sich schwarze Wolken zusammen. Ich wusste nicht, wann es zu regnen beginnen würde, aber ich hatte Angst davor.

Ich trat in den finsteren Tunnel. Hier hallte das Heulen des Windes noch lauter. Ich ballte die Fäuste und atmete ein paarmal tief durch, um mich zu beruhigen.

Gut möglich, dass Paulie mir auflauerte. Ich schaltete die Taschenlampe wieder ein und richtete den Lichtstrahl auf den Boden. Wo hatte ich Paulie zurückgelassen? Nicht weit entfernt vom Ende des Durchgangs.

Ich drückte mich an die Wand. Mir fiel ein, dass es hier irgendeine Beleuchtung gegeben hatte. Wo? Mein Mund wurde trocken. Paulie lebte, hatte es geschafft, sich von den Fesseln zu befreien. Er würde mich erschießen.

Nachdem ich die Taschenlampe wieder ausgeschaltet hatte, ging ich weiter. Außer dem Heulen des Windes war nichts zu hören.

Wo waren Hank und Aric?

Ich glaubte, eine Bewegung wahrgenommen zu haben, direkt vor mir. Paulie!

Ich ließ mich auf den Boden fallen und zog einen Stein aus der Tasche.

Dann packten mich zwei Hände und drückten mich fester auf den Fels. Ich versuchte, die Hand mit dem Stein zu heben, doch es war zwecklos.

Er wurde mir aus der Hand gerissen. Jetzt war ich wehrlos.

Erledigt.

Ich unterdrückte ein Schluchzen. Es war nicht der richtige Zeitpunkt dafür.

Dann packten die Hände meine Schultern und zogen mich hoch.

»Ich bin's, Tal. Hank. Beruhige dich.«

Ich drehte mich um und schmiegte mich wortlos an ihn. Außer dem Heulen des Windes hörte ich nichts.

29

Das Teilchen aus der Bäckerei des Supermarktes schmeckte großartig. Es war köstlich und cremig, einfach perfekt. Perfekt! Und doch ... Was war los mit mir? Hin und wieder kamen mir die Tränen, und obwohl Hank sagte, jetzt sei alles vorbei, konnte ich nichts dagegen tun. Ich lehnte an der Wand des kleinen Bogengangs. Es war fast gemütlich dank des Feuers, das Aric gemacht hatte. Er war gerade losgefahren, um die Ranger zu benachrichtigen, seine Leute anzurufen und eine Möglichkeit zu finden, Paulie und Dumb Dicks Leiche von hier wegzubringen.

»Er war gar nicht dumm«, sagte ich zu Hank. »Zumindest glaube ich das. Ich habe ihn nur Dumb Dick genannt, um ihn zu provozieren.«

»Das hast du mir jetzt schon x-mal erzählt, Honey.«

»Du hast ja recht.«

»Was macht deine Hand?« Er stocherte mit einem Stock in dem Feuer herum, und die Flammen loderten hoch auf.

»Meine Hand?« Ich blickte darauf, sah aber keine Schnittwunde, auf der anderen auch nicht. Nichts. Irgendetwas war im Chaco Canyon mit mir geschehen. Etwas, dass ich eher fühlte als verstand.

»Tal? Du erinnerst dich an den Hundebiss?«

Ich schlug mir lachend auf die Oberschenkel. »Aber klar, Coyote. Natürlich erinnere ich mich.«

»In knapp zwei Tagen müssen wir zurück in Gallup sein. Dann bekommst du die nächste Spritze.«

»Ja, ich weiß.« Das alles waren Nachrichten aus einer anderen Welt. War irgendetwas davon noch wichtig nach der letzten Nacht? Ich stützte den Kopf in meine Hände.

Hank legte einen Arm um mich und zog mich dicht an sich heran. Ich musste weinen, doch dann schlief ich ein.

Ich träumte vom Chaco Canyon und dem humpelnden Mädchen mit dem hoffnungsvollen Blick.

Lärm! Ich wachte abrupt auf, kauerte mich zusammen.

»Alles in Ordnung, Tal.« Hank streichelte meine Hand, küsste sie dann.

»Nein! Das könnte ...«

»Das ist Aric mit den Rangers.«

»Ach, ich habe ganz vergessen, dir etwas zu erzählen. Ich habe diesen Paulie wiedererkannt. Er gehörte zu dem angeblichen Team von *National Geographic,* dem ich in Boston begegnet bin. Meine Intuition sagt mir, dass er und seine Kumpels Didi umgebracht haben. Wir werden es herausfinden.« Ich erzählte ihm die Geschichte, und er machte sich Notizen.

»Wenn wir den Typ identifiziert haben, kommt die Story an die Öffentlichkeit.«

»Hoffentlich.«

Aric tauchte auf, in Begleitung mehrerer Ranger. Er führte sie zu Paulie.

Zwei Ranger sprachen kurz miteinander und hievten Paulie dann auf eine rote Bahre,

»Aric!« Ich breitete die Arme aus, und er kam zu mir und drückte mich. »Ich bin so glücklich, dass dir nichts zugestoßen ist.«

»Dass uns nichts passiert ist, wolltest du wohl sagen.« Er umarmte mich noch fester.

»Wie geht es Paulie?«

Aric runzelte die Stirn und schüttelte dann den Kopf. »Er ist nicht durchgekommen, Tally.«

Ich sprang auf, eilte zu der auf der Bahre liegenden Leiche und schlug die Decke zurück. Als ich das Gesicht sah, wandte ich mich ab und lehnte mich an die Wand, presste die Stirn an den kühlen Stein. Was war passiert? Ich begriff es nicht.

»Was ist los, Tally?«, fragte Hank. »Du hast in deinem Leben doch schon jede Menge Tote gesehen.«

Ich nickte. »Ja, aber dieses Gesicht ... Es sah nicht so aus, als ich ihn letzte Nacht hier zurückgelassen habe. Jetzt sieht es genauso aus wie das Gesicht von Dumb Dick. Entsetzlich.«

Zwei Ranger warfen sich einen Blick zu, und es war offensichtlich, dass sie mich für äußerst ruhebedürftig hielten. Ich atmete tief durch.

»Kommen Sie mit«, sagte ich. »Ich zeige Ihnen, wo die andere Leiche liegt. In der Nähe der in den Fels gehauenen Treppe.«

»Warum wartest du nicht einfach hier?«, fragte Aric.

Ich blickte erst ihn, dann Hank an, die beide so besorgt und väterlich wirkten. Sie wollten nicht glauben, was ich in der letzten Nacht getan hatte. Sie würden schon sehen.

»Kommen Sie mit«, sagte ich zu den Rangers. »Ich gehe vor.«

Die Sonne glich einem dicken gelben Lolli, der Himmel war türkisfarben. Die Regenwolken hatten sich verzogen. Es wurde warm, und die Luft war angenehm trocken.

Ich trug Hanks Jacke. Sie war zu groß, und ich kam mir vor wie der Yeti. Unter den Rangers war eine Frau, die direkt vor mir ging. Ich war mir nicht sicher, ob ich die in den Fels gehauene Treppe wiederfinden würde.

Hank hielt mit seiner großen Pranke meine Hand, und das wärmte mich mehr als die dicke Jacke. Alle plauderten, als wären hier nicht in der letzten Nacht zwei Männer gestorben.

»Da wären wir«, sagte einer der Ranger.

Und da lag Dumb Dicks entsetzlich verstümmelte Leiche. Zwei Ranger hievten sie auf eine Bahre. Ich musste sein Gesicht nicht sehen, weil ich mich nur allzu deutlich daran erinnerte.

»Sie sagten, Sie seien die Treppe hinaufgestiegen?«, fragte die Frau.

»Ja.« Ich versuchte selbstbewusst zu klingen, hatte aber weiche Knie. »Wären die beiden Männer nicht tot, hätte ich dran glauben müssen.«

»Hm, Ma'am. Ich bin mir da nicht so sicher.«

Aric schnaubte und schüttelte den Kopf. »Was hat sie hier zu melden?« Er verschwand hinter einer Biegung.

»Aric?«, sagte Hank.

»Moment«, rief Aric.

»Gibt's ein Problem?«

»Kommt her.«

Nach und nach verschwanden mehrere Personen hinter der Biegung, auch Hank. Ich war so fertig, dass ich mich an einen Felsbrocken lehnen musste. Zwei Ranger waren zurückgeblieben, zwei andere waren bereits mit der Leiche verschwunden. Die beiden warfen mir lange fragende Blicke zu.

Ich wollte nur noch nach Hause. Zumindest sehnte ich mich nach einem warmen Bett, in dem ich eine Woche lang schlafen konnte.

Hank tauchte wieder auf. Er legte einen Arm um meine Taille und schaute mich ernst an.

»Was gibt's?«, fragte ich knapp.

»Honey, erzähl uns noch mal von den Ereignissen der letzten Nacht. Von der Treppe und Dumb Dick.«

»Klar, warum nicht?« Ich wiederholte alles. Auch Aric hörte zu.

Als ich fertig war, wandte sich Hank den Rangers zu. »Gibt's hier irgendwo noch eine andere in die Felswand gehauene Treppe?«

Sie schüttelten die Köpfe und schlugen die Blicke zu Boden, ein überdeutlicher Hinweis darauf, dass etwas nicht stimmte. Vielleicht glaubten sie, ich hätte Dumb Dick kaltblütig umgebracht.

»Er war hinter mir her, Hank. Ich weiß, dass auf dem Schild steht, die Treppe dürfe wegen Einsturzgefahr nicht betreten werden, aber ich *musste* ihm entkommen. Er hat auf mich geschossen. Die Ranger werden die Kugel finden, und …«

Meine Stimme versagte. Alle schauten mich so seltsam an.

»Was ist?«, schrie ich. »Immerhin bin ich Psychologin. Was zum Teufel stimmt denn nicht?«

Der Wind, der in der letzten Nacht so fürchterlich geheult hatte, war abgeflaut. Ich hörte die Vögel zwitschern. Kleine Steine fielen von den Felsen auf den Boden des Canyons.

Aric streckte die Hand aus. »Komm mit, ich zeige es dir.«

»Hank?«

»Geh mit Aric. Ich warte hier.«

Aric ergriff meine linke Hand, und wir gingen um den großen Felsbrocken herum, hinter dem sich der Fuß der Treppe verbarg.

Unglaublich.

Vor meinem inneren Auge sah ich die in den Fels gehauene Treppe. Hier nun war der Zutritt durch etliche Felsbrocken versperrt. Es war fast unmöglich, die Treppe zu erreichen. Die Stufen waren gefährlich ausgetreten, zerbröckelt oder fehlten ganz.

Diese Treppe *konnte* man nicht hinaufsteigen. Ich schaute Aric an. »Das ist sie nicht.«

»Doch, Tally.

Ich machte eine wegwerfende Handbewegung. »Die Treppe komme weder ich noch sonst jemand hinauf. In tausend Jahren nicht.«

Er schlug den Blick zu Boden. »Ich weiß.«

»Irgendwo hier muss es eine andere, intakte Treppe geben.«

»Es gibt keine andere Treppe, Tally. Diese ist die einzige in der Nähe. Und hier haben wir die Leiche von Dumb Dick gefunden.«

Ich rannte zu den anderen zurück. Hank und zwei Ranger schauten mich erwartungsvoll an. Hank hob die Augenbrauen. »Also, Honey?«

»Nenn mich jetzt nicht Honey. Wo ist die elende Treppe, die ich hochgestiegen bin?«

Hank schüttelte den Kopf und trat von einem Bein aufs andere.

Ich schaute die beiden Ranger an. »Was haben Sie dazu zu sagen?«

»Ich weiß nicht, Ma'am«, antwortete einer. »Offensichtlich haben Sie eine lange, furchtbare Nacht hinter sich. Wir verstehen das. Wirklich.« Er versuchte zu lächeln.

»Was verstehen Sie? Ich bin die Treppe hochgestiegen, um Dumb Dick zu entkommen. Ungefähr bis zur Mitte.«

»Das kann leider nicht stimmen«, sagte die Frau.

»Hören Sie, ich erkläre es noch mal. Er hat mich verfolgt. Ich habe mich an der Felswand entlanggetastet, und dann stand ich auf einmal am Fuß der Treppe. Die Stufen waren etwa einen Meter zwanzig breit und gut erhalten. Sie waren auch so tief, dass ich mich nicht unsicher fühlte. Ich habe einen lausigen Gleichgewichtssinn. Also tun Sie mir jetzt den Gefallen und zeigen Sie mir die andere Treppe, okay? Ich nehme an, dass sie weiter von hier entfernt sein muss. In der Finsternis kann man Entfernungen schlecht einschätzen.«

»Das mit den Entfernungen stimmt wohl.« Die Frau steckte die Hände in die Gesäßtaschen ihrer Hose und blickte nacheinander Hank, Aric und ihre Kollegen an. »Okay, ich zeige sie Ihnen gern.«

»Danke.« Wir machten uns auf den Weg. »Wahrscheinlich glauben die anderen, ich hätte nicht so weit kommen können. Natürlich war ich völlig fertig und erschöpft, aber der Adrenalinstoß hat mir Kraft gegeben.«

»Verstehe. Aber wir haben den Toten am Fuß der Treppe gefunden, die wir gerade ...«

»Moment«, unterbrach ich sie. »Ich habe den Canyon nicht durchquert.«

Sie schaute mich mit einem traurigen Blick an. »Sie haben eine schwere Zerreißprobe hinter sich.« Ihre Stimme hatte den melodiösen Akzent des Südens.

»Ja.«

»Es war dunkel.«

»Ja, aber das Mondlicht war heller, als Sie vielleicht glauben.«

Sie schob ihren breitkrempigen Hut in den Nacken. »Ich weiß nicht, wie ich es diplomatisch ausdrücken soll. Es ist entweder dort, wohin wir jetzt unterwegs sind, oder auf der anderen Seite des Canyons.« Sie zeigte in die entgegengesetzte Richtung. Ich wusste, dass ich nicht annähernd solche Entfernungen zurückgelegt hatte.

»Aber …«

»Oder es ist die Treppe, die wir Ihnen gerade gezeigt haben. Es tut mir wirklich leid, aber das sind die Fakten. Und auch die Treppe am anderen Ende des Canyons kann man nicht …«

Sie wirkte traurig, und es war nicht gespielt. Sie hatte ein sonnengebräuntes Gesicht, grüne Augen, kleine Lachfältchen und Sommersprossen. Ich hatte das Gefühl, dass sie völlig aufrichtig war. Sie wandte den Blick nicht ab, sondern schaute mir direkt in die Augen.

»Dann ist das also die Treppe.« Ich zeigte in die Richtung, aus der wir gerade gekommen waren.

Sie nickte. »Genau. Exakt dort, wo wir die Leiche des Mannes gefunden haben, den Sie Dumb Dick nennen.« Sie streckte die Hand aus. »Kommen Sie, wir sollten zu den anderen zurückkehren. Bestimmt sind sie schon genervt.«

Ich ergriff ihre warme, starke Hand. »Sie sind ein guter Mensch. Wie heißen Sie?«

»Die anderen nennen mich alle Gimp, das ist mein Spitzname. Außerdem ziehen sie mich manchmal auf, weil ich ein bisschen humpele. Ich habe einen verkrüppelten Fuß.«

»Das ist mir gar nicht aufgefallen.«

Sie lächelte.

Auf dem Rückweg versuchte ich, weder an die Treppe noch an die Blicke zu denken, die mir der andere Ranger, Hank und Aric zuwarfen.

Gimp hielt meine Hand, und es stimmte, sie humpelte.

Ihre Energie schien von meiner Hand aus meinen ganzen Körper zu durchströmen, auch das Herz. Ich fühlte mich besser. Ich blickte sie an und sah ein Gesicht, das ich schon einmal gesehen hatte … In meinen Träumen oder in jenem Tagtraum oder wie immer man die Vision der letzten Nacht bezeichnen wollte.

Sie musste meinen Blick auf sich ruhen gespürt haben, denn sie schaute mir nun direkt in die Augen und lächelte. Mit diesem Lächeln ging die Sonne auf.

»Ich mag es nicht besonders, Sie Gimp zu nennen. Wie heißen Sie wirklich?«

»Spielt keine Rolle. Gimp erinnert mich an jemanden, der mir sehr nahe steht. Nennen Sie mich ruhig so.«

»Wie Sie möchten.«

»Wie wär's, wenn Sie zu meiner Wohnung mitkommen würden?«, fragte sie. »Sie könnten sich ausruhen. Und wir müssen reden.«

Ich hatte das seltsame Gefühl, dass sie vieles wusste. Dinge, die ich verstehen musste. »Ja, okay. Ich kann es gar nicht abwarten, mich in ein Bett zu legen.«

Als wir wieder bei den anderen waren, untersuchten wir den Karton mit den Tonscherben. Er war etwa so groß wie die Obstkisten auf einem Markt.

»Ich habe keine heilen gestohlenen Töpfe gefunden«, sagte Aric.

Hank und Aric zogen Handschuhe an und hoben die zugeklebte und mit einer Adresse beschriftete Kiste an.

Gimp trat zu ihnen. Auch sie trug Handschuhe. »Ich nehme nicht an, dass sie die Kiste öffnen wollen?«

»Nein, das wäre keine gute Idee«, sagte Aric. »Vielleicht finden wir auf der Außenseite des Kartons Fingerabdrücke oder sonst eine Spur.«

Gimp nickte. »Schütteln sie ihn mal vorsichtig.«

Hank und Aric taten es, und wir hörten ein leises, rasselndes Geräusch.

»Könnten da auch Tonscherben drin sein?«, fragte ich. »Aber unverpackt? Das würde ich überhaupt nicht verstehen.«

Hank und Aric stellten die Kiste behutsam wieder auf den Boden. Aric legte sich einen Kautabakpriem in die Backe. »Vielleicht hast du recht«, sagte er. »Für einen intakten Topf sind die Kisten zu klein.«

»Aber was wollen sie mit einem Haufen Scherben?«, sagte ich, wobei die Frage eher an mich selber als an die anderen gerichtet war. »Ich habe ein paar bei eBay gesehen. Sie sind nicht besonders wertvoll.«

Hank griff nach der Taschenlampe, schaltete sie ein und richtete den Lichtstrahl auf die Kiste.

»Siehst du die Adresse, Tal?«

Ich beugte mich vor und las. »Wow. Salem, Massachusetts. Sieh mal an. Merkwürdig«

»Du sagst es.«

Ich nahm Hank beiseite, zog ihn in eine dunkle Ecke. »Was ich dich schon die ganze Zeit fragen wollte ... Habt ihr irgendwas von Niall und seiner Tochter gesehen oder gehört?«

Er gab mir einen Kuss und drückte mich an sich. »Einige Ranger haben sie gefunden, als wir zu der Treppe gegangen sind, Honey.«

Ich schloss die Augen, atmete tief durch.

»Sie sind tot, stimmt's?«, fragte ich. »Genau wie Didi und Delphine und ...« Ich spürte Hanks Trauer und Mitgefühl.

Er drückte mich fester. »Wir haben unser Bestes getan, Tally. Sie waren schon lange vor dem vereinbarten Zeitpunkt für das Treffen tot.«

Ich schmiegte mich an ihn. Angesichts der schrecklichen Ereignisse wussten wir umso mehr, was wir aneinander hatten.

»Wahrscheinlich wäre es an der Zeit, nach Boston zurückzukehren.«

»Ja, vermutlich.«

Trotzdem weigerte ich mich, sofort aufzubrechen, und es kam zu einem Streit. Es war keine schlimme Auseinandersetzung, aber ich konnte gut darauf verzichten. Hank bestimmt auch.

Ich bestand darauf, diesen Tag noch hierbleiben zu wollen, während er sofort verschwinden wollte. Aber ich blieb standhaft. Während Hank und Aric sich irgendwo herumtrieben, nahm Gimp mich zu sich mit. Sie wohnte in einer Siedlung, wo auch die meisten ihrer Kollegen lebten.

Vor ihrem Haus gab es eine hölzerne Veranda. Die sehr saubere Wohnung unterschied sich in nichts von unzähligen anderen. An den Wänden hingen Familienfotos. Ich schlüpfte unter eine strahlend weiße Bettdecke. Glücklicherweise hatte ich keine schlimmen Träume. Zumindest erinnerte ich mich nach dem Aufwachen nicht mehr daran.

Ich rieb mir die Augen. Mein ganzer Körper schmerzte. Überall hatte ich Schnittwunden und blaue Flecken. Mein Knie tat weh, und ich hatte pochende Kopfschmerzen. Mein Gesicht … Ich wollte es nicht sehen. Ich sehnte mich nur nach einigen weiteren Stunden Schlaf.

Stattdessen setzte ich mich auf und klemmte das Kopfkissen hinter meinen Rücken. Als ich auf dem Nachttisch das Fläschchen mit Schmerztabletten sah, musste ich lächeln. Die hatte bestimmt Hank besorgt. Und ich konnte sie gut gebrauchen.

Auf dem Nachttisch stand auch eine weiße Keramikkaraffe mit Wasser, und ich spülte damit drei Tabletten herunter. Irgendwie war es ein gutes Gefühl, ganz normale Dinge zu tun, Wasser zu trinken, ein paar Pillen zu schlucken. Es war ein gutes Gefühl, am Leben zu sein. Das hätte ich mir häufiger bewusst machen sollen.

Ich hatte körperliche und seelische Verletzungen davongetragen.

Vielleicht war mein Herz intakt geblieben. Ja, es war nicht gebrochen.

Die leichte Daunendecke drückte nicht zu sehr auf meinen schmerzenden Körper und hielt mich trotzdem warm. Wieder fielen mir die Augen zu. Ich erinnerte mich an meine Kindheit in Maine und sah ein kleines rotes Boot. Die Farbe blätterte ab, und der Boden hatte ein großes Loch. Ich hatte das Boot in der

Nähe unseres Hauses an der Surry Road gefunden und meinen Vater gefragt, ob er es für mich reparieren wolle. Er sagte, ich sei verrückt, es lohne sich nicht, es zu reparieren. Er tat es trotzdem, und wir beide ruderten in Richtung eines großen Felsens. Mein Vater warf seine Angel aus, ich las ein Buch.

»Was ist jetzt mit unserem Spaziergang?«

Ich zuckte zusammen. »Gimp!«

Sie lehnte am Türrahmen.

»Ich denke, ich brauche noch etwas Schlaf«, sagte ich.

»In einer Stunde beginnt mein Dienst. Uns bleibt nicht viel Zeit.«

»Sehen Sie doch erst mal nach, ob es nicht regnet.«

Sie lachte. »Wir treffen uns in fünf Minuten vor der Haustür.«

30

Sie reichte mir eine gekühlte Mineralwasserflasche, und wir stiegen in den Jeep, dessen Motor bereits lief.

Die Sonne wärmte mich durch das offene Schiebedach. Es war ein gutes Gefühl, doch Gimp drückte mir eine Baseballkappe auf den Kopf.

»Wir wollen doch nicht, dass Sie einen Sonnenstich bekommen.«

»Verstehe.«

Sie griff in eine hinter ihrem Sitz stehende Kühltasche und reichte mir eine Dose Cola Light. »Ein bisschen Koffein kann nicht schaden, damit Sie wach werden.«

»Das sehen Sie ganz richtig.« Ich öffnete die Dose und trank einen großen Schluck. »Danke, Gimp.«

»Ist mir ein Vergnügen.«

Sie legte den Gang ein, und wir fuhren los. Die Straße war holprig und mit Schlaglöchern übersät, aber immerhin asphaltiert.

»Ich hatte eher mit einer unbefestigten Straße gerechnet«, sagte ich.

Sie lachte. »Wie alle anderen.«

Die goldene Sonne tauchte den Canyon in ein wundervolles Licht. Die Rot- und Gelbtöne wirkten noch intensiver.

»Das ist jetzt die kurze Sightseeingtour«, sagte Gimp.

Ich saugte die faszinierenden Eindrücke auf.

Sie zeigte aus dem Fenster. »Das da ist die Ruinenstätte Una Vida.«

Ich nickte.

Einige Minuten später machte sie mich auf den Pueblo Hungo Pavi aufmerksam, und dann …

»Chetro Ketl«, sagte ich.

»Genau. Und da drüben sehen Sie den Pueblo Bonito, unser Kronjuwel. Können Sie sich den Pueblo voller Menschen vorstellen?«

Plötzlich wurde es dunkel, und ich sah wieder die vielfältigen Aktivitäten der Puebloindianer, den Mann mit dem Fetisch und die Frau mit der Krücke und …

»Sehen Sie es?«

»Ja.«

Sie parkte den Jeep. »Kommen Sie.«

Wir betraten den Pueblo Bonito über eine kleine Treppe.

»Ich würde gern die Wandzeichnung des Fußes mit den sechs Zehen sehen«, sagte ich.

Gimp schob die Hände in die Gesäßtaschen. »Sie ist … Irgendein Vandale hat sie zerstört. Sie können sie nicht mehr sehen.«

»Wie schade.«

»Ja, aber so was kommt vor. Setzen wir uns.«

Wir setzten uns auf den Steinboden, umgeben von vier runden Kivas, die erst ungefähr einen Meter fünfzig tief ausgegraben waren. Zwischen den Steinen sah ich verdorrte Gräser.

Mein Hintern war kalt, doch das erinnerte mich daran, dass ich lebte.

»Seit wann leben Sie hier?«, fragte ich.

»Schon immer.«

»Es ist ein guter Ort zum Leben, nicht wahr?«

Sie nickte. »Ja, zumindest so lange, wie wir das Böse in Schach halten können. Deshalb sind Sie hier.«

»Verzeihung?«

Sie reichte mir einen Müsliriegel und wickelte ihren eigenen aus dem Papier. »Die Vorsehung hat Sie geschickt, um Chaco zu beschützen.«

Ich blickte auf die verdorrten Gräser, die wunderbaren Steinmetzarbeiten, die runden Kivas des Pueblo Bonito.

»Chaco ist nicht darauf angewiesen, dass ich es beschütze. Außerdem glaube ich auch gar nicht, dass ich es könnte.«

Als sie den Müsliriegel gegessen hatte, rollte Gimp das Papier zusammen und steckte es in die Tasche. Dann trank sie einen großen Schluck Gatorade. »Ich habe nicht behauptet, es zu verstehen. Ich weiß einfach nur, dass es stimmt.«

Ich dachte an die vielen Todesfälle. Gute und schlechte Menschen waren ums Leben gekommen. Seltsam, aber ich glaubte, keinen Schritt weitergekommen zu sein bei meiner Suche nach Didis und Delphines Mörder. »Klingt ziemlich mystisch für mich.«

Sie grinste. »Ja, nicht wahr?«

Und dann saß sie auf einmal reglos da, im Schneidersitz. Der Wind, der uns den grenzen Tag begleitet hatte, legte sich. Sie schloss die Augen und legte die Hände auf die Knie, mit den Handtellern nach oben.

Der Himmel wurde etwas dunkler, als hätte man einen Seidenschleier davorgelegt.

Gimp verwandelte sich in das Mädchen, das ich während der letzten Nacht in meiner Vision gesehen hatte, jenes Mädchen mit der Krücke, das den Krieger liebte. Gimps blondes Haar war plötzlich schwarz, und ihre Figur wirkte zerbrechlich, wie die eines jungen Mädchens. Ihre Hände wirkten sehr feingliedrig, und ihre Fingernägel waren rot-gelb angemalt.

Am linken Ringfinger trug sie einen funkelnden Goldring, besetzt mit Türkis und Gagat. Und auf ihrem Handteller lag der Berglöwe, der Fetisch, den der junge Mann geschaffen hatte. Oder doch nicht? Die Form wirkte jetzt anders, etwas stärker ausgearbeitet.

Mein Atem ging schnell und abgehackt. Offensichtlich war dies eine Halluzination. Vielleicht hatte sie etwas in das Mineralwasser oder die Cola gekippt. Bestimmt. Aber vielleicht war es doch eine richtige Vision.

Aber ich glaubte nicht an Visionen.

Sie saß mir sehr dicht gegenüber. Ich beugte mich vor, um

den Fetisch besser sehen zu können, und glaubte, sie sagen zu hören: *Nimm ihn.*

Ich nahm ihn ihr aus der Hand.

Der Fetisch erschien mir schwer und fühlte sich rau an. Er schimmerte, und die aus Türkis bestehenden Augen des Berglöwen schienen sich zu bewegen und mich zu beobachten. Auf seinem Rücken war mit Sehnen ein Pfeil befestigt, daneben war der Stein mit Heishi-Perlen besetzt. Ein kleiner, tiefblauer Türkis hatte in der Mitte ein Loch, durch das die Sehne gezogen war.

Das Maul stand offen, aber vielleicht war das eher Interpretation, denn die Form des Fetischs deutete den Körper des Berglöwen eher an. Aber der Schwanz war weit über dem Rücken getragen. Und irgendjemand – der junge Mann? – hatte eine rostfarbene Substanz auf den Körper aufgetragen, vielleicht Ton. Möglicherweise war das Bestandteil eines Rituals.

Der Fetisch wärmte meine Hand. Ich fühlte mich sicher, geborgen und stark. Ich schloss die Finger um den Stein. Die Pfeilspitze pikste mich in die Haut. Ich rieb mir mit der geschlossenen Faust die Wange.

War dies der Blutfetisch, an den Didi gedacht hatte, als sie mit ihrem Blut das unvollständige Wort auf den Boden ihres Büros gekritzelt hatte? Der Fetisch, den der Messerstecher auf Martha's Vineyard von mir gefordert hatte? Hielt ich ihn nun wirklich in der Hand?

»Hey, Tally«, sagte eine Stimme.

Mein Kopf lag auf meinen Armen, die ich um die Knie geschlungen hatte. Ich blickte auf. »Gimp?«

»Wo warst du?«, fragte sie lächelnd. Jetzt war sie wieder blond und stämmig, und sie trug den breitkrempigen Hut der Ranger.

»Ich weiß es nicht genau«, antwortete ich bedächtig. »Die Dinge scheinen sich einem hier klarer zu offenbaren, oder?«

»Meistens schon.« Sie streckte mir eine Hand entgegen, und ich ergriff sie.

»Ich bin schwächer, als ich gedacht hätte.«

»Nein, Sie sind nicht schwach.«

Ich hielt den Fetisch fest umklammert in meiner Hand, als wir zu dem Jeep zurückgingen. Ich wusste, dass ich ihn nicht mitnehmen durfte, doch ich wollte ihn noch eine Weile festhalten.

»Sehr merkwürdig«, sagte ich. »Normalerweise bin ich anderen gegenüber nicht offen, sondern ziemlich verschlossen. Aber ich öffne mich Ihnen gegenüber.«

Sie strich mit ihrem Hut über ihren Oberschenkel. »Wahrscheinlich halten Sie mich für eine Art Sprachrohr oder etwas Ähnliches.« Sie lächelte. »Kennen wir uns nicht schon seit Ewigkeiten?«

Wir stiegen in den Jeep.

Auch ich lächelte. »Vielleicht. Ich habe einiges gelernt.«

»Tatsächlich?« Sie gab Gas.

»Ich war irgendwie weggetreten.«

Sie schaute mich an. »Ich dachte, Sie wären hinter einem Mörder her.«

»Bin ich, doch das meinte ich nicht. Ich rede hier in eigener Sache. Seit meine Pflegemutter gestorben ist, habe ich mich desorientiert gefühlt. Ich wusste nicht, wie es weitergehen sollte und wo ich hingehöre.«

Sie bremste ab und steuerte den Wagen in eine Parkbucht neben der Felswand. »Vielleicht wollten Sie einfach nicht loslassen.«

Ich lächelte. »Nein, das wollte ich definitiv nicht. Sie fehlt mir so sehr.«

Gimp nahm den Hut ab und wischte sich den Schweiß von der Stirn. »Mein Vater ist vor langer Zeit gestorben, vor fünfzehn Jahren. Und doch ist es, als wäre es erst gestern passiert. Er ist immer noch da.« Sie legte eine Hand auf ihr Herz. »Aber ich habe losgelassen. Ich habe meinen Platz gefunden. Wie vermutlich auch Sie. Sie wissen es nur noch nicht.«

Ihr Blick war hellsichtig und tief. Chaco war ihr Leben. Wie vielleicht das Massachusetts Grief Assitance Program für mich.

»Ja, vielleicht haben Sie recht«, sagte ich.

»Wir sollten uns besser beeilen. Mein Dienst beginnt gleich.«

»Diese Träumerei.« Ich ließ das Fenster herunter, um den Wind auf meiner Haut zu spüren. »Jetzt weiß ich, wo ich hingehöre.«

»Nach New Mexico?« Sie legte den Gang ein und gab Gas.

»Vielleicht. Aber eigentlich nicht. Fürs Erste bleibt meine Heimat Boston. Das ist mein Zuhause. Auch das MGAP.«

»Was zum Teufel ist das eigentlich?«

Während ich den Blick über den Chaco Canyon schweifen ließ, erzählte ich ihr von meiner Arbeit, von der Betreuung der Angehörigen von Mordopfern, und auch, dass mein eigener Vater ermordet worden war. Ich erzählte ihr, wie ich Hank kennengelernt und mich in ihn verliebt hatte. Und von Veda, meiner geliebten Veda.

Sie nickte. »Da kommt ja einiges zusammen.«

»Ja.«

»Sie müssen ziemlich verrückt sein, einen solchen Job zu machen.«

Ich lächelte. Zum ersten Mal seit Monaten fühlte ich mich erleichtert. »Ja, Sie haben recht. Aber zuerst muss ich herausfinden, warum meine beiden Freundinnen umgebracht wurden. Ich bin dichter dran, weiß es aber noch nicht. Aber ich werde es herausbekommen.«

Der Jeep fuhr durch ein tiefes Schlagloch. »Sorry. Paulie und Dumb Dick hatten etwas damit zu tun?«

»Ja.«

»Das da ist die Casa Rinconada.« Wir näherten uns dem Museum und Besucherzentrum des Canyons. Doch bevor Gimp um die Kurve bog, hielt sie noch einmal an.

Etwas wie eine unglaubliche Säule ragte vom Boden des Canyons auf.

»Fahaja butte«, sagte Gimp.

»Erinnert mich an den Film *Unheimliche Begegnung der dritten Art.*«

»Stimmt nicht, hört sich aber plausibel an. Hat für den Film nicht jemand aus Kartoffelpüree einen Berg errichtet?«

Wir lachten und fuhren weiter, und ich fühlte mich glücklich.

Vor dem Besucherzentrum standen Hank und Aric neben dem Landrover.

»Bereit zum Aufbruch?«, fragte mich Aric.

»Moment noch.« Es fiel mir schwer, doch ich wollte den Fetisch zurückgeben. »Der gehört hierher.«

»Sie meinen diesen Stein?«

Ich blickte auf meine Hand. Ein glatter, eiförmiger, rötlicher Stein. »Ist das der Stein, den Sie mir gegeben haben?«

Sie zuckte die Achseln. »Ich glaube nicht, aber …«

»Ich darf ihn nicht mitnehmen, oder?«

Sie umarmte mich. »Ich denke, Sie *müssen* ihn mitnehmen, um sich an den Chaco Canyon zu erinnern. Sie können ihn ja zurückgeben, wenn der richtige Zeitpunkt gekommen ist.«

»Danke, Gimp«, sagte ich. »Für alles.«

Als ich in den Landrover stieg, fragte mich Hank, was ich in der Hand hielt.

»Nur einen Berglöwen.« Ich lachte. »Ich brauche wirklich mal ein Bad.«

Er zog eine Augenbraue hoch. »Wir könnten zusammen duschen, Honey.«

»Du sagst es. Und dann machen wir uns auf den Weg nach Salem.«

In Albuquerque ließ ich mir die nächste Spritze gegen die Tollwut setzen. Zwei weitere würden folgen am vierzehnten und am achtundzwanzigsten Tag. Das war's dann. Ich suchte einen Arzt auf, damit er sich meine Schnittwunden und Prellungen ansah. Danach machte ich dem FBI gegenüber eine Aussage zu Paulie und Dumb Dick. Ich duschte gemeinsam mit Hank, was großartig war, und stieg hinterher noch mal allein in die Badewanne. Ich entschuldigte mich beim Chief Medical Investigator von New Mexico, weil ich nicht zu dem Vorstellungsgespräch erschienen war. Ich lehnte das lukrative Jobangebot ab und verabschiedete mich fürs Erste von New Mexico.

In ein paar Tagen wollte Aric in Boston zu uns stoßen. Bis dahin wollten Hank und ich uns ein bisschen erholen. Ich wollte eruieren, wie es hinsichtlich meiner Rückkehr beim MGAP aussah. Doch die Entscheidung würde erst fallen, wenn wir Didis und Delphines Mörder gefunden hatten, den Dieb des Tongefäßes.

Ich vermutete, dass wir dann auch das Buch des Knochenmanns finden würden.

Während des langen Fluges schlief ich, noch immer erschöpft, weil mich eine Nacht lang zwei Killer verfolgt hatten. Wann immer ich aufwachte, hielt Hank meine Hand. Wir hatten noch nicht über seinen Umzug von Winsworth nach Boston gesprochen.

Schließlich erwachte ich endgültig aus einem traumlosen Schlaf.

Hank lächelte mich an, auch er wirkte müde.

In seinem Schoß lag ein aufgeschlagenes Taschenbuch.

»Was liest du?«

Er hob das Buch hoch. »*The Lost Constitution* von William Martin, einem populären Autor aus New England. Ich dachte, ich informiere mich mal ein bisschen über meine neue Heimat. Außerdem geht's in dem Buch auch ein bisschen um Baseball. Das kann nie schaden.«

Ich kochte vor Wut und musste mich zusammenreißen, um nichts zu sagen. Aus dem Fenster sah ich die Wolken, die Flugbegleiterin kam mit ihrem Wagen durch den Mittelgang. Auf der anderen Seite des Gangs schnarchte eine Frau mit offenem Mund.

Weiter vorn lief auf der Leinwand ein neuer Film mit Hugh Grant. Ich lächelte Hank an und setzte den Kopfhörer auf.

Tally?, schien er zu fragen.

Mein Lächeln wurde breiter, und ich blickte auf die Leinwand.

Er nahm mir den Kopfhörer ab.

»Hey«, protestierte ich.

»Was nervt dich?«

»Nichts.« Ich griff nach dem Kopfhörer.

»Tal?«

»Du nervst mich, Hank Cunningham. Du hättest mir sagen sollen, dass du dich für den Job bei der Bundespolizei von Massachusetts beworben hast und beabsichtigst, nach Boston zu ziehen. Ich begreife nicht, warum du mir so eine wichtige Entscheidung verschwiegen hast. Es sieht so aus, als würdest du weder mir noch auf unsere Beziehung vertrauen.«

Er nickte. »Könnte man so sagen.«

Es kotzte mich an. »Ich habe es gerade gesagt, Klugscheißer.«

»Siehst du, wie du reagierst?«

»Wie?«

»Defensiv. Und du gerätst in Panik.«

Ich wandte mich ihm zu. »Das stimmt nicht.«

»Doch.« Er nahm mein Kinn in seine Hände. »Ich liebe dich, wollte es dir aber nicht erzählen, weil dir unzählige Gründe eingefallen wären, warum ich nicht umziehen darf. Ich wollte das nicht hören. Ich habe dich schon immer geliebt und konnte es nicht ertragen, von dir getrennt zu sein. Schon gar nicht, seit das mit diesem Typ war.«

Kranak. Da hatte er recht. Ich hatte Hank verletzt. Kranak aber auch.

»Weißt du, in dieser Nacht in dem Canyon, als ich dich schreien und das Gelächter dieser Frau hörte, ihre Befehle, dich zu foltern … Ich schwöre es, ich wäre fast gestorben.«

»Wovon redest du, Tal?«

Ich seufzte. Manchmal war es so schwer, mit Männern klarzukommen. Jetzt spielte er wieder den Macho. »Hank, ich habe dich wimmern, dich schreien gehört. Die Stimme dieser Frau. Das Gelächter der Männer. Ich habe alles gehört.«

Er runzelte die Stirn. »Aric und ich wurden nicht gefoltert. Diese beiden Idioten waren zu sehr damit beschäftigt, nach dir zu suchen. Und da war keine Frau. Weit und breit nicht.«

Ich glaubte, den Verstand zu verlieren. »Ich habe alles gehört, Hank. Die Frau, dich und Aric.«

Er schüttelte den Kopf und gab mir einen langen Kuss. »Du irrst dich. Da war keine Frau. Und wie, meine Süße, bist du diese Treppe hinaufgestiegen?«

Ich schaute aus dem Fenster, zog die dünne Decke über meine Schultern und schloss die Augen.

Über das alles konnte ich morgen noch nachdenken.

31

Endlich wieder zu Hause. Ein großartiges Gefühl. Ich schloss die Haustür auf. Penny sprang an mir empor, und ich umarmte sie, vergrub mein Gesicht in ihrem weichen Fell und genoss ihr erfreutes Bellen.

»Hallo, mein Mädchen!«

Ich konnte nicht aufhören, sie zu umarmen, und als ich sie schließlich losließ, wurde mir bewusst, dass ich weinte. Ich wischte mir die Tränen aus den Augen und kniete mich hin. Sofort drehte sie sich auf den Rücken, damit ich ihren Bauch kraulte. Das hatte sie am liebsten.

»Oh, Penny, ich bin so froh, dich wiederzusehen.«

Sie bellte, und ich musste lachen.

»Lange nicht gesehen.«

Ich blickte auf. Auf der Treppe stand Jake, der vor langer Zeit mein Liebhaber gewesen und nun ein guter Freund war. Wir hatten eine gemeinsame Vergangenheit, und es war ein schönes Gefühl.

»Wie geht's meinem geschätzten Vermieter?«, fragte ich.

»Hab mir Sorgen gemacht um dich.« Er kam lächelnd die Stufen herunter, und wir umarmten uns. Natürlich drängte Penny sich dazwischen. Als er mich losließ, runzelte er besorgt die Stirn.

»Du hast einiges durchgemacht.«

Ich fand es schwierig, seinem Blick standzuhalten, und deshalb umarmte ich ihn erneut. »Ja. Und es ist noch nicht überstanden, Jake.«

Er schnaubte. »Du hast Penny sehr gefehlt.«

»Sie mir auch. Und wie.«

Er schob mich ein Stück zurück und musterte mich. »Es ist

schön, dich wiederzusehen, Tal. Immerhin bist du mit einem blauen Auge davongekommen. Allerdings muss ich gestehen, dass ich glücklich bin, nicht mehr mit dir zusammen zu sein«

Jetzt schnaubte ich. »Danke für das Kompliment.«

Er strahlte mich an. »War mir ein Vergnügen.«

Ich ging zu meiner Wohnungstür. »Ich brauche ein Bad. Essen wir zusammen zu Abend?«

»Sehr gern. Soll ich Sushi holen?«

»Immer nur vom Feinsten. Wir sehen uns später.« Ich drückte gegen die alte Tür, die ständig klemmte.

»Moment noch, Tal. Da war ein Mädchen, das an deiner Wohnungstür geklingelt hat.«

»Tatsächlich? Die meisten meiner Freunde und Bekannten wussten, dass ich nicht da bin.« Ich kraulte Penny den Kopf. »Wie sah sie aus?«

»Ein hübsches Ding. Jung. Sehr helle Haut, unglaublich lange Zöpfe. Bis zu ihrem wohlgeformten süßen Arsch.«

Das konnte nur Zoe gewesen sein. »Die abstoßende Bemerkung über ihr Hinterteil schreibe ich der Tatsache zu, dass du Bildhauer bist.«

Er grinste. »Du weißt, dass es mir um etwas anderes geht.«

»Was hast du ihr erzählt?«

»Nichts.« Er kam auf mich zu. »Mir hat nicht gefallen, dass sie es sehr eilig hatte, wieder zu verschwinden. Dann, zwei Tage später, begann Penny, wie verrückt zu bellen. Das Mädchen war zurückgekommen.«

Sein Ton gefiel mir überhaupt nicht. »Diesmal habe ich sie vom Treppenabsatz aus beobachtet. Sie hatte die Haustür aufgebrochen und machte sich am Schloss deiner Wohnungstür zu schaffen. Ich habe mich gezeigt, und als sie mich sah, ist sie sofort abgehauen. Kennst du sie?«

Ich nickte. »Das muss Zoe gewesen sein, die Assistentin der toten Delphine. Ein Glück, dass sie nicht eingebrochen ist. Sie ist neulich spurlos verschwunden. Ich glaube, dass sie etwas mit dem Ring zu tun hat, der die alten Tongefäße stiehlt.«

»Genau das ist das Problem.« Er trat zu der halb geöffneten Wohnungstür, stieß sie auf und trat ein. Ich folgte ihm.

Mein Schlafzimmer. Chaos. Ich stürmte ins Wohnzimmer, wo ich den Kaminsims mit jenen Zuni-Fetischen geschmückt hatte, die mir am meisten bedeuteten. Nur noch Staub. Und die Umrisse der verschwundenen Objekte. Ich drehte mich um, sah die Eskimomaske, den kleinen Pangnark, der nichts als ein rechteckiger grauer Stein zu sein schien, und daneben den roten Stein, den Gouverneur Bowannie mir geschenkt hatte. Wenigstens diese Objekte waren nicht gestohlen worden.

Ich ging ins Schlafzimmer zurück. Hier ließ das Chaos vermuten, dass jemand nur seine Wut abreagiert hatte, doch dann fiel mein Blick auf die Scherben der Glasvase, die Veda mir vor Jahren geschenkt hatte.

Ich sammelte die Scherben auf, und Jake nahm sie mir behutsam aus der Hand. »Ich kann sie zusammenkleben.«

Ich sah Delphines Schädel, Didis Blut und den alten Mann vom *Land's End Trading* …

Ich würde herausfinden, wer und was dahintersteckte.

Ich fuhr zu meinem alten Arbeitsplatz. Äußerst merkwürdig, dass man sich in einer Leichenhalle so zu Hause fühlte. Ich winkte dem Sergeant am Empfang zu und eilte zu den Räumen des MGAP. Ich war nur zwei Wochen nicht mehr hier gewesen, doch es kam mir wie eine Ewigkeit vor.

Ich erinnerte mich daran, dass ich meinen Job aufgegeben hatte.

Als ich das Hauptbüro des MGAP betrat, warf ich einen Blick auf die große Tafel. Nur ein neuer Fall an diesem Tag. Nicht übel.

»Hallo, Donna.«

Die hübsche junge Frau sah von ihren Papieren auf und lächelte.

»Wie schaffst du es bloß, nach all diesen Jahren immer noch wie zwanzig auszusehen?«, fragte ich.

Sie errötete und grinste. »Muss Vererbung sein.«

»Ist Gert in ihrem Büro?«

Sie blickte auf ihren Papierkram. »Nein, ich glaube nicht. Heute nicht.«

Ich trat an ihren Schreibtisch. »Wirklich? Wie kommt's?«

Donna wollte mir nicht in die Augen blicken. »In letzter Zeit ging's ihr wirklich ziemlich dreckig, Tally. Ich weiß nicht, was mit ihr los ist, aber ich mache mir Sorgen. Vielleicht hasst sie mich mittlerweile.«

Ich umarmte sie. »Das kann ich mir nicht vorstellen. Wer könnte dich hassen? Gert schätzt dich über alles. Glaubst du, dass sie zu Hause ist?«

Sie blickte auf, und in ihren Augen standen Tränen. »Ja, vermutlich. Ich weiß es wirklich nicht. Sie hat sich verändert. Diese Woche hat sie komplett verrückt gespielt. Ich wünschte, du würdest zurückkommen.«

»Immer mal langsam. Gert ist die Beste. Vielleicht hat sie einfach nur eine Krise. So was kommt vor.«

»Ja, vielleicht.« Sie putzte sich die Nase. »Aber vielleicht hasst sie mich trotzdem.«

Mein Gott, was war hier los?

Da Gerts Bürotür abgeschlossen war, kehrte ich zu Donna zurück und steuerte auf den riesigen Farn zu, der in einer Ecke des Hauptbüros von der Decke hing.

»Hab noch was vergessen«, sagte ich zu Donna. »Will das Ding mal ein bisschen gießen. Bringt Glück.«

Ich schnappte mir die gelbe Gießkanne, füllte sie auf der Toilette mit Wasser und kehrte in das Büro zurück. Der Farn war halb verdorrt und alles andere als ansehnlich, aber irgendjemand hatte vor langer Zeit gewollt, dass wir ihn gossen und behielten. Die Pflanze war ein Überbleibsel aus der Zeit, als noch die Spurensicherung in unseren Büros ihr Zuhause gehabt hatte. Ein Vorgänger von Kranak hatte den hässlichen Topfhaken mit Schleifen geschmückt.

Nachdem ich die Pflanze gegossen hatte, warf ich einen Blick über die Schulter. Donna war ganz in ihre Arbeit vertieft. Ich schob das Juteseil zur Seite und nahm den Schlüssel für mein ehemaliges Büro aus dem Topf. Jetzt war es Gerts Büro. Ich verließ den Raum.

Dann schloss ich die Tür von Gerts Büro auf und trat ein. Es ging mir um die beiden verbliebenen Tonscherben des Anasazi-Topfes, von denen ich wusste, dass sie hier sein mussten.

»Was zum Teufel hast du hier zu suchen«, schrie Gert, die in ihrem Bürosessel herumwirbelte.

Ich zuckte zusammen. »Du hast mir einen Riesenschreck eingejagt.«

»Was hast du hier zu suchen?«, wiederholte sie. »Verschwinde.«

Gert klammerte sich an der Armlehne ihres mit Leder bezogenen Sessels fest wie an einem Rettungsanker. Sie hatte die Beine gespreizt, und ihr Gesicht war gerötet und verschwitzt. Die Augen waren blutunterlaufen, und aus ihrer Nase rann Schnodder.

Ich trat zu ihr. »Was stimmt denn nicht, Gertie?«

»Hau ab. Ich hasse es, wenn du mich so nennst.

Ich ergriff ihre linke Hand. Sie fühlte sich feucht und kraftlos an. Immerhin zog sie sie nicht zurück. »Du hast es immer gemocht, wenn ich dich Gertie genannt habe. Komm schon, meine Süße, was ist los? Lass mich dir helfen.«

»Verschwinde aus meinem Büro. Das hilft am meisten.«

Es war offensichtlich, dass sie mich nicht sehen wollte. »Wie du meinst, Gert. Wo sind die beiden Tonscherben des Anasazi-Topfes, die du für die C-14-Datierung ausgeliehen hast?«

»Da drüben. Zumindest das, was von ihnen noch übrig ist.« Sie zeigte auf eine transparente Plastiktüte. »Das ist doch alles, was du wolltest, oder? Lass mich jetzt allein.«

Ich griff nach der Tüte »Ja, ich wollte sie, aber du bist mir wichtiger. Können wir nicht reden?«

Ihre blutunterlaufenen Augen funkelten. »Verpiss dich, Tally. Und komm bloß nicht wieder.«

* * *

An diesem Abend saß ich in meinem Wohnzimmer auf dem Sofa. Hank hatte auf dem Kaffeetisch aus Rotholz Plastikfolien, dann sauberes Papier ausgebreitet. Aus der offenen Kiste im Chetro Ketl hatte er fünf oder sechs Tonscherben mitgenommen. Aric' Job war es, die andere Kiste öffnen und ihren Inhalt von FBI-Spezialisten analysieren zu lassen. Dann sollte der Karton wieder verschlossen und nach Salem in Massachusetts geschickt werden.

Die Tonscherben aus dem Chaco Canyon lagen vor mir auf dem Tisch, die aus Didis Büro – Relikte des zerbrochenen Tongefäßes mit dem Schädel darin – in transparenten Plastiktüten daneben.

Von der katastrophalen Begegnung mit Gert hatte ich Hank nichts erzählt. Ich wusste nicht, was ich davon halten sollte. Irgendetwas stimmte nicht mit meiner alten Freundin, doch ich hatte keine Vorstellung davon, was es sein könnte.

Ich hatte bei Addy anzurufen versucht, doch sie besuchte während der ganzen Woche eine Konferenz.

Gerts Reaktion hatte mich verängstigt, doch in diesem Augenblick war ich einfach nur ratlos gewesen. »Mist.«

Aus der Küche tauchte Hank auf. Er brachte zwei Bourbon on the rocks und hatte auch die Flasche Rebel Yell dabei.

»Was ist?« Er stellte die Gläser auf den Tisch, setzte sich neben mich auf das Sofa und strich mir durchs Haar. »Also, Honey?«

»Es ist nichts.« Ich beugte mich vor und zeigte mit einem Stift auf die beiden Tonscherben in den Plastiktüten. »Die sind alt, Hank. Sie stammen etwa aus dem Jahr 1100. Provenienz Anasazi. Es sind Scherben des Topfes, der im Peabody Museum in Salem zu Bruch gegangen ist. Jenes Topfes, in dem sich der Schädel befand.«

Dann zeigte ich auf die Scherben, die wir aus dem Chaco Canyon mitgebracht hatten. »Auch die sind alt. Weil du sichergehen wolltest, hast du sie gestern analysieren lassen, seither wissen wir es. Aber es sind eben nur Scherben. Davon bekommt man ein Dutzend für Pfennige. Gut, das ist vielleicht ein bisschen übertrieben, aber selten und wertvoll sind die heilen Töpfe. Auch wenn sich nicht oft der Schädel einer Frau aus dem einundzwanzigsten Jahrhundert darin befindet.«

»Die Rekonstruktion von Frau Dr. Cravitz kann einfach eine frappierende Ähnlichkeit mit dem Gesicht deiner Freundin aufgewiesen haben. Was doch sehr viel plausibler klingt. Findest du nicht?«

»Nein, ich sehe es nicht so.« Ich griff nach meinem Glas, lehnte mich zurück und trank einen Schluck. »Seit etlichen Wochen hat niemand Delphine gesehen. Auf meine Anrufe hat sie nicht reagiert. Sie ist verschwunden, hat sich in ihrer Galerie nicht mehr blicken lassen. Sie ist tot, Hank. Tot. Und als ihr Schädel in diesem ...«

»Okay«, sagte er. »Ich kaufe dir deine Story ab.«

»Da kann ich mich ja glücklich schätzen.«

Er zog eine Augenbraue hoch.

»Ich weiß, ich weiß«, sagte ich. »Du liebst meinen Sarkasmus.«

»Nur manchmal.«

»Du musst mich so nehmen, wie ich bin.«

Er legte einen Arm um meine Schulter, und ich schmiegte mich an ihn. Es war großartig, jemanden zu haben, bei dem man sein Anlehnungsbedürfnis befriedigen konnte. Nicht irgendjemanden, sondern Hank. Er war ein guter Mann. Und ich empfand ein brennendes sexuelles Verlangen. Ich kicherte.

»Was ist?«

»Nichts, mein Süßer.« Ich gab ihm einen Kuss auf die Wange. »Bin nur ein bisschen scharf auf dich. Übrigens müsstest du dich mal rasieren. Zurück zum Thema. Auch die intakten Töpfe sind nicht so wahnsinnig wertvoll. Zumindest nicht so wertvoll, dass so viele Menschen deswegen sterben müssten.«

Er griff nach einer Tonscherbe und drehte sie hin und her. »Was ist uns entgangen?«

»Ich weiß es nicht. Das ist ja das Problem.«

Ich blickte zum Kaminsims hinüber, auf den ich den Stein

aus dem Chaco Canyon gelegt hatte, das Geschenk von Gouverneur Bowannie. Dann betastete ich den Stein in meiner Hosentasche, und eine angenehme Wärme durchströmte mich. »Dieser Blutfetisch, was immer das sein mag … Wahrscheinlich ist das nicht nur irgendein rötlicher Stein, sondern etwas von beträchtlichem materiellen Wert. Ich begreife nicht richtig, was die Diebe dieser Keramiken sich darunter vorstellen.«

»Sie werden weiter Jagd auf dich machen.« Er schenkte mir Bourbon nach.

»Ich aber auch auf sie. Ich weiß, dass sie weiter hinter mir her sind. Es gibt noch so viele offene Fragen.«

»Besser, wir lassen uns schnell die Antworten einfallen.«

»Ja.«

In diesem Augenblick flackerte das Licht, dann ging es ganz aus.

Ich begann zu zittern, sah wieder, wie Dumb Dick mich in der Finsternis verfolgt hatte. Mir brach der Schweiß aus, und ich stand auf, um meinen Taser zu suchen. Im Licht der vor dem Fenster stehenden Straßenlaterne sah ich den Lauf von Hanks Pistole schimmern.

»Rühr dich nicht vom Fleck.«

»Ich will den Taser holen.«

»Lass es, Tally.«

»Ich brauche ihn, Hank. Es ist mir scheißegal, ob der Besitz der Dinger in Massachusetts verboten ist. Ich lasse mich von diesen Typen nicht einschüchtern.«

»Sie wollen dich nicht einschüchtern, sondern töten«, zischte er.

»Deshalb brauche ich ja den Taser.« Ich kroch über den Teppich ins Schlafzimmer, griff in die Schublade des Nachttisches und umklammerte den Taser. Das Zittern ließ nach, wenn auch nicht ganz. Eine kalte Schnauze berührte meine Wange. Für einen Augenblick vergrub ich mein Gesicht in Pennys Fell.

»Uns wird nichts passieren, mein Mädchen.« Jemand klopfte an die Wohnungstür. »Sitz, Penny.«

Ich hielt den Taser in der ausgestreckten Hand.

Die Wohnungstür öffnete sich quietschend. »Tal?«

»Jake? Was gibt's?«

»Das mit dem Licht tut mir leid«, sagte mein Vermieter. »Ich hab Scheiße gebaut, da sind die Sicherungen rausgeflogen. Du weißt, dass ich ein lausiger Handwerker bin.«

Ich atmete erleichtert auf. Guter Gott, allmählich litt ich wirklich an Verfolgungswahn. »Ja, ich weiß, Jake. Ich weiß es.«

Am nächsten Morgen rief Aric an und sagte, das Paket werde am folgenden Tag bei der Post in Salem eintreffen. Ich war glücklich. So wie während der vergangenen paar Wochen konnte ich einfach nicht weiterleben.

Ich sah überall Gespenster, zuckte bei der kleinsten Kleinigkeit zusammen, fürchtete ständig um meine Leben. Und ich hatte keine Ahnung, warum die Diebe es so sehr auf mich abgesehen hatten.

Ich wünschte, ich hätte die Bedeutung des Blutfetischs und der Worte des Knochenmanns verstanden, Dann hätte ich mir vielleicht eher einen Reim auf alles machen können. Aber so ... Ich war ziemlich ratlos.

Die Wohnungstür ging auf, und Hank kam herein.

»Wo warst du?«

»Arbeiten. Hatte die Schicht von acht bis drei Uhr morgens.«

»Unangenehm.«

»Hab schon Schlimmeres mitgemacht.«

Ich ging in die Küche und brachte ihm einen Becher mit schwarzem Kaffee.

»Danke.« Er trank einen großen Schluck. »Es ist ein Klischee, aber der Kaffee in Büros ist wirklich immer mies. Mach dich fertig, wir müssen losfahren. Alles Weitere erzähle ich dir unterwegs. Hier, ich hab Pennys Leine schon vom Haken genommen.«

Ich blickte aus dem Fenster. Es nieselte, die Atmosphäre war grau und melancholisch – sehr typisch für den Oktoberanfang in New England. Während Hank Penny die Leine anlegte, zog ich Stiefel und meine Daunenjacke an, band mir meinen Lieblingsschal um und setzte einen breitkrempigen Hut auf, mit dem ich aussah wie ein australischer Cowboy.

Als ich gerade die Tür abschließen wollte, klingelte das Telefon.

»Lass es klingeln«, sagte Hank.

»Ja, vielleicht, aber …« Ich rannte in die Wohnung zurück und schaute auf die Anrufererkennung. MGAP. »Tally Whyte.«

»Du hast es erzählt, oder?«

Es war Gert. »Wovon redest du?«

»Du hast es aller Welt erzählt.«

Ich hörte ein Schluchzen. »Ich weiß nicht, was du meinst, Gert. Ich habe gar nichts erzählt.«

Sie legte auf.

Ich blickte zu Hank hinüber, der geduldig im Türrahmen wartete. Der Mann hätte ein Heiliger sein können.

»Wir müssen unterwegs kurz beim MGAP anhalten«, sagte ich.

Er schüttelte den Kopf. »Ausgeschlossen, Tal. Wir sind in Eile.«

»Es muss sein, Hank.«

Wir gingen mit Penny zu meinem 4Runner.

Er packte den Kragen meiner Jacke und drehte mich zu sich. »Dies ist keine Bitte, Tally. Du wirst mitkommen, haben wir uns verstanden?« Sein Blick war ernst, aber auch verärgert.

»Hank?«

Seine finstere Miene brachte das Grübchen in seinem Kinn zum Vorschein. »Ich weiß, dass du stinksauer sein wirst, und das gefällt mir nie. Aber du wirst mich begleiten.«

»Gert braucht mich.«

»Interessiert mich nicht.«

»Aber Hank …«

»Steig endlich ein.«

32

Wir nahmen den Storrow Drive zum Northeast Expressway.

»Wohin fahren wir?«, fragte ich.

»Nach Revere.«

»*Revere?* Ein Ausflug zum Strand, bei dem Regen? Wie romantisch.«

»So schön wird's nicht.«

Als wir die Route 1A erreicht hatten, fuhren wir weiter zur Ocean Avenue und schließlich zum Revere Beach Boulevard. Ich glaubte, fast das Jaulen der Windhunde aus dem Wonderland Park zu hören, wusste aber nicht, ob dort so spät im Herbst noch Rennen stattfanden. Zu meiner Rechten gingen das graue Meer und ein bleifarbener Himmel nahtlos ineinander über. Noch immer fiel kalter Regen. Seltsamerweise sehnte ich mich nach Schnee. Ich ließ das Fenster ein Stück herunter und lauschte den Geräuschen der Brandung, des Regens und des Windes. Auch das rhythmische Geräusch der Reifen auf dem nassen Asphalt trug zu der leicht irrealen Atmosphäre dieses Tages bei. Ein typischer Oktobertag in New England.

Gegenüber dem Strand, auf der anderen Seite des Revere Beach Boulevards, stand das Gebäude der Bundespolizei. Hinter uns ragten die Wolkenkratzer von Boston in den Himmel, doch dieses Polizeiquartier war alt. Es stammte aus dem neunzehnten Jahrhundert. Der hohe Turm mit der Wetterfahne erinnerte mich an einen Wachturm. Wir parkten hinter dem Maschendrahtzaun, und Hank führte mich in das Gebäude.

Wir durchquerten das Großraumbüro. Hank winkte einer Frau zu. Vermutlich eine alte Freundin. Oder eine neue. Sie war verdammt süß mit ihrer Ponyfrisur und ihrem kecken Lächeln. Mir war es zu keck.

»Tal?«

»Ja, ich komme.«

Auf der linken Seite des Gangs war ein Raum, wo ein Techniker an einer kleinen Konsole saß. Ein weiterer Mann in Zivil hatte sich ein schwarzes Halstuch um die Augen gebunden und schlief auf einem Stuhl.

Hank trat ihm auf die Zehen, und der Mann wäre fast aufgesprungen. *Aric!*

Ich umarmte ihn. »Schön, dich zu sehen.«

»Ja, ich freue mich auch.« Sein herzliches Lächeln bestätigte es. Er blickte Hank an. »Startklar?«

Hank seufzte. »Ich denke schon.« Er nahm einen Schnellhefter aus einem Regal und überflog ein paar Seiten. »Bist du dir sicher?«

Aric zog eine Grimasse. »Mehr als sicher.«

Hank zog eine Augenbraue hoch. »Wenn du meinst. Bin sofort wieder da.«

Aric holte einen Stuhl für mich und nahm mir die Jacke ab.

»Was ist los.« Ich setzte den Hut ab und legte ihn mit meinem Schal auf den Tisch.

»Hat er es dir nicht erzählt?«, fragte Aric.

Ich schüttelte den Kopf.

»Wir haben hier das Mädchen in Untersuchungshaft, das in deine Wohnung eingebrochen ist. Und ich habe eine Spezialistin engagiert, die gleich ein bisschen mit ihr plaudern wird.«

Sein Ton gefiel mir ganz und gar nicht.

Ich saß zwischen Hank und Aric und starrte auf die Wand. Aric hatte ein Headset aufgesetzt und gab dem Mann an der Konsole ein Zeichen.

Er knickte nacheinander drei Finger ein. Drei, zwei, eins …

Wir blickten in einen kleinen Verhörraum mit nackten Betonwänden, in dem gerade das Licht anging. Ich nahm an, dass die Scheibe auf der anderen Seite verspiegelt war, sodass wir nicht zu sehen waren. Der Raum war noch leer. Auf einem

Tisch standen eine Kanne und zwei Gläser. Während wir warteten, trank ich die Cola Light, die Hank mir gebracht hatte.

Es war, als warteten wir in einem Theater darauf, dass sich der Vorhang hob. Die Spannung stieg. Alles war vorbereitet.

Aric beugte sich zu mir vor. »Die Temperatur da drin beträgt etwa fünfzehn Grad.«

»Warum wird nicht geheizt?«, fragte ich.

»Damit es für das Mädchen nicht zu gemütlich wird.«

»Worauf warten wir?«

Er lächelte grimmig. »Auf den Beginn der Vorstellung.«

Auf der rechten Seite des Verhörraums öffnete sich eine Tür, und Zoe trat ein, die junge Frau, mit der ich telefoniert hatte und der ich vor fast vier Wochen in Delphines Galerie auf Martha's Vineyard begegnet war. Ihr Haar war immer noch zu langen, dünnen Zöpfen geflochten, doch etliche Strähnen hatten sich gelöst. Ich fragte mich, wann sie zum letzten Mal einen Kamm in der Hand gehalten hatte. Sie trug eine Art Kittel. Eine Hand zeigte auf einen Holzstuhl, und Zoe setzte sich.

»Die Rückenlehne des Stuhls ist etwas nach vorn gebogen«, sagte Aric. »Das ist verdammt unbequem.«

Mir war unbehaglich zumute.

»Sie wird gleich von einer Kollegin gelöchert, mit der nicht zu spaßen ist.«

Ich wandte mich Hank zu. »Ich kann nicht behaupten, dass mir das alles gefällt.«

»Wir haben ihr nichts getan und sie nicht gefoltert. Nicht mal durch Schlafentzug.«

»Das will ich für euch hoffen. Du weißt, dass ich die Geschichte an die Öffentlichkeit bringen würde.«

Aric zeigte auf die Scheibe. »Es geht los.«

Auf der linken Seite trat eine Frau in den Verhörraum und schloss die Tür. Sie trug ein wadenlanges Jeanskleid, das ihre breiten Schultern und ihren durchtrainierten Körper betonte. Der Cardigan, den sie über dem Kleid trug, sah aus, als hätte sie ihn selbst gestrickt. Irgendwie schien diese wundervolle hellgrüne Strickweste nicht zu ihrer Persönlichkeit zu passen. Aber sie war schlicht. Diese Frau mochte keine Rüschen und keinen Flitter.

Ihr honigblondes Haar war kurz geschnitten und in der Mitte gescheitelt. Sie trug eine Teppichtasche mit Bambusgriffen. Ich wünschte, ihre Augen besser sehen zu können. Sie waren groß und rund, aber ich konnte ihre Farbe nicht erkennen. Sie war schlank und kräftig und hatte große Hände wie ich. Aber ich war vermutlich fünfzehn Zentimeter größer als sie. Auch war sie grobknochiger, und das Gesicht mit den zusammengekniffenen Lippen wirkte streng. Ja, mit der Frau war bestimmt nicht zu spaßen.

»Wie alt ist sie?«, fragte ich Aric.

Er legte sich einen Kautabakpriem in die Backe. »Ende zwanzig. Achtundzwanzig, glaube ich.«

»Wie ist sie? Wie heißt sie?«

Aric legte einen Arm um meine Schulter und beugte sich zu mir vor. »Wer sie ist? Das musst du sie schon selber fragen. Ihr Name ist Styx. Wie der Fluss, der die Lebenden von den Toten trennt.«

Das ließ mich schlagartig verstummen.

Die beiden Frauen saßen sich jetzt gegenüber. Mittlerweile zitterte Zoe.

»Soll ich Ihnen meine Strickweste geben?«, fragte Styx sanft lächelnd. Jeder hätte sich gewünscht, dieses Lächeln bald wiederzusehen.

»Danke.« Zoe griff nach dem Cardigan und zog ihn an.

Wenn man Zoe so sah, hätte man schwören können, dass sie eine unschuldige junge Frau war, doch ich wusste, dass dieser Eindruck sehr gut trügen konnte. Vielleicht hatte sie sogar Delphine umgebracht.

»Danke«, sagte Zoe.

Styx nickte, griff in ihre Tasche und zog zwei Stricknadeln und Wolle heraus. »Lassen Sie uns reden.«

Zoe schluckte. »Sehr gern.«

Styx begann zu stricken. Sie bewegte die im Licht funkelnden Stricknadeln schnell und geschickt. Wir hörten die Geräusche von der anderen Seite der Scheibe, und das monotone Klappern der Stricknadeln war bald entnervend. Styx ließ Zoe nie aus den Augen, und trotzdem wurde der Pullover – oder was immer sie da strickte – schnell größer. Wie Zoes Unbehagen.

Schließlich blickte Styx einmal kurz auf ihre Arbeit. »Also, reden wir jetzt?«, fragte sie mit einem geheimnisvollen Lächeln.

»Worüber?«

Styx blickte auf. »Das wissen Sie genau.«

»Tatsächlich?«

»Allerdings.« Ihr Lächeln war warmherzig, unwiderstehlich.

»Ich habe keine Ahnung, was alle von mir hören wollen«, sagte Zoe.

Styx strickte schneller. »Wirklich nicht?«

Zoes Blick irrte unstet umher. Ihre Nase lief. Schließlich schaute sie Styx an. »Ich schwöre es, ich habe Delphine nicht umgebracht. Ich weiß nicht, wo die Schlampe ist.«

Styx' Hände bewegten sich immer schneller, und Zoe starrte wir hypnotisiert darauf.

»Erstaunlich«, bemerkte Hank.

»Ich habe auch noch nie jemanden so schnell stricken gesehen«, sagte ich.

»Oder eine Frau wie sie.«

Aric lachte leise. »Unter ihren Vorfahren sind Abnaki. Das Volk des Sonnenaufgangs. Ist das ein Wunder?«

Styx hörte abrupt auf zu stricken und ergriff Zoes Hand. Ich beugte mich vor, um besser sehen zu können. Styx strich immer wieder mit dem Daumen über die Hand der jungen Frau. Es schien, als wollte sie sie trösten. Oder hypnotisieren.

Zoe begann zu weinen. »Mein Freund Jerry Devlin hat mich angerufen.«

»Ist er Ihr Freund oder nur *irgendein* Freund?«

»Mein Freund. Er sagte, er werde mit einem Kumpel in die Galerie kommen, um diese Frau aus Boston abzuholen.«

Ich blickte zu Hank hinüber. Er nickte.

»Jerry hat mir gesagt, was ich tun und wie ich mich verhalten sollte«, sagte Zoe leise. »Ich habe nur getan, was er mir befohlen hat. Und dann tauchte dieser andere Typ auf, ein absoluter Vollidiot.« Sie wickelte einen Zopf um ihre Finger. »Er ist tot. Abgekratzt.«

Styx stand auf, ging mit ihrem Stuhl zu Zoe und setzte sich neben sie. Sie ließ das Strickzeug in ihren Schoß fallen und legte den rechten Arm um Zoes Schultern.

»Aber Jerry ist nicht tot, oder?«

»Nein.«

»Sie sind immer noch verrückt nach ihm, stimmt's?«

Zoe nickte. »Ja. Und ich arbeite gern für Delphine. Wirklich.«

»Ich weiß. Aber irgendetwas ist passiert, oder?«

»Ja«, antwortete Zoe. »Delphines Tochter tauchte auf, und … Nun, sie mussten sie mitnehmen.«

Ich konnte nicht glauben, was ich da gerade gehört hatte. Delphines Tochter, Amélie. Wo war sie? Ich hatte sie vor Monaten gesehen, doch seitdem … Ich wandte mich Hank zu, aber sein Kopfschütteln besagte, dass auch er es nicht wusste. Er wirkte angespannt.

Wie auch Styx, aber ich bezweifelte, dass Zoe es bemerkte.

»Und wo ist sie?«, fragte Styx in einem warmen, einschmeichelnden Ton.

Zoe zuckte die Achseln. »Keine Ahnung. Warum machen Sie sich Gedanken um sie?«

»Weil Ihre Sicherheit durch sie gefährdet sein könnte. Aber lassen Sie uns ein bisschen eingehender über Sie reden. Wo ist Jerry?«

Die junge Frau zog eine Schnute. »Jerry hat nichts getan. Er weiß, dass ich hier bin, und …«

»Wo ist er, meine Süße«, fragte Styx.

»Wo er immer ist«, antwortete Zoe. »In diesem verdammten Museum. Ich hasse es.«

Styx begann wieder zu stricken.

Zoe verschränkte genervt die Arme vor der Brust. »Warum fangen Sie jetzt wieder damit an?«

»Nur so. Ich muss die Teile des Puzzles zusammensetzen, Zoe. Zum Beispiel muss ich wissen, warum Sie in Tally Whytes Wohnung eingebrochen sind.«

»Ach, kommen Sie. Ich bin nirgendwo eingebrochen.«

»Das sehe ich anders«, sagte Styx lächelnd.

Zoe atmete tief durch. »Werden Sie mich immer noch mögen?«

»Oh, Zoe«, sagte Styx in einem unglaublich warmherzigen und freundlichen Ton. »Was Sie auch sagen, es wird nichts ändern an meinen Gefühlen für Sie.«

Zoe strahlte. »Sie hat den Schlüssel.«

Den Schlüssel? Ich spreizte die Hände, um Hank und Aric zu signalisieren, dass ich keine Ahnung hatte, wovon Zoe redete.

Aric flüsterte etwas in das Mikrofon seines Headsets. Styx nickte. »Ich verstehe nicht«, sagte sie dann. »Was für einen Schlüssel?«

»Den Schlüssel, den Schlüssel. Dieser alte Fetisch, hinter dem alle her sind. Ich sollte ihn finden, aber vielleicht war er nie da. Ich weiß es nicht. Da war nur neuer Krempel, den ich mitgenommen habe.«

»Ich weiß es auch nicht.« Während Styx ihr Strickzeug in ihre Tasche packte, blickte sie fragend in unsere Richtung.

»Danke, Styx«, sagte Aric in sein Mikrofon.

Styx stand auf.

»Halt!«, jammerte Zoe. »Wollen Sie nicht noch bei mir bleiben?«

Aber Styx verließ wortlos den Raum und schloss die Tür.

Wir fanden Jerry Devlin in der Datenbank des FBI. Als seine nichtssagende, wenn auch hübsche Visage auf dem Monitor erschien, war mir klar, dass ich ihn schon einmal gesehen hatte.

»Ich kenne ihn«, sagte ich.

Hank beugte sich über meine Schulter, um einen Blick auf den Bildschirm zu werfen. »Und …«

Ich drückte eine Taste. »Ich kenne ihn. Er war der Boss des Teams, das angeblich den Beitrag für *National Geographic* machen wollte. Sie behaupteten, Didis Rekonstruktion und den Schädel filmen zu wollen. Zwei von ihnen sind tot.« Ich erklärte, welche Männer es gewesen waren. »Allmählich fügen sich die Teile des Puzzles zusammen, Hank.«

»Entschuldige mich einen Augenblick, ich bin gleich wieder da.«

Ich blickte auf das Foto von Jerry Devlin und fragte mich, ob er noch so aussehen würde. Die anderen beiden Männer, Paulie und der Killer, der mich bei der Navajo Pine Lodge angegriffen hatte, hatten ihr Äußeres verändert.

»Ich muss mal kurz an die frische Luft«, sagte ich zu Aric.

»Ich komme mit.«

Wir schlenderten zum Ausgang.

»Ich würde sie gern kennenlernen«, sagte ich.

»Styx?«

Ich nickte. »Sie interessiert mich. Scheint eine sehr ungewöhnliche Frau zu sein.«

»Sie mag die Menschen nicht besonders«, sagte Aric.

»Sie ist sehr begabt.«

»Ist sie. Sie arbeitet Teilzeit für das FBI.«

»Sie könnte uns bei der Klärung dieses Falles helfen.«

Er schüttelte den Kopf. »Sie bekommt immer heraus, was wir brauchen, muss aber einen Preis dafür bezahlen. Es ist schmerzhaft, das zu sehen. Komm, lass uns ein paar Schritte gehen.«

»Sollen wir nicht auf Hank warten?«

»Er ist mit unserem Untersuchungshäftling beschäftigt. Dieses Mädchen ist eine harte Nuss.«

Unsere Schritte auf dem Linoleumboden hallten dumpf von den Wänden des Flures wider.

»Redest du von Zoe? Meiner Meinung nach war sie von Anfang an in diese Geschichte verstrickt. Sie ist ein kleines Miststück und denkt nur an sich.«

»Sieht so aus.«

Wir traten nach draußen, und die Seeluft beruhigte mich sofort. »Zoe ist gefährlich. Ich mache mir schreckliche Sorgen um Amélie. Wenn Zoe nur ansatzweise die Wahrheit sagt …«

Ich musste an die Angst denken, die sie empfinden musste. Daran, dass sie vielleicht missbraucht oder umgebracht worden war. Ermordet, so wie ihre Mutter. Und wir wussten immer noch nicht, wer dahintersteckte.

Ich glaubte keinen Augenblick daran, dass Zoes Freund Devlin der Boss war.

Wir gingen den Strand hinunter. Kaum Fußabdrücke, keine Menschen. Es regnete nicht mehr, und die Sonne war herausgekommen, doch die Brandung war immer noch sehr stark. Als ich auf das endlose Meer blickte, wurde ich mir meiner Winzigkeit bewusst, ähnlich wie in der Wüste.

Ich setzte mich im Schneidersitz auf den feuchten Sand. Mein Hintern wurde kalt, doch es war mir egal. Die kühle Gischt erfrischte mich, und es kam mir so vor, als würde der Dreck von mir abgewaschen, wenn auch nur für den Augenblick.

»Das Meer erstaunt mich immer wieder«, sagte Aric. »Wahrscheinlich ist sie tot.«

»Amélie? Ich kann nicht so denken. Nicht noch eine Leiche. Und all das wegen ein paar banaler Tongefäße.«

»Ich finde, du solltest so denken. Es ist nur vernünftig.«

»Und das Wort ›vernünftig‹ charakterisiert mich?«

Er trat ans Wasser und ließ es die Spitzen seiner Stiefel benetzen.

Ich sprang auf. »Verdammt, Aric. Ich weigere mich zu glauben, dass Amélie tot ist. Wir sollten Hank holen und unsere Ärsche in Bewegung setzen. Wir müssen nach Salem fahren und den Dingen auf den Grund gehen.«

Er kniff die Lippen zusammen und fuhr sich mit einer Hand durch sein kurz geschnittenes schwarzes Haar. »Ja, es wird Zeit.«

33

Die Fahrt nach Salem dauerte nicht lange. Wir fuhren schon auf der North Shore, und kurz darauf rasten wir über die Route 1A, dann über die 1007 und 114. Ich saß auf der Rückbank, und neben mir hatte Penny die ganze Zeit über die Ohren aufgestellt. Sie wusste, dass etwas Wichtiges passieren würde.

Hank und Aric diskutierten kontrovers über den Fall, und irgendwann griff Hank zum Telefon und forderte Verstärkung an.

Wir benötigten nicht einmal eine Dreiviertelstunde bis zu dem Museum.

Die angespannte Atmosphäre in dem Auto bescherte mir eine Gänsehaut. In diesem Museum würden wir auf Jerry Devlin stoßen, der seiner täglichen Arbeit als Kurator für die Kunst der amerikanischen Ureinwohner nachging.

Wie konnte er seinen Beruf, seine Leidenschaft so sehr verraten? Paulie hatte den Grund benannt – Geld.

»Wie sieht unser Plan aus?«, fragte ich.

Hank drehte sich um und schaute mich ernst an.

»Was ist?«, fragte ich.

»Unser Plan sieht vor, dass du im Auto wartest.«

»Vergiss es.«

»Es muss sein, Tally«, sagte Aric. »Unsere Sorge um dich könnte den ganzen Einsatz gefährden. Devlin kennt dieses Gebäude in- und auswendig. Um ihn zu fassen, müssen wir das Überraschungsmoment ausnutzen, und dabei bist du uns nur im Wege, genau wie Penny.«

»Aber Aric …«

»Wenn du uns nicht dein Wort gibst, im Auto zu warten, gehen wir da nicht rein«, sagte Hank.

Ich hatte absolut keine Lust, untätig im Auto sitzen zu bleiben, doch als ich die beiden ansah, wusste ich, dass sie es ernst meinten.

»Okay, ich warte hier.«

Hank tippte mit dem Finger auf das Armaturenbrett. »Genau hier, in diesem Auto. Du wirst nicht aussteigen. Abgemacht?«

Wie konnte ich mich darauf einlassen? Das passte nicht zu mir.

Ich seufzte. Sie meinten es wirklich ernst.

Wir konnten umkehren und anderen den Fall überlassen. Oder ich musste im Auto warten.

»Okay, abgemacht«, sagte ich.

Ich streckte mich auf der Rückbank von Hanks Chrysler aus und versuchte zu schlafen. Es hatte wieder zu regnen begonnen, und die Tropfen trommelten auf das Dach. Auf mich wirkte es beruhigend. Vielleicht würde es beim Einschlafen helfen.

Ich konnte es nicht fassen, dass sich all dies ausgerechnet in Salem abspielte, wo man einst Frauen als Hexen gehängt hatte und ein Mann unter Steinen zerquetscht worden war. Die Atmosphäre in Salem war anders, und die Stadt profitierte davon. Die Häuser mit den altmodischen Giebeln und die im neogotischen Stil erbauten Kirchen verstärkten dieses Gefühl noch.

Ich hatte Hank und Aric nachgeblickt, als sie die Straße überquerten und auf das Museum zugingen, eines der schönsten in diesem Bundesstaat. Es gefiel weder mir noch Penny, dass sie uns allein zurückließen.

»Du siehst das auch so, Penny?«

Sie jaulte traurig.

Ich schloss die Augen und sah Gouverneur Bowannie, seinen fürsorglichen und liebevollen Blick. Mir kamen die Tränen.

Das hatte jetzt keinen Sinn. Ich setzte mich auf.

In meiner Handtasche suchte ich nach Papiertaschentüchern, um mir die Tränen abzuwischen.

Während ich kramte, berührten meine Fingerspitzen kühle Seide. Ich zog Delphines Handschuhe hervor. »Sieh mal, Penny, was wir hier haben.« Ich war froh, dass ich die Handschuhe nicht nach New Mexico mitgenommen hatte, wo sie bestimmt verloren gegangen wären. Ich hatte ganz vergessen, dass ich sie damals in meine Handtasche gesteckt hatte. Jetzt war ich glücklich darüber.

Ich legte die Handschuhe in meinen Schoß. Sie waren wundervoll und schillerten in den Farben des Regenbogens. Ich fragte mich, ob wir Delphines sterbliche Überreste jemals finden würden. Hoffentlich hatte Devlin Hank und Aric etwas Wichtiges zu erzählen.

Penny jaulte.

»Was ist los, mein Mädchen?«

Sie kratzte am Fenster, aber ich wusste nicht, warum.

»Was ist?«

Sie kratzte erneut, offensichtlich eine Bitte, sie aus dem Auto zu lassen.

Vermutlich musste sie ihr Geschäft verrichten. Ich legte sie an die Leine und öffnete die Tür.

Sie rannte los und riss mir die Leine aus der Hand.

»Penny!«

Es regnete so stark, dass ich sie kaum noch sehen konnte.

»Penny, verdammt!«

Sie wartete reglos dasitzend am Ende des Parkplatzes, mit gesenktem Kopf, ganz so, als wollte sie mir etwas zeigen.

Aber ich hatte Hank versprochen, im Auto zu warten. Penny hatte offensichtlich etwas anderes vor.

Hank hätte mich besser kennen sollen. Ich wünschte, ich hätte den Taser dabeigehabt.

Ich kauerte vor Penny nieder. »Was ist denn, mein Mädchen?«

Sie jaulte und saß vor mir, als wäre sie gerade nicht ungehorsam gewesen.

Ich griff nach der nassen Leine. Wenn ich recht hatte, würde sie losschießen wie eine Rakete. Ich zog die Handschuhe aus der Tasche und hielt sie ihr hin. »Geht's darum?«

Sie schnüffelte einmal, zweimal, und auf ging's.

Mannomann, sie hatte es eilig.

Auf der anderen Straßenseite hielt Penny kurz vor der imposanten, im neogotischen Stil erbauten Episkopalkirche mit den prächtigen Steinmetzarbeiten, den grün gestrichenen Fenstern und den beiden winzigen Friedhöfen zu beiden Seiten des Gotteshauses. Dann rannten wir weiter den Bürgersteig hinunter, vorbei an Häusern und einem Parkplatz, von wo aus man einen faszinierenden Blick auf die Stadt und ihre Umgebung hatte.

»Penny!«

Sie lief den Hügel hinunter zu einem zugewachsenen Parkplatz, einer alten Scheune und einem Gebäude, das aus einem Horrorfilm stammen konnte. Dann blieb sie auf der Schotterstraße stehen und schnüffelte. Ich versuchte, wieder zu Atem zu kommen.

Das verlassene alte Gebäude war riesig, und rechts daneben sah ich einen Friedhof, der an eine Gruselgeschichte von Washington Irving denken ließ. Etwas Gespenstischeres war kaum vorstellbar.

Ich blieb stehen. Penny zog an der Leine. »Sitz, Penny.« Dieser Ort hatte selbst für Salem eine äußerst verstörende Atmosphäre. Das Gebäude war aus großen Granitblöcken errichtet. Früher musste es einmal imposant gewesen sein. Es hatte zwei seltsame Kuppeln, eine spitz zulaufende und eine abgerundete, daneben ragten etliche Backsteinschornsteine aus dem Dach. Auf einer Kupfertafel war eingraviert, dass der Bau im Jahr 1884 errichtet worden war.

Das zweistöckige Gebäude war umgeben von einem hohen Zaun mit Stacheldraht darauf. Verdorrte Kletterpflanzen rankten sich an dem Zaun empor. Nicht gerade ein einladender Ort.

Warum hatte Penny mich zu diesem verlassenen Relikt aus einer fernen Vergangenheit geführt, zu diesem Gebäude mit einer bedrückenden Atmosphäre und den zerstörten Fenstern?

Mittlerweile regnete es stark, und es war sehr windig. Dies war der letzte Ort, wo ich mich jetzt aufhalten wollte.

»Können wir wieder verschwinden, Penny?«

Sie jaulte. Ich ließ sie noch einmal an den Handschuhen schnüffeln.

»Bringen Sie den Hund nach Hause!«, ertönte eine aggressive Stimme.

Ich wirbelte herum. Eine Frau schüttelte wütend die Faust. Sie war so dick angezogen, als wollte sie eine Polarexpedition antreten.

»Verzeihung?«

»Der Hund friert bei dem Regen.«

»Ihr Fell ist dicker als meins«, sagte ich verärgert. »Entschuldigen Sie mich jetzt.«

Als ich um die Frau herumgehen wollte, schlug sie mir mit etwas aufs Handgelenk. Ich ließ die Leine los, und Penny lief davon.

»Verdammt!« Ich rannte hinter meiner Hündin her, verfolgt vom hämischen Gelächter der Frau, dass es mir kalt den Rücken hinunterlief.

Irgendetwas stimmte nicht. »Penny!«

Der Wind trug meine Stimme davon, und Penny rannte weiter, vorbei an der verfallenen Scheune mit dem eingestürzten Dach. Dann schlüpfte sie durch ein Loch in dem Maschendrahtzaun.

»Nein, Penny! Komm her.«

Aber sie hörte nicht. Sie hatte die Fährte aufgenommen.

Ich blickte mich um. Die Frau war verschwunden. Das war unwichtig. Ich musste Penny holen.

Als ich durch das Loch in dem Zaum kroch, riss ich mir die Daunenjacke auf.

Auf der anderen Seite des Zauns war die Atmosphäre noch unheimlicher.

Penny lief den Hügel hinunter, und ich rannte hinter ihr her. Der Wind trieb mir Regentropfen in die Augen, und ich konnte kurzzeitig nichts sehen. Ich rief Penny immer wieder, konnte sie aber nicht erblicken. Ich suchte nach Abdrücken ihrer Pfoten, doch auch die waren bei dem fürchterlichen Sturzguss nicht zu erkennen.

Ich eilte den Abhang hinunter auf das Gebäude zu, stolperte, fing mich wieder. Ich zitterte. Die Fenster waren ausnahmslos vergittert. Vielleicht war der Kasten einst eine Irrenanstalt gewesen.

Denk nach. Warum war Penny hierhergerannt? Wegen der Handschuhe, eine andere Erklärung gab es nicht. Hatte sie Delphines sterbliche Überreste gewittert?

Ich rannte von einem Fenster zum anderen, der vom Wind gepeitschte Regen wurde immer schlimmer. Es war ein übler Sturm, mit dem man hier im Nordosten um diese Jahreszeit zu rechnen hatte.

Gitter, überall Gitter. Als ich um eine Ecke bog, sah ich eine Tür, die einen Spaltbreit offen stand, gerade so weit, dass Penny hindurchschlüpfen konnte. Würde es mir gelingen?

Ich versuchte, mich durch den Spalt zu zwängen. Keine Chance. Ich drückte mit aller Kraft gegen die Tür, aber ohne Erfolg. Als ich gerade nach Penny rufen wollte, überlegte ich es mir anders. Wenn die Diebe des Topfes sich in dem Gebäude aufhielten, würden sie mich hören.

Ich warf mich mit meinem vollen Gewicht gegen die Tür und glaubte, dass sie etwas nachgegeben hatte. Ich drückte und drückte, und dann flog die Tür auf. Ich stolperte in das Gebäude, stürzte, schlug mit dem Gesicht auf den kalten, dreckigen Marmorboden.

Ein lautes Krachen.

Plötzlich wurde es dunkel. Brutale Pranken verdrehten mir die Hände hinter dem Rücken, rissen mich hoch und zogen mich eine ausgetretene Treppe hinauf. Ich konnte nichts sehen, und als ich mich zu wehren versuchte, drohte mir der Mann aggressiv.

»Schluss jetzt, sonst töten wir den Hund.«

Im ersten Stock zerrte er mich einen Gang hinunter, öffnete eine Stahltür und stieß mich in einen kleinen Raum, wo ich schmerzhaft gegen eine nackte Betonwand stieß. Ein stechender Schmerz schoss durch meinen Ellbogen. Hinter mir fiel die Tür ins Schloss.

Himmel.

Ich versuchte mir einzureden, dass es auch positive Aspekte gab. Ich hatte seine Cowboystiefel gesehen, Stiefel mit Gewitterblitzen an den Seiten. Und solche Stiefel hatte ich schon einmal gesehen – bei dem Mann, der im *Land's End Trading* versucht hatte, mich umzubringen. Wieder mal jemand aus dem Team, das angeblich von *National Geographic* geschickt worden war. Diese Typen waren keine Journalisten. Ihre professionelle Spezialität war Mord.

Was hatte es auf sich mit diesen Blitzen auf den Stiefeln? Was entging mir?

Es spielte im Moment keine Rolle. Ich blickte mich um, vor Kälte zitternd. Ich fühlte mich wie in einer Gruft, glaubte mich in der Anwesenheit längst Verstorbener. Dieser Ort war entsetzlich unheimlich. Ich glaubte ersticken zu müssen, als drückte ein schwerer Stein auf meine Brust. Ich musste an den alten Mann denken, der früher in Salem unter Steinen zerquetscht worden war.

Ich trat an das vergitterte Fenster, durch dessen völlig verdreckte Scheibe trübes Licht sickerte. Der Raum war winzig, doch ich durfte mich jetzt nicht der Klaustrophobie überlassen. An der Decke baumelte eine zerbrochene Glühbirne. Ich benetzte meine Finger und versuchte, Dreck von der Scheibe zu wischen, doch es war sinnlos. Mein Magen verkrampfte sich vor Angst.

Ich kauerte mich hin und sah gesprungene, beigefarbene Kacheln, auch sie verdreckt und staubig. Diesen Raum hatte seit langer Zeit niemand mehr betreten. Das alles hatte etwas zu bedeuten. Warum war ich unfähig, die Teile des Puzzles zusammenzusetzen?

Ich setzte mich in eine Ecke, lehnte den Rücken an die kalte Wand.

Wenn mit Penny alles in Ordnung war, würde sie mich finden. Der Mann hatte behauptet, Penny gefangen zu halten, doch ich glaubte ihm nicht. Ja, Penny würde mich finden. Wenn nicht … Ich wagte nicht, daran zu denken.

Ich versuchte, mir Aric' und Hanks Reaktion vorzustellen. Sie würden sauer sein, weil ich mich aus dem Staub gemacht hatte. Dann wütend. Dann besorgt. Doch dann war es bestimmt zu spät. Ich konnte mir nicht vorstellen, wie sie darauf kommen sollten, wo ich war. Zu schade, dass ich keine Brotkrümel als Spur zurückgelassen hatte.

Ich blickte mich nach Spinnen und Spinnweben um, fand aber keine Anzeichen für irgendeine Form von Leben. Diese Zelle war lebensfeindlich und kalt. Meine Fingerspitzen waren bereits taub.

Denk nach, verdammt, ermahnte ich mich. Ich bezweifelte, dass sie mich umbringen würden, zumindest nicht sofort. Denn warum hätten sie mich sonst hier eingesperrt? Was wusste ich, das ihnen wichtig war, was genau wollten sie von mir?

Ich stand auf und ging auf und ab. Bewegung, das war jetzt wichtig. Ich lauschte, hörte aber nur meine eigenen Atemzüge.

Die Stiefel waren praktisch identisch. Ich hatte vier Leute wiedererkannt, die mich angegriffen hatten, und doch fiel es mir schwer, mir ein Gesamtbild zu machen.

Ein klirrendes Geräusch ließ mich stehen bleiben. *Ignoriere es.* Jetzt war der Zeitpunkt gekommen, wo ich diese Geschichte verstehen musste. Sonst würde ich sterben, ich zweifelte nicht daran.

Das Geräusch wurde lauter. *Denk nach, Tally.*

Blitze, auf den Stiefeln der Männer. Wo noch? Durch ein Loch in der Fensterscheibe traf mich ein Windstoß ins Gesicht. Ein Kragen. Der Kragen eines Hemdes.

Der angebliche Chef des Teams von *National Geographic,* von dem ich nun wusste, dass es Jerry Devlin gewesen war, hatte ein Hemd getragen, dessen Kragen mit Blitzen bestickt war. Zwei Paar Stiefel und ein Kragen. Das konnte kein Zufall sein. Aber ich hatte noch einen dieser Blitze gesehen. Wo? Ich ging ohne Unterlass auf und ab. Das klirrende Geräusch wurde noch lauter.

Vor meinem inneren Auge formte sich undeutlich das Gesicht eines Mannes, der es auf mich abgesehen hatte. Davon hatte ich in letzter Zeit einige kennengelernt. Der Typ mit dem bestickten Hemdkragen konnte es nicht sein. Wer dann? *Wessen verschwommenes Gesicht sah ich?*

Die Tür flog auf, und ich zuckte zusammen.

»Wer ist da?«, fragte ich.

»Sie haben Paulie getötet«, antwortete eine hasserfüllte Stimme.

Ich trat einen Schritt zurück und stieß gegen die Wand. Ich machte mich auf alles gefasst. »Wie kommen Sie darauf, dass ich jemanden getötet haben könnte?«

»Sie haben ihn umgebracht.«

Ich sah etwas glitzern. Den Lauf einer Pistole, die Klinge eines Messers? Es war egal. Es gab ohnehin keinen Ausweg.

»Sie irren sich.«

»Sie sind geliefert.«

Ich ließ mich gerade noch rechtzeitig zu Boden fallen. Hinter mir knallte etwas gegen die Wand. Der Mann betrat den Raum, ich rollte zur Seite. Der Typ war groß und korpulent und bückte sich, um das auf dem Boden liegende Messer aufzuheben. Ich konnte ihn nur undeutlich erkennen.

Ich warf mich auf ihn, aber er lachte nur.

Ich biss ihn, trat zu, schmeckte plötzlich Blut. Er hatte mich brutal geohrfeigt. Starke Hände strangulierten mich.

Ich schnappte nach Luft und streckte die Hände aus, um mich irgendwo festzuhalten. Aber meine Finger glitten an der Wand ab, und ich schlug mit dem Kopf auf dem Boden auf. Ich konnte dem nächsten Angriff gerade noch ausweichen. In der Finsternis war das Gesicht des Angreifers kaum zu erkennen, aber ich sah rote Striemen, wo ich ihn gekratzt hatte. Ich richtete mich auf den Knien auf. Seine Zähne glitzerten, und er ließ mich nicht aus den Augen, während er nach dem Messer griff.

Ich packte seine Hoden mit beiden Händen und drückte fest zu.

Er heulte vor Schmerz auf.

Ich drückte noch fester zu, und er wollte mich wegschubsen, doch ich stieß ihn mit voller Wucht zurück und ließ ihn urplötzlich los.

Sein Kopf knallte gegen die Wand. Er glitt benommen an ihr herunter, und ich packte mit beiden Händen das Messer und stieß es ihm mit voller Wucht in die Seite.

Er schrie auf und sank in sich zusammen. Sein Kopf kippte zur Seite. Er hatte die Augen geschlossen und blutete stark. Ich schnappte nach Luft und konnte nicht glauben, dass ich die Oberhand behalten hatte. Eine innere Stimme riet mir, sofort die Flucht zu ergreifen.

Mit Mühe rappelte ich mich auf. Ich konnte ihn nicht einfach so hier liegen lassen. Er war nur verwundet, und wenn er wieder zu sich kam, würde er erneut Jagd auf mich machen. Ich durchwühlte seine Taschen und zog einen Zorro-Pokerchip hervor. Schließlich ertastete ich in der Brusttasche seines Hemdes etwas Metallenes … Einen Schlüssel. Er hatte auch eine Taschenlampe dabei. Ich nahm beides an mich und kroch aus dem verfluchten Raum.

Ich verschloss von außen die Tür, und das beruhigende Geräusch sagte mir, dass ich – zumindest vorerst – in Sicherheit war.

34

Im Korridor machte mich das Heulen des Windes fast verrückt. Ich fühlte mich an den Chaco Canyon erinnert. Es war anders, und doch sehr ähnlich.

Ich hätte verschwinden, Hank und Aric holen sollen. Aber es ging nicht. Nicht ohne Penny.

Angst überkam mich wie ein schleichendes Gift. Ich versuchte, Mut zu fassen, zweifelte aber, ob es mir gelingen würde.

In dem Korridor war es finster, nur durch ein schmieriges Fenster sickerte trübes Licht. Ich schlüpfte in eine Nische in der Wand, wo früher vielleicht einmal ein Trinkbrunnen gestanden hatte. Ich knipste die Taschenlampe an. Sie hatte einen sehr hellen, gebündelten Lichtstrahl. Perfekt. Ich lauschte, ob etwas von Penny zu hören war. Nichts. Ich hatte zwei Möglichkeiten. Ich konnte nach links gehen, weiter den Korridor hinunter, oder nach rechts, tiefer in das Labyrinth.

Links … Es schien wenig plausibel, dass sich dort jemand aufhalten würde. Die Insassen vorbeifahrender Autos konnten sehen, wenn jemand in dem Gebäude herumspazierte. Also nach rechts, und ich drang tiefer in das Innere des Gebäudes ein, das ich für eine ehemalige Irrenanstalt hielt.

Ich ging schnell, und je weiter ich vordrang, desto kälter wurde es. Wieder bog ich nach rechts ab, und jetzt sah ich Licht am Ende des Gangs.

Ich versuchte, zu Atem zu kommen, und bemerkte, dass ich zitterte. Was für ein Ort! Hohe Decken, feuchte Wände, überall vergitterte Fenster. Ein mittelalterliches Gefängnis oder ein Irrenhaus oder die Katakomben von Moria.

Reiß dich zusammen. Meine Zähne begannen zu klappern. Diese Leute wollten mich töten oder – schlimmer – mich vorher noch foltern. Ich hatte Glück gehabt, es überhaupt bis hierhin geschafft zu haben. Wie lange würde mir das Glück treu bleiben? Vielleicht sollte ich doch verschwinden. Eine innere Stimme riet es mir.

Ich suchte in meinen Taschen, ob ich ein Kaugummi fand, irgendetwas, das mir ein kleines Gefühl von Normalität vermitteln konnte. Stattdessen berührten meine Finger etwas Hartes, Eiförmiges, das sich warm anfühlte. Ich schlug eine Hand vor den Mund, weil ich fast laut aufgelacht hätte. Ich begnügte mich mit einem Lächeln. Der Stein aus dem Chaco Canyon. Ich hatte ihn als Taschenfetisch in meine Jeans gesteckt. Ich strich mit dem Daumen über den Stein, und mein Herz war getröstet.

Und dann traf mich ein Blitz der Erkenntnis. *Blitze.*

Etwas weiter den Gang hinunter fand ich eine weitere Nische, und ich zwängte mich hinein.

Endlich fügten sich die Teile des Puzzles zusammen. Die Blitze auf den Stiefeln und auf dem Hemdkragen ... Und jetzt hatte ich bei diesem Monster, das mich eben umzubringen versucht hatte, etwas gefunden, das ich für einen Zorro-Pokerchip gehalten hatte. Aber natürlich war es eine Spielmarke mit einem Blitz darauf. Und ich hatte noch einen gesehen, auf dem Goldzahn des Messerstechers, der mich in Delphines Galerie attackiert hatte. Zuerst hatte ich geglaubt, ein »Z« zu sehen, doch es war ebenfalls ein Blitz.

Und ich wusste, was diese Blitze bedeuteten.

Nach dem Glauben der Zuni existierten die Menschen in einer Unterwelt, bevor sie auf der Erde lebten. Weil die Erde so sumpfig war, konnten dort keine Menschen leben. Also schuf der Sonnenvater Zwillinge. Diese Brüder sollten sich um die Menschen kümmern. Sie schufen Blitze, damit diese Feuer entzündeten, welche die Erde trockneten, damit diese für Menschen bewohnbar wurde.

Aber viele von ihnen wurden von wilden Bestien verschlungen.

Also verwandelten die Zwillinge diese Tiere in Steine, bis auf ihre Herzen, die weiterschlugen. Dann trugen die Zwillinge den versteinerten Tieren auf, ihnen als Wächter der Menschen zu dienen, was sie seitdem stets getan haben. Und dies ist der Ursprung der steinernen Fetische, welche die Zuni beschützen und leiten.

War es denkbar, dass die Keramikdiebe glaubten, ein Fetisch würde sie bei ihren Aktivitäten schützen? Ich hatte Probleme mit der Vorstellung eines allmächtigen Fetischs.

Das mit den Blitzen war irgendein Kult, den sich Leute ausgedacht hatten, die eben keine Zuni waren.

Darum konnte ich mir später noch Gedanken machen. Im Moment spielte es keine Rolle, wie ich darüber dachte. Jetzt zählte, was *sie* glaubten.

Ich trat aus der Nische und ging weiter den Korridor hinunter. Mit jedem Schritt wurde die Atmosphäre beklemmender. Dieser Ort war ein scheußliches Loch. Ich wünschte, Hank hätte gewusst, wo ich war. Von außen wirkte das Gebäude, als sei es verlassen und als würde dort niemand einen Fuß hineinsetzen. Niemand außer Leuten, die sehr schlimme Dinge taten.

Der Gang wurde abschüssig und etwas breiter. Ich fragte mich, ob das stimmte oder ob ich es mir nur einbildete. Am Ende des Korridors sah ich Schatten flackernden Lichtes. Es schien, als würde hinter einer Biegung ein Feuer brennen. Ich blieb stehen.

Ich hatte das in einem Traum gesehen. Oder Albtraum. Ich hätte es schwören können. Wenn ich um diese Ecke bog, würde ich sterben.

Ich lehnte mich an die Wand. Mir war der Schweiß ausgebrochen, und ein guter Teil davon war Angstschweiß. Exakt dieses Szenario hatte ich in einem Traum gesehen. Das klang töricht, doch im Grunde meines Herzens wusste ich, dass es stimmte.

Hinter dieser Biegung erwarteten mich die Ungeheuer mit weit geöffneten Armen. Diese Umarmung würde mein Ende sein. Ich würde verrückt werden, mich selbst verlieren, für immer.

Was stimmte nicht mit mir? Warum sah ich diese Dinge und glaubte daran?

Ich schloss die Augen und versuchte mich davon zu überzeugen, die Flucht zu ergreifen. Dann berührte ich den Stein in meiner Tasche, und das beruhigte mich. Penny würde mich nie allein an einem solchen Ort zurücklassen. Niemals.

Wie hätte ich sie allein zurücklassen können?

Ich richtete mich gerade auf. Was immer sich hinter dieser Biegung des Gangs verbarg, ich würde mit fliegenden Fahnen untergehen, mit dem Messer in der Hand. Ich ging auf das flackernde Licht zu.

Als ich gerade tief durchatmete und im Begriff war, um die gefürchtete Ecke zu biegen, hörte ich ein vertrautes Klack-Klack.

Ich wirbelte herum und rannte zurück. Das Klackern wurde lauter, und kurz darauf sprang Penny an mir hoch.

Weinend vergrub ich mein Gesicht in ihrem Fell. »Gott sei Dank, dir ist nichts passiert.«

»Ich habe sie gefunden«, sagte eine weibliche Stimme.

Ich blickte auf. »Sitz!«, befahl ich Penny.

»Sie braucht Sie nicht zu beschützen.«

Ich richtete den Lichtstrahl dorthin, von wo die sanfte Stimme kam. Etwa anderthalb Meter entfernt stand eine hübsche junge Frau. Ich ging auf sie zu, noch immer mit gezücktem Messer. Penny war neben mir.

»Bei Fuß.«

Als ich vor der jungen Frau stand, fiel mir auf, dass sie verdreckt war. Eine Seite ihres Gesichts sah aus, als hätte man sie geschlagen, und ihr Haar war fettig. Es schien ihr nicht gut zu gehen. Sie schien Fieber zu haben, wirkte halb verhungert und todunglücklich.

»Sie sind …?«

»Ich …« Sie rieb sich mit einem Finger über die Lippen. »Ich bin mir nicht sicher. Sie haben mich unter Drogen gesetzt. Ich bin verwirrt.«

Sie brach zusammen. Ich schaffte es noch, ihre Taille zu packen, aber es war zu spät. Wir landeten beide auf dem Hosenboden. Sie lehnte ihren Kopf an die Wand.

»Dann wollen wir Sie mal hier rausbringen«, sagte ich. »Einverstanden?«

»Ich glaube nicht, dass ich es schaffe.«

»Atmen Sie ein paarmal tief durch.«

»Okay.«

Es war schwer zu sagen, aber ich hätte schwören können, dass diese junge Frau Amélie war, Delphines Tochter. Ich legte meine Finger auf ihre Stirn. Keine Frage, sie hatte Fieber.

Sie streckte kraftlos ihre Hand aus und kraulte Pennys Fell. »Sie hat mich gerettet.«

»Ihr Name ist Penny.«

»Sie ... hat mich gefunden.«

Die Handschuhe. Vielleicht gehörten sie nicht Delphine, sondern Amélie. Ich zog sie aus der Tasche. »Erinnern Sie sich an die?«

Sie nahm die Handschuhe behutsam und lächelte. »Ja. Mama hat sie mir geschenkt. Vor langer Zeit.«

»Komm mit, Amélie.« Ich stand auf. »Wir verschwinden.«

»Ich kann nicht.«

»Doch, du schaffst das.« Ich legte meinen Arm um ihre Taille. »Aber du musst ein bisschen mithelfen.«

»Ja«, flüsterte sie.

Ich blickte den Gang hinauf, der nun wie eine steile Anhöhe wirkte. Aber ich sah keine andere Möglichkeit, das Gebäude zu verlassen, als den Weg zurückzugehen, den ich gekommen war.

»Okay, Amélie. Auf geht's.«

Vorsichtig einen Fuß vor den anderen setzend, gingen wir den ansteigenden Korridor hinauf. Ich betete, dass wir es bei diesem quälend langsamen Tempo schaffen würden, das Gebäude unbeschadet zu verlassen.

Ich richtete den Lichtstrahl nach vorn und sah, dass wir den oberen Korridor schon fast erreicht hatten. Dann war es ein ebener Weg bis zu der Treppe, über die wir den Ausgang erreichen würden.

»Alles in Ordnung, Amélie?«

»Ja.«

Aber Freude und Hoffnung wurden ausgelöscht, als mich ein Lichtstrahl traf.

Dann schien mein Kopf zu explodieren, und es gab nur noch den Schmerz.

Ich wachte langsam auf, ganz so, als würde mir nach einer durchzechten Nacht ein Kater das Atmen erschweren. Ich saß auf einem Stuhl, mit dem Kopf auf der Brust. Vielleicht war das ehemalige Irrenhaus, dieses Horrorkabinett, nur ein böser Traum gewesen. Ich lächelte. Ja, ich war zu Hause, mit Hank.

Nein, war ich nicht.

Ich öffnete die Lider, schaute aber nicht hoch. Die Haare hingen wie ein Vorhang vor meinen Augen.

Ich glaubte, mich in einem großen Raum zu befinden, gut beleuchtet und geheizt. Ich bewegte die Finger. Meine Handgelenke waren gefesselt. Die Füße auch.

Ich hörte Stimmen, konnte aber zuerst nicht verstehen, was gesagt wurde. Dann …

»Wir wissen, dass du wach bist.«

Jemand kam auf mich zu.

»*Bonjour,* Tally.«

Ich blickte auf, blinzelte. Das Gespenst wollte nicht verschwinden.

Sie trug einen schwarzen Rollkragenpullover und enge schwarze Hosen. Schwarzes Haar, zurückgebunden zu einem langen Pferdeschwanz. Silberne Ohrringe. Ein breiter roter Gürtel. Rot angemalte Lippen.

»Wenn du den Mund nicht langsam zumachst, fliegen noch Insekten rein.«

»Delphine«, murmelte ich.

»*Oui*«, sagte sie lachend. »Leibhaftig.«

»Penny!«, rief ich.

»Sie lebt.« Delphine zog sich einen Stuhl heran und setzte sich rittlings darauf, die Arme auf die Rückenlehne gestützt.

Ich war erleichtert. »Wo ist sie?«

»Da drüben.«

Ich sah Amélie schlafend auf einem Sofa liegen, und Pennys Kopf ruhte in ihrem Schoß.

»Du bist tot«, sagte ich. »Du warst tot. Was ist bloß los?«

»Ich versichere dir, dass ich nicht tot bin.«

Das war offensichtlich. Ich schaute mich in dem Raum um. Gemütlich. Eine kleine Küche, drei Sofas, zwei Betten mit Vorhängen davor, wie in einem Krankenhaus. Mehrere Arbeitstische mit Tonscherben darauf. Wannen mit Wasser, Mörser, Stößel. Unbemalte Keramiken neben Farbtöpfen. Ein Tongefäß war zur Hälfte bemalt mit alten indianischen Motiven. An diesem Tisch saß ein Mann, der gerade etwas Farbe auf den Topf auftrug. An den Wänden Regale mit heilen Anasazi-Töpfen, Schüsseln und anderen Keramiken. Und auf einem kleinen Tisch lagen das Zuni-Manuskript aus der Bibliothek, eine Brille und ein paar Fetische von zeitgenössischen Steinschnitzern. Meine Fetische.

»Jetzt verstehe ich«, sagte ich. »Natürlich.« Ich konnte den Blick nicht von Delphine abwenden.

»Was verstehst du, Tally?«

»Dein Geschäft. Es ist so einfach. Du pulverisierst die alten Anasazi-Scherben, machst sie wieder zu Ton und fabrizierst neue Töpfe daraus, die du als alte verkaufst. Deshalb fällt die Datierung mittels der C-14-Analyse so aus, wie du es dir wünschst. Bei der Rekonstruktion der alten Töpfe benutzt du Quellwasser, stimmt's? Du brauchst nur einen guten Töpfer.«

Sie nickte.

»Und so gelangte der Schädel in den Topf. Das Gefäß wurde um ihn herumgetöpfert.«

Ihr aristokratisches Gesicht errötete. »Mit dieser Dummheit habe ich nichts zu tun. Das war Gerard.« Sie zeigte auf den Mann mit dem Pinsel, der aufblickte und uns zuzwinkerte. Ich erkannte Zoes Freund, Jerry Devlin, der auch als Journalist von *National Geographic* posiert hatte. »Wie konntest du nur so blöd sein, Gerard?«

»Es war ein Scherz«, sagte er. »Ich weiß, dass es dumm war.«

Delphine zuckte gleichgültig die Achseln.

»Wessen Schädel war in dem Topf?«, fragte ich.

Sie machte eine wegwerfende Handbewegung. »Der Schädel der Frau, deren Nachfolger in dem Museum Gerard ist. Wir mussten für eine offene Stelle sorgen, verstehst du?«

»Sie muss genau wie du ausgesehen haben«, sagte ich.

»Wie ich? Aber nein. Ganz und gar nicht.«

»Du bist für den Tod so vieler Menschen verantwortlich. Didi, Gouverneur Bowannie, sein Berater und viele, viele andere … Warum, Delphine? Hast du mit der Galerie nicht genug Geld verdient? So viele Morde. Wie konntest du? Für was?«

»Halt die Klappe, du Idiotin. Glaubst du tatsächlich, dass man mit dem Verkauf wirklich alter Kunstgegenstände richtig Geld macht? Was für eine Dummheit. Die interessieren niemanden.« Sie runzelte die Stirn. »Außer dir! Aber immerhin haben wir es ja eine Zeit lang versucht, was?«

Ich war fassungslos, konnte es nicht begreifen. Absolut nicht.

Sie streckte die Hand aus. »Gib ihn mir, sonst töte ich deinen Hund. Verstehst du? Es ist ganz einfach.«

»Nein, so einfach ist es nicht.«

Sie warf mir einen finsteren Blick zu und griff nach dem Messer, das ich ihrem Handlanger abgenommen hatte.

Ein Klingelton, ein Thema der Filmmusik eines Harry-Potter-Streifens. Delphine sprang auf, checkte das Display, meldete sich und fuhr jemanden barsch an. Dann ging sie zu Gerard hinüber, setzte sich neben ihn auf die Bank und beendete das Telefonat. Sie legte eine Hand auf seine Schulter und küsste ihn. Gerard verließ den Raum.

Während des Telefonats hatte ich versucht, mich von der Kunststofffessel um meine Handgelenke zu befreien, war aber kein Stück weitergekommen, als Delphine wieder zu mir trat.

»Dann wollen wir uns mal konzentrieren, Tally.« Sie setzte sich wieder rittlings auf den Stuhl mir gegenüber und legte die Arme auf die Rückenlehne. Ein tückisches Grinsen verzerrte das schöne Gesicht der Frau, die ich zu kennen geglaubt hatte.«

»Keine Sorge, ich bin konzentriert. Aber ich habe keine Ahnung, was hier läuft. Eine Frau, die ich zu kennen glaubte, ist eine Diebin und Mörderin. Ich habe dich mit Amélie in deinem Haus erlebt und geglaubt, dass du deine Tochter liebst. Und doch hast du sie halb verhungern lassen, sie geschlagen und unter Drogen gesetzt.«

Delphine rieb sich den Hals, und zum ersten Mal glaubte ich, einen wunden Punkt berührt zu haben. Irgendetwas stimmte nicht, und es musste mit Amélie zu tun haben.

»Warum hast du das getan, Delphine?«

Sie schlug mir so hart ins Gesicht, dass mein Kopf zurückgerissen wurde. Mir wurde schwarz vor Augen, und ich sah Sterne. Als ich wieder sehen konnte, schüttelte Delphine ihre Hand.

»Das hat wehgetan.« Meine Lippe war aufgeplatzt, warmes Blut lief über mein Kinn. Ich versuchte, es an meiner Schulter abzuwischen.

Delphine beugte sich vor und tupfte mir mit einem bestickten Taschentuch das Kinn ab. »Sorry. Ich mag es nicht, die Selbstbeherrschung zu verlieren. Amélie weiß nichts von mir oder von dieser Geschichte. Nichts. Zwei meiner Männer haben sich um sie gekümmert, weil sie viel zu viel geplappert hat, wie immer. Die beiden haben sich ein bisschen gehen lassen. Dafür haben sie bezahlt. Oh, ja.« Ihre schwarzen Augen funkelten wütend. Sie war wahnsinnig. Möglicherweise hatte sie hier noch etliche Leichen versteckt, und vielleicht würde man sie nie finden.

»Warum, Tally? Warum musstest du dich unbedingt einmischen?«

Der Satz kam mir bekannt vor. Ich hatte ihn schon oft gehört. »Warum? Du hast meine Freundin Didi getötet. Gouverneur Bowannie und andere. Aber ich habe dich für tot gehalten. Ich glaubte, du wärest von derselben Person umgebracht worden, die Didi ermordet hat.«

Delphine zog überrascht die Augenbrauen hoch. »Wie bist du darauf gekommen?«

»Durch Didis Rekonstruktion. Die Frau sah aus wie deine Zwillingsschwester. Ich hielt dich für tot, war mir absolut sicher.«

»Meinst du das Ding da?« Sie zeigte nach links, und dort lag auf einem Tisch Didis Rekonstruktion, die sie mithilfe des Schädels geschaffen hatte.

»Ja.«

Sie griff nach der Tonbüste und stellte sie auf ihren Oberschenkel. »Ich verstehe nicht.«

Ich verstand auch nichts mehr, als ich auf die Rekonstruktion blickte. Das Gesicht hatte *keinerlei* Ähnlichkeit mit Delphine, war das einer Fremden.

Ich schüttelte den Kopf, wünschte, mir die Augen reiben zu können. Ich blinzelte wieder und wieder, um besser sehen zu können. Doch es änderte sich nichts. Das war nicht Delphine. »Ich … ich weiß nicht, wie ich das erklären soll.«

»Lass uns zur Sache kommen«, sagte Delphine. »Ich will, dass Amélie fort ist, bevor sie aufwacht.«

Also hatte sie vor, ihre Tochter für immer im Dunkeln zu lassen. Ich hatte meine Zweifel, ob das möglich sein würde. »Meinetwegen. Aber ich weiß immer noch nicht, worauf du hinauswillst.«

»Es ist ganz einfach. Ich habe dich nie wirklich für dumm gehalten. Ich will den Blutfetisch.«

»Ich weiß einiges darüber, weil du so angestrengt danach gesucht hast. Das warst doch du, oder?«

»Natürlich. Ich will nur diesen Fetisch.«

Na großartig. Sie wollte einen mythischen Fetisch von mir

haben. »Ich sage dir, was ich weiß. Oder besser, was ich gelesen habe.«

Delphine beugte sich vor wie ein neugieriges Kind. »Ich höre.«

»Meine Hände sind taub.«

»Zu schade. Ich frage noch mal. Wo ist der Blutfetisch?«

»In meiner Tasche. Wo sonst?«

Die Zeit blieb stehen.

Ich bin wieder in der Bibliothek der Navajo-Schule. Kai lächelt mich an. Ich lese die Beschreibung des Fetischs, wie er sich rot verfärbt durch das Feindesblut. Der Knochenmann hat das Buch geschrieben und den Fetisch geschaffen.

Könnte er der Mann sein, den ich in meiner Vision gesehen hatte, der junge Mann, der das Mädchen mit dem verkrüppelten Fuß liebte?

Ich bin im Chaco Canyon. Der junge Krieger und das Mädchen sagen sich Lebewohl. Ich sehe den Berglöwenfetisch und dann, später, als ich mit Gimp zusammen bin, sehe ich ihn erneut. Nur hat er sich jetzt verändert. Er ist mit Obsidian, Türkis und Heishi-Perlen besetzt.

Ich atmete aus, meine Lippen formten ein »O«.

»Lass das!«, fuhr mich Delphine an.

»Was?«

»Ach, vergiss es. Wir haben deine Taschen durchsucht. Da war kein Fetisch.«

»Natürlich ist da einer«, sagte ich. »Warum bist du so scharf darauf?«

Ihr Blick wurde träumerisch. »Ah ja, der Blutfetisch. Ich habe davon erfahren, als ich begann, Kunst der amerikanischen Indianer zu sammeln. Ein Mann hat mir davon erzählt, der alte Ladenbesitzer.«

»Der Eigentümer des *Land's End Trading,* den du umgebracht hast?«

»Ja. Er war nicht besonders clever. Dieser Fetisch hat unglaubliche magische Kräfte. Er kann andere beherrschen, kann großen Reichtum und Macht bringen.«

Fast wäre aus mir herausgeplatzt, wie absurd das alles war, doch angesichts des in ihren Augen funkelnden Wahnsinns schien es mir nicht ratsam, es auszusprechen.

»Dann geht es dir also um Macht.«

»Ja, natürlich. Und um die Schönheit. Immerhin ist dieser Fetisch ein kunstvoll bearbeiteter Rubin.«

Ein Rubin. Na großartig. Mir kam eine Idee im Zusammenhang mit meinem Stein. »Ein Rubin? Ach ja, natürlich. Wenn du mir die Fessel abnimmst, zeige ich ihn dir.«

Amélie stöhnte im Schlaf, und Delphine eilte zu ihr, kniete vor dem Sofa nieder und betastete die Stirn ihrer Tochter. Das brachte meine Vorstellung ins Wanken, dass sie nur eine kaltblütige Mörderin war. Doch genauso war es.

Plötzlich erinnerte ich mich an Nialls Tochter, ein hübsches, blondes Mädchen, noch jünger als Amélie. Delphine hatte Niall und seine Tochter aus dem Weg geräumt, als wären sie der letzte Dreck. Ich wusste, was ich zu tun hatte.

»Hey, Delphine. Lass uns zur Sache kommen.«

Sie warf einen Blick über die Schulter. »Warum hast du es so eilig zu sterben?«

»Ich mag es, das Unvermeidliche nicht weiter hinauszuschieben.«

Sie stand auf, klopfte Staub von ihrer schwarzen Hose und kam zu mir. »Eine dumme Einstellung.« Jetzt richtete sie eine kleine Pistole auf mich. Dann ging sie in die Hocke, hob das Messer auf und schnitt die Kunststofffesseln an meinen Handgelenken durch.

Ich rieb mir die schmerzenden, von der mangelnden Durchblutung schmerzenden Hände.

»Tut weh, was? Lass uns die Sache über die Bühne bringen. Gib mir den Fetisch.«

Ich konnte ihr den Stein zeigen und sie davon überzeugen, dass er der echte Blutfetisch war. Schließlich hatte sie ihn nie gesehen. Oder ich konnte ihr mit dem Stein den Schädel einschlagen. Zwei außergewöhnlich dumme Ideen, aber mir fiel nichts anderes ein.

Ich schob meine Hand in die Tasche und … Nichts. Ich vergewisserte mich noch einmal, mit demselben Resultat. Kein Stein. Ich versuchte es mit der anderen Tasche. Auch nichts.

Ich blickte zu Delphine hinüber, deren Gesicht mich jetzt an eine Totenmaske erinnerte, die ich einst in einem Museum gesehen hatte. Ich ließ meinen Blick über die Arbeitstische gleiten. Und da lag mein Stein, auf dem Tisch neben uns, neben meinen Kaugummis und einer Fünfzig-Cent-Münze. Ich beugte mich vor, kam aber nicht an den Stein heran.

Mit meinen immer noch gefühllosen Fingern zeigte ich darauf. »Da ist er. Das ist der Blutfetisch.«

»Keine Bewegung.« Die Hand mit der Waffe zitterte nicht.

Delphine ging zu dem Tisch, drehte sich zu mir um und zeigte auf den Stein. »Meinst du den?«

»Ich nickte. »Ja.«

»Willst du mich für dumm verkaufen?«

Am liebsten hätte ich die Frage bejaht. »Natürlich nicht.«

»Sieht das für dich wie ein kunstvoll bearbeiteter Rubin aus?«

»Das ist der Blutfetisch«, sagte ich mit so viel Überzeugung wie möglich. Für einen Augenblick glaubte ich selbst daran, wusste, dass es so war. Es *war* der Blutfetisch.

»Jetzt wirst du sterben.« Sie zielte mit der Pistole auf mich und griff gleichzeitig nach dem Stein.

Ich hielt den Atem an und glaubte, mein Ende sei gekommen. Doch dann kam alles ganz anders.

Delphine ließ kreischend die Waffe fallen. »Es brennt!«

Ich konnte nur zusehen, wie sie sich vergeblich bemühte, den Stein loszulassen, während sie schreiend gegen den Schmerz anzukämpfen versuchte, der von ihr Besitz ergriff. Flammen züngelten an ihrem Rücken empor, erfassten ihre Arme. Ich wollte ihr helfen, stürzte aber, da meine Füße immer noch gefesselt waren.

Ich kroch auf sie zu, mit dem Stuhl auf meinem Rücken. Ihr ganzer Körper stand in Flammen. Sie schrie und schrie um Hilfe und dass ihr vergeben werden möge. »Oh, mein Gott, mein Gott.« Sie schlug auf ihren Körper, als könnte sie so die Flammen ersticken, die sie verschlangen.

Und in ihrer Hand sah ich ihn, den Blutfetisch. Nicht den Stein, den ich aus dem Chaco Canyon mitgebracht hatte, sondern den Berglöwen, den Wächter des Nordens, den Beherrscher aller Windrichtungen, den größte aller Jäger.

Der Berglöwe brüllte wütend, sein Schwanz schlug hin und her, die Pfeilspitze auf seinem mit Türkis besetzten Rücken bohrte sich in Delphines Herz.

Ich war fast bei ihr, als ein noch lauteres Brüllen den Raum erfüllte und ein grelles, blendendes Licht aufflammte. Delphine wurde in Stücke gerissen.

Ich schloss die Augen und hielt mir die Ohren zu.

Dann Stille. Völlige Stille.

Ich öffnete die Lider. Mein eiförmiger Stein schaukelte auf dem Boden sanft vor und zurück. Keine Flammen mehr, keine Hitze. Nichts mehr. Nur Delphine, die reglos am Boden lag, als würde sie schlafen.

Ich glaubte nicht, dass sie schlief.

Noch immer auf dem Boden liegend, drehte ich mich um. Ich sah Amélie und Penny, die beide friedlich auf dem Sofa schliefen. Ich berührte vorsichtig meine Lippen. Aufgeplatzt und geschwollen. Ich sah Didis Rekonstruktion, die keinerlei Ähnlichkeit mit Delphine aufwies.

Es war keine Einbildung gewesen. Mit Sicherheit nicht.

Ich griff nach dem Stein, berührte ihn zuerst nur mit den Fingerspitzen. Es war ein angenehmes Gefühl, und ich umklammerte ihn mit der ganzen Hand. Delphines Obsession – der Blutfetisch.

Ich hob das Messer auf und zerschnitt die Fesseln an meinen Fußknöcheln. Dann eilte ich zu Penny und Amélie. Noch immer schliefen beide, als wäre nichts geschehen. Ich ging zu Delphine.

Ihr Gesicht war aschfahl, die milchig weißen Augen waren geöffnet. Für einen Moment konnte ich es nicht ertragen, sie anzuschauen. Dann legte ich zwei Finger an ihre Halsschlagader. Kein Puls. Ihre Haut war eiskalt, als wäre schon jedes Blut aus ihrem Körper gewichen.

Ich verstand nichts mehr, doch das spielte keine Rolle. Ich suchte Delphines Handy, telefonierte und wartete auf Hilfe.

35

Einige Tage später hatte ich immer noch nicht verstanden, was sich in Delphines Werkstatt zugetragen hatte, doch zumindest hatten sich einige andere Dinge geklärt.

An diesem Abend saßen Aric, Hank und ich an meinem Kamin. Wir waren mit einem Abschlussbericht für Aric' FBI-Akten und Hanks Unterlagen für die Bundespolizei beschäftigt. Das war sehr anstrengend, doch es musste erledigt werden. Die beiden Männer schrieben mit, was ich diktierte, aber wir fanden auch Zeit, portugiesischen Vino Verde zu trinken.

»Delphines Werkstatt.« Ich begann zu zittern. »Einer der unheimlichsten Orte, die ich je gesehen habe.«

Hank lächelte. »Was hast du erwartet? Das war früher das Gefängnis von Salem. Der Kasten ist das Thema unzähliger Gespenstergeschichten.«

»Ich weiß. Du hast es mir erzählt. Ich bekomme immer noch eine Gänsehaut, wenn ich daran denke.«

»Gerard wahrscheinlich auch«, sagte Hank. »Er hat geredet wie ein Wasserfall, um sein Leben zu retten. Er hat gestanden, dass es der Schädel einer der früheren Kuratorinnen des Museums war.«

»In Massachusetts gibt es keine Todesstrafe«, sagte ich.

»Nein«, sagte Hank. »Aber es gibt eine auf gesamtstaatlicher Ebene, und wir haben mächtig Druck gemacht und ihm damit gedroht, die Anklage so zu drehen. Er ist für immer erledigt.«

Aric blickte von seinen Papieren auf. »Du hattest hundertprozentig recht mit deiner Theorie, wie sie diese Töpfe auf alt gemacht haben. Damit haben sie gutes Geld verdient. Sie hätten dabeibleiben sollen.«

Ich lehnte mich zurück und sah zu, wie Aric und Hank sich Notizen machten. Hank saß in dem neuen, mit rotem Leder bezogenen Klubsessel, den er mir geschenkt, aber jetzt schon wieder in Beschlag hielt.

Ich schüttelte den Kopf. Wir waren schon ein seltsames Pärchen.

Das Telefon klingelte, und ich nahm ab. Ich seufzte. »Für dich.«

Ich reichte Hank das Telefon. Er nickte ein paarmal und lächelte. »Vielen Dank, das sind ja gute Neuigkeiten.« Er legte auf.

Er blickte mich lächelnd an. »Ich dachte, dass es dich interessieren würde, deshalb habe ich angerufen.«

»Wo?«

»Coyote geht's gut. Sie bezweifeln, dass er sich mit Tollwut infiziert hat, aber du musst dir trotzdem die restlichen Spritzen setzen lassen. Der Hund muss noch ein paar Monate in Quarantäne bleiben. Aber da er dem Tierarzt ans Herz gewachsen ist, hat er für die Zeit danach schon ein neues Zuhause gefunden.«

Zum ersten Mal seit einer Ewigkeit lachte ich aus vollem Hals. »Das sind großartige Neuigkeiten. Ich weiß, dass ich mir die Spritzen geben lassen muss, nur für den Fall der Fälle.«

Hank beugte sich wieder über seine Papiere. Ich erzählte den beiden genau, was mit Delphine geschehen war. Es wurde viel spekuliert während meines Berichts, und ich bezweifelte, dass sie mir glaubten.

Addy hatte die Autopsie überwacht, und wenn die Bluttests nichts anderes ergaben, war Delphine an einem Herzinfarkt gestorben.

Ich wusste es besser.

Amélie ging es gut, sie war bei einer Tante auf Martha's Vineyard untergebracht. Sie hatte die Galerie geerbt, und niemand sah einen Grund, ihr von den schrecklichen Taten ihrer Mutter zu erzählen.

Penny hatte sich neben mir auf dem Sofa zusammengerollt, auch sie war mit heiler Haut davongekommen. Wir waren alle glücklich.

Doch schon allzu bald würde Aric uns verlassen müssen. Hank ging in die Küche, um ihm einen Snack für den Flug einzupacken.

Aric' Augen leuchteten, wie ich es nie zuvor gesehen hatte.

»Du kehrst zu ihr zurück, stimmt's, Aric?«, fragte ich.

Er nickte. »Ja. Ich rede nie von ihr, wenn ich an einem Fall arbeite.«

»Verstehe.« Ich umarmte ihn. »Ich freue mich für dich, bin aber traurig, weil du uns verlässt. Ich habe noch eine Frage.«

»Ich höre.«

Ich schaute ihn an. »Warum ich, Aric? Warum habe ich in Didis Rekonstruktion Delphines Gesicht gesehen? Oder dieses Paar aus dem Chaco Canyon, das vor langer Zeit gelebt hatte? Oder die Treppe?«

Er blickte mich lange an und zuckte dann die Achseln. »Warum nicht?«

»Aric!« Ich stand auf. »Das ist keine Antwort.«

Er lächelte. »Es ist immer so leicht, dich misstrauisch zu machen. Mein Vater hat dir sehr viel mehr anvertraut als nur einen roten Stein.«

Hank trat wieder ins Wohnzimmer und blickte uns an. »Habt ihr etwas Wichtiges zu besprechen?«

Ich blickte die beiden an und lachte. »Ich denke schon.«

Ich ging zum Kaminsims, auf dem jetzt wieder alle meine geliebten Fetische lagen. Ich griff nach dem eiförmigen Stein, dem Blutfetisch, den ich aus den Chaco Canyon mitgebracht hatte. Ich wollte mich nicht von ihm trennen, glaubte aber, dass er in seine Heimat zurückgebracht werden sollte.

Als ich ihn von dem Kaminsims nahm, fühlte er sich warm an, wie immer. »Nimm ihn, Aric. Den Blutfetisch.«

Er blickte auf den Stein und schüttelte den Kopf. »Du bist wirklich bereit, ihn mir mitzugeben?«

»Natürlich.«

»Aber das ist nicht der Blutfetisch, Tally. Das da ist der Blutfetisch.« Er zeigte auf den roten Stein, den Gouverneur Bowannie mir geschenkt hatte.

»*Das* ist er?« Ich hielt den Stein aus dem Chaco Canyon in der einen Hand und hob mit der anderen den roten Stein. »Ich fühle nichts als zwei schöne Steine.«

Er nickte lächelnd. »So sollte es auch sein.«

»Hier.« Ich reichte ihm den roten Stein, den Blutfetisch. »Delphine glaubte, es sei ein Rubin.«

Aric schüttelte den Kopf. »Schwachsinn.« Er schloss die Hand um den Blutfetisch, und plötzlich fühlte ich mich in den Chaco Canyon zurückversetzt, wo der junge Mann dem Mädchen versprach, er werde gesund zurückkehren. Natürlich war es so gekommen, und er hatte die junge Frau geheiratet und viele Kinder und Enkel gehabt. Er war ein Zauberpriester geworden, wie sein Nachfahre, Gouverneur Bowannie, und er hatte das Manuskript verfasst.

Er war der Knochenmann, und sein Gesicht war das von Aric, und Aric' war seines.

Ich schüttelte den Kopf, und plötzlich war alles wieder ganz normal. Gott sei Dank.

Wir verabschiedeten uns, aber ich wusste, dass ich Aric bald wiedersehen würde, und das war ein gutes Gefühl. Nachdem er aufgebrochen war, schmiegte ich mich auf dem Sofa an Hank.

»Wirst du bald wieder deinen alten Job machen?«, fragte er.

»Bitte nicht jetzt, Hank. Ich möchte nicht einmal an den Laden denken. Ich möchte an gar nichts denken.«

Er war von Whisky auf Bier umgestiegen und trank einen großen Schluck Budweiser. »Schön und gut, aber du solltest dich besser bald entscheiden. Gert ist schwanger.«

Ich setzte mich abrupt auf.

»Wie bitte?«

»Du wusstest es nicht?«

»Nein, verdammt.«

»Es kommt noch schlimmer. Sie hat mir erzählt, dass Fogarty der Vater des Kindes ist.«

Auch das noch.

* * *

Wenn die wichtigen Entscheidungen unseres Lebens fallen, ertönen keine Trompetenstöße. Das Schicksal vollzieht sich im Stillen.

– Agnes de Mille –

Cherokee-Legende

Ein alter Cherokee-Indianer belehrt seinen Enkel über das Leben.

»In meinem Inneren tobt ein Kampf«, sagt er zu dem Jungen. »Ein entsetzlicher Kampf zwischen zwei Wölfen. Einer verkörpert das Böse und wird durch folgende Eigenschaften charakterisiert – ein aufbrausendes Temperament, Neid, einen Hang zum Klagen und Bedauern, Arroganz, Selbstmitleid, Ressentiments, Mittelmäßigkeit, Verlogenheit, falscher Stolz, Größenwahn und Ichbezogenheit.«

Der Junge nickte, und der alte Mann fuhr fort. »Der andere Wolf verkörpert das Gute. Er steht für die Freude, Liebe und Friedensliebe, die Hoffnung, Heiterkeit, Demut, Güte, Mildtätigkeit, Mitgefühl, Großzügigkeit, Wahrheitsliebe, Mitleid und den Glauben. Dieser Kampf tobt auch in deinem Inneren. Und in dem jedes anderen Menschen.«

»Welcher Wolf wird siegen?«, fragte der Enkel.

»Derjenige, den man füttert«, antwortete der alte Cherokee.

Für Peter und Kathleen. Nichts auf dieser Welt ist wichtiger als die Familie. Ich liebe euch.

Hinweis der Autorin

In der Rechtsmedizin von Boston existiert keine Organisation für Trauerarbeit, wohingegen die Einrichtung für Trauerarbeit der Stadt Philadelphia nach wie vor mit der dortigen Gerichtsmedizin zusammenarbeitet. In den Vereinigten Staaten finden sich viele solcher Programme zur Trauerbewältigung, und sie alle leisten immer wieder Erstaunliches für die Angehörigen von Mordopfern. Ich habe große Achtung vor ihrer Arbeit. Es sollte aber nicht vergessen werden, dass Tally und ihre Leute beim MGAP, dem Programm für Trauerbewältigung in Massachusetts, reine Fiktion sind.

Danksagungen

Ohne die im Folgenden erwähnten Personen hätte ich dieses Buch nie schreiben können; alle Fehler gehen zu meinen Lasten, nicht zu ihren. Ich widme es:

Meinem Mann, Bill Tapply, für seine außerordentlich wertvollen Anregungen und seine noch wertvollere Liebe; und meiner geliebten Familie – ohne euch hätte ich diese Bücher nie im Leben schreiben können: Blake, Ben, Sarah, Mike und Melissa; Mum T; Peter, Kathleen und Summer.

Meiner lieben Freundin Donna Cautilli, deren Geistesgröße und Erfahrung bei der Betreuung der Angehörigen von Mordopfern mich auch weiterhin inspirieren; Dr. Rick Cautulli, der mich an seinem außergewöhnlichen medizinischen Wissen teilhaben lässt; Detective Lieutenant Richard D. Lauria von der Massachusetts State Police für seine unschätzbare Hilfe und seinen Beistand.

Lynette Esalio, die mir so viele Fragen über die Zuni beantwortet hat. Bob McCuen, dem Besitzer der Zuni Mountain Lodge, Thoreau, New Mexico; Pam Lujan vom *Cibola County Beacon* in Grants, New Mexico, die mir mit vielen unerlässlichen Informationen ausgeholfen hat; auch geht mein Dank an Sheila Grant.

Alvita Sarracino, Einsatzleiter beim Cibola County Sheriff's Department; Cathy Goudy, Grundstücksmaklerin auf Martha's Vineyard; Phil und Shirley Craig, die mir die wundervolle Insel gezeigt haben; Sarah Tapply, die mich so hilfsbereit und geduldig mit den lokalen Besonderheiten von Salem vertraut gemacht hat.

Mandy Harmon von den National Park Rangers im Chaco Canyon. Sie hat mich mit Informationen über indianische Keramiken und Felszeichnungen versorgt und mich über die Umgebung aufgeklärt.

Den Angehörigen der Hundestaffel der Massachusetts State Police – den Menschen und den Hunden! –, die es meiner Penny ermöglichen, mit ihrer Arbeit in meinen Büchern fortzufahren; den Leichenbeschauern, dem Team der Spurensicherung und allen Mitarbeitern der Rechtsmedizin von Massachusetts; dem Bestattungsunternehmer Dave; Wanda Henry-Jenkins und Paul T. Clements, geprüfte Krankenpfleger, deren Arbeit beim Programm für Trauerbewältigung in Philadelphia legendär ist; Dr. Barbara Schildkrout für ihre Kenntnisse in Psychiatrie; Andrea Urban, die so viele Wege auf sich genommen hat.

John und Kim Brady, die mich kontinuierlich unterstützt haben; Danielle und Henry Pedreira, die mir bei der Charakterisierung meiner Carmen behilflich waren; Kate Mattes von Kate's Mystery Books, Willard Williams von den Toadstool Bookstores sowie allen Buchhandlungen und Bibliotheken, die sich für die Arbeit von Schriftstellern einsetzen.

Lisa Souza, Susan Gray und vielen anderen Freunden, ohne deren Ermutigung und Geduld ich diese Romane nicht schreiben könnte.

All den fabelhaften Hancockern, die eine Schreibatmosphäre ohnegleichen schaffen; Carolyn Boiarsky, Saundra Pool, Barbara Fitzgerald und den »Wannabes« (D., Linda, CJ, Pat und Suzanne), die alle mein Schreiben auf vielfältige Weise unterstützen.

Den mit mir befreundeten Kritikern Brabara Shapiro, Bunny Frey, Tamar Hosansky, Pat Sparling und Jan Brogan. Meinem erstaunlichen Verleger, Don D'Auria; der großartigen Brianna Yamashita, die beim Dorchester Verlag für die Öffentlichkeitsarbeit zuständig ist; meiner Lektorin Leah Hultenschmidt sowie Diane Stacy, Carol Ann und den anderen fantastischen Mitarbeitern des Verlages.

Meinem Agenten Peter Rubin, der mich kontinuierlich unterstützt und an mich glaubt.

Den vielen Steinschnitzern, welche die unglaublichen Zuni-Fetische schaffen: Fred Bowannie, Thelam und Lorandina Sheche, Aaron Chapella, Lena Boone, Alonzo Esalio, Gibbs Othole, Jeff Tsalabutie, Dee Edaakie und vielen anderen. Den Kunsthändlern Harry Theobald von Zuni Mountain Trading, Kent und Laurie McMannis von Greydog Trading, Corilee Sanders und Melissa Casagrande, Janet und Diane von Zuni-art.com, Darlene und Dave von Zuni Spirits, Greg Hofmann und so vielen anderen … Ich wünschte, sie alle namentlich erwähnen zu können.

Meinen Freundinnen Maggie Roe, Cindy Johnson, Dorothea Ham und Joni Hullinghorst. Und meinem geschätzten Phil. Wir sehen uns bald.

Ich danke jedem Einzelnen von euch für eure Hilfe, damit aus diesem Buch etwas werden konnte.